生活如此多娇

【英】威廉·萨默塞特·毛姆 著

鲍冷艳 译

江苏凤凰文艺出版社
JIANGSU PHOENIX LITERATURE AND ART PUBLISHING, LTD

图书在版编目（CIP）数据

生活如此多娇 /（英）威廉·萨默塞特·毛姆著；
鲍冷艳译 . -- 南京：江苏凤凰文艺出版社，2020.3
ISBN 978-7-5594-4488-2

Ⅰ . ①生… Ⅱ . ①威… ②鲍… Ⅲ . ①剧本 - 作品综
合集 - 英国 - 现代 Ⅳ . ① I561.35

中国版本图书馆 CIP 数据核字 (2020) 第 012948 号

生活如此多娇

（英）威廉·萨默塞特·毛姆 著　　鲍冷艳 译

出　　品　九志天达　豆瓣阅读
责任编辑　白　涵　刘洲原
责任印制　刘　巍
出版发行　江苏凤凰文艺出版社
　　　　　南京市中央路 165 号，邮编：210009
网　　址　http://www.jswenyi.com
印　　刷　三河市金泰源印务有限公司
开　　本　880mm × 1230mm　1/32
印　　张　12.5
字　　数　286 千字
版　　次　2020 年 3 月第 1 版　2020 年 3 月第 1 次印刷
书　　号　ISBN 978 - 7 - 5594 - 4488 - 2
定　　价　48.00 元

目 录

序：生活有多少模样，就有多少风情

总括

本书由《探险家》《未知》《应许之地》《荣誉之人》这四部剧作组成，这四部剧作，情节皆跌宕起伏，人物皆饱满丰富，妙语皆层出不穷，实在是熔思想性、文学性、娱乐性为一炉的佳作。这四部剧作从不同的角度和层面展现了生活的多样性、人物的多样性、社会的多样性——每一种生活，都别有风情。

下面分别就四部剧作略为介绍。

一、《探险家》

本剧从内容上看，属于传奇剧（情节剧），但在有些介绍毛姆作品的资料中，将其归入喜剧，两种划分各有偏重，均有道理。关于《探险家》，要说明两点。

第一，奴隶贸易和殖民历史。从历史上看，欧洲、非洲以及西亚地区，奴隶贸易的行为已经持续了数千年。即使近些年来，在战乱频仍的非洲大陆和西亚的某些区域，青壮年被当作奴隶贩卖的新闻还时有听闻，这对自诩文明的现代社会，不啻为一记响亮的耳光。本剧中，毛姆虽然表明憎恶奴隶贸易的态度，但对英国的殖民政策却颇多维护之意。另外从作家的人生经历来看，他对帝国的荣光还是挺留恋的（毛姆曾经当过间谍，而且似乎颇有成绩）。在这点上，萧伯纳远比毛姆更为冷静尖锐，比如《巴巴拉少校》中，萧翁借剧中人物讨论军火贸易的过程，毫不留情地批判了英国这种到处煽风点火，以致生灵涂炭的对外政策（美其名曰“大陆平衡手”）。

当然，换个角度来看，倒也正常，毕竟爱国情怀是人之常情，只是我们的读者对此要多加留意区分——不能因为喜欢某个作家，连带对残酷邪恶的殖民政策都有好感吧？不过，毛姆作为直面真相的优秀作家，并没有完全受这种心绪的摆布，两次世界大战以及种种现实状况，使他产生强烈的幻灭感，于是有了《刀锋》（1944年出版）——但那是后话，与本剧的关系不大，不再赘述。

第二，本剧另有同名小说。剧本中的人物形象更为干脆利落，而小说营造的氛围更为复杂，人物内心的活动更为幽晦纠结，可能同一个人物，会令读者有不同的观感，基本属于两个独立的作品，因此阅读体验也大不相同。另外，本剧的四幕之间，时间跨度都挺长的，加上第二幕的背景还放在了非洲，跟其他结构紧凑的传统喜剧截然不同，希望读者能稍加注意。

二、《未知》

《未知》创作于一战后，是毛姆为数不多的真正深入探讨宗教问题的作品之一。有些作品，如《信仰》《坏榜样》等虽有涉及，但点到即止，更多的是以某个横断面来阐释作者的一些看法，而且笔触极为冷静，基本上是以旁观者的口吻娓娓道来，然而本剧中，有个别情节，作者借用剧中人物——尤其是利特伍德太太——之口，多少表达出作家内心激昂愤懑的情绪。

从宗教主题上延伸出两个子主题，一个是战争，一个是死亡。由于这些都涉及人生或者人世的终极问题，所以本剧更适宜有些哲学或者宗教基础的读者，不然的话，有些对白会显得莫名其妙。

关于本剧涉及的沉重主题，这世上有两种人的困惑最少，一种是彻底的唯物主义者，觉得人到世间走一遭纯属意外，因此要好好经历人间的一切，是苦是乐都要酣畅淋漓，毕竟人死如灯灭，今生绝对不能浪费；另一种是百分之百虔诚的信徒，无论遭遇怎样的苦难，都相信是神的旨意，都认为是自己该受的试炼，最终是进入那灿烂美好的永生境地……如果将这两种视作两极，那么大多数普通人应该介于两者之间，如果套用王尔德在《不可儿戏》开篇的话，“专供正经人看的一部小喜剧”，那本剧是“写给心有困惑的读者看的一部戏剧”。

三、《应许之地》

本剧讲述了一个带有欢喜冤家元素的故事。由于涉及的殖民时代背景，有些角度问题需要注意一下。在殖民扩张中，那批老牌资本主义国家的手段委实黑暗残虐，只是英国作家——即便是像夏洛特·勃朗宁、狄更斯、毛姆等具有强烈人道主义思想的作家，也多少在各自作品中给这段不光彩的岁月进行过辩解，我在其他译作的介绍中有过说明，这里就不再重复了。

关于本剧，有两个细节要留意一下，有助于理解作品的内涵。

一个是女主角原本的工作，“lady’s companion”，即给富贵人家的女眷做伴的女子。这种角色对我们的读者来说可能会显得不大好理解，勉强找个参照物，应该类似《红楼梦》中提到的“（女）篾片”“（女）清客”。不过，在欧美担任该角色的女性基本上都受过良好的教育，能应付社交界的迎来送往，算是“准小姐（almost lady）”，而且偶尔撞大运的话，还能嫁给某个有钱/有地位的男人，但其本质纯属给雇主增加体面、排遣女眷闺中寂寞的花瓶式角色。因此从精神层面上讲，是非常屈辱的职业，如在本剧第一幕中，连女仆都说自己受不了这样被人呼来喝去地使唤，而且在其他作品中也出现过这种职业的女性，我个人估计毛姆在现实生活中应该接触过不少这种带着陪伴的贵妇人。

如果阅读过毛姆前面一些作品，包括小说、戏剧等，读者多少应该会有一个印象：大作家喜欢实干的人。比如他不止一次地指出“好厨子很难得”。还有，在《圈》中更是不客气地借剧中人物之口说出“女人想要跟男人平等，唯一的方式就是像他一样挣钱过日子”，以及“一个厨娘嫁给一个男管家，前者可以对后者颐指气使，因为她跟他挣得一样多。但是，如你我这样社会地位的女人，就只能永远依附养她们的男人”。现在关于女性权益的理论一大堆，还真不如毛姆先生这几句话，其从正反两方面干脆利落地说出了问题的实质。

另一个是本剧涉及的宗教元素。剧名《应许之地》（*the land of promise*）带有非常强烈的基督教色彩（不过关于“应许之地”的解释五花八门，很多涉及现世的政治利益斗争，还带有强烈的意识形态烙印，要加以注意）。同时，从本剧的一些台词来看，毛姆的逻辑跟现在欧美精英阶层的看法并无二致。因此从骨子里来讲，毛姆的民族主义色彩还是挺明显的，当然他后期的一些作品，比如《刀锋》等，对民族、宗教的看法有了很大的幻灭感，以至于现在的文艺评论，有意无意将他说成一个特立独行、反抗传统的作家（尤其是我们读者非常喜欢的《月亮与六便士》更加深了这种印象）。但换个角度来说，“爱得越深伤得越重”，毛姆眼睁睁看着庞大帝国渐渐日薄西山，心境日益苍凉委实太正常不过了。

不过作家的民族立场涉及本族群的生存扩张，为自己国家代言实是人之常情。伟大如莎士比亚，还曾将贞德描写成荒谬的魔女（同样是英国作家，萧伯纳在《圣女贞德》中对这位法国女英雄就颇多喜爱之情，自然这跟英法百年战争早已远去也有关系——塑造一位隐入历史的战神，跟描写敌对国家的某个将领，前者肯定会更客观），只是我们作为后世的读者，在阅读的过程中，要多留意作者本身的时代因素。

最后说两个后续余音，本剧1913年上演后，颇受欢迎，后来有一位叫托贝特的作者以此创作了同名同人小说。到了1917年，该剧还被改编成电影搬上了大银幕，在默片时代也占据了一席之地。

四、《荣誉之人》

毛姆的《荣誉之人》是一部家庭婚姻悲剧，属于其早期代表作之一。该剧的基调较为灰暗，类似《兰贝斯的丽莎》，女主角都是底层贫家女子，这大概与作者早年学医行医经历有关。他同情备受欺凌的贫家姑娘，写出她们举步维艰的处境，比如《兰贝斯的丽莎》中的丽莎和莎莉，无论是不伦之恋，还是合法婚姻，到头来都有几分“沉沦苦海、走投无路”的滋味。

本剧中的詹妮，是个蓬门陋巷的小家碧玉，有几分姿色，攀附上阶层稍高的男主角，可是这场跨阶层的婚姻基础本来就摇摇欲坠，随着时间的推移，她不仅面临始乱终弃的羞辱，还要承受爱情幻灭的悲苦，可谓双重悲剧。

《荣誉之人》共四幕，第一幕和后三幕的时间间隔有一年之久。如果单单看第一幕，虽然另一个角色约翰说出了某种隐忧，但男方有怜惜之意，女方爱如潮水，幸福似乎隐隐在招手，可惜生活的暗流还是涌向另一个方向，最终变得凄厉狰狞。这其中起决定作用的真是外部环境因素吗？还是人心本来的伪善和诡诈要负更大的责任呢？抑或一切都是因为人生原本就不公呢？……

本剧剧名有译作《体面人》的，但honor一词本有“军功”之意，后来引申为形容那种负责任有担待的男人品格。本剧第一幕讲到男主人公曾获得过军队勋章，因此剧名有语带双关之意，考虑到这点，本译本将其译为《荣誉之人》，在此说明。

探险家

登场人物和场景

亚历山大·麦肯齐：剧中基本用亚历山大的昵称“亚力克”指称

理查德·洛马斯：剧中基本用理查德的昵称“狄克”指称

露西·阿勒顿：有时候的称呼是“阿勒顿小姐”

乔治·阿勒顿：露西的弟弟

詹姆斯·卡博瑞牧师

凯尔西夫人：阿勒顿姐弟的姨母，闺名“爱丽丝”，因此阿勒顿姐弟有时候称呼她“爱丽丝姨母”

克罗利太太：闺名“内丽”

莫林斯海军上校

爱德森医生

罗伯特·包罗杰准男爵：剧中经常用罗伯特的昵称“博比”指称

米勒：凯尔西夫人的管家

查尔斯：洛马斯的管家

时间：现在

场景：第一幕和第三幕发生在凯尔西夫人的家中。

第二幕的发生地是中非，麦肯齐的营地。

第四幕发生在理查德·洛马斯的家中。

第一幕

▼

▼

▼

场景：伦敦上流住宅区梅菲尔，凯尔西夫人家中的客厅。房间后方开了一扇窗，窗外是阳台。右边有一道门，门外是楼梯，左边另有一道门。这是一间属于有钱女人的豪华房间。

（凯尔西夫人穿着黑色衣服，正坐着。她五十岁，为人和善，性格情绪化，容易紧张。她正在抹眼泪。小个子的克罗利太太很漂亮，二十八岁，衣着绮丽，活泼伶俐，肢体语言丰富，正安静地看着凯尔西夫人。詹姆斯·卡博瑞牧师是一位年轻的副牧师，身材高大，外表特征明显，人显得呆板沉重，而且自视甚高；穿着丝绸马甲，脖子上挂着一个硕大的金十字架，这形象简直完美无缺。）

卡博瑞：凯尔西夫人，面对这样的烦恼，我真心感同身受，我都不知道该如何向你表达自己的心情。

凯尔西夫人：你真善良啊。每个人都非常善良。可是我永远都摆脱不了了。我再也无法昂起头了。

克罗利太太：胡说！你这样讲的话，好像整件事情还没有荒谬到极点。你妹夫根本无法解释这一切……你对此肯定不会有一丁点疑义的，对吗？

凯尔西夫人：上帝禁止我有这念头！不过此时此刻，想到我那可怜妹妹的老公居然行差踏错，上了恶棍的贼船，还是令人心有余悸，太可怕了。

卡博瑞：可怕，可怕！

凯尔西夫人：自从弗雷德被捕后，我一直饱受煎熬，只要你们能明白我的痛苦，那也是安慰！刚开始，我无法相信，我不愿意相信。

但凡我能知道事情只是弄错了，那么为了帮他，我愿意做任何事情。

卡博瑞：不过，你想过他是不是手头紧张呢？

凯尔西夫人：他来找过我，说马上要三千英镑。可自从我可怜的妹妹去世后，我就经常给他钱——大家都说我不应该再给他钱了。说到底，必须有人为他的孩子们考虑，如果我不稍稍留点钱，乔治和露西就都要成穷光蛋了。

克罗利太太：哦，你拒绝给钱，做得很对。

凯尔西夫人：我以为肯定跟他以往的那些烂事一样，只不过是没脑子的大手大脚，因此当他说那笔钱性命攸关，我没办法相信。从前，他这样的话说得太多了。

卡博瑞：以他的地位和能力，居然沦落到这地步——想到这点，着实令人错愕。

克罗利太太：亲爱的卡博瑞先生，别这样斩钉截铁地做道德评判。事实上，我们都是世间的可怜虫罢了。

凯尔西夫人：然后过了两天，露西脸色煞白地来找我，说他因为伪造支票被捕了。

卡博瑞：我只见过他一次，不过我真的说，我觉得他是一位非常有魅力的男士。

凯尔西夫人：啊，他就是被这点给毁了。他向来都无牵无挂的，很是讨人喜欢。他从来不会对任何人说“不”。不过，他的身上丝毫没有邪恶因子。我确信他绝不会犯罪的；他可能一直傻头傻脑的，但绝不会恶毒。

克罗利太太：他当然可以洗刷自己身上的污点。对于这点，没人会怀疑的。

凯尔西夫人：可是想想，这样的奇耻大辱。公开审判！世上那么多人，偏偏弗雷德·阿勒顿惹上这样的事。一直以来，阿勒顿家族的人都有很强烈的自豪感。几乎可以算得上某种狂热心态了。

克罗利太太：几百年来，他们形成了坚定的信念——在这个国家，没人有资格给他们擦鞋。

卡博瑞：傲慢的后面跟着衰败。

克罗利太太（微笑道）：谚语的后面跟着牧师。

凯尔西夫人：他们不让他保释，因此直到现在，他都待在监狱里。当然，我已经把露西和乔治接到这里了。

克罗利太太：凯尔西夫人，你好有人情味啊，人人都知道你是这样的人。这几个星期你老是担着心，不知道接下来会怎么样……还是别回头想了。只要想到阿勒顿先生终于有转机。哎呀，现在庭审可能结束了，此时此刻，说不定他正朝这所房子走来呢。

卡博瑞：事情结束后，他该怎么办呢？形势肯定有点别扭呢。

凯尔西夫人：我已经跟露西谈过了，然后——我让他们考虑出国，这倒是条出路。他们需要休息，要好好静静。小可怜们，小可怜们！

卡博瑞：我觉得阿勒顿小姐和乔治应该在老贝利吧。①

凯尔西夫人：没有，他们的父亲哀求他们要离得远远的。这一整天，他们都待在这屋子里，等着看报纸上的消息。

克罗利太太：可是谁来给你送消息呢？你肯定不会等报纸，对吗？

凯尔西夫人：哦，不会的，狄克·洛马斯要过来。他是弗雷德的证人之一，还有我的外甥博比·包罗杰也是证人。

---

① 老贝利：英格兰和威尔士中央刑事法庭，位于老贝利街，因此英国人用“老贝利”称呼该法庭。——译者注

克罗利太太：那麦肯齐先生算什么呢？他跟我说过，他会去法庭的。

卡博瑞：是那个伟大的旅行家吗？我记得自己在报纸上看到消息，说他已经动身前往非洲了。

凯尔西夫人：还没呢。他打算下个月月初出发。哦，这段时间，他待我们真好啊。所有朋友对我们都很好。

卡博瑞：我原先还真没料到亚历山大·麦肯齐先生身上的人情味会如此浓厚。无论如何，他在非洲对付贩奴贸易，干得那叫一个龙精虎猛。

克罗利太太：其他奴隶贩子如果知道他打算杀入重围，那肯定会吓得浑身发抖，因为他已经拿定主意要彻底打垮他们——每当亚力克·麦肯齐决心要干某件事，他似乎都能如愿。

凯尔西夫人：他向来就有“铁石心肠”的名声，不过他对我很好很亲切——好过所有人。

克罗利太太：我觉得自己并不喜欢他，可他确实是一个强悍的男人。如今的英格兰，人人都弱不禁风、好逸恶劳，要是能遇上某个拥有钢铁般意志、坚韧不拔的人，那着实能令人安心不少。

（乔治·阿勒顿上场。他的年纪很小，长相秀气，只不过眼下，他显得苍白憔悴，脸色黯淡，非常疲倦。）

乔治：我还以为露西在这里呢。（对卡博瑞和克罗利太太说）你们好啊。你们见到露西了吗？

克罗利太太：我去她的房间待了一会儿。

乔治：她在做什么呢？

克罗利太太：看书。

乔治：我真希望自己能像她那样云淡风轻。外人大概会觉得此事根本算不上什么。哦，太可怕了！

凯尔西夫人：亲爱的，你必须振作起来啊。我们所有人都必须期盼最好的结果。

乔治：可是根本没有“最好的结果”啊。不管接下来怎样，都意味着丢人现眼、名誉扫地。他怎么能那样啊？他怎么能那样啊？

凯尔西夫人：乔治，没人比我更了解你的父亲。我肯定他只是一时欠考虑，脑子糊涂罢了，绝对没有其他原因。

乔治：当然，他并非真正意义上的罪犯。那就太荒唐了！可即便如此，也够糟了。

克罗利太太：你绝不能太焦心。最多再过半小时，你父亲就会来这里了，一切都洗刷干净了，然后你就可以问心无愧地重返牛津大学。

乔治：我父亲因为伪造票据罪受审，你觉得我还能够重返牛津吗？不，不！不，不！我宁可给自己来上一枪。

凯尔西夫人：可怜的少年……你这一整天都去哪里了？

乔治：老天知道！我穿街走巷，直到自己累得像条狗。哦，这样悬而不决地等消息真是太焦心了。我的双脚把我带到了老贝利，我真想进去看看事情的进展如何——我愿意为此付出任何代价，可是我答应过父亲自己不会进去的。

凯尔西夫人：那今天早上，他看起来怎么样？

乔治：他完全是一副心力交瘁、病恹恹的样子。我认为他永远都无法恢复元气了。过堂之前，我见过他的律师。他们将必然的后果全都告诉我了。

克罗利太太：晚报上有什么消息吗？

乔治：我不敢看。公告栏里的东西太吓人了。

卡博瑞：哎呀，他们说什么了吗？

乔治：难道你就不能想象一下吗？“绅士因为伪造文书受审”。“乡绅在老贝利过堂”。还有其他类似的公告。它们去死吧！它们去死吧！

凯尔西夫人：现在可能都结束了。

乔治：我觉得自己再也无法安然入眠了。我昨晚都没办法合眼。一想到某人的父亲……

凯尔西夫人：看在老天的分上，安静点吧。

乔治（惊道）：门铃响了。

凯尔西夫人：我已经吩咐下去了，除了狄克·洛马斯和博比，谁都不许进来。

克罗利太太：现在肯定都结束了。他们中的某一位是来告诉你结果的。

凯尔西夫人：哦，我真是太紧张了。

乔治：姨母，你不会想着……

凯尔西夫人：不，不，当然不会的。他们一定会明白他是无罪的。

（管家上场，狄克·洛马斯跟在后面。狄克的胡子刮得干干净净，收拾得很清爽，衣冠楚楚的样子，棱角分明的五官，脸上带着发自肺腑的微笑。他的年龄介于三十五岁到四十岁，不过身材清瘦，显得年轻有活力。罗伯特·包罗杰跟他一起进来。罗伯特是凯尔西夫人的侄儿，面容清秀，二十二岁，正当青葱好年华。）

管家：洛马斯先生、罗伯特·包罗杰大人到。

乔治（激动地说）：怎么样，怎么样？看在上帝的分上，快点告诉我们。

狄克：亲爱的人们，我没有什么要说的。

乔治：哦！

（他突然感到一阵眩晕，脚步变得蹒跚不稳，接着就摔倒在地。）

狄克：哎呀！怎么回事啊？

克罗利太太：可怜的小伙子！

（众人全围在他的身边。）

乔治：没事。我真是十足的蠢货！我实在太紧张了。

狄克：你最好去窗边。

（他和包罗杰扶着那少年的胳膊，将他领到了窗外。然后，乔治靠在阳台上。）

卡博瑞：我恐怕自己必须得告辞了。每个星期三下午四点，我都得给四十个干杂活的女用人念一些《方特勒罗伊大人》的章节。

凯尔西夫人：再见吧。非常感谢你来这一趟。

克罗利太太（跟他握手道别）：再见。牧师扛起他人的灾难，永远对别人帮助良多。

（卡博瑞离开，过了一会儿，罗伯特·包罗杰重新回到屋里。）

凯尔西夫人：他好点了吗？

包罗杰：哦，好多了。他等下就会没事的。（凯尔西夫人朝窗边走去。他转头对克罗利太太说）你可真够胆色，今天居然来这里……他们现在真是遇上大麻烦了。

克罗利太太（稍稍犹豫一下说）：你真的没等审判结束就离开了？

包罗杰：哟，当然。你想什么啊？你不会真想着他们会判他有罪吧？

克罗利太太：太可怕了。

包罗杰：露西在哪里？我想见见她。

克罗利太太：如果我是你，我今天就不会去烦她。我觉得她很想一个人待着。

包罗杰：我想跟她说——任何事情，她只要吩咐一声，我愿意赴汤蹈火。

克罗利太太：我想她知道这点。不过你若是愿意的话，我会将这话转达给她……你非常忠诚。

包罗杰：从十岁开始，我就一直疯狂地爱着她。

克罗利太太：那你得小心了。这世上最无趣最沉闷的要数永不变心的情人了。

（狄克进屋，对罗伯特·包罗杰说话。）

狄克：乔治现在好多了。他想你过去陪他抽根烟。

包罗杰：当然可以。

（他朝阳台走去。）

狄克（等包罗杰离开后，说）**：**最低限度，乔治看到你的时候，就会想抽根烟了。

克罗利太太：你这么做所为何来呢？

狄克：我只是想跟你说说话。至于罗伯特·包罗杰，作为年轻人，脑子多少有点不够用，似乎有些碍事。

克罗利太太：你干吗离开老贝利呀？

狄克：亲爱的夫人，我受不了。坐在那里，看着某个男人饱受折磨，而你从小就认识这个人——你跟他共进过无数次的晚餐，你在他的家里待过……看着这种场面，你不懂我心里的滋味。他就像只困兽，由于惊恐，脸色都成灰白了。

克罗利太太：案件进展如何呢？

狄克：我无法下结论。我只能看见那双憔悴萎靡、心如死灰的眼睛。

克罗利太太：可你是律师呀。你肯定听过他的回答。对所有问题，他的回答到底是什么呢？

狄克：他看上去非常茫然无措。我觉得他并没有抓住如何面对质询的要旨。

克罗利太太：不过他是清白的。

狄克：是的，我们都希望如此。

克罗利太太：你这话什么意思？对此不可能有疑义的。他被捕的时候，露西到他跟前，哀求他将确凿的实情告诉自己。他发誓说自己没有犯罪。

狄克：可怜的露西！她一路强撑下来，表现得很不错。无论怎样的风风雨雨，她都坚定地支持自己的父亲。

克罗利太太（突兀地说）：洛马斯先生，你让我心里七上八下的。任凭露丝心怀不切实际的希望，以此给自己打气……这样不公平。她百分之百相信自己的父亲将会被无罪开释。

狄克：嗯，再过半小时，我们就都知道了。我离开的时候，法官正打算结案陈词呢。

克罗利太太：洛马斯先生，你有什么看法？

（他目光坚定地凝视了她一下。）

狄克：当你听到弗雷德·阿勒顿被捕的时候，你感到非常惊讶吗？

克罗利太太：老天爷，我根本没法消化这消息，都被吓傻了！

狄克（不咸不淡地说）：啊！

克罗利太太：如果你要给我找不痛快，我会扇你耳光的。

狄克：我刚认识弗雷德的时候，他非常有钱。你知道阿勒顿家族是柴郡最古老的世家吧？

克罗利太太：是的。我觉得露西唯一的毛病就是对自己的家族过分自豪。她认为，如果有谁对某位有资格成为上议院议员的贵族表示出特别的敬意，那是非常势利眼的行为，然而仰视良好世家的成员，那只是非常自然而然的事情。

狄克：啊，你瞧，你和我对自己的列祖列宗，都知之甚少，这实在不像话，因此无法理解“家族狂热”到底是怎么回事。在英格兰的某些穷乡僻壤，有些家族——不是很有钱，也不是特别聪明，也没有长得非常好看——当某位身披绶带的伯爵前来提亲，想娶他们的女儿，他们都不会拿正眼瞧他。他们有种天然自信，觉得自己都是尘世间的盐，在自己特定的地盘上，他们说一不二，其专制程度超过欧洲一半的君主。阿勒顿家族的情况就类似这样。不过或多或少，弗雷德似乎有些另类。他做的第一件事就是大肆挥霍自己的财产。[①]

克罗利太太：可是男人就应该大手大脚、铺张浪费。他们来世间的任务就是这个。

狄克：女人老是帮他说话，因为他风度翩翩，令人无法抗拒。

克罗利太太：我觉得乔治也——是有点魅力的。

狄克：为露西考虑，我希望他以后别跟他父亲一样。我还希望他不要长得那么像他父亲。最后，弗雷德·阿勒顿花光了最后一个铜板，于是他娶了凯尔西夫人的妹妹——利物浦某个富商的三个女儿之一，陪嫁丰厚。然而，他把她的钱也糟蹋得够呛……赌博、赛马，诸如此类的东西，接着，她心碎而死，可依然对他百般眷恋。

克罗利太太：洛马斯先生，你的资料真详细，跟部百科全书似的。

狄克：你瞧，我受托成了阿勒顿太太那点可怜遗产的托管人，而且我

---

① 尘世间的盐：语出《圣经·新约》中的《登山宝训》，是耶稣对信徒的比喻。在后世的欧洲社会，很多王公贵族自认为天生贵胄、高人一等，毛姆用该比喻讥讽了他们的这种心态。——译者注

知道露西为了让大家撑下去，不至于一败涂地，有多么费尽心力。她很不错。从孩提时候开始，她就用自己的双手牢牢握住缰绳。尽管凯尔西夫人恳求她别再管她父亲了，让他以自己愚蠢的方式自生自灭吧，但她还是对他不离不弃。她保证乔治能接受良好的教育。她用尽各种小小的心机和计谋离群索居，不去参与那些她本应该露面的场合，目的就是保持体面的表象。

克罗利太太：我猜你也觉得弗雷德·阿勒顿没比流氓恶棍好到哪里去吧？

狄克：亲爱的夫人，当一个男人因为牌打得太好，所以必须离开俱乐部……那么大家至少可以猜测他身上有些古怪。

克罗利太太：凯尔西夫人来了。看在老天的分上，尽量让她开心点。

（凯尔西夫人回到屋里。）

凯尔西夫人：哦，狄克，我自己一大堆麻烦，都忘了关心你。听说你病了，我很难过。

狄克：刚好相反，我身体棒得很啊。

凯尔西夫人：可是我看报纸上说你因为健康原因，打算放弃在议会的席位。

狄克：当然，我都给忘了。我心脏的毛病非常严重。

克罗利太太：太可怕了！是什么问题啊？

狄克：你还问？我总是把自己的心朝你的脚边砸去，时间太长了，它的功能受到了极大的损害。心脏如此狂跳，把我所有的马甲都震得变形了。

克罗利太太：别这样蠢头蠢脑的。我真被吓了一大跳。

狄克：我打算退休。

凯尔西夫人：连律师的行当也不干了吗？

狄克：律师也不干了。从今以后，我将只专心研究艺术和美学之类的东西——对于悠闲的男人来说，这些才是正确的选项。其他男人都太拼了，因为我要给他们展示一道风景——作为一个完全游手好闲的懒汉，他对这个世界不求名不求利，只要求欢娱消遣。

克罗利太太：你打算前功尽弃……你有可能成为举足轻重的大人物，只为了满足自己一时的异想天开，就放弃大好前程，是这个意思吗？

狄克：我没时间工作。生命如此短暂。就刚才，我突然想到自己快年届四旬了。（*对克罗利太太说*）你明白这感觉吗？

克罗利太太：不明白，当然不明白。别这么粗俗无礼。

狄克：顺便问一句，你芳龄几何啊？

克罗利太太：二十九岁！

狄克：胡扯！根本不存在这样的年龄。

克罗利太太：我得请你原谅了，待在客厅的高级侍女永远都是二十九岁。

狄克：多年以来，我每天工作八小时，老是跟愚蠢的人们进行愚蠢的争吵，另外花上八小时来治理国家。我连自己收入的一半都没法花掉。我自己只有工作，一直干到死，目的就是给我两个外甥女留下一笔财产——那两个红鼻子的姑娘委实平淡朴素得令人绝望。

凯尔西夫人：不过你以后打算干什么呢？

狄克：哦，不知道。如果亚力克愿意在探险活动中带我的话，我可能去大型狩猎活动中试试手。我一直都觉得如果松鸡的大小跟长势良好的绵羊差不多，或者野鸡的个头比母牛稍稍大一些，那么狩猎将会是非常惬意的消遣活动。

克罗利太太：那么你身体垮了的说法，完全是胡说八道吧？

狄克：绝对的胡说八道。我若说真话，那人们会把我关进疯人院的。我已经得出结论了，在这世上，只有一个游戏值得玩玩，那就是生活的游戏。我已经足够富有了，因此可以全身心地投入“生活”这场游戏。

克罗利太太：可你以后会无聊得要死。

狄克：不会的！哎呀，我将一天比一天变得更年轻。亲爱的克罗利太太，每一天，我都觉得自己还不到十八岁。

克罗利太太：你的样子看起来肯定有二十五了。

狄克：我的脑袋上连一根白发都没有。

克罗利太太：我猜想每天早上，你的仆人都会把它们拔掉的。

狄克：哦，很少拔的。最多一个月拔一次。

克罗利太太：我觉得自己看见你左边太阳穴的位置就有一根白发。

狄克：真的啊！查尔斯太不小心了！我必须好好说说他。

克罗利太太：让我来拔吧。

狄克：我不会允许你做出这样亲热的举动。

（乔治匆匆进屋。）

乔治：亚力克·麦肯齐来了。他刚坐一辆出租车到了。

狄克：他肯定是从审判庭过来的。那就是说庭审结束了。

凯尔西夫人：赶紧的！去楼梯那边，不然的话，米勒不会让他上来的。

（乔治跑过房间，打开门。）

乔治（嚷道）：米勒，米勒，麦肯齐先生来了，让他上来。

（露西·阿勒顿进屋，就听到这边闹哄哄的。她比乔治年长，个子高挑，脸色白皙，由于睡眠不足，黑眼圈很明显。她原本一直生活在乡村，如今到了伦敦，多少有些跟这里的世界格格不入。她的美貌非常具有英伦风韵，轮廓清晰的五官意味着她在道德观念上非常刻板。她极为自律，而且她极为欣赏自律性强的人。）

露西：谁来了？

乔治：是亚力克·麦肯齐。他从审判庭过来的。

露西：这就是说终于结束了。（她跟狄克握手）你能来，真是太好了。

包罗杰：露西，你好厉害啊。你怎么做到如此镇定自若啊？

露西：因为我很清楚结果。难道你以为我对自己父亲有过片刻的怀疑吗？

狄克：哦，露西，看在老天的分上，别这么笃定。你必须为任何情况做好准备。

露西：哦，不用，我了解自己的父亲。这些年来，我一直照顾着他，难道你觉得我没有留心观察过他吗？他就是一个孩子，像孩子一样没头脑，外加心无城府。上帝知道，他性格软弱。我比任何人都更了解他的缺陷，但是他绝无可能作奸犯科。

（管家进屋，身后跟着亚力克。亚力克的身形高高瘦瘦，很结实，黑色头发，淡淡的红色髭须，几乎都剃到须根了。他大概三十五岁。他有种举重若轻的气度，似乎对他来说，别人听从他的吩咐是一件稀松平常的事情。）

管家：麦肯齐先生到！

乔治：结束了吗？看在上帝的分上，赶快告诉我们，老兄。

露西：为什么父亲没有跟你一起来？他在后面吗？

亚力克：是的，结束了。

凯尔西夫人：谢天谢地。等消息真是令人心焦，太可怕了。

乔治：我就知道他们会无罪开释他的。感谢上帝！

狄克（注视着亚力克的脸）：当心，乔治。

（露西突然朝亚力克走来，看着他。她的脸上露出惊恐之色，五官都被扭曲了。）

克罗利太太：露西，怎么了？

亚力克：我不知道该怎么跟你说。

露西：你说你离开的时候，审判已经结束了？

亚力克：是的。

露西：陪审团给出裁定结果了吗？

乔治：露西，你干吗这样一路逼问呢？你不会以为……

亚力克：你父亲要我过来把消息带给你。

乔治：他不会是死了吧？

亚力克：如果他真死了，或许更好一些吧。

露西：他们裁定他有罪吗？

亚力克：是的。

乔治（绝望地呻吟道）**：**哦！可这是不可能的！

露西（将一只手按在他的胳膊上）**：**嘘！

凯尔西夫人：上帝啊，上帝！他的妻子去世了，不用看到这样的结局，我真是满心感恩啊。

露西：我很笨，可他如果是清白的，那他们怎么能裁定他有罪呢？我不懂你的意思。

亚力克：我恐怕事实很清楚了。

露西：肯定有地方弄错了……可怕的错误。

亚力克：我还真希望有弄错的地方。

乔治（泪如雨下，跌坐到椅子上）**：**哦，上帝！我该怎么办呢？

露西：别这样，乔治。现在，我们所有人都需要镇静。

乔治：难道你看不出来吗？——他们本来就预料到会这样。只有你和我才会相信他是无辜的。

露西（问亚力克）：你听到那些证词了吗？

亚力克：是的。

露西：你都仔细听了吗？

亚力克：非常仔细。

露西：那些证词都给你留下什么样的印象呢？

亚力克：我的印象如何，有什么要紧的啊？

露西：我想知道。

狄克：露西，你正在折磨我们所有的人。

露西：如果你是陪审团成员，你会做出跟他们一样的裁决吗？

亚力克：我不得不根据自己的良心做出评判。

露西：我明白了。他有罪——你对此毫不怀疑吗？

亚力克：不要问我这些可怕的问题。

露西：可这非常重要。我知道你极为诚实，非常正直。如果你觉得他有罪，那就没什么好说的了。

亚力克：这案子非常清楚，陪审团成员在陪审室待了十分钟，就拿着结论出来了。

露西：法官说了什么吗？

亚力克（犹豫地说）：他说，该裁决毫无疑问是公正的。

露西：还有别的吗？……（他看着她，没有回答）你最好现在就告诉我。我明天在报纸上反正都会看到的。

亚力克（一字一顿地说道，好像这些话都是被人从他嘴里用力拉拽出来）：法官说这是一桩非常卑鄙龌龊、恬不知耻的罪行，比别人的罪行更糟糕，因为你父亲是一位绅士，属于古老的世家，顶着威赫荣耀的姓氏。

狄克（对克罗利太太说）：这些法官可真喜欢站在道德制高点上指手

画脚，对别人上纲上线。

露西：那如何判决的呢？（顿一下）呃？

亚力克：七年劳役。

乔治：哦，上帝啊！

狄克：亲爱的姑娘，我的心里有多难过，我都无法向你讲述。

凯尔西夫人：露西，什么意思？你吓到我了。

露西：乔治，努力振作起来。我们有多少力量，都需要拿出来……你和我的力量。

（克罗利太太展开双臂抱住露西，并亲吻她。）

克罗利太太：哦，亲爱的，亲爱的！

露西（从她怀里挣脱出来）：你真是太和善了，而且我知道你同情我……

克罗利太太（打断她道）：你知道的，只要力所能及，能帮到你，我们愿意做任何事情的。

露西：你真的非常好。真的，任何人都无能为力。你们都走吧，让我和乔治单独待着，诸位不介意吧？我们必须自己扛起整件事。

克罗利太太：那好吧。洛马斯先生，你能帮我叫辆出租车吗？

狄克：当然。（对露西说）再见，亲爱的，愿上帝保佑你。

露西（同他握手道别）：不用太担心我。如果我需要什么，我会让你知道的。

狄克：谢谢。

（狄克和克罗利太太离开。）

亚力克：我可以单独跟你谈几分钟吗？

露西：现在不行，麦肯齐先生。我不想显得粗俗没教养，只是……

亚力克（打断道）：我知道，如非事情紧迫，而且非常重要，我也不会这般冒昧。

露西：那好吧。乔治，你可以带爱丽丝姨母去她自己的房间吗？我过会儿去找你。

乔治：好的。

露西（对凯尔西夫人说）：难道你不想躺下来，尽量睡一会儿吗？你肯定精疲力竭，元气都耗光了。

凯尔西夫人：啊，亲爱的，现在不用考虑我。想想你自己吧。

露西（含笑道）：这纯属自私。我冲着你大惊小怪，就能让我自己稍稍放松点。

乔治：露西，我去吸烟室等着。

露西：去吧！

（乔治和凯尔西夫人离开。）

亚力克：我觉得你的自制力真是厉害。我对你的钦慕之情从来没有像现在这样强烈过。

露西：你让我感觉自己像不可一世的假正经。我若能保持头脑清醒，并不是什么特别奇怪的事情，因为我接受训练的时间委实很长了。自打十五岁开始，我就独自挑起照顾乔治和父亲的担子……难道你不坐下吗？

亚力克：我要说的话很简单，就寥寥数语。你知道的，再过一个星期，我要动身去蒙巴萨，开始接管在非洲东北部的探险工作。我可能要去三四年，而且要面对相当大的危险。上次为了补充给养离开非洲的时候，我就下定决心——我要让那些卑鄙的奴隶贩子彻底完蛋，如今我觉得自己有办法做到这点。

露西：我觉得你正投身于一项非常伟大的事业。

亚力克：我不知道你是否曾经留意到——在这世上，我最在意的人就是你了。可我面对吉凶难卜的漫漫前路，本来觉得对你说任何话都不妥当。我要离开很长时间，若要你从今以后有了束缚，着实不公平。而且，流弹不长眼睛，我随时都有可能送命。我原先拿定主意，必须等到回来后再开口。只是现在情况不同了。露西，我全心全意地爱着你。在我走之前，你愿意嫁给我吗？

露西：不，我不能这样做。你很慷慨，可是我不行。

亚力克：为什么不呢？难道你不知道我爱你吗？如果我知道你在家等着我回来，那真是帮了我大忙。

露西：我必须照顾自己的父亲。我得住到——监狱附近，这样我才能随时见到他。

亚力克：你若是成了我的妻子，照样可以这样做啊……接下来，你会有一段非常难熬的苦日子。为什么不让我帮帮你呢？

露西：我不可以的。天知道，在这样的日子，我颜面扫地，你还向我求婚，我真的非常感激。我永远不会忘记你是如此的宅心仁厚。然而，我必须独自站着面对这一切。我必须将全副心思都花在父亲身上。等他出狱的时候，我必须安排好一个他能回来的家，另外我必须照顾他的饮食起居，并且安慰他。啊，他比以前更需要我。

亚力克：你为此非常自豪。

露西（将一只手递给他）**：**亲爱的朋友，不要把我想得太冷酷。我觉得自己非常爱你……一个女人对一个男人的爱意达到最极致，好像也不过如此。

亚力克：露西！

露西（微笑道）**：**你想要我用更多的言辞来跟你表达这份心意吗？我崇拜你，我信赖你。将来，如果乔治能成长得像你这样忠勇豪气，那我真的非常开心。

亚力克：你拒绝我的求婚，却拿这样的好话来打发我……就像扔给我的面包渣。

露西：我知道在你的内心深处，你知道我是对的。你永远都不会试图劝说我放弃自己的责任……我确信那是我的责任。

亚力克：难道我就没有任何能帮你的地方吗？

（她深深地看了他一会儿。她打铃。）

露西：有的，你可能帮我一个天大的忙。

亚力克：我很高兴。你这话什么意思呢？

露西：等等，我会告诉你的。（管家上场）请叫乔治先生到这里来。

管家：是，小姐。（退场。）

露西：我想要你帮我。

（乔治进来。）

乔治：露西，什么事啊？

露西：我得让你彻底明白，在这世上，我最爱的……乔治，你到底有没有想过接下来要怎么办呢？我恐怕你无法重新回牛津念书了。

乔治：不，我不知道自己会变成什么样子。我真希望自己一命呜呼算了。

露西：我刚刚想到一个主意。我打算请求麦肯齐先生带你去非洲。你愿意去吗？

乔治：愿意去，愿意去！只要能离开英格兰，我愿意做任何事情。我不敢面对自己的朋友，太无地自容了。

露西：啊，不过我要你去，并非叫你躲避自己。麦肯齐先生，我猜你知道的，一直以来，我们都非常以自己的姓氏为荣。而眼下，该姓氏无可避免地受到了玷污。

乔治：露西，看在上帝的分上……

露西（转头对乔治说）：我们现在唯一的指望就在你身上了。你有机会成就伟大的事业。你可以让这古老的姓氏重新焕发荣光。哦，我真希望自己是个男人。我什么都不能做，只能等待，只能眼巴巴地在一旁看着。只要我能将自己满腔勇气和雄心壮志都注入你的体内，那该多好啊！麦肯齐先生，你刚刚问过我——你有什么能帮到我的地方。你可以给乔治一个洗刷家族耻辱的机会。

亚力克：他将来要忍受各种危险的煎熬，要忍受走投无路的困境。他会常常遭受烈日的炙烤，或者经常要在水里泡上好几天——你明白这一切吗？有时候，他食不果腹，而且干活很辛苦，比工厂的工人更累。

露西：乔治，你听到没有？你愿意去吗？

乔治：露西，你要我做什么，我都会去做。

亚力克：还有，你得知道他可能会送命。可能经常要动刀动枪。

露西：如果他能像勇士那样战斗而死，我就别无奢求了。

亚力克（对乔治说）：很好。跟我走吧，我会尽量帮你的。

露西：啊，谢谢。你真是我的朋友。

亚力克：等我回来后，那个事情呢？

露西：如果你还有心，到时候再开口吧。

亚力克：答案会是什么呢？

露西（隐隐含笑道）：可能，答案会不同吧。

（第一幕完）

第二幕

▼

▼

▼

场景：非洲东北部，亚力克·麦肯齐的营帐。账内灯光昏暗。角落里有一张小小的行军床，床上挂着蚊帐。有两三把折椅，几个马口铁罐，还有一张桌子。桌上放着一把枪。狄克双手捧头地坐着，靠在桌子上，睡得正香。爱德森医生是探险队的外科医生。他进屋。医生体格强壮，骨架很大，说话带着苏格兰口音。他看着狄克，露出笑意。

医生：那个，好啊！（狄克惊跳起来，一把抓起枪。医生大笑）得了。别开枪。是我而已。

狄克（笑道）：见鬼，你为什么把我吵醒啊？我正做梦——梦里见到一只高跟靴和一个干净的脚踝，还听到白色蕾丝裙子发出的沙沙声。

医生：我觉得自己只想来看看你的胳膊。

狄克：我知道那是世上最具美感的景致。

医生：你的胳膊吗？

狄克：伦敦繁华的皮卡迪利街，一个漂亮女人穿过S&E大商场——我说的是这个。我的好医生，你是一个野蛮人，属于尚未开化的蛮夷。你不懂女人事先得多费工夫，花上好几个小时紧张地思前想后，只有这样做足功夫，她才能将做工精良的裙子提拉得仪态万方、娴雅端庄，以此将你魅惑得神魂颠倒。

医生：洛马斯，我恐怕你是一个浮浪的人。

狄克：啊，亲爱的老兄，我现在的日子，必须通过指责年轻一代的生活方式来自我满足了。甚至在一个闷热的帐篷里，蚊子围着我嗡嗡打转，可是只要有一张行军床，它的魅力就胜过青春佳人了。

而且我要向所有女人宣布，让她们听听——我就是活生生的证据，让她们妩媚的小花招都失效。如果给我一张舒适的床去睡觉，给我丰盛的食物，给我抽烟的烟草，那么百花仙子都不在我心上了。

医生：嗯，让我看看你的伤口。一直跳着疼吗？

狄克：哦，根本不值一提。明天就好了。

医生：我还是要换一帖药。

狄克：好吧。（他脱下外衣，卷起袖子。他的胳膊打着绷带。在接下来的对话过程中，医生给他换了药，还换了干净的绷带）你对这套东西肯定非常熟练了，不是吗？

医生：只是熟能生巧罢了。不过我睡觉之前，还有一大堆要死的活儿得干。

狄克：让我好笑的是——回想起当初刚来非洲的时候，我还以为自己会过上一段生龙活虎的好时光呢。

医生：你还真无法将此描绘成一场野餐活动，对吗？不过我觉得我们中的任何一个人都没有料到该结果——这份工作居然如此艰苦。

狄克：我的朋友，我若是重返故国，那么我永远都不会再听从内心冒险精神的怂恿，再也不会是唠叨“志在四方”的大蠢蛋了。

医生（笑道）：没人指望你这种人来非洲工作。你究竟为什么要来呢？

狄克：千真万确，自从我们一踏上这片遭天谴的沼泽地开始，我就一直问自己这个问题。

医生：伤口看起来恢复得不错。甚至不大会留下伤疤。

狄克：我很高兴自己绝世的美貌不会受到伤害……你瞧，亚力克大概是我交往时间最长的朋友了。然后就是年轻的阿勒顿，从他孩提时代开始，我就认识他了。

医生：我们大部分人如果认识那样一位熟人，是不会拿出来显摆的。

狄克：我有一个想法，等我回去后，我觉得庞德街会越来越繁华。我从来不知道自己居然有可能——随时被各种各样讨厌的动物给生吞活剥掉。我说，医生，你想过来一份牛腿排吗？

医生：什么时候？

狄克（挥着一只手说）：有时候，当我们在太阳下前进的时候……炽烈的阳光差不多要把你的天灵盖给烤煳了，我就会出现幻觉——感觉我们刚吃过一顿最寒酸、最难下咽的早餐。

医生：你做手势的时候，就用另一只胳膊吧……你介意吗？

狄克：我看见自己所在的俱乐部里的那间客厅……我坐在靠窗的一张小桌子旁，刚好可以看见皮卡迪利街，一尘不染的桌布，所有装饰品都是新的，都锃亮发光。一个谄媚恭顺的仆人给我端上一份牛腿排，煎烤得恰到好处，嫩嫩的肉质，入口即化。他还给我上了一盘油炸的配菜小食，就是油煎土豆。难道你没有闻到香味吗？

医生（笑道）：闭嘴！

狄克：接着，另一个谄媚恭顺的仆人给我端来一个大锡杯，然后他朝里面灌了……满满一大杯的——听好了，泛着白沫的麦芽酒。

医生：毫无疑问，我们如今这般祥和愉快的日子，你还锦上添花。

狄克（耸一下肩说）：我常常饿得眼冒金星，被迫用漫不经心的讽喻短诗来平息熊熊饥火。另外我心中时常涌起见不得人的渴望，不得不通过撰写费劲的五行打油诗来糊弄它。

医生：好吧，昨天晚上，我还以为你已经完成了自己最后的笑话，打算驾鹤西游了，老兄，我本来想着给你用过最后一份奎宁，然后就永别吧。

狄克：我们现在被顶到一个逼仄的墙角，处境非常不妙，不是吗？

医生：我跟随麦肯齐去对付那些奴隶掠夺者，这已经是第三次远征行动了。我向你保证，我肯定这次是最狼狈的，我们要有灭顶之灾了。

狄克：你知道的，“死亡”挺好玩的。事先想到它的时候，你会觳觫发抖，可真要面对面的话，很明显，你似乎就忘记害怕了。我的原则之一就是永远不要拿某个陈词滥调当回事。

医生：我们得以逃脱，只能说是神迹。那十分钟里面，如果那些阿拉伯人毫不犹豫，一鼓作气地攻击我们，那我们现在已经彻底完蛋了。

狄克：亚力克很厉害，不是吗？

医生：是的，老天爷！他还以为我们都要报销了。

狄克：你怎么会这样想呢？

医生：嗯，你瞧，我非常了解他。在英格兰，他跟你已经做了二十年的哥们儿，但是在这里，我已经跟他出征三次了——我跟你说吧，这样的经历，你会对某人了解得非常透彻，对方很少能有瞒你的地方。

狄克：怎么说？

医生：嗯，当一切顺利，所有的事情都蒸蒸日上的时候，他很容易有点暴脾气。他几乎不大跟人来往，话也不多，除非你做了某些他不满意的事情。

狄克：然后，上帝啊，他劈头盖脸地申斥某人，就像拿一千块板砖砸向对方。土著人管他叫“雷电”是有缘故的。

医生：可是，当形势开始变糟糕的时候，他就来精神了，变得兴致勃勃。事情越倒霉，他就越有兴头。

狄克：他最让人抓狂的性格之一。

医生：人人都饥火烧肠，或者累得要死，或者整个人都泡在水里——每当这些时候，麦肯齐的兴致就好到不行，简直高兴得鼻涕泡都要出来了。

狄克：当我发脾气的时候，我更喜欢别人都跟我一样，同样是一肚子的火。

医生：最近几天，他真是高兴得不得了。昨天，他跟土著人讲了一连串爆笑的笑话。

狄克（淡淡地说）：苏格兰笑话。我猜他们觉得用非洲土话说那些笑话，听起来挺滑稽的。

医生：我以前从来没见过他如此开心兴奋。我心里嘀咕着——我以神的名义发誓，这领导认为我们正处在见鬼的水深火热中。

狄克：感谢老天爷，如今都结束了。我们大家三天三夜都没合眼了，因此当我脱衣睡觉的时候，我就打算好了，不睡够一星期，绝不起床。

医生：我必须走了，还得看看其他病人。帕金斯这次发烧得很厉害。刚才，他的神志已经变得相当混乱了。

狄克：天哪，我差不多都忘记这个了。人到这里，变化真大啊！我这会儿感到开心舒适，还想说上一两句俏皮话，我都忘记可怜的理查森已经送命，上帝知道，还死了多少土著。

医生：可怜的家伙，我们几乎都无法顾到他。好人不长命，“噩运”老是选错人。

狄克：你这话什么意思啊？

医生：如果我们必须失去一个人，那么——若是杀死可怜的理查森的那颗子弹，刚好射中那小崽子，那场面可真爽啊。

狄克： 乔治·阿勒顿？

医生： 他要是报销了，算不上大损失，对吗？

狄克： 是的，我觉得恐怕算不上大损失。

医生： 麦肯齐一直对他非常耐心。我就奇怪了，几个月前，他居然没有把他送回海边，当时他正打发麦西瑞滚蛋呢。

狄克： 可怜的乔治，事事不顺。

医生： 有些人的本性如此扭曲，世上任何一条笔直的阳光大道，他们都无法走下去。对他们来说，可能唯一的出路就是见鬼去吧——那是最好的。

狄克： 亚力克一定还会给他另一次机会。（亚力克·麦肯齐上场）亚力克，好啊！你去哪了？

亚力克： 我刚刚在各个岗哨转了一圈。

狄克： 一切都正常吧？

亚力克： 是的。我就刚才见到一个土著信差，是明大柏酋长派来的。

医生： 有要紧事吗？

亚力克（含糊其词地说）**：** 是的。狄克，胳膊怎么样了？

狄克： 哦，没事。就是被挠了一下。

亚力克： 你最好别太掉以轻心。在这个国家，最小的伤口都有本事变成大麻烦。

医生： 过一两天，他就会好的。

亚力克： 其他人怎么样了？

医生： 整体上，他们算挺不错的。当然，帕金斯还得瘫上几天。还有几个土著受了重伤。那些恶魔弄到了高爆子弹。

亚力克： 有谁生命垂危吗？

医生： 没有，我觉得没有。有两个人伤得很严重，不过他们只要休息就好了。

亚力克：我明白了。

狄克：我说，你刚才有没有吃点东西啊？

亚力克（笑道）：主啊！我都给忘了。我不知道自己最后一顿饭都吃了些什么见鬼的东西。

狄克（微笑道）：你今天什么都没吃，对吧？

亚力克：是的，我想没吃过。那些阿拉伯人闹得我们鸡飞狗跳的，实在忙得不可开交。

狄克：你肯定饿得要死了。

亚力克：你现在既然提到这个，我想自己是快饿死了。上帝啊，还渴得要命！现在要是有解渴的东西，别人就算拿珍贵的象牙过来，我也是不肯换的。

狄克：还要想到除了温暾水，就没有其他可以喝的了！

医生：我去叫小厮给你拿些吃的。你这样怠慢自己的消化系统，实在不像话。

亚力克（眉飞色舞地说）：医生是一个坚定的人，不是吗？饿肚子不会伤害到我的，一次都不会。而且，我如今还更享受饿肚子的感觉呢。

医生（叫道）：塞利姆！

亚力克：别，不用麻烦了。那可怜的家伙刚回帐篷，就困得睡着了。我跟他说，我叫他之前，他可以睡一觉。我不是很想叫醒他，况且我自己弄弄，也很方便。（他走到一个箱子旁，拿出一听肉罐头和几片压缩饼干）这段时间，我们什么猎物都没有打到，真是够讨厌的。

（他将食物放在面前，坐下，开始吃东西。）

狄克（讥讽道）：胃口很好，不是吗？

亚力克：好得不得了！

狄克：亚力克，你拥有原始野人的所有本能。这让我非常火大，我觉得很讨厌。

亚力克（笑道）：为什么呢？

狄克：你吃东西的目的很粗野，充满兽性，就是要讨好自己的五脏庙，消除饥饿感。你无法欣赏膳食艺术，无法理解品尝美食过程中的精妙绝伦之处。

亚力克：这肉发霉得很厉害，不是吗？

狄克：见鬼了！在英格兰，这会令我非常抓狂的。

亚力克：他现在都在说什么啊？

狄克：我原本按部就班地一路观察下来，结果被你打断了——你居然用斩钉截铁的口气说罐装肉已经发霉了。

亚力克：我深表歉意。请继续说吧！

狄克：我以前就留意到，在英格兰，即使面对最精挑细选的食物，你照样吃得漫不经心——从礼仪角度来说，实在是可忍孰不可忍。说真的，你在这里吃东西还算稍微用心点了，因为不管怎么说，你毕竟注意到肉发霉了。可是如果有谁给你准备一顿精美的晚宴，你根本毫不在意。医生，我曾经给他倒过一杯价值连城的波特酒，结果他一饮而尽，就像那是烧菜用的雪莉酒。

医生：我承认这是挺可惜的。不过，这样为什么会导致你焦虑抓狂呢？

狄克：等他上了年纪之后，他到底会变成什么样子呢？

亚力克：我的朋友，这番话的意思，实在听不懂，你解释一下吧。要解释清楚，但要尽量简明扼要。

狄克：唯一能保持到老年的乐趣，就是美食。爱情——当你身材走形，头发变得稀疏，那时候，爱情算什么东西呢？知识——没人能够无所不知，而且随着青春之火日渐暗淡，对知识的渴望也就逐渐消失了。甚至到最后，满腔雄心壮志也弃你远去。然而那些过着明智健康生活的人们，他们每天还保持着三个乐趣——早餐、午餐，还有晚餐。

亚力克（笑道）**：**狄克，如果我是你，就不会操心自己的晚年岁月。

狄克：为什么呢？

亚力克：因为我觉得到了明天早上，我们十之八九都会死翘翘。

医生：什么？

（两个男人紧紧盯着亚力克，一时之间无人吭声。）

狄克：亚力克，这是你开的小玩笑之一吗？

亚力克：在识别我是否开玩笑的问题上，你常常有困难。

医生：不过眼下出什么问题了吗？

亚力克：今晚，你们都没法上床睡觉了。那些蚊子又可以饱餐一顿，不是吗？我打算毁掉营地，等到月落时分就开始行军。

狄克：我说，今天折腾得如此厉害，要是这样安排，有点够呛啊。我们都累散架了，连一英里都没法走了。

亚力克：胡说，你还能继续休息两个小时。

医生：不过有几个受伤的家伙根本没办法转移啊。

亚力克：他们必须转移！

医生：我不负责他们的性命。

亚力克：我们必须冒险。我们唯一的机会就是急速突围，而且不能将伤员扔在这里。

狄克：我猜这支队伍要走一道鬼门关吧？

亚力克（冷峻地说）：是的。

狄克：你的手下很少有机会抱怨自己千篇一律的遭遇，亚力克，他们只能听令。你如今打算怎么办呢？

亚力克：眼下这个时候，我打算给烟斗装满烟草。

（亚力克装好烟草，然后点上烟斗，大家都没有作声。）

狄克：你这样和蔼可亲，如春天般温暖，因此我从常理推断，我们有大麻烦了，形势非常吃紧？

亚力克：我的朋友，是很紧，比你任何一双漆皮靴子都要紧。

狄克（凝重地说）：老兄，我们有几成把握能熬过去？

亚力克（轻快地说）：哦，我不知道。永远都有机会的。

狄克：别用这种招人恨的方式跟我嬉皮笑脸。

亚力克：狄克，你肯定想着——此时此刻，要是自己正在伦敦城里的舞厅里迈着轻快的步伐，翩翩起舞，那该多好啊。

狄克：坦率讲，我是这样……我觉得我们打算重新战斗吧？

亚力克：就像那些基尔肯尼猫一样战斗。[①]

狄克（跃跃欲试地说）：好的，无论如何，这算某种安慰。今夜，我若无法休息，那么，我也想把别人拽出安乐窝。

亚力克：如果事情不出岔子，我们的工作应该很快能结束。从此以后，在非洲大陆上，这片区域不会再有掳掠奴隶的情况了。

狄克：如果事情出了岔子呢？

亚力克：哎哟，那我恐怕在伦敦上流社交圈里，你的绝妙口才将永远消失……那里的茶桌边，他们再也无法听到你伶牙俐齿地谈笑风

---

① 基尔肯尼猫：爱尔兰的古老传说，其最初的源头已不可考，说法甚多，其中有一首打油诗非常有名，讲述了两只基尔肯尼猫打架打到双方都只剩下尾巴的过程。后来“基尔肯尼猫”多指那种拼死一搏的斗士。——译者注

生了。

狄克：好吧，我这辈子过得很不错。我爱过几个人，看过一些一流的画作，读过几本令人头皮发麻的好书，而且干活要乐，我样样没有耽误。在我死之前，只要我能再多捎带几个该下地狱的恶棍，那么我觉得自己的怨言就不会太多了。

亚力克（微笑道）**：**狄克，你是一位哲学家。

狄克：“死亡”令人极为懊丧，因此面对死亡的时候，人就会不由自主地想说一些恰如其分的话作为回应，来给自己打气，难道没有这种可能性吗？

亚力克：我不知道“死亡”是怎么回事。我有点宿命论，我的想法是如果时辰到了，那么一切挣扎都是徒劳的，什么都帮不了我；但在内心深处，我无法抗拒一个信念——除非我自己放弃，否则我就不会死。

医生：好吧，我必须离开去收拾东西了。我得给那些家伙包扎得妥妥当当的，而且我希望他们能受得了接下来的颠簸。

亚力克：帕金斯怎么办呢？

医生：上帝知道！我试试氯醛[1]，尽量让他保持安静。

亚力克：关于拔营，你什么话都没必要讲。出发前，我打算提早一刻钟通知大家。

医生：可是这样一来，他们的时间就很紧迫了。

亚力克：必须如此。我常常训练他们，他们完全有能力快速出发。

医生：好的。

（正当医生要离开的时候，乔治·阿勒顿上场。）

---

① 氯醛：水合氯醛，镇静催眠类药品。——译者注

乔治：我可以进来吗？

亚力克：可以……医生！

医生：嗯！

亚力克：你还能多待一分钟，是吧？

医生（转身回来）：当然可以。

亚力克（对乔治说）：难道塞利姆没有告诉你，我有话要跟你说吗？

乔治：我正是为此而来的。

亚力克：你还真够慢悠悠的。

乔治：我说，你能给我一杯白兰地吗？我快累死了。

亚力克（干脆利落地说）：白兰地一点都没剩的了。

乔治：难道医生也一点都没有吗？

亚力克：没有！

（静默一下。亚力克缓缓地看着他。）

乔治：你为什么这样看着我？你好像要打算对我干什么似的。

狄克：胡扯！别这么神经兮兮的。

亚力克（突兀地说）：关于那个图尔卡纳女人的死，你知道一些什么吗？①

乔治：不！我怎么会知道？

亚力克：得了，你肯定知道一些事情。上星期二，你到营地告诉我说，那些图尔卡纳人情绪非常激动。

乔治（勉为其难地说）：哦，是的！我有点想起来了。我刚才全忘了。

亚力克：呃？

① 图尔卡纳人：东非民族，主要分布在乌干达、肯尼亚西北部和苏丹东南部，语言为图尔卡纳语。——译者注

乔治：我不是很清楚。那女人是被枪杀的，对吧？我们驻地里有个小伙子跟她勾三搭四的，好像是他枪杀了她。

亚力克：你没有打听过，那男人是谁吗？

乔治（阴森森地说）：我没有时间。这三天来，我们一路狂奔，大家都死命地折腾自己的双腿。

亚力克：你有怀疑的对象吗？

乔治：我觉得没有。

亚力克：想想看。

乔治：唯一可能干这事的是那个大个子——就是我们从海边带来的那个流氓，那个斯瓦希里人。[①]

亚力克：你这样想的依据是什么？

乔治：一直以来，他的所作所为都非常令人讨厌，而且我知道他正追求她来着。

亚力克：我明白了，她跟你抱怨过他吧？

乔治：是的。

亚力克：你觉得有足够的证据去惩罚他吗？

乔治：他是个百分之百的恶棍，况且就算弄错了，也没什么大不了的，他只是一个黑鬼罢了。

亚力克：你肯定会很惊讶听到这个消息——那女人被发现的时候，并没有死。

（乔治做了一个惊慌失措的动作。）

亚力克：将近一个小时后，她就缓过气来了。

乔治（稍稍顿一下说）：她能开口说话吗？

---

① 斯瓦希里人：非洲东部民族。主要分布在坦桑尼亚、肯尼亚、莫桑比克等地，另有一些分支散落在非洲其他地方。——译者注

亚力克：她指控是你对她开枪的。

乔治：我？

亚力克：看样子是你跟她不三不四，然后她生气了，于是你拿出左轮手枪就开火。想必她应该不会胡编乱造吧。

乔治：这是一个愚蠢的谎言。你知道他们都是些什么东西。他们是有可能扯出这般荒唐的谎言的。你宁肯相信“一坨”黑鬼的话，而不信我，对吗？归根到底，我的话比他们的话更有价值。

亚力克（从自己的口袋里拿出一颗已经用过的子弹）：在距离伤者两码的地方，找到了这个。如你所见，这是一颗来自左轮手枪的子弹。今天晚上，有人给我送来的。

乔治：我不知道这能证明什么。

亚力克：你跟我一样清楚，我们队伍里的土著都没有左轮手枪。除了我们自己之外，只有两三个仆人有这东西。

（由于惊惧，乔治的脸色变得煞白，他拿出手帕擦了擦脸。）

亚力克（气定神闲地说）：你可以把你的左轮手枪拿给我吗？

乔治：我的手枪不见了。今天下午的突袭战中，我弄丢了。我没有跟你讲，因为我觉得你会生气的。

亚力克：不到半小时之前，我见到你正在清理枪呢。

乔治（耸一下肩说）：可能在我的帐篷里，我去看看。

亚力克（厉声喝道）：站在这里别动。

乔治（火冒三丈地说）：你无权这样跟我说话。你对我呼来喝去，我受够了，烦得要死。你好像觉得我是条狗。我是自愿来这里的，因此我不会让你像对待仆人那样使唤我。

亚力克：如果你把手伸进裤子后袋里，我觉得你会在那里找到自己的左轮手枪。

乔治：我没打算把枪给你。

亚力克（心平气和地说）：难道你想我过去，亲自从你那里拿过来吗？

（两个男人怒目而视一会儿。然后，乔治慢慢将手伸进口袋里。他拿出左轮手枪，突然瞄准了亚力克。当他准备开枪的时候，狄克狠狠朝他胳膊打去，还有医生将整个身子扑了过去，环腰抱住乔治。亚力克纹丝不动地站着。）

狄克（一边制服他一边说）：你个小恶棍！

乔治：放开我，去你的！

亚力克：你们没必要抓着他。

（他们放开乔治，后者蜷缩在椅子上，畏畏缩缩的神态。狄克将左轮手枪交给亚力克。他一言不发地将那颗交到自己手里的子弹塞进枪膛中。）

亚力克：你瞧这子弹刚好卡进空位。你最好彻底坦白，难道不是吗？

乔治（被吓得瑟瑟缩缩地说）：是的，我朝她开枪。她大声嚷嚷，然后魔鬼爬进我的心里。我都不知道自己干了什么，直到她大声尖叫起来，接着我看到鲜血……我真是够笨的，居然没把子弹拿走！我本来想过要给枪膛塞满子弹的。

亚力克：两个月前，在最近的一棵树上，我绞死了一个男人，因为他闹得一个土著女人不安生——你还记得吗？

乔治（大为惊恐地跳起来）：亚力克，你不会这么对我的。哦，上帝啊，不，亚力克，饶恕我吧。你不会绞死我的。哦，我为什么要来这个鬼地方啊？

亚力克：你不用害怕。我没打算那样做。无论如何，我得让这些土著保持对白人的敬意。

乔治：我看见那女人的时候，有点喝高了。我无法为自己的行为负责。

亚力克：现在的结果就是他们整个部落成了我们的对头。那个酋长是我朋友，他给我捎来口信说自己管不住他们了。我就是从他手里收到这颗子弹的。事态倒不是很严重，只是我们队伍中战斗力最强的是图尔卡纳人，因此我们必须预见会出现反叛的情况。他们到周围的部落中煽风点火，让我们难受，另外，我们过去一年所有的努力全都泡汤了。三天前，阿拉伯人攻击我们的缘由就在于此。

乔治（垂头丧气地说）：我知道都是我的错。

亚力克：这些土著已经拿定主意要加入贩奴贸易了，明天早上，四面八方的攻击都会朝我们袭来。会有几千个对手——上帝知道具体人数，我们扛不住的。

乔治：你的意思是你们都会被杀死吗？

亚力克：如果我们还留在这里，那是没法活命的。

乔治（轻声嗫嚅道）：亚力克，你打算如何处置我呢？

（亚力克在营帐里踱来踱去。）

亚力克（稍稍过一会儿说）：医生，我觉得你现在可以走了，去瞧瞧你的病人吧。

医生：好的。

狄克：亚力克，我也得走吗？

亚力克：不，你留在这里。不过没有听到吩咐前，你别开口说话。

（医生离开。）

乔治：我为刚才的蠢事感到抱歉。我很高兴自己没有打到你。

亚力克：根本无所谓。我都已经忘光了。

乔治：我丧失理智了，我不知道自己都干什么了。

亚力克：你不必为此心烦。在非洲，即使最坚强的人都常常变得心浮气躁、轻狂鲁莽，无法保持平衡的心态。

（亚力克重新点上烟斗，微微顿了一下。）

亚力克：我们来这里之前，我跟露西求过婚，你知道这事吗？

乔治：我知道你喜欢她。

亚力克：她求我把你带到这里，希望你能重振家族的赫赫威名。我觉得在这世上，她最关心的就是此事了。她爱你，她同样爱着家族的荣誉。该计划不是很成功，对吗？

乔治：她应该知道的，我并不适合这种生活。

亚力克：我很快就看出来你的性格优柔寡断。不过我还是希望你能做出些成绩。你的出发点看来都不错，可是你从来不曾有付诸实践的力量……如果我现在看起来在跟你说教，那我就抱歉了。

乔治（悻悻地说）：哦，如今别人跟我说什么，你觉得我还在乎吗？

亚力克（神情严肃，但并不凶狠）：接着，我发现你酗酒。我跟你说过，没有男人能受得了这个国家的酒劲，然后你用自己的荣誉向我发誓，说自己再也不碰那东西了。

乔治：是的，我食言了。我受不了，诱惑力太大了。

亚力克：当我们抵达穆尼亚斯兵站的时候，你就和麦西瑞喝得昏天黑地，整个营地的人都看见你们的样子。那时候，我本应该将你送回海边的，可这会伤透露西的心。

乔治：都是麦西瑞的错。

亚力克：就因为我觉得他该受指责，所以打发他一个人回去。我想再给你一次机会。我突发奇想，觉得"掌权"的感觉可能会对你有些影响，于是当我们到湖边后，我让你去守渡口。我派你照看最重要的物资，然后自己继续前进。我没必要提醒你后来发生的事情吧。

（乔治心灰意冷地低头看地，由于找不出借口，只能保持沉默。）

亚力克：我得出结论——毫无希望了。在我眼里，你似乎就跟烂泥似的，完全扶不上墙。

乔治（轻笑道）：就像我父亲在我眼里的样子。

亚力克：你说的话，我一个字都无法相信。你不该做的事情，你全都做了。结果闹出了哗变，如果在最后千钧一发的时候，我没有及时赶回来，他们已经宰了你，并且将物资抢夺一空了。

乔治：你把一切都怪罪到我的头上。当一个男人发着高烧，糊里糊涂的时候，他是无法为自己的行为负责的。

亚力克：那时候再打发你回海边已经太迟了，因此我必须带着你继续前进。现在快走到尽头了。因为你杀害了那女人，所以使我们所有人都身处险境。对你的指控，已经害死了理查森，还使将近二十个土著送了命。原本跟我们关系良好的部族都站到了阿拉伯人那边，我们距离灭顶之灾也就一步之遥了。

乔治：你打算怎么做呢？

亚力克：我们离海岸太远了，而且我牢牢掌握着律法。

亚力克（倒抽一口凉气）：你不会打算杀我吧？

亚力克：你爱惜露西吗？

乔治（语无伦次地说）：你——你知道我爱惜她的。你为什么现在跟我提她呢？我把所有一切都搞得一团糟，我最好滚蛋吧。可是想想这有多耻辱。这会要了露西的命……她一直对我抱有很大期望啊。

亚力克：听我说。要摆脱眼下的困境，我们唯一的逃生机会就是突袭阿拉伯人——趁那些土著还没有加入他们的队伍之前。在人数上，我们远远处于下风，不过若是今晚能发动攻势，我们照样可以揍扁他们。我的计划是假装不知道那些图尔卡纳人打算背叛我们，照常行军。过一个小时后，所有白人都会抄近路——除了其中一个白人，再加上我那个斯瓦希里心腹，这两人另有任务。阿拉伯人将收到我们出发的消息，那么他们就会试图在路上袭击我们。等他们开始进攻的时候，我却早已从天而降，打得他们措手不及。你明白吗？

乔治：明白。

亚力克：我现在必须派一个白人到图尔卡纳人那边，而且这男人会承担极大的风险，怎么估计都不为过。我本来可以自己去的，只是如果没有我带队，那些斯瓦希里人是不会战斗的……你愿意接受该任务吗？

乔治：我？

亚力克：我本可以给你下命令的，可是在我看来，该任务太危险了，以至于不能强迫任何人去。你若是拒绝，我就召集其他人，问问谁愿意自告奋勇。若那样的话，你就必须竭尽自己一切本事，独自回海岸去了。

乔治：不，不！只要不受那样的奇耻大辱，我愿意做任何事情。

亚力克：我不会向你隐瞒，这项任务几乎必死无疑。只是我们要想自救活命，这是唯一的办法。另一方面，当阿拉伯人开始进攻，而图尔卡纳人刚刚发觉我们给了他们假消息，这个当口儿，如果你有足够的勇气，或许能逃出来。你若是完成此项任务，我向你保证，以前的事情就一笔勾销。

乔治：好的。我去。另外，我满心感谢你给我这次机会。

亚力克：我很高兴你接受该任务。不管发生什么事情，你这辈子都有了一项英勇举动。（他朝乔治伸出手，后者跟他握手）我想不需要再说其他了。半小时内，你必须准备好出发。这是你的左轮手枪。记住子弹匣中有一格是空的。你最好另外塞颗子弹进去。

乔治：好的，我会的。（*他退场。*）

狄克：你觉得他有逃生的机会吗?

亚力克：如果他够胆，或许能平安归来。

狄克：哎哟!

亚力克：恶棍还剩最后一个美德——勇气。明天，我们就会知道，他是否拥有它。

狄克：如果他没有勇气，那你正将他送上死路啊?

亚力克：是的。死路!

（第二幕完）

第三幕

▼

▼

▼

场景：凯尔西夫人家的吸烟室，房间后方是一道通往客厅的拱门。吸烟室右边的玻璃门外就是花园。屋内的一边摆放着一张沙发，另一边有一张桌子，桌上搁着香烟、火柴、威士忌、苏打水等物品。凯尔西夫人正在举办舞会。大幕拉开，枪骑兵方块舞的音乐隐隐约约从舞厅传来。克罗利太太和罗伯特·包罗杰正坐在这里。凯尔西夫人和卡博瑞牧师一起进屋。

凯尔西夫人：哦，你们这些可怜的家伙，为什么不去跳舞呢？你们躲在这里真太不像话了！

克罗利太太：我们还以为不会有人发觉我们都在吸烟室呢。不过凯尔西夫人，你干吗抛下自己的客人们呢？

凯尔西夫人：哦，我已经把他们都安排得舒舒服服的，大跳特跳方块舞呢。我也能喘口气，休息一刻钟。整个晚上，我有多遭罪，你根本不懂。

克罗利太太：天哪！怎么了？

凯尔西夫人：我很担心亚力克·麦肯齐会来。

包罗杰：爱丽丝姑妈，你没必要担心这个。他绝不会冒险露面的。

凯尔西夫人：我都不知道该怎么办了。舞会根本没办法延期。所有令人胆战心惊的真相若被……那个，实在太恐怖了，想都不敢想啊……

卡博瑞（补充道）：真相大白。

凯尔西夫人：是的，我那天终于说服露西重踏社交圈，偏偏这时候真相大白了。我希望狄克能来。

包罗杰：是的，他可以跟我们说一些事情的。

克罗利太太：可是他愿意说吗？

卡博瑞：我不管走到哪里，大家都在讨论麦肯齐先生，而且我得说，能帮他说上一两句好话的人，真是一个都没有。

包罗杰（尖酸地说）：矮胖墩摔了一个大跟头……破罐子破摔，根本无所谓的。

卡博瑞：我不知道自己能不能抽根烟啊？

克罗利太太：我肯定你可以抽的。而且如果我在你的盛情邀请下，我也会来一根的。

包罗杰：别盛情邀请她了。她已经抽得够多了。

克罗利太太：好吧，我放弃将“盛情邀请”作为先决条件，不过不会放弃抽烟的。

卡博瑞（将烟盒递给她，帮她点火）：你知道的，这违背了我所有的原则。

克罗利太太：原则的唯一作用就是拿来“违背”的，这样就恰如其分地满足了某种堕落的感官享受——除此之外，“原则”还有什么用处啊？

（她说话的时候，狄克上场。）

狄克：亲爱的夫人，你说出这样针砭世道人心的警句，真有戏剧家的才华啊。你是说着玩呢？还是不吐不快呢？

凯尔西夫人：狄克！

包罗杰：狄克！

克罗利太太：洛马斯先生！

卡博瑞：啊！

（上述四声惊呼同时出现。）

狄克：我绝没有想到自己的出现，会受到诸位如此热情的迎接，感激之情无法言表啊。

凯尔西夫人：我真高兴，你终于还是来了。我们现在可以弄清楚真相了。

包罗杰（焦躁地说）：你怎么说？

狄克：亲爱的人们啊，你们都在说什么啊？

包罗杰：哦，别这么讨厌了！

克罗利太太：老天爷，难道你没有看今天早上的《泰晤士报》吗？

狄克：我今晚刚刚从巴黎回来，上一次看报纸是八月份的事情了。

克罗利太太（挑挑眉毛说）：那时候，他们还没有出事吧？

狄克：对不起，我没明白，我热心屠龙术，是研习海龙和巨型鹅莓的好学生，对其他的就一窍不通了。

凯尔西夫人：亲爱的狄克，事情太吓人了，简直令人魂飞魄散啊。我真希望自己能有勇气给麦肯齐先生写信，请他不要过来。不过自从一个月前，你们两个从非洲回来后，他差不多天天来这里。而且他一直善待我们，态度非常好，我不能对他怎么样——即使那传闻毫无疑问是真的。

包罗杰：不可能有疑点的。老天啊，我真想狠狠踹他一脚。

狄克（不咸不淡地说）：亲爱的老兄，亚力克是一个强悍的苏格兰人，而且个头比你大，因此我建议你还是不要尝试了。

包罗杰：我今晚本来是要跟他一起用晚餐的，不过我打电话说自己头疼，就不去了。

凯尔西夫人：如果他见到你在这里，那他会怎么想呢？

包罗杰：他爱怎么想就怎么想好了。

凯尔西夫人：我希望他能知趣，不要来，离得远远的。

卡博瑞：凯尔西夫人，我觉得你现在可以心安了。夜已经深了。

狄克：有谁能行行好，解释一下你们到底在说什么啊？

克罗利太太：你的意思是说你真的不知道——正经话吗？归根到底，你原本跟他在一起的啊。

凯尔西夫人：亲爱的狄克，今天上午的《泰晤士报》有两个专栏的措辞非常严厉，对他进行了告发和指责。

（狄克稍稍有些吃惊，但很快就恢复常态。）

狄克：哦，只是舆论反弹罢了。没什么的。自从他抵达蒙巴萨后，有三年的时间，他一直待在非洲的心脏地带，差不多取得了决定性胜利。当然，没法一直保持下去。肯定会有反弹的。

包岁杰（紧紧地盯着他说）：一个叫麦西瑞的男人给那篇文章署了名。

狄克（淡定地说）：在蒙巴萨的时候，亚力克发现麦西瑞饿得半死不活的，完全出于同情心才带他出来的。可他根本就是一文不值的人渣，于是亚力克便打发他回去了。

包罗杰：他说的每个字都言之凿凿，证据好像非常充分啊。

狄克：无论何时，某个探险家回国，总有人要给他编派一些恶心龌龊的故事。人们都忘了在热带森林里，像羊皮手套之类的文雅玩意儿是没什么大用处的，于是当他们听说某个男人为了树立自己的权威，采取稍许暴力措施，就变得义愤填膺的。

凯尔西夫人：哦，亲爱的狄克，远比这个要糟糕。首先，可怜的露西的父亲死了……

狄克：你没打算将这视作彻底的不幸吧？我们都曾经一致认同——对那位绅士来说，“死亡”着实能令他彻底解脱。

凯尔西夫人：可是露西仍然心碎伤痛啊。正当她的生活似乎稍稍好转的时候，传来了她弟弟送命的噩耗。

狄克（口气生硬地对克罗利太太说）：专栏真是那样说的吗？

克罗利太太：说来说去，就是说麦肯齐先生是导致乔治·阿勒顿死亡的罪魁祸首。

狄克：露西的兄弟是死于奴隶贩子之手。

包罗杰：麦肯齐为了保住自己的臭皮囊，派他深入凶险万分的陷阱。

凯尔西夫人：最糟糕的就是，我觉得露西爱着麦肯齐先生。

（包罗杰微微动了动身子。有一会儿，大家都沉默了，气氛尴尬。）

卡博瑞：今晚，我在皮卡迪利街见到他，而且我差点跟他撞个满怀。挺难堪的。

狄克（不温不火地说）：为什么呢？

卡博瑞：我觉得自己不想跟那个男人握手。他就是一个实打实的凶手。

包罗杰（刻薄残忍地说）：他比凶手更坏。他比凶手坏十倍。

凯尔西夫人：嗯，看在老天的分上，如果他今晚过来的话，你们对他要有礼貌。

卡博瑞：我实在无法勉强自己跟他握手。

狄克（冷冷地说）：在你们声讨他之前，最好等到证据都坐实了，难道不是吗？

包罗杰：亲爱的老兄，《泰晤士报》上的那封信绝对就是谩骂诅咒。后来晚报的记者去采访他，可他拒绝跟他们见面。

狄克：露西怎么说呢？说到底，此事跟她的关系最大。

凯尔西夫人：她还不知道。我留了心眼，不让她看到报纸。今晚，我要让她好好散散心，不受任何事情的干扰。

克罗利太太：小心，她来了。

（露西进屋。）

凯尔西夫人（面露微笑，朝她伸出手）：亲爱的，怎么了？

露西（朝凯尔西夫人走来）：我的姨母，你很累了吗？

凯尔西夫人：我暂时可以歇口气。我觉得现在不会有别人要来了。

露西（轻快活泼地说）：你这没心没肺的女士呀，难道你忘了今晚的客人吗？

凯尔西夫人：麦肯齐先生吗？

露西（朝她弯下腰说）：亲爱的，今天早上，你把报纸藏起来不让我看，真是太贴心了……

凯尔西夫人（大惊失色道）：你看到那封信了？我本打算明天之前，要瞒着你的。

露西：麦肯齐先生想得非常正确，他觉得我应该马上知道有关他和我弟弟的传闻。今晚，他亲自派人将报纸送来给我看了。

包罗杰：他写信向你解释了吗？

露西：没有，他只是在一张卡片上涂了几个字“我觉得你应该看看这个”。

包罗杰：嗯，该死！

凯尔西夫人：露西，你怎么看待报上登的那封信？

露西（心高气傲地说）：我不相信。

包罗杰（恼羞成怒地说）：你肯定被自己——对亚力克·麦肯齐的友情蒙蔽双眼了。我从来没有见过这么有说服力的文章。

露西：即便他亲口承认犯下如此可憎的罪行，我都无法相信他会有过错。

包罗杰：当然，他不会承认的。

狄克：当初我跟亚力克是怎么认识的，我跟你们讲过吗？在大西洋上，距离陆地大概有三百英里。

克罗利太太：真是挑了一个荒诞到极点的场合……话当年！

狄克：那时候，我是一个蠢头蠢脑的年轻傻瓜，惯于瞎胡闹。有一次，我掉水里了，快淹死的时候，亚力克跳进水里救我。真是鲁莽，因为他差点把自己给淹死。

露西：他的英雄事迹并非仅此一件。

狄克：是的，他的习惯之一就是为了拯救那些一无是处的废物，拿自己的性命冒险。不过好玩的是自从他救了我之后，他有种荒乎其唐的感激之情。他似乎认为我是故意帮他，才掉进水里，目的就是给他一个机会把我从水里捞出来。

露西（意味深长地好好地看了狄克一会儿）：讲述这故事，你真是太有心了。

（管家上场，通报亚力克·麦肯齐到了。）

管家：麦肯齐先生到。

亚力克（温柔殷勤地说）：啊，凯尔西夫人，我就知道自己会在这里找到你的。

凯尔西夫人（跟他握手）：你好吗？我们刚才一直谈论着你呢。

亚力克：真的？

凯尔西夫人：这么晚了，我们还担心你不会来了呢。我原本真是失望透顶。

亚力克：你这样说，真是太客气了。我一直在看《旅行者》杂志，阅读各种各样关于我自己人品的溢美之词。

凯尔西夫人（有几分尴尬）：哦，我听说报纸上有些说你的话。

亚力克：有很多。我原本真不知道这世界对我如此感兴趣。

凯尔西夫人：你今晚能来真令我们这里蓬荜生辉。我相信你讨厌跳舞的吧！

亚力克：哦，不会的，我对跳舞的兴头非常大。我记得，乌干达的某个国王以我的名义举办了一场舞会。一万个脸上涂满颜料的战士。我向你保证那场面非常震撼。

狄克：亲爱的兄弟，如果颜料是魅惑之物，那你真没必要走出梅菲尔这个圈子——这里的女人浓妆艳抹，够你看的。

亚力克（假装刚刚留意到包罗杰）：啊，我的小朋友博比在这里。我还以为你头疼呢？

凯尔西夫人（赶紧打圆场说）：我恐怕博比太贪玩了。他看上去脸色真不大好。

亚力克（款款细语道）：博比，你不应该撑到这么晚的。你现在正是需要保证睡觉时间的年龄。

包罗杰：你关注我，真是太客气了。我的头疼已经好了。

亚力克：我很高兴。你用什么药——非那西汀吗？

包罗杰：它自己好的——晚饭后不疼了。

亚力克（微笑道）：于是你就前来参加凯尔西夫人的舞会，下决心要好好向姑娘们献殷勤了吧？你没有让她们失望，真是大好人啊！（他转向露西，伸出一只手。他们四目相对。她接过他的手）我今晚给你寄来一份报纸。

露西：你很周到。

（卡博瑞朝前走来，伸出胳膊。）

卡博瑞：阿勒顿小姐，我想现在是我跳舞的曲子了。我可以带你进舞池吗？

亚力克：卡博瑞？起先，我在皮卡迪利街见到你。你横冲直撞的样子就像一头小羚羊。我还从来没想过你的精力会如此旺盛。

卡博瑞：我当时没看见你。

亚力克：我留意到，当我经过你身边的时候，你的视线被商店橱窗深深地吸引住了。你现在还好吧？

（他伸出手，卡博瑞有些犹豫，没有立刻跟他握手。不过亚力克用坚定的眼神迫使他就范。）

卡博瑞：你好吗？

亚力克（忍俊不禁地展露笑意）：老兄，很高兴再次见到你。

（狄克发出了咯咯的窃笑声，卡博瑞涨红脸，怒气冲冲地甩开手。卡博瑞朝露西走去，伸出了胳膊。）

包罗杰（对克罗利太太说）：要我带你回舞池吗？

克罗利太太：求之不得！

凯尔西夫人：麦肯齐先生，难道你不过来吗？

亚力克：如果你不介意，我就留在这里，跟狄克·洛马斯抽根烟。你知道我并不擅长跳舞。

凯尔西夫人：好的。

（除了亚力克和狄克，其他人都离开。）

狄克：我们所有人都乞求上苍，你今晚能躲得远远的，不会没羞没臊地上门……我猜你是知道这点的吧？

亚力克（微笑道）：我承认，我有过疑心。我原本不会来的，只因为想见见露西。我事先对麦西瑞的信一无所知，我一整天都待在乡下，到车站后，看见报栏才知道的。

狄克：我寻思着，麦西瑞打算胡搅蛮缠，让你非常不痛快。

亚力克（微笑道）：我犯了错，不是吗？那时候，他对我再也没有利用价值了，我就应该把他扔到河里去。

狄克：你打算怎么办呢？

亚力克：付出某人的生命作为代价，我要洗刷自己并不容易。尘土掩盖了他的罪行、他的罪孽和他的弱点。

狄克：你的意思是说你打算站着一动不动，任凭他们朝你扔泥巴？

亚力克：乔治死后，我在给露西的信里，说他像勇士那样死去的。如今，我不能向全世界公开，说他是一个懦夫和恶棍。我不能重新唤醒世人对她父亲当年罪行的记忆。

狄克（焦躁地说）：毫无疑问，你这纯属痴心妄想。

亚力克：不，不是的。我跟你讲，除了沉默，我什么都做不了。我的手脚都被捆住了。关于乔治的死，露西跟我谈过，唯一能宽慰她的一点就是——在某种意义上，他赎回了他父亲的好名声。我怎能剥夺她这个念想呢？她将所有的希望都寄托在乔治身上。如果她知道自己的弟弟坏透了，跟他父亲一样无可救药，那她该如何面对世人呢？

狄克：似乎很难。

亚力克：况且，事已至此，我们就说——那孩子宁死不屈。这样的说法应该有些价值的，难道你不这么想吗？不，我跟你讲，我如今不能吐露实情。我无时无刻不在自责。我太爱露西了，着实不想令她如此痛苦。

狄克：你这样保持沉默，万一失去她的爱情，该怎么办呢？

亚力克：我觉得对她来说，失去爱情好过丧失自尊。

（露西和克罗利太太进屋。）

露西：我已经甩掉自己的舞伴了。我觉得有些话，我必须单独和你谈谈。

狄克：我和克罗利太太该躲到某个角落里去吗？

露西：不用，我们说的话，没有你不能听的。你和内丽都知道我们已经订婚了。（对亚力克说）我要你跟我一起跳舞。

亚力克：你真是太好了。

克罗利太太：露西，难道你不觉得这样很傻吗？

露西（对亚力克说）：我想让他们看看，我不相信。

亚力克：他们把我说得很可怕吗？

露西：不是跟我说的。他们想躲着我说，可是我知道他们嘀咕的内容。

亚力克：关于我的各种龌龊坏话，你听着听着，以后就会习以为常的。我觉得我自己也会习惯的。

露西：哦，我讨厌他们。

亚力克：哦，我介意的不是这个。令我苦恼的是，鄙夷他们给予的赞美很容易，可如今我无法对他们的指责不屑一顾。

克罗利太太（含笑道）：我相信无论如何，在你的内心深处，有某种人性的光辉。

露西：你今晚过来的时候，如此平静，如此镇定，我对你的敬仰之情上升到了一个新高度。

亚力克：脸上保持镇静非常容易。在非洲的时候，我要活命常常取决于自己是否看起来毫不畏惧，因此我学会了这套把戏。可在我的心中……我从来不曾知道自己会有如此苦涩的感觉。不过归根到底，我唯一在乎的就是——只要你觉得我好。

露西：从我见到你的第一天开始，我对你就有了某种说不清道不明的信赖之情。

亚力克：为此感谢上帝！今天，我第一次需要确信自己是别人信赖的对象。不过有这种心理需求，我还是觉得挺不好意思的。

露西：啊，别对自己太苛刻了。你很害怕露出自己温柔温情的一面。

亚力克：要坚强，唯一的办法就是永远不向软弱投降。“坚强”跟其他任何事情一样，都只是习惯罢了。我也想你变得坚强。无论你听到怎样的流言蜚语，我要你永远不要怀疑我。

露西：我将自己的弟弟交到你的手里，并且跟你说，如果他像一位勇士那样死去，我就别无所求了。

亚力克：我得告诉你，对那些冲着我来的指控，我已经拿定主意——不予回答。

（一时半会儿，众人都没有作声，与此同时，他坚定地看着她。）

克罗利太太：可为什么呢？

亚力克（对露西说）：我以自己的荣誉向你发誓，我做的任何事情，都无怨无悔。至于乔治的事，我知道自己做得对，即便一切从头来过，我的做法还是跟以前一模一样。

露西：我想自己可以相信你。

亚力克：我一直想着你，我的所作所为都是为你考虑。在非洲的这四年，我采取的每项举措都是因为我爱你。

露西：亚力克，你一定要永远爱我，因为我现在只有你了。（他弯腰亲吻她的手）来吧！

（他将胳膊递给了她，然后两人离开。）

克罗利太太：我觉得自己好像非常想哭。

狄克：你真有这感觉？我也是。

克罗利太太：别这么傻兮兮的。

狄克：顺便问一句，你不想跟我跳舞，对吗？

克罗利太太：当然不想。你跳得一塌糊涂。

狄克：你说这话真是风情万种。一下子就令我放松下来。

克罗利太太：过来，坐到沙发上，我们谈谈正事。

狄克：啊，你想跟我调情，克罗利太太。

克罗利太太：老天爷，你凭什么居然会这样想啊？

狄克：如果女人邀请男人好好谈谈心，永远都意味着她想跟他甜言蜜语。

克罗利太太：我真受不了某个男人老觉得女人都爱着自己。

狄克：上帝保佑你，我没有这样想。我只是觉得她们都想嫁给我。

克罗利太太：同样遭人嫌。

狄克：一点都没有。男人无论多老多丑，通常来说还令人心烦，但他永远能找到一大堆愿意嫁给自己的俏姑娘。对于真正的好姑娘来说，婚姻依然还是唯一体面的生活方式。

克罗利太太：不过，亲爱的朋友，一个女人若真下定决心嫁给某个男人，那么在这尘世间，他是无法摆脱她的魔爪的……什么都救不了他。

狄克：别这样说，你吓到我了。

克罗利太太：你一点都没必要担心，因为我会拒绝你的求婚。

狄克：谢谢，真是太感激了。然而我觉得自己仍然不想冒险求婚。

克罗利太太：亲爱的洛马斯先生，你唯一安全的出路就是立刻逃走。

狄克：为什么呢？

克罗利太太：过去的这个月，就算脑子最不好使的人都能看得一清二楚，你一直站在向我求婚的边缘。

狄克：哦，我向你保证，你大错特错。

克罗利太太：那明天，我就不跟你去看戏了，好吗？

狄克：可我已经买好票了，而且我在卡尔顿饭店定了一顿非常精美的晚餐。

克罗利太太：你都点什么菜了？

狄克：法式浓汤……（*她的脸色微微有些不屑*）诺曼底鳎目鱼……（*她耸耸肩*）野鸭。

克罗利太太：搭配柑橘沙拉吗？

狄克：是的。

克罗利太太：我倒不是很讨厌这个。

狄克：我另外还点了一份当中有冰激凌的蛋奶酥。

克罗利太太：我不去了。

狄克：任何一个男人，只要带你去看戏，你就坚定地认为得嫁给对方——我原先还真没想到，你将这种想入非非的艺术修炼得如此炉火纯青。

克罗利太太（佯装端庄正经地说）：我的家教非常好。

狄克：当然，如果我不娶你，你就打算有条不紊地发脾气，将自己变得面目可憎，那么我觉得出于自我防卫，我就不得不娶你了。

克罗利太太：我怀疑你正在叨咕的这些话，连你自己都不懂是什么意思吧？我相信自己一点都没听懂！

狄克：我只是用某种极为委婉的言辞拐弯抹角地请你定下日子。要备妥屠宰的羔羊啊！

克罗利太太：难道你就不能稍稍渲染几分浪漫色彩吗？你或许可以从屈膝下跪开始啊。

狄克：我向你保证，那种方式真的很过气。现如今，中年恋人实在太多，他们的关节都僵硬了，嘎吱嘎吱响的。而且，跪下求婚会弄坏裤子的版型。

克罗利太太：无论如何，你没有说你知道自己完全配不上我——你无法为此找到借口。

狄克：狂野的马儿无法诱使我说出远离真相的措辞啊。

克罗利太太：还有，当然了，你必须威胁我，说如果我不同意，你就去自杀——你也没说这话。

狄克：女人真顽固，抱着常见的套路不放。她们毫无原创精神。

克罗利太太：好吧，你就用自己的方式求婚吧。不过我必须要有正式的求婚仪式。

狄克：只需要七个字。（掰着指头数）你愿意嫁给我吗？

克罗利太太：这样既简单又明了。我的回答就一个字——不！

狄克（似乎不肯定自己是否听得真切）：对不起，我没听清楚，再说一次好吗？

克罗利太太：答案是否定的。

狄克：你在开玩笑。你肯定在开玩笑。

克罗利太太：我愿意成为你的姐妹。

狄克：你的意思是说你郑重其事地拒绝我了？

克罗利太太（微笑道）：我向你保证过的，我会拒绝。

狄克（俨乎其然地说）：我发自肺腑地感谢你。

克罗利太太（大惑不解地说）：这男人疯了。这男人百分之百是一个满嘴疯话的疯子。

狄克：我只是想看看你是否对我真有爱慕之情。你向我证明，你对我有“尊敬之情”，我答应你，我永远不会忘记这点的。

克罗利太太（大笑道）：洛马斯先生，你真是大白痴啊！

狄克：我确信，一个真正善良的女人绝对不会残忍得要嫁给自己喜欢的男人——这是深得我心的信条之一。

克罗利太太：你太油腔滑调了，任何人都不会嫁给你的，再说了，你很遭人嫌，一无是处。

（她退场。狄克轻声窃笑，点上一根烟。亚力克进屋，然后懒洋洋地躺到沙发上。）

亚力克：哎呀，狄克，怎么了？你好像乐开花了。

狄克：亲爱的老兄，我感觉自己就像某个力大无比的土耳其人。我一直跟人扭打摔跤，本以为要栽跟头了。然而，我通过展示出绝妙无比的灵敏巧劲，成功地保住了自己的双腿。

亚力克：你什么意思？

狄克：没什么。只是一个四十二岁的男人有着灿烂无比的心情。

（包罗杰进屋，莫林斯和卡博瑞随即跟进来。莫林斯看到亚力克的时候，微微有些吃惊，不过立刻走到放着威士忌的桌边。）

莫林斯：博比，我们可以在这抽烟吗？

包罗杰：当然。狄克原先坚决主张预留出该房间，其部分目的就在于此。

（管家端着一个银色的小托盘进屋，然后收走一两个脏玻璃杯。）

狄克：在所有的女主人当中，凯尔西夫人是最令人如沐春风的。

亚力克（从烟盒里拿出一根烟）：博比，做个好孩子，给我根火柴。

（包罗杰背朝亚力克，没有搭理他。包罗杰给自己倒了点威士忌。亚力克轻轻微笑）博比，把火柴盒扔给我！

包罗杰（身子一动不动）：米勒！

管家：先生，什么事？

包罗杰：麦肯齐先生要点东西。

管家：好的，先生！

亚力克：你能给我点烟的东西，可以吗？

管家：好的，先生！

（管家将火柴盒拿给亚力克，后者点了香烟。）

亚力克：谢谢。（大家全都一声不吭，陷入完全的沉默，直到管家离开该屋，亚力克才开口说话）博比，我估摸着，在我离开的这段时间里，在你各种各样的优点中，“讲礼貌”这一条尚未添加进去啊。

包罗杰：如果你想要东西，你可以开口跟仆人要啊。

亚力克（愉快和气地说）：博比，别傻了！

包罗杰：你能不能行行好，记得我的名字是“包罗杰”吗？

亚力克（微笑道）：你或许喜欢我管你叫“罗伯特大人”吧？

包罗杰：我更喜欢你根本不叫我。我绝对一点都不想认识你。

亚力克：这说明你的品位跟你的教养一样差劲。

包罗杰（暴跳如雷地朝他走来）：上帝啊，我要把你揍趴下！

亚力克：当我已经躺下的时候，你几乎不可能办到这点啊。

包罗杰：瞧好了，麦肯齐，我可没打算让你当傻瓜耍。面对那些冲着你来的指控，你必须给出答复，我想知道你的答案是什么。

亚力克：只有阿勒顿小姐才有权力要求答案，以此解开内心疑问，我可以这样想吗？然而，她并没有问过我。

包罗杰：我不明白她的态度，我也放弃去了解了。如果我是她，看到你就会觉得恐怖，觉得恶心。从今天早上开始，“害死乔治”的指控一直追着你跑，可是你没有说任何为自己辩解的话。

亚力克：没有。

包罗杰：你有过替自己解释的机会，可是你没有抓住。

亚力克：非常正确。

包罗杰：难道你打算反驳该指控吗？

亚力克：我不会反驳的。

包罗杰：那么我只能得出一个结论。虽然看样子，没法令你接受司法制裁，但最低限度，我可以拒绝认识你——我们从此是陌路人了。

亚力克：就我们俩说说悄悄话。我得将你的信笺和照片都还给你吗？

包罗杰：我没有开玩笑。

亚力克：虽然我是苏格兰人，你是英格兰人——大家向来各行其是，可是我竟然能看出来你有多愚蠢，真令人诧异，而与此同时，你对自己的愚蠢居然如此两眼一抹黑，毫无知觉。

狄克：亚力克，得了！别忘了，他只是一个孩子。

包罗杰（对狄克·洛马斯说）：我完全可以自己应付，而且你如果不插手，我会心怀感激的。（对亚力克说）如果露西对自己兄弟的死，如此无动于衷，依然愿意跟着你，那是她自己的事……

狄克（插话道）：得了，博比，别闹笑话了。

包罗杰（怒不可遏地说）：别管我，你这讨厌的家伙！

亚力克：你真觉得这里是吵架的地方吗？你若在我的俱乐部袭击我，或者在周日的教会游行中跟我干架，那么你的恶名就能得以更广泛地传播，难道不是吗？

包罗杰：你今晚来这里，纯属不知廉耻的冒失莽撞。你利用这些可怜的女人，拿她们当挡箭牌，因为你知道只要露西牢牢站在你这边，那就没人会相信那故事。

亚力克：亲爱的孩子，我来这里的理由跟你一样。因为我受到邀请了。

狄克：那个，博比，闭嘴！

包罗杰：我不会闭嘴的。这男人没有强行来这里的权利。

狄克：你得记住自己是凯尔西夫人的侄子。

包罗杰：我可没邀请他。我若是知道他要来的话，难道你觉得我还会过来吗？他已经承认自己没什么好辩解的。

亚力克：对不起，我没有承认——也没有否认任何事情。

包罗杰：这对我没用。我想要真相，而且我要搞清楚。我有知晓真相的权利。

亚力克（开始变得暴躁）：博比，别把自己弄得跟头蠢驴似的。

包罗杰：以上帝的名义，我会让你回答的！

（包罗杰边说边怒气冲冲地朝亚力克走来，不过亚力克一甩胳膊，就将他一把推开。）

亚力克：你个傻孩子，我能把你揍散架。

（包罗杰一声怒喝，正打算朝亚力克扑来，狄克赶紧过来拦住他。）

狄克：那个，别闹了。你只会令自己难堪到极点，博比。亚力克真能把你揍得稀巴烂。莫林斯，带他走。卡博瑞，别站在那里——跟头吃撑的猫头鹰似的。

包罗杰：放开我，你个笨蛋！

莫林斯：老兄，走吧。

包罗杰（对亚力克说）：你个天杀的卑鄙小人！

狄克：那个，你快走吧。别把自己弄成一头蠢驴了。

（包罗杰、莫林斯和卡博瑞离开。）

狄克：可怜的凯尔西夫人！明天，半个伦敦城都会说——你和博比在她家的客厅，硬扛硬地干了一架。

亚力克（怒火中烧地说）：这些天打雷劈的小崽子！

狄克：越来越乱作一团了，形势变得很尴尬！

亚力克：他们一个劲地奉承我，舔我的靴子，直到我讨厌他们，然后他们就像一群杂种狗似的跟我作对。哦，我鄙视他们——这些傻乎乎的男孩子窝在家里，尽享安逸时光，与此同时，男人们都在辛苦工作。感谢上帝，我现在跟他们没有瓜葛了。他们以为要在非洲杀出一条路，就跟逛皮卡迪利街一样轻松自在。他们以为熬过千难万险，扛过疾病和饥饿，就像在梅菲尔的宴会上狼吞虎咽，当饕餮一样简单。

狄克：亲爱的亚力克，保持镇定啊。

亚力克（显而易见，他努力恢复平静，完全克制住自己，然后用漫不经心的态度，字斟句酌地说）：你觉得我看起来发飙了——很激动吗？

狄克（戏谑道）：我觉得你的样子不像无辜天真。

（狄克和亚力克往花园走去。过了一会儿，包罗杰和凯尔西夫人上场。）

包罗杰：感谢老天，这里现在没人。

凯尔西夫人：博比，我觉得你实在太傻了。你知道的，露西正忙的时候，有多讨厌被别人打断。

包罗杰：难道你不坐下吗？你肯定累坏了。

凯尔西夫人：你为什么不等到明天呢？

包罗杰：我觉得事情应该马上解决掉。

（露西上场。）

凯尔西夫人：是的，我把那意思跟他说了。

包罗杰：我向爱丽丝姑妈请托，求你来这里。我担心如果我开口的话，你不愿来的。

露西（轻快地说）：真胡说！我见到你向来很开心。

包罗杰：我想跟你说一些事情，而且我觉得爱丽丝姑妈应该在场的。

露西：这么紧迫——不能等到明天吗？

包罗杰：我斗胆认为非常紧迫。

露西（微笑道）：那我就集中所有的注意力了。

包罗杰：露西，我常常跟你说，从我记事开始，这么多年来，我就一直爱着你。

露西：你把我拽出来，我的舞伴不大乐意，一脸勉强，你肯定不是为了向我求婚吧？

包罗杰：露西，我现在非常严肃认真。

露西（含笑道）：我向你保证，“严肃认真”根本不适合你啊。

包罗杰：那天，我又向你求过婚，刚好在亚力克·麦肯齐回来之前。

露西：你很有心。那时，我对你微微发笑，你千万别因为这个，就认为我不感念你的深情厚谊。

包罗杰：如果今天早上的《泰晤士报》没有刊登那封信，那我绝对不敢再跟你说些什么。可是因为那封信，现在一切都变了。

露西：我没明白你的意思。

包罗杰（稍稍顿一下说）：我再问你一次，你是否愿意成为我的妻子？亚力克·麦肯齐回来的时候，我就明白你为什么对我如此淡漠了，可现在，你不能嫁给他。

露西：你没有权力这样跟我说话。

包罗杰：说到底，我是唯一跟你有亲戚关系的男人，而且我全心全意地爱着你。

凯尔西夫人：露西，我觉得你应该听他的。我年纪渐渐大了，在这世上，你很快就会变得孤零零的。

包罗杰：我没有要求你喜欢我。我只想帮你。

露西：我只能重复一句，我真的非常感激你。我永远无法嫁给你。

包罗杰（脾气又开始变得暴躁了）：你想继续了解麦肯齐吗？关于那封信，只要是不带偏见的人，他们给出的看法，如果你听听，就会发现大家的说法都一样。不存在任何疑云——麦肯齐肯定犯下了可怕的罪行。

露西：我不在乎什么证据。我知道他不会做出毫无廉耻的事情。

包罗杰：可是，你忘记自己的兄弟死于他之手吗？整个国家的人都挥舞着双臂反对他，而你的态度如此漠然冷淡。

露西（情绪有了很大的波动）：哦，博比，你怎能如此残酷啊？

包罗杰：但凡你真关心乔治，你一定想惩罚那个导致他死亡的人。

露西：哦，你为什么要折磨我呢？我跟你说，他没有犯罪。因为我确信……

包罗杰（打断她道）：不过你问过他吗？

露西：没有。

包罗杰：他可能会告诉你实情。

露西：我不能那样做。

包罗杰：为什么呢？

凯尔西夫人：他对此事一直缄默不语，太奇怪了。

露西：你也相信那故事吗？

凯尔西夫人：我不知道该相信什么。太异常了。如果那男人是无辜的，那他为什么不说呢？

露西：他知道我信任他。我不能拿这些问题去追问他，那会令他很痛苦。

包罗杰：你是担心他不愿意回答吧？

露西：不，不，不是的！

包罗杰：那好吧，就试试。归根到底，你不仅要怀念乔治，你也同样需要真相。

凯尔西夫人：露西，我觉得现在的状况太不合情理了。他知道我们都是他的朋友。大家心中都有一杆秤，自会有合理的结论，他应该相信这点。

露西：我打心底里信赖他。我拼尽全力地信赖他。

包罗杰：这样说来，如果你问他，一切肯定都不会有所变化的。他没有理由不相信你。

露西：哦，你为何要管我的闲事呢？

包罗杰：直截了当地问他。如果他拒绝回答你……

露西（赶紧说）：那并没有什么意义。他为什么要回答呢？我绝对信任他。在我认识的男人当中，我觉得数他最优秀、最正直。比起整个世界，我更关心他的小拇指。我全心全意地爱着他。他不可能犯下这可怕的罪行，原因就在于此。因为我爱了他很多年，而且他知道这点。他也爱我。他一直爱着我。

（亚力克和狄克从花园闲逛回来，悠然地走进屋里。）

露西：亚力克，亚力克，我需要你！感谢上帝，你来了！

亚力克（赶紧朝她走来）：怎么了？

露西：亚力克，你必须马上将你我的事情告诉他们。

（亚力克深深地看了露西一会儿，然后转身对凯尔西夫人说话。）

亚力克：凯尔西夫人，我觉得我们或许早就该跟你说了。不过我们想保留自己的小秘密，悄悄享受一下。

凯尔西夫人：我害怕知道。

亚力克：我已经请求露西做我的妻子了，而她……

露西（打断他的话）：她说自己非常荣幸，充满感激之情。

凯尔西夫人（大为尴尬）：我不知道该说什么……你们订婚多久了？

露西：姨母，难道你不跟我说——你很开心吗？我知道你想要我幸福的。

凯尔西夫人：当然，我想要你幸福。可是我——我……

（包罗杰转身，离开房间。）

狄克（朝凯尔西夫人伸出胳膊）：难道你不想回客厅吗？

（她听从狄克的安排，被带走了，惘然若失的神态。现在只剩亚力克和露西。）

亚力克（带着一丝微笑）：我觉得我们放出的这条消息并没有获得大家热情地响应。

露西：亚力克，你不会生我的气吧？

亚力克：当然不会。你无论做什么，都是对的，都是充满魅力的。

露西：这样恭维奉承的话，你说得如此顺当，如果是我教会你的，那我真觉得自己是一个人才。

亚力克：我很高兴你我能单独待在一起。现在开始，无论如何，人们将会知趣地不打扰我们，让我们单独待着。

露西（热情如火地说）：我需要你的爱情。我非常非常需要你的爱情。

亚力克（用双臂搂着她说）：我亲爱的！

露西（紧紧依偎着他）：我跟你在一起的时刻，我对一切都非常有把握，我感觉如此幸福。

亚力克：只有当你跟我在一起的时候，你才有这样的感觉吗？（露西看了他一会儿。他用怜爱亲切的声音又重复了一下该问题）亲爱的，只有当你跟我在一起的时候吗？

露西：我要你告诉他们——我们订婚了，你想过是什么原因吗？

亚力克：你令我很意外。

露西：我必须告诉他们。我没办法再忍了。他们弄得我非常痛苦。

亚力克：这些野蛮人！告诉我，他们都干什么了。

露西：哦，他们说你的坏话，说了很可怕的事情。

亚力克：就这些？

露西：对你来说无关紧要。可是对我……哦，你不懂我受了多大煎熬。我实在太懦弱了！我本以为自己要更加勇敢。

亚力克：我不懂你的意思。

露西：我想抛开过去种种——将身后的船烧得干干净净，然后朝前看。我想重新过上心平气和的生活。（*亚力克微微一动，放开她，可是她不安地将他拽回自己的身边*）宽恕我吧，亲爱的。你不明白这有多可怕。我孤立无援，就这样栖栖惶惶地站着。人人都确信——可怜的乔治，他的死亡是你导致的——除了我，所有人都相信。（*亚力克神情严峻地看着她，没有说话*）我努力想将这些念头赶出自己的脑子，可是我做不到——我做不到。《泰晤士报》上的那封信看起来非常真实，太可怕了。难道你不明白我的意思吗？这样悬着心，这样没有确切答案地吊着心思，我受不了。一开始，我非常笃定，我觉得自己绝对相信你。

亚力克：而现在，你不相信了？

露西：我信任你，就跟以前一样。我知道你不可能干出可耻的事情。只是如今白纸黑字的，而你一言不发，一句回答的话都没有。

亚力克：我知道这很难。就因为很难，所以我一直请你相信我。

露西：我真的相信，亚力克——用我整个灵魂相信。不过你可怜可怜我吧。我没有自己以为的那样坚强。孤零零地站着，对你来说很容易。你如钢铁般强硬，可我只是一个软弱的女人。

亚力克：哦，不，你跟其他女人不一样。你有坚不可摧的意志，我为此自豪。

露西：涉及我父亲，还有乔治——那些事情，我要勇敢尚且容易，可你是我爱的男人，事情就大为不同。我再也不懂该如何独自面对了。

（*亚力克看着她，若有所思，但没有马上回答，过了一会儿才开口。*）

亚力克：刚刚一小时前，我跟你说过，无论我做过什么，如果时光倒流，我还是同样的做法，你记得吗？我以自己的荣誉向你保证过，我内心毫无愧疚之意。

露西：哦，我知道。我着实为自己感到害臊。只是我受不了那份疑心。

亚力克：疑心！你终于说出这个词了。

露西：对于那些可怕的指控，我跟每个人说——自己一个字都不信，我在内心也一再重复同样的话——我肯定，我肯定他是无辜的。然而在内心深处，我还是有疑心，而且我无法铲除它。

亚力克：你将我们订婚的事情告诉他们，是因为这个缘故吧？

露西：“怀疑”令我备受折磨，我想杀死它。我觉得如果我站在众人面前，大声说出自己信赖你，那感觉会非常棒，无论发生什么事情，我都愿意嫁给你，我至少能拥有心灵的平静。

（亚力克来回踱步。然后他伫立在露西面前。）

亚力克：你真正要我做什么呢？

露西：因为我爱你，我求你怜悯我。如果你选择不开口，那就不要告诉世人，只告诉我真相。我知道你不会撒谎。不管你口出何言，只要我听见的，我都会相信，我想心里有底，心里有底！

亚力克：如果我的良心不是毫无亏欠，那我是不会向你求婚的，难道你没意识到这点吗？我必须耗尽全力才能咬紧牙关，才能保持沉默，难道你没有意识到其间的缘由吗？

露西：可是我即将成为你的妻子，而且我爱你，你也爱我啊。

亚力克：我求求你，不要固执，露西。就让我们记得——过去已经过去，记得我们彼此相爱。我无法跟你讲任何事情。

露西：哦，可你现在必须跟我讲啊。如果那故事里有几分真相，你必须给我一个自己评判的机会啊。

亚力克：我很抱歉，我做不到。

露西：但是你将会扼杀我对你的爱情啊。在我灵魂深处隐隐升起的疑虑，现在填满了我整个身心。我简直要疯了，你怎么忍心让我遭受这般折磨啊？

亚力克：我还以为你是信赖我的。

露西：你只要告诉我一件事，我就心满意足了——你只要跟我说，当你派遣乔治执行任务的时候，你不知道他会送命。（亚力克坚定地看着她）亚力克，只要说这个。说——那种说法都是错的，我会相信你的。

亚力克（非常从容平静地说）：但那是事实。

（露西没有回答，只是用惊恐的双眼瞠视着他。）

露西：哦，我不明白。哦，最最亲爱的人啊，不要拿我当小孩子。可怜可怜我吧！你现在的态度一定要严肃认真。对我们两人来说，这是性命攸关啊。

亚力克：我非常严肃认真。

露西：你知道自己将乔治送上了死路？你知道他无法逃命的？

亚力克：除非有奇迹。

露西：然而你不相信奇迹？

亚力克：不相信。

露西：哦，这不可能是真的。哦，亚力克，亚力克，亚力克！哦，我该怎么办啊？

亚力克：我和你说，我那时的所作所为根本无可避免。

露西：这样说来，如果这是真的，那别的肯定也是真的。哦，可怕啊。我无法理解。难道你根本没什么要说的吗？

亚力克（沉着嗓子说）：除了一点，一直以来，我用自己整个灵魂爱着你。

露西：你知道我对自己兄弟的爱意有多深厚。你非常明白，对我来说，他应该活下去，然后洗刷干净我父亲的恶名。将来的一切都将以他为中心，于是你就把他牺牲了。

亚力克（吞吞吐吐地说）：我想自己可以告诉你一件事。他判断失误，铸下大错。我们被阿拉伯人包围了，唯一逃生的机会需要有人断后——我们中的某人基本必死无疑。

（露西隐约瞥见了一丝真相，她的脸色倏忽大变，面部表情被恐惧扭曲得非常厉害。她急匆匆地朝他走去。由于情绪过于激动，她的声音发颤。）

露西：亚力克，亚力克，他没有做——问心有愧的事情吧？你没打算替他遮掩，对吗？

亚力克（哑着嗓子说）：没有，没有，没有！

露西（松了口气，然后几乎自言自语道）：感谢上帝！我可受不了那个。（万念俱灰地看着亚力克）那我就不懂了。

亚力克：他进退失据，遭了那样的灭顶之灾，说不上不公平。

露西：那样的时刻，没人会想到公平的问题。他还那么年轻，那么老实坦率。你拿自己的性命冒险，而不是要他送命，难道不会更显高尚吗？

亚力克：哦，亲爱的，将自己的性命拱手让人，你不懂这有多容易。你对我实在知之甚少啊！我若一死了之，就能解决难题，难道你以为我会犹豫吗？我有自己的工作要做。我和周围的部落有着庄严的条约，我被这些东西困住了。我要是去送死，那是懦夫的行径。我跟你说，我如果死了，那就意味着我方所有的人都没法活命。

露西：我只能看清楚一件事情，就是你选中了乔治，是乔治，而不是其他任何人。

亚力克：那时候，我就知道自己的所作所为可能会扼杀你的爱情——即使你未必会相信这话，可我那样做是为你考虑。

（正当此时，克罗利太太和罗伯特·包罗杰进来。克罗利太太已经披上了斗篷。）

克罗利太太：我来就是说晚安的。博比打算开车送我回家。（她突然留意到露西的神情慌乱紧张）这到底怎么了？

（凯尔西夫人和狄克·洛马斯进屋。凯尔西夫人看看露西，急忙朝她走来。）

凯尔西夫人：露西，露西！

露西（语无伦次地说）：我跟麦肯齐先生的婚约取消了。他无法否认那些传闻……他无法说那些是假话。

（他们大为错愕地看着他，但他纹丝不动。）

克罗利太太（对亚力克说）：难道你就一句话都不说吗？你肯定能给出某些解释吧？

亚力克：没有，我没什么好说的。

狄克：亚力克，老兄，你不明白这一切意味着什么吗？

亚力克：很明白。我现在瞧明白了，一切都无可避免。

露西（突然火冒三丈，怒不可遏说道）：你杀了他！你杀了他，就像你用自己的双手扼死了他。（罗伯特·包罗杰走到门边，打开门。亚力克看了露西一眼，微微耸耸肩。他一言不发地离开了。当他走远的时候，露西跌坐在地，情不自禁地失声大哭，泪如雨下。）

（第三幕完）

第四幕

▼

▼

▼

场景：波特曼广场，狄克·洛马斯的宅邸，书房。

（狄克和他的贴身男仆查尔斯。狄克正将花放进花瓶中。）

狄克：麦肯齐先生来了吗？

查尔斯：是的，先生。他去自己房间了。

狄克：我等克罗利太太和阿勒顿小姐来喝茶。如果其他人来，就说我不在家。

查尔斯：是的，先生。

狄克：还有，如果来客想知道我大概什么时候会回来，就说你毫不知情。

查尔斯：好的，先生。

狄克：明天早上，我们八点用早餐。我打算送麦肯齐先生去南安普敦，给他送行。不过我会回来吃晚饭的。大厅里的那些箱子打算怎么安排？

查尔斯：麦肯齐先生说今天下午就把它们运走。标签上就写着桑吉巴岛[①]。先生，这样就可以吗？

狄克：哦，我想可以的。麦肯齐会把具体路线告诉承运人的。你最好马上去端茶。克罗利太太四点钟就要过来。

查尔斯：好的，先生。

（查尔斯离开。狄克继续插花，然后走到窗边，朝外眺望。接着，他回到原先的位置。查尔斯打开门，通报克罗利太太到了。）

---

① 桑吉巴岛：又译作“桑给巴尔岛”，现属坦桑尼亚，盛产丁香，是非洲重要的旅游胜地。——译者注

查尔斯：克罗利太太到。

狄克（满心激动地朝她走去，握住她的双手）**：**最好的女人来了！

克罗利太太：你见到我好像很开心啊？

狄克：我是很开心。不过露西在哪里？

克罗利太太：她迟点到……关于这点，我不懂你为什么要把我的手捏得这么紧啊。

狄克：我上次见到你都是好久以前的事情了！

克罗利太太：整个夏天，如果你都窝在苏格兰离群索居，那就不能指望见到别人啊——大家都去汉堡，或者去意大利的湖区消夏了。

狄克：老天爷，你真是用心经营自己的社会地位啊！

克罗利太太："社会地位"是种非常敏感的植物，要想经营好这东西，就必须满足其各种稀奇古怪的条件。

狄克：回到城里，你难道不开心吗？

克罗利太太：离开也罢，回来也罢，伦敦都是这世上最具魅力的城市。现在跟我说说，你都干什么了……只要别弄得我太脸红，我可以听听的。

狄克：我的行为非常得体，就算牧师的独生女这样做，也不会有失体统。在凯尔西夫人的家里出了那档子可怕的事情后，我就把亚力克拽到苏格兰，然后我们打高尔夫。

克罗利太太：可怜的东西，他的样子很惨吗？

狄克：他一个字都没说。我想安慰他，可他一点机会都没给我。他从来不曾提到露西的名字。

克罗利太太：他看起来很痛苦吗？

狄克：他就跟以前一样，喜怒不形于色，内敛克制。

克罗利太太：他真是非正常人类。

狄克：他在青春期的时候，就有异于常人。他虽然在萨维街[1]购买服装，但骨子里就是一个古罗马人。一头被关在笼子里的老鹰，不得不跟一群金丝雀为伴。

克罗利太太：在英格兰，他的日子会很难，对他来说，回非洲要好多了。

狄克：明天的这个时候，他已经渡过半个英吉利海峡了。

克罗利太太：洛马斯先生，我开始真心觉得你是一个完美的天使。

狄克：别说这样的话，这令我有非常强烈的“人到中年万事休”的感觉。我宁可当一个年轻的罪人，也不要做一个年长的智天使。

克罗利太太：整个夏天，你一直照顾他，而且在他离开之前，你坚持要他留在这里，你很细心，很替人考虑。他这次要去多久呢？

狄克：天知道！可能永远不回来了。

克罗利太太：露西要来的事情，你跟他说过吗？

狄克：没有。我觉得这是一个令人欣喜的消息，因此我将透露的工作留给你了。

克罗利太太：谢谢！

狄克：她只会放纵女性的心绪，闹得鸡飞狗跳，而且她已经把亚力克弄得够惶惑可怜了。她为什么不嫁给罗伯特·包罗杰呢？

克罗利太太：她为什么要嫁给他呢？

狄克：我认识的女人当中，有一半是为了唾弃别人，才嫁给自己丈夫的。这似乎是常见的结婚理由之一。

克罗利太太（挖苦地看着他，戏谑道）：说到这个，等麦肯齐先生走了之后，你打算干什么呢？

---

① 萨维街：伦敦西区的一条小街，聚集着众多顶级裁缝，以做高端男装为主。——译者注

狄克：说到天气和农作物，我打算去西班牙。

克罗利太太（睁大双眼说）：这太古怪了吧！我也想去那里的。

狄克：这样啊，那没有丝毫犹豫，我要改道去挪威了。

克罗利太太：那地方冷得要命。

狄克：确实要命。不过我尽到自己的职责，因此非常心安——有了良心上的支持，我觉得自己能过下去。

克罗利太太：我们都待在西班牙，难道你觉得那地方不够大吗？

狄克：我确信没有足够的地方。我们会一直擦肩而过，会一直遇见对方，而且你肯定要我老盯着火车时刻表，以免错过接你的火车。

克罗利太太：我希望你记得，今天是你邀请我来喝茶的？

狄克：对不起，你是不请自来的。我把那封邀请信一直放在自己的心口，每天晚上压在枕头底下，但我没有寄给你。

克罗利太太：你个骗子！况且，就算我不请自来，那只是因为露西。

狄克：那个，我斗胆认为——这说法既没礼貌，又不准确。

克罗利太太：若你没有这样自视甚高，那我觉得自己应该不会如此讨厌你。

狄克：你忘了——我曾经以自己外婆的脑袋发誓，绝不会再跟你说话了。

克罗利太太：哦，我一直干这样的事情。每当我的女仆没打理好我的头发，我就拿自己的脑袋发誓。

狄克：你玩弄了某个老单身汉的温柔——他既天真淳朴又不谙世事，万般柔情被你肆意戏弄。

克罗利太太：不可能是你吧？

狄克：当然，是我。难道你以为我说的是某个杜撰的人物吗？

克罗利太太（挑剔地看着他）：就算你背朝光，你看上去还是超过三十五岁了。

狄克：我已经放弃青春年华，还摈弃了年轻人的虚荣心。我不再拔掉自己的白发了。

克罗利太太：那你的休闲时光到底是怎么打发的?

狄克：过去三个月，我一直费劲地将一颗破碎的心重新拼凑起来。

克罗利太太：如果你的态度不是那样十拿九稳，那我会接受你的，我绝不会拒绝你的。我无法抵挡那种说“不”的诱惑，只为了瞧瞧你会如何应付。

狄克：我得恭维一下自己，我应付得很好。

克罗利太太：你没有。你表现得毫无幽默感。你或许知道的，一个好女人面对某个男人的第一次求婚，她是不会答应嫁给他的。那会让自己看起来太廉价了。你居然跑去苏格兰，好像根本不在乎的样子——真是蠢透了……我怎么知道你打算过三个月后，再来求婚的呢?

狄克：我毫无再求婚的打算。

克罗利太太：看在老天的分上，那你干吗请我来喝茶啊?

狄克：我可以充满敬意地提醒你吗?——首先，你不请自来……

克罗利太太（打断他道）：你跑题了。

狄克：还有，第二，喝茶的邀请没必要一定搭配求婚啊。

克罗利太太：我担心你太可悲了，居然忽视上流社交圈的惯例。

狄克：我向你保证，在最高级的那些圈子里，惯例尚未完全绝迹。

克罗利太太（微微噘嘴道）：再过一分钟，我就要对你非常生气了。

狄克：为什么啊?

克罗利太太：因为你的行为一点都不漂亮。

狄克：如果我是你，你晓得我会怎么做吗?向我求婚啊。

克罗利太太：哦，我可干不出这么惊世骇俗的事情。

狄克：我已经发下誓言，自己绝对不会再将手和心交给任何一个女人。

克罗利太太：以你外婆的脑袋发誓吗？

狄克：哦，不是，远比这个要严重。用我终身未婚姑妈的坟墓发誓，我的钱都是她留给我的。

克罗利太太：如果我求婚，你将怎么回答呢？

狄克：那完全取决于你怎么做。不过，我可以提醒你，首先你要双膝跪地。

克罗利太太：哦，在这点上，我当初并没有勉强你啊。

狄克：然后你得承认自己配不上我。

克罗利太太：洛马斯先生，我是寡妇。我二十九岁，条件非常合适。我的女仆万里挑一。我的裁缝制作出非常有风情的服装。我足够聪明，你说的笑话，我都理解，都会哈哈大笑，同时又不至于过于博学——我不懂那些笑话是从哪里冒出来的。

狄克：你还真是啰嗦。我只用七个字就能表达完毕。[①]

克罗利太太：我或许可以用写的，那样六个字也够了。

狄克：你必须说出来。

克罗利太太：可是我努力想让你明白，我一点都不想嫁给你。你是那种到了星期六晚上，固定节目就是打老婆的男人……如果我开口问你，你会说“愿意”的，对吗？

狄克：我从来没本事拒绝女人的任何要求。

克罗利太太：我毫不怀疑，过上六个月神圣的婚姻生活，你就会拒绝的。

---

① 七个字：指的是“你愿意娶我吗？”——译者注

狄克：关于求婚，我还从来没见过有谁老是这样纠缠细枝末节。

克罗利太太：狄克。（她伸出双手，笑意盈盈，然后他拥她入怀中）你委实招人嫌。

狄克（带着微笑，从口袋里拿出一枚戒指）：我昨天买了一枚订婚戒指，想碰碰运气，说不定能派上用场。

克罗利太太：那你的意思是你一直在跟我求婚吗？

狄克：那当然了，你个傻瓜。

克罗利太太：哦，我真希望自己刚才能知道这点。我会再一次拒绝你的。

狄克：你个荒唐的小东西。

（他亲吻她。）

克罗利太太（试着从他怀里挣脱出来）：有人来了。

狄克：只是亚力克罢了。

（亚力克上场。）

亚力克：哎哟喂！

狄克：亚力克，我们交上朋友了，克罗利太太和我。

亚力克：当然，这看起来非常像那么回事。

狄克：事实上，我一直跟她求婚，然后她……

克罗利太太（带着一丝浅笑，打断他说）：在巨大的压力下——

狄克：同意了。

亚力克：我很高兴。我衷心祝福你们二位。克罗利太太，离开狄克，我本来非常不开心。不过如今我离开他，将他交到你的手里，我非常放心。我认识的人当中，这位老兄——他为人最亲厚，心地最善良。

狄克：闭嘴，亚力克！不要扮演语重心长的父亲角色，不然我们要号啕大哭了。

亚力克：他会成为一个好丈夫的，因为他待朋友非常好。

克罗利太太：我知道他会的。我只是不想说出所有的心里话——我对他的看法，还有我对他的爱意，因为我担心他会失控，变得无法无天。

狄克：饶了我吧，从道德上将我夸赞得如此厉害，我会脸红的——连年轻有朝气的眉毛都会变红的。内丽……你来倒茶好吗？

克罗利太太：好的……狄克。

（她坐到茶桌边，狄克坐到她身边的扶手椅上，将自己弄得舒舒服服。）

亚力克：嗯，行李都打好包了，一切都准备好了，我对此深表感激。

克罗利太太：我希望你能待到我们婚礼结束后。

狄克：你也可以等下一趟船再走。

亚力克：我恐怕如今一切都已尘埃落定。我已经给桑吉巴岛发出指令，要找些挑夫，而且我必须尽快赶过去。

狄克：我向老天发愿，真希望你能放弃这些可怕的探险活动。

亚力克：但是有了它们，我的生命才能呼吸。你不懂，每天面对各种危险，有多令人开心——深入人迹不至的地带，那里原先只有野兽出没。哦，我一想到无边无际的旷野，还有让人如痴如醉的自由，简直无法按捺心中的焦躁和渴望。这里的人都长得那么小家子气，那么琐碎卑劣，可是在非洲，万事万物的规格都要更高尚。那里的男人才是真正的男人；那里的人知道何为意志、力量和勇气。哦，在森林中行走，被吓得魂飞魄散，然后站在某片广袤平原的边缘，呼吸着纯净清冽的空气，你不懂这种滋味。接着，你终于明白何为“自由”了。

狄克：海德公园占地甚广，它的平原面积对我来说足够了。还有，六月的某个阳光明媚的日子，皮卡迪利街的街景令我心神荡漾，由此产生的感情冲击数量刚好符合我的要求。

克罗利太太：不过，既然你在东非的工作已经结束，熬过所有的危险和艰难，那你以后会得到什么回报呢？

亚力克：什么回报都没有。我不想得到什么。我可能会发现新的羚羊品种，或者某种未知植物。我或许会找到新的航道。我要的回报就是这些。我喜欢掌权和征服的感觉。我喜欢那些国王和族群送给我的那些闪亮璀璨的没用东西，你觉得怎么样？

狄克：我一直都说你有戏剧性格。我还从来没听过这么夸张的桥段呢。

克罗利太太：然后结局呢，结局是什么呢？

亚力克：结局就是病死在某个热病肆虐的沼泽地，病因成谜，由于暴露在室外，加上疟疾和饥饿，终于耗尽所有的生命。还有那些挑夫会抢走我的枪和衣服，然后扔下我不管，任由豺狼啃食。

克罗利太太：别说了。太可怕了。

亚力克：哎呀，有什么关系呢？我会站着死的。我会走上最后一趟旅程，就像我走过的所有旅途一样。

克罗利太太：不害怕？

狄克：活脱脱就像某个邪恶的男爵……一旦登上某条小帆船，那么姑娘就归我所有！

克罗利太太：难道你不想人们记住你吗？

亚力克：他们或许会记得我。可能过上一百来年，在某个繁华的城镇上，人们会纪念我的——我刚发现那里的时候，除了一片蛮荒，就一无所有了。那时候的人们会委托一位二流的雕塑家，为我制作一座昂贵的雕像。于是，我就站在证券交易所的前面……对鸟儿来说，那雕像是便于栖息的落脚点；而我自己呢，就永远看着人类花样百出地干着各种龌龊事。

（亚力克陈述以上言辞的时候，克罗利太太给狄克使了一个眼色，后者慢慢走开，然后离开此屋。）

克罗利太太：真的就这些吗？我忍不住想，在你内心深处有某些话，你永远不会告诉任何人。

（他长久地看着她，过了一会儿，他若有所思地露出一丝微笑。）

亚力克：你为何想知道那么多呢？

克罗利太太：告诉我吧。

亚力克：我猜测自己以后跟你不会再见面了。我跟你说的话，或许没什么要紧的。你会觉得我很傻，可是我恐怕自己非常——具有爱国精神。只有我们这些远离英格兰的人，才真正爱国。我为自己的国家感到骄傲，而且我非常想为国效力。在非洲的时候，我常常思念亲爱的英格兰，心心念念祈祷自己在完成工作前，可千万别死啊。那些永垂不朽的战士和政治家的背后，有一大批人，他们筚路蓝缕，一点一滴地建成帝国的大厦。那些人的名字湮没无闻，只有念书的学生知道他们的事迹，但他们中的每一个人都为这个国家做出了一份贡献。我也是他们其中的一员。五年的时间，我没日没夜地拼命干活，到最后终于可以将一大片土地交到那些政府派出的官员手里，都是富饶肥沃的土地。我死之后，英格兰会忘记我种种不是，忘记我犯下的错误。我历经痛苦，她给予的报酬就是不屑一顾和冷嘲热讽，可是我不在乎，因为我已经给她的王冠上增加了一颗精美的宝石。我不需要报酬。我只要能有幸为我们这片亲爱的国土做贡献。

克罗利太太：你真的非常卓越，可为何这样的时刻，你就竭尽所能地让大家觉得你非常可怕，简直令人毛骨悚然啊？

亚力克：别嘲笑我，你会发现从内心深处来说，我真只是一个矫情的老女人。

克罗利太太（一只手按在他的胳膊上）：如果露西今天来这里，你会怎么做呢？

（亚力克大吃一惊，目光锐利地看着她，然后滴水不漏地回答。）

亚力克：我一直生活在讲究礼仪的社会。我做梦都不曾想过要离经叛道。阿勒顿小姐若碰巧来此，你大可以放心，我会文质彬彬得一丝不苟。

克罗利太太：就这些？露西饱受煎熬啊。

亚力克：那你以为我就没有受煎熬吗？因为我没有见一个人就卖惨一次，不曾哀叹自己的伤心事，你就以为我不在乎吗？我不是那种见一个爱一个的男人——只要对方的脸蛋漂亮，就立马坠入爱河。我这辈子，有一个理想形象萦绕在我眼前，从来不曾消散。哦，坠入爱河对我来说意味着什么，你不懂。我原本感觉自己像活在某个监狱中，好在露西终于来了，牵着我的手，带我走出来。生平第一次，我呼吸到了天堂的自由空气。哦，上帝啊！我受了多大的煎熬啊！这样的事情为什么要发生在我的身上啊？哦，你若是能明白我撕心裂肺的痛苦，明白我有多么痛不欲生，那你的想法就不一样了！

（他别过脸去，尽量克制自己的感情。克罗利太太朝他走去，将手放在他的肩上。）

克罗利太太：麦肯齐先生。

亚力克（惊跳地躲开）：走开。别看我。你怎能站在那里，盯着我的弱点瞧呢？哦，上帝，给我力量吧……我最后剩下的软肋就是我的爱情了。我灌下那杯苦酒是正确的。而且我喝得一滴不剩。我早就该知道，我这辈子注定没有幸福，无法过上轻松惬意的生活。我在世上别有任务。如今，我已经克服了这最后的诱惑，我已经准备好扛起自己的工作。

克罗利太太：但是，你难道一点都不怜悯自己吗？难道你就丝毫没有想过露西吗？

亚力克：我所做的一切都是为了露西——难道我还必须告诉你吗？而且我现在依然全心全意地爱着她……

（狄克上场。）

狄克：露西来了！

（查尔斯上场，通报露西到了。）

查尔斯：阿勒顿小姐到！

（她进屋。狄克很担心这场见面会变得没必要地尴尬，赶紧满面春风地朝她走去。）

狄克：啊，亲爱的露西。真高兴你能来。

露西（将手递给狄克，眼睛却看着亚力克）：你好吗？

亚力克：你好吗？（他强迫自己没话找话）凯尔西夫人好吗？

露西：她好多了，谢谢。我们去过西班牙，你知道的，为了她的健康。

亚力克：有人跟我说过，你出国了。狄克，是你说的吧？狄克是一个值得钦佩的人，算是礼仪社会的某种公报记者，消息非常灵通。

狄克：露西，难道你不想喝茶吗？

露西：不喝了，谢谢！

克罗利太太（从她的角度也尽量找话题）：麦肯齐先生，你走之后，我们都会非常想你的。

狄克（兴高采烈地说）：我一点都不想。

亚力克（微笑道）：伦敦是一个非常好的展示平台，可以让人有渺小如尘的感觉。某人刷了某种存在感，或许自以为算个人物。然后某人离开了，接着又回来了，于是惊讶地发现——甚至根本没有人察觉到他曾经不在场。

狄克：你谦虚过头了，亚力克。你若不是过于谦虚，你可能会是一个伟人。现在，我要大声昭告自己的朋友们——我是不可或缺的，而且他们都认可我的说法。

亚力克：你满满英国人的正义感，不过多少带点轻率无礼的气质——后者就像酵母一样，膨胀起来也是挺厉害的。

狄克：明智的人只对无关紧要的事情才会严肃认真。

亚力克（带着一丝微笑）：很明显，内阁大臣根本不需要脑子，就算无所事事的人也比他们要开动更多的脑筋——在仕途上，你的前景光明。

狄克：亚力克，你真是太恭维我了。你当着我的面，一再说出我最心仪的观察结果之一。

露西（轻声嗫嚅道）：你说“无所事事”才是唯一值得做的事情，难道我以前没听你说过这话吗？

亚力克：老天爷，我肯定在看某本字帖的大标题……你们居然如此一唱一和，尽说些陈芝麻烂谷子的话。

克罗利太太（对狄克说）：你打算去南安普敦给麦肯齐先生送行吗？

狄克：我要将头靠在他的肩头，然后洒下咸咸的泪水。那场面肯定会非常感人，因为每当情绪爆发的时候，我总会妙语连珠，蹦出很多隽语警句。

亚力克：我讨厌任何庄严隆重的辞行。我更喜欢一个点头加一个微笑，就跟别人道别，不管我是永别，还是去布莱顿一天。

克罗利太太：你真够铁石心肠的。

亚力克：狄克一直教导我要游戏人生。于是我明白了，只有你认真对待某些事的时候，它们才属于正经事，而“认真”简直愚蠢透顶。（对露西说）你难道不同意吗？

露西：不同意。

（她的声调极为悲伤，令他稍稍顿了一下。只是，他已经拿定主意，这场谈话必须完全合乎社交惯例。）

亚力克：要“严肃认真”，同时又不显得愚蠢，这真的很困难。女人最大的本事，就是将生死之类的人生大事都摆弄成改变服饰的场合——将“婚姻”创造成穿白衣的节目；对上帝的敬拜，给了巴黎女帽商商机。[①]

（克罗利太太决定棋走险着，于是起身。）

克罗利太太：狄克，天色渐晚。难道你不带我参观一下这房子吗？

亚力克：我恐怕自己的行李把到处都搞得乱七八糟了。

克罗利太太：不要紧的。来吧，狄克！

狄克（对露西说）：我们离开你，你不会介意吧？

露西：哦，不会的。

（克罗利太太和狄克离开。有一小会儿，没人说话，一片安静。）

亚力克：今天下午，我们的朋友狄克已经将自己的手和心交给克罗利太太了，你知道吗？

露西：我希望他们将来会非常幸福。他们深深地爱着对方。

亚力克（尖酸地说）：这是结婚的理由吗？对于“婚姻”来说，“爱

① 老派的基督教教会在举办各种仪式的时候，会要求女性用面纱或者头巾遮住头发，后来有所放松，比如戴款式端庄的帽子即可。现在更为宽松，很多教会除了对神职人员有要求之外，普通信众只要衣着得体便可。——译者注

情”有可能是最为糟糕的根基，肯定的！“爱情”创造出“幻象”，然后“婚姻”摧毁“幻象”。真心相爱的人们永远不应该结婚。

露西：你打开窗户好吗？这里似乎很闷，都喘不过气来了。

亚力克：当然可以。（边从窗边走回来边说）最后看一眼伦敦，这心情有多么愉悦，你是无法想象的。能离开这里，我真是满心感激。

（露西微微抽泣，亚力克转身朝窗边走去。他想伤害她，但又不忍心见她痛苦。）

亚力克：明天的这个时候，我应该已经赶了不少路程。哦，纯净畅爽的大海浩渺无际，我渴望那样的海面。

露西：你很高兴离开吗？

亚力克（扭头对她说）**：**只要一想到离开，我就焕发出小男生的青春感。

露西：没有任何人让你留恋，让你不想离开吗？

亚力克：你瞧，狄克将要结婚了。当一个男人打算成家的时候，他的那些单身汉朋友就该优雅潇洒地离开，趁他还没有表现出不再需要他们陪伴的意思，这样才明智。我没有亲戚，几乎没有朋友。我也无法恭维自己说——由于我的离开，某人会非常难过忧伤。

露西（声音低沉地说）**：**你肯定全无心肝。

亚力克（冷若寒冰地说）**：**我若有心肝，那我保证不会把它带到波特曼广场。在此类住宅区，这样多愁善感的器官肯定格格不入。

露西（起身，朝他走去）**：**哦，你为什么这样待我，好像我们就像陌生人一样？你怎能如此残忍？

亚力克（冷峻地说）**：**要想躲开某种令人难受的场景，“轻佻无聊”

是最好的庇护所，难道你不这样想吗？我们真的应该只讨论天气，那样明智多了。

露西（不依不饶地说）：因为我来这里，所以你生气了？

亚力克：那应该是我太没有礼貌，太不懂规矩了。或许我们委实没什么必要再见面。

露西：从我到这里开始，你就一直这样别别扭扭的。当你摆出愤世嫉俗的淡漠口吻说话的时候，那根本不是真正的你，难道你以为我看不出来吗？我太了解你了，你什么时候戴上假面具来隐藏真实的自己，我一眼就瞧出来。

亚力克：我如果那样做，非常明显就能推论出——我希望隐藏真实的自己。

露西：我宁可你骂我、诅咒我，也好过这样彬彬有礼……太冷酷了。

亚力克：我担心——想讨好你实在太难了。

（露西热情洋溢地朝他走去，可是他朝后退，她无法触碰到他。）

露西：哦，你个铁石心肠。亚力克，亚力克，没有再见你一面，我是不会让你走的。如果你知道我心里有多煎熬，我有多痛苦，就算是你也会感到心满意足的。就算是你也会怜悯我的。我不要你把我想得太坏。

亚力克：我想什么很要紧吗？天涯海角，我们以后将远隔数千英里。

露西：我想你非常厌恶我。

亚力克：不。我太爱你了，永远不会讨厌的。相信我，我只希望你好。现在，痛苦都过去了，我看得出来你做了唯一可行的事情。我希望你以后能过得非常幸福。

露西：哦，亚力克，不要这样麻木不仁到极点啊。不要没说一个善意的词，就离开我啊。

亚力克：露西，一切都没有改变。你因为你兄弟的死，将我赶走了。

（两人长长地沉默着。然后，当她开口说话的时候，那种欲言又止的态度似乎表明说出这些话令她很痛苦。）

露西：那时候，我恨你，可我仍然无法熄灭心中对你的爱火。曾经，我非常努力地想将你从自己的思绪里赶走，然而你说过的每一句话都重回我的脑海中。难道你不记得了吗？——你说自己做的每一件事都是为了我。这些话在我的心中翻腾，字字宛如落在铁砧上，那么鲜活响亮。我挣扎着，不想相信。我对自己说，你权衡利弊，谨慎地盘算一番，然后冷酷地牺牲了乔治，毫无怜悯之意，但在内心，我知道这不是真的。（他看着她，几乎无法相信她接下来说的话，不过并没有开口）你这一生都站在光明磊落这一边，唯独在此次故事中，你站到了令人憎恶的一边。你不可能在某件孤立的事件中，变成完全不同的一个人。我今天来是想告诉你，我不明白你为何那样做。我也不想明白。如今，我全身心地相信你。我知道无论你做什么，都是正确的，都是正义的——因为是你做的。

（他深深地长叹一声。）

亚力克：感谢上帝！哦，你这样说，我委实感激涕零。

露西：除了这个，你就没有别的要跟我说吗？

亚力克：你瞧，这一切来得太晚了。现在都无所谓了，因为我明天就要走了。

露西：可是你会回来的。

亚力克：我要去非洲的某个地方，欧洲人到了那里，基本就是有去无回。

露西（突然激动地大声嚷道）：哦，太可怕了。不要去，最亲爱的人啊！我无法忍受这个！

亚力克：我现在必须去。一切都安排好了，现在不可能反悔退缩。

露西：难道你不再牵挂我了吗？

亚力克：牵挂你？我全心全意地爱着你，用自己整个灵魂爱着你。

露西（热切地说）**：**那就带我一起去。

亚力克：你！

露西：我的本事，你都不知道呢。在你的帮助下，我可以变得勇敢。亚力克，让我去，好吗？

亚力克：不，这不可能。你不知道自己请求的是什么事情。

露西：那就让我等你吧？让我等，等到你回来为止，好吗？

亚力克：那如果我永远不回来呢？

露西：那我就一直等下去。

亚力克：那你就不用担心了。我会回来的。只有当我决心赴死的时候，我的旅程才会险象环生。我现在想活下去，因此我会活着的。

露西：哦，亚力克，亚力克，你爱我——我真高兴。

（第四幕完）

（全剧终）

未 知

登场人物和场景

乔治·沃顿上校

约翰·沃顿少校：乔治的儿子

伊芙琳·沃顿太太：乔治的妻子、约翰的母亲

夏洛特·利特伍德太太

诺曼·普尔牧师

普尔太太

西尔维娅·布洛

麦克法兰医生

凯特

厨娘

地点：肯特郡的斯陶尔，某庄园

第一幕

▼

▼

▼

场景：该领主庄园是沃顿上校的宅邸，起居室内。屋子陈设简单，老式的装修风格多少显得有点沉重，没有一丝一毫风雅的意味，不过家具都挺舒适的，既不是崭新的，也不是邋遢破败。贴有墙纸的墙壁上挂着四十年前的学院派画作。还有很多带有相框的照片，照片中都是穿军装的男人；房间里各处都摆放着花瓶，瓶子里插着简朴的花儿。房间里唯一具有异域风情的东西都来自印度，有从印度集贸市场上收集来的银质饰品，还有薄如蝉翼的印度纺织品——有些重大场合用到的桌子，就拿它来当桌布，另外就是用来覆盖钢琴。

舞台后方是法式落地窗，窗外是花园；视线跃过窗户，能看见草坪和树丛。现在是夏天，窗都开着。早上。

（沃顿太太正坐在沙发的角落处，织着一条卡其色的围巾。她身材纤细，个头高，五十五岁；淡然从容的五官，温和的双眼，柔和的表情；原本的深色头发，如今白得很厉害；发型简单；另外她的服装也简简单单——现在看着毫无簇新鲜亮的感觉，即便从前也绝无时尚的意味。）

（凯特是个中年女仆，穿着印花连衣裙，戴着帽子和围裙，进屋。）

凯特：太太，屠夫已经到了，请问有什么吩咐？

沃顿太太：哦！我已经和厨娘安排好了，凯特，今天中午，我们还得吃那些冷冰冰的烤牛肉。你跟屠夫说，今天晚上送两磅半最好的牛颈肉过来，凯特，另外还得告诉他——务必给我挑选一块真正的好肉。上校已经很久没有吃到好的英国牛肉了。

凯特：好的，太太。

沃顿太太：另外，他可以送一对腰子过来。昨天的早餐，上校和少校觉得腰子很好吃。

凯特：好的，太太。还有个事情得问一下，太太，园丁送来了豌豆篮，东西不多。厨娘说看样子不够三个人的分量。

沃顿太太：哦，好的，只要绅士们够吃就可以，无所谓的。我就假装吃点好了。

凯特：好的，太太。

（她正要离开的时候，沃顿上校刚好从花园进来，并拎着一篮樱桃。他是个瘦巴巴的老人，比自己妻子老多了，满头白发。不过，即便形容枯槁，但他的腰板依然挺得笔直。由于长期在热带阳光下暴晒，他有一张古铜色的脸庞，然而即使有这样的脸色，他依旧是一个病人。他穿着浅色的花呢套装，衣服太大了，松松垮垮地挂在他身上，犹如自从给他做了这套衣服后，他就缩水干枯了。他头上戴着同样面料的花呢圆帽。）

沃顿上校：凯特，报纸送来了吗?

凯特：已经送来了，先生。我去拿。

（凯特退场。）

沃顿上校：伊芙琳，我给你摘了一些樱桃。我只能找到这么多已经成熟的。

沃顿太太：哦，真不错。我希望你别累着了。

沃顿上校：老天，捡几颗樱桃就会让我累着——我还没到这样病歪歪的地步。我要是能够找到一把梯子，就能给你弄来多一倍的樱桃。

沃顿太太：哦，亲爱的，你最好让园丁去摘吧。我可不赞成你拿梯子爬上爬下的。

沃顿上校：园丁的年纪跟我差不多，而且远没有我这样活跃抖擞。约翰还没回来吗？他说自己只是去一趟邮局。

沃顿太太：他可能在回来的路上去看看西尔维娅了。

沃顿上校：大清早的，我寻思她可不想被他打扰。

沃顿太太：乔治！

沃顿上校：是的，亲爱的，怎么了？

沃顿太太："约翰还没回来吗？他说自己只是去一趟邮局。"——听到你说这样的话，感觉真异乎寻常啊。弄得我只想放声大叫。

沃顿上校：伊芙琳，真是一段漫长的时光。亲爱的，对我们俩来说，着实度日如年。不过你的感受更糟糕。

沃顿太太：乔治，我尽量做到不让别人心烦。

沃顿上校：亲爱的孩子，我一直在你身边，分担你的忧愁，不是吗？

沃顿夫人：他随时会进来，似乎是很自然的事情，犹如他从来不曾离开过——然而，不知道怎么回事，我心里还是没底。他居然真的回来了——这事好像令人无法置信。

沃顿上校（拍拍她的手）：亲爱的伊芙琳！

（凯特拿来报纸并交给上校，随即离开。）

沃顿上校：谢谢。（戴上眼镜）不用将眼前一切都换算成"伤亡人员"，而是像一位绅士那样阅读报纸，可以看看生老病死、婚丧嫁娶，真是福分啊。

沃顿太太：我希望不用多长时间，我们可以在那个公告栏里放上一条小小消息。

沃顿上校：那些年轻人定下日子了吗？

沃顿太太：我不知道。约翰什么都没说，而且昨天教会仪式结束后，我只是匆匆见了西尔维娅一面。

沃顿上校：亲爱的伊芙琳，园丁跟我说，今天的晚餐，他没法弄来大量的豌豆，因此我告诉他，给我搞一些胡萝卜就好了。我想对我的消化功能来说，它们可能更适合。

沃顿太太：胡说，乔治。你知道自己多爱吃豌豆的，可我不是特别喜欢。我本来希望只要够两个人的分量就行了，那样我就不用吃豌豆了。

沃顿上校：伊芙琳，你可真能瞎掰——如此谎话连篇，你指望自己死后能去往何方呢？

沃顿太太：现在，乔治，不要这样不开窍。有时候，你在我面前应该认认输的。这些是菜园里的头茬豌豆，你要是享用它们，我会开心的。

沃顿上校：不，亲爱的，我喜欢看着你享用它们。我是病号，因此必须听我的。

沃顿太太：你个暴君！今天早上，你还没见到麦克法兰医生吗？我心里很紧张。

沃顿上校：你个老咋呼！你一旦停止为自己儿子操心，就开始担心我了。

沃顿太太：虽然你不同意我说“你是属于我的命”，但我仍然不想失去你。

沃顿上校：别紧张兮兮的。我还能继续活上二十年，可以好好折腾你。

（凯特上场。）

凯特：太太，打扰了，普尔太太前来拜访。

沃顿太太：你为什么不带她进来呢？

凯特：她不愿意进来，太太。她说自己经过这里，只是停下脚步来向你问安。

沃顿上校：叫她进来，凯特。她扭扭捏捏地多此一举所为何来呢。

凯特：是，先生。（退场。）

沃顿太太：我寻思她想打听约翰的事情。

沃顿上校：她若是多待一分钟，就有机会瞧瞧那小伙子本尊了。

（凯特上场，普尔太太跟在后面。这是一个中年访客，瘦削，神情极为肃穆严厉，行为动作敏捷，能力强，性格坚毅。她是一个懂自己想法的女人，而且说出来的时候，毫无拖泥带水之意。她并非没有同情心。她穿着耐用结实的黑外套和黑裙子，戴着一顶黑草帽。）

凯特：普尔太太来了。（退场。）

沃顿上校：你打算不现身就离开——是什么意思呢？你就用这样的方式拜访教区里的人家吗？

普尔太太（分别跟沃顿太太和上校握手）：我想进来的，但我觉得今天，你们或许不希望见到我，因此我那样讲，你们就更容易打发我去忙自己的事情。

沃顿太太：亲爱的，我们向来愿意见你的。

普尔太太：如果我有一个四年没见的儿子，而且受过重伤，鬼门关走了一遭，那等他回家后，我觉得头几天，自己肯定要好好陪陪他的。

沃顿上校：这样说来，你不像伊芙琳，没有她那样无私。

沃顿太太：或许该说没有那样心大。

普尔太太：你星期六去车站接他了吗？

沃顿太太：上校去了。他不让我去，因为他说在月台上，我会失态，把自己弄成一个傻瓜。

沃顿上校：我带西尔维娅去了。我觉得那样就够了。我知道自己可以相信她能够控制好情绪。

普尔太太：那他们打算什么时候结婚呢？

沃顿太太：哦，我希望很快就结婚。对她来说，真是一段漫长的焦心时光。

普尔太太：他刚刚回到你身边，你舍得放开他吗？

沃顿太太：哦，可是他和西尔维娅结婚，就不算放开他。她就像我们的女儿。你知道的，他们订婚已经有七年了。

普尔太太：我希望他们将来能非常幸福。西尔维娅当然配得上美满的婚姻。

沃顿上校：人都会碰上难事，可是即便最艰难的事情，她都能开开心心地对付过去。整个战争期间，每当她忍无可忍，渴望一走了之的时候，就待在家里尽一份绵薄之力，身边只有一个缠绵病榻的母亲。

沃顿太太：可怜的布洛太太。

沃顿上校：是的，但西尔维娅也是可怜人。如果你的责任既危机重重又令人血脉偾张，那么"尽责"就易如反掌，然而当你无能为力——坐在那里一动不动，看着其他人忙进忙出，都干着有意义的事情……那种难受的滋味，没人比我更清楚。这场战争来得太晚了，要是早十年，我不至于如此衰老无力。

普尔太太：自从开战以来，牧师的说法一直跟你一样。不过你儿子终归接替了你的位置，我觉得你会为他自豪的。

沃顿上校（*很是欣慰遂意地说*）**：**那个淘气鬼得到了军队十字勋章和DSO奖章。

普尔太太：他到这里后的第二天就是星期天，我觉得挺高兴的。

沃顿太太：当我们肩并肩地跪在教堂里，你无法体会我当时的感受。我委实感恩啊。

普尔太太：我懂。我从你和上校的脸上看出了这点。

沃顿上校：上帝赐给了我们大大的恩典。

普尔太太：他没有留下来领圣餐，牧师真是失望透顶。你知道他将该步骤视作整个仪式中必不可少的组成部分。

沃顿太太：我想我们也有点失望。约翰离开教堂的时候，我们着实被吓了一跳。

普尔太太：他说过为什么离开吗？

沃顿太太：没有。我跟上校仔细谈论过。我们真不知道该怎么做。我不知道是否该重提此事。

普尔太太：我打心底希望下个星期天，他会留下来。

沃顿太太：他以前向来都是规规矩矩领圣餐的。

沃顿上校：伊芙琳，关于这事，我不明白你为什么不说他几句呢。

沃顿太太：你若想要我说，我会说的。（花园传来笑声）哎呀，他来了。还有西尔维娅。

（西尔维娅·布洛和约翰·沃顿进屋。她已经不再是含苞待放的青春少女了。她的脸上更多地流露出愉快友善的表情，而不是展现美貌；另外，她的样子说明家庭出身不错，家教良好，具备平凡朴素的美德。她给人的印象是一个注重实际、能干明理的女人。她会成为贤妻良母。她穿戴着轻盈的夏日服饰，非常朴实简单，还戴着一顶草帽。她拎着一个网兜，里面都是刚买的一些日常用品。约翰·沃顿衣着轻便。他是个三十岁的男人。）

西尔维娅：大家上午好！

沃顿太太：亲爱的，你能来真是太好了。

约翰：她不想来的，是我硬拽过来的。

（西尔维娅吻了吻沃顿太太，然后跟普尔太太握手，随即亲了亲上校。）

西尔维娅（兴高采烈地说）**：**这是有备而来的谎言，约翰。

沃顿太太：普尔太太，这就是我儿子。

约翰（跟普尔太太握手）**：**我猜你对此会有疑心的。

普尔太太：你知道的，在教堂里的时候，我仔细观察过你。

约翰：大家都说那些牧师的妻子举止端庄，难道就是这样"端庄"啊？

普尔太太：每当年轻人休假回家的时候，这些做妻子的就允许自己小小地放肆一下——好好打量他们一番。

沃顿上校：你们是在村子里碰到的吗？

约翰：不是很对。我瞧见西尔维娅大步流星地冲向甘恩太太的店铺，很清楚就是为了躲避我……

西尔维娅（打断他道）**：**我可以用后脑勺看见你！？——我真搞不懂你怎么有这样的想象力啊。

约翰：于是我像兔子那样飞快跑去，当她正在购买两磅意粉的时候，被我逮了个正着。

西尔维娅：更不必说，还有一听沙丁鱼罐头和一捆芥菜。

约翰：西尔维娅，现在把帽子摘了吧。你绝不能隐藏自己最漂亮的闪光点。

西尔维娅（摘下帽子）**：**我现在姑且对你言听计从——不过我希望你别以为我将来一直会这样，战争一结束，这样的待遇也结束了。

约翰：每当我要你做类似的事情，你总是勉勉强强的，要是哪天二话不说就办了，那才叫吓人一跳呢，可惜我就没见过。

西尔维娅：你这个家伙太忘恩负义了！连你最细微的心愿，我都满足了，什么时候有过犹豫啊？

沃顿太太：可怜的宝贝，他回来才四十八个小时呢。

约翰：在马路当中，我赶上你，卑躬屈膝地说着好话，请你跟我散散步——难道不是这样费劲吗？

西尔维娅：哦，嗯，我本来就想见见你父亲。我急着要听听医师给出了什么说法。

约翰（大感意外地说）**：**父亲，你一直看医师吗？难道你身体不好吗？

沃顿上校：完美无缺。只是为了让你可怜的母亲满意安心。

约翰：可是你们为什么不跟我说呢？母亲，他哪里不舒服吗？

沃顿太太：亲爱的，你回家的时候，你父亲不让我提此事。他不想你担心。不过我自己寻思着，这事最多瞒到今天差不多了。

沃顿上校：事实就是，我最近体检起来不是很达标，于是麦克法兰医生认为我最好去看看专科医师。因此星期六，我到坎特伯雷去看凯勒医生了。

普尔太太：是的，我听说你去看他了。他们都说他很聪明。

约翰：他怎么说的？

沃顿上校：嗯，你知道这些医生家伙的脾气。他跟我没有说很多。他说他会给麦克法兰医生写信的。

约翰：呃？

沃顿上校：我猜麦克法兰今天早上收到信了。他可能很快就会来一趟。

普尔太太：一个小时前，我看见他坐在自己那辆小马车里沿着布林路走过去。你等下或许可以问问他是去看哪个病人。

约翰：父亲，你觉得不舒服吗？

沃顿上校：没有。我做梦都没想到去看什么专科医师，只是你母亲乱担心罢了。

西尔维娅：不要全怪她。我也很担心。

约翰（朝他走来，抱着他的胳膊）：可怜的老父亲，你绝不能生病啊。

沃顿上校：哦，你知道的，我眼下还没打算死呢。

约翰：我断然同意你没有这打算。等你到了一百〇二岁，到时候，我们再开始讨论该话题。

（斯陶尔的牧师，即诺曼·普尔大人，在窗户处现身。他是个高高瘦瘦的男人，秃头，穿着黑色短外套，戴着黑草帽。他精力充沛，性格活跃，心态愉悦。他喜欢表现出“自己虽然是神职人员，但也是凡人”的态度；而且他热衷展示出一种非常有职业感的“喜乐开怀”。普尔先生和普尔太太的外表挺像的——大家有时候会见到某些夫妇具备这种夫妻相。你都弄不懂，因为他们如此相像才结的婚，还是婚姻生活创造出了这种相似度。）

牧师：喂，喂，喂！我可以进来吗?

沃顿太太（微笑道）：当然。你好吗?

沃顿上校：亲爱的牧师！

牧师（进屋）：我觉得自己本应该转到前门，然后像个绅士似的按门铃。亲爱的多萝西，你何时才能教我如何做到举止得体呢?

普尔太太：很久以前，我就已经放弃尝试了。

牧师：我想自己应该进来跟受伤的英雄问个好。

沃顿太太（对牧师说）：这是我儿子。（对约翰说）这是牧师。

牧师：欢迎！刚刚在村子里，我跟你擦肩而过呢。我当时冒出个念头，想跑过来好好握紧你的手，不过我寻思你会说——活见鬼，这个神职人员是谁啊?

约翰：你好。

牧师：真实的英雄。而且他讲话的方式跟你我一样。各位大人，这世界是个古怪的地方。嗯，你觉得英国老家怎么样啊？

约翰：重新回到家里，我觉得非常高兴。我本以为自己永远回不来了。

牧师：战争开始后，你就没有回过家，对吗？

约翰：没有回过家，你瞧，战争爆发的时候，我刚好在印度。一路打过来，先是土耳其的加里波利之战，然后是其他战役，每次休假都黄了。

牧师：嗯，这条漫长小路没有转弯的地方。不过我知道你不时地捡到一些珍宝。军队十字勋章和DSO奖章，对不对？

普尔太太：你肯定是一个非常有自豪感的男人。

牧师：你是怎么获得它们的？

约翰：哦，我不知道。跟平常一样搞来搞去。

沃顿太太：我觉得你从约翰嘴里听不到更多的东西了。

牧师（对约翰说）：你个走运的家伙！你得到自己的机会，然后有能力抓牢它。那才是我应该待的地方，那才是我心向往的地方，在前线跟勇士们待在一起。可是，我莫名其妙的胸部把我困在这小小的平庸教区了。

普尔太太：我丈夫的肺部有问题，挺受罪的。

约翰：听到这个，我觉得遗憾。

牧师：是的，白色大恐怖。他们说肺病的后果很可怕。你知道的，我调到这里就是因为这个；我发病的时候，正掌管着斯托克·纽因顿的圣犹大教区。战争爆发后，我竭力让他们放我去前线，但他们根本不听。

沃顿太太：他们只负责服务那些随时待命的人。

牧师：我知道，我知道。我这旺盛的精力才叫愣头愣脑，同时我又是个衰朽的病号，因此我必须尽力而为，协调两者的关系。我现在靠边站了。你们这些穿过火焰的年轻勇士——你们的手里握着未来。我昨天布道的时候，我觉得你睡着了。

约翰：完全没有。我听得非常专心。

牧师：你若是睡着了，我不会怪你的。整个战争期间，我能做的就是“说教讲道”。另外说真心话，有时候，我不知道自己这样做是不是有用。

沃顿太太：你对我们所有人都大有帮助。

牧师：从我的角度，我并不悲叹战争。我们的主说过——“你们不要想，我来是叫地上太平；我来并不是叫地上太平，乃是叫地上动刀兵。”基督教会倚仗着手里的佩剑活下来。这世界的每一个进步，关于自由、公义和启蒙，我们所知道的一切都是通过基督耶稣的刀剑赢得。[①]

沃顿上校：我希望所有牧师都能有开明豁达的意识。我知道何谓战争。我在埃及和南非待过。我在印度打过十几场战。我一点都不喜欢哼哼唧唧的伤感煽情。我自己的信念是——对一个民族来说，战争是不可或缺的。通过战争，一个男人会迸发出最好的品格。

牧师：我发自肺腑地赞同你的观点。那是淬炼优秀品质的伟大学校。金甲鳞鳞、杀气熊熊，身处其中，卓越杰出的基督徒身上各种美德闪耀着不朽的光辉，光照四方、所向无敌。勇气、自我牺牲、宽容、自力更生。没人知道——在战争面前，我们那些身处前线

---

① 译者按：“你们不要想……乃是叫地上动刀兵。”——出自《圣经·新约》中《马太福音》第十章。有关这方面的解读，在序言中已经略加阐释，这里不再重复。

的勇士们拼尽全力，能达到怎样的英雄主义高峰啊？！

普尔太太：沃顿少校，你有什么想法呢？

约翰（微笑道）：我？我觉得今天天气很好。我有三个星期的假期，战争变得很遥远了。

牧师（轻笑一声道）：一个非常棒的答案。我说的都是老生常谈——大家都明白的道理，我跟你一样清楚这点，不过，你知道的，有时候，必须说说那些老生常谈的话，而且若时机合适，我觉得人还是应该有勇气说出来的。现在，亲爱的，我们走吧。

普尔太太：我们叨扰沃顿太太，弄得她如此心烦，我不知道她会怎么想我们呢。

牧师：我希望并且相信，这里所有人都是朋友。我们若是不受欢迎，沃顿太太一定要明说。在我看来，下午登门拜访的习俗更像是打扰，而不是庆祝……我们这样上午前来更合宜。

沃顿太太：你们能来真的非常好。

（众人互相握手道别。）

牧师（对约翰说）：好吧，再见，年轻人。我已经努力向你表明，在教士生涯中，我的头脑可是非常开明豁达的。至少听到你说"天杀的"或者"放屁"，我不会大惊失色。我自己也常常想说一点彪悍生猛的话。我刚才问你，在我布道的时候，你是否睡过去了。你若是睡着了，我毫不意外，连一根头发丝都不会动一下。

约翰：你这样讲真是非常客气。将来类似的场合，我要洗耳恭听你的建议，或许能获益良多。

牧师：将来类似的场合……也许——我们可以说下周日吗？我希望你参加完教会所有的圣礼后，再离开教堂。别忘了是至高神的慈悲，才带你穿过危机四伏的险境，最终平安归来。我想跟你说的就是这些。再见，上帝保佑你。

约翰：再见。

牧师（跟沃顿太太握手道别）：再见。这些牧师真啰嗦，他们把自己搞得人见人厌，是不是啊？

沃顿太太：我想问问你，可怜的利特伍德太太回来后，你是否见过她。

牧师：没有，她昨天没来教堂。另外当然，我星期天很忙——在本教区，唯一一个每星期工作七天的人就是我了——可怜的人，因此我还没机会见她。

西尔维娅：她是星期六六点三十五分抵达的。她跟约翰乘同一趟火车，不过我当时不想太叨扰别人，就没和她说话了。

沃顿上校：我希望我们能为她做些事情。

沃顿太太（跟约翰解释道）：上个星期，她收到电报就赶往法国布伦去见内德。他星期二死的。

约翰（大吃一惊）：内德！可他还是个孩子啊。

沃顿太太：哦，你在家那会儿，他就长大了。他快十九岁了。

普尔太太：如今，她两个儿子都没了。她很寂寞。

沃顿太太：我们大家都要好好待她。她孤零零一个人生活在那座大宅子里，委实可怕。乔治，我真希望星期六那天，你能跟她说说话。

沃顿上校：我觉得很不好意思。别忘了，我们当时都非常担心这个小流氓。万一他出了什么事——呃，我还有伊芙琳，可是她，可怜的人，一个人都没有了。

西尔维娅：我昨天应该去看看她的。

沃顿太太：她肯定沉浸在痛苦中，心痛得无以复加。

牧师：我不知道她是否愿意搬到牧师宅邸住一阵子。她这样孑然一身，我都不忍心去想。

普尔太太：诺曼，这主意真好……像你的主意。我马上去问问她。我很高兴自己能为她做些事情。

西尔维娅：当然，旁人得想办法找些事情占据她的思维，别让她胡思乱想。

牧师：她向来很虔诚，这点还挺幸运的。大家穷尽所有办法——说完能说的话，做完能做的事，可遇上这样的哀恸，只有一个庇护所能提供无尽的慰藉。

（凯特上场，身后跟着利特伍德太太。她是个个头矮小的老妇人。她没有穿丧服；她遭遇丧亲之痛之前穿这种衣服，大家没意见，如今看着挺别扭的。）

凯特：利特伍德太太到。（退场。）

沃顿太太（起身去迎接她）：亲爱的朋友，我见到你真高兴啊。

利特伍德太太：你好吗？（她朝众人展露灿烂笑意）哦，约翰，你回来了啊？（对沃顿太太说）我来是想问问，今天下午，你和上校能否过来打桥牌。

沃顿太太：桥牌！

（众人全都目瞪口呆地看着她，但没人开口说话。）

利特伍德太太：第四个牌搭子，我原本打算去请麦克法兰医生的，不过约翰或许能来。

沃顿太太（尴尬地说）：你真是太客气了，只是上校近来身体不是很好。我觉得他不喜欢外出，而且我想陪着他。

利特伍德太太：哦，我很遗憾。

沃顿太太：你不坐下吗？

利特伍德太太：非常感谢。我就不逗留了。我去威尔金逊家转转，看看他们是否乐意打牌。

牧师：你一路奔波，我希望你不会太累吧。

利特伍德太太：我一点都不累。

普尔太太：我们本以为你会很累，因为我们在教堂没见到你。

利特伍德太太：不，我没去。我觉得去教堂没意思，让人沉闷无趣。

（众人稍稍沉默一下。）

沃顿太太：你——你直接从法国回来的吗？

利特伍德太太：没有。我在伦敦待了几个晚上。

沃顿太太（语带怜悯地说）**：**就一个人吗？

利特伍德太太：不是。我在饭店里认识了一个非常好的女人，我们很投契，于是就一起外出玩玩。有个晚上，我们去了欢乐大剧院，第二天去了帝国大剧院。我以前从来没看过乔治·罗比，你知道吗？

普尔太太：谁是乔治·罗比？

牧师：我想他是个喜剧演员。

利特伍德太太（很是怡然愉快地说）**：**约翰，你在这里要待多久呢？

约翰：我有三个星期的假期。

利特伍德太太：我们大家必须对你极为重视。我给你举办一场网球聚会，可以吗？

西尔维娅：哦，利特伍德太太，我相信眼下你不会想举办网球聚会的。

利特伍德太太：我可喜欢了。在这样一个地方，人很少有机会找到理由举办网球聚会的。

沃顿太太（握住她的手）**：**亲爱的，我想要你知道，对你巨大的损失，我们所有人都深深地跟你一样感同身受。

利特伍德太太（拍拍沃顿太太的手，随即抽回自己的手）**：**你真是太好了。（对西尔维娅和约翰说）对你们年轻人来说，星期三合适吗？我得把所有的网球场都清空。

西尔维娅（绝望无助地说）：我来不了，利特伍德太太，我没法来。

利特伍德太太：到底为什么来不了？

西尔维娅（控制住自己，有礼貌地说）：我那天事情很多。

沃顿上校：约翰在家的时间很短。我想他和西尔维娅有个念头——就是他们不想去参加任何聚会。

牧师（故作谨慎地说）：我希望你赶到法国的时候还来得及，能见到你儿子最后一面。

（利特伍德太太飞快地看了他一眼，稍稍顿一下，好似收拢心神，随即用一种几乎事不关己的态度回答。）

利特伍德太太：不，他已经死了，可怜的孩子。（对沃顿太太说）再见，亲爱的，你今天下午不能来打桥牌，我真遗憾。约翰，我猜自己将来肯定要送你一份结婚礼物吧。

约翰：我猜你要的。

利特伍德太太（朝着其余众人微笑道）：再见吧。

（她离开。剩下的人全都瞠目结舌。）

普尔太太：难道她全无心肝吗？

沃顿上校：我一直以为她全身心地爱着自己的儿子们。

西尔维娅：而且她偏爱内德。

普尔太太：她没有穿丧服。

西尔维娅：你觉得，她接下来会穿吗？

沃顿太太：我无法理解。她很疼爱儿子们啊。

普尔太太：诺曼，我不会请她来牧师宅邸住了。

牧师：我觉得在情况稍稍明朗之前，我们最好还是别提这个了。她给人的印象就是——对于内德的死，她丝毫都不曾放在心上。她肯定是铁石心肠。

沃顿太太：不，她不是这样的人。我认识她有三十五年了。你觉得她会不会是疯了？

沃顿上校：伊芙琳，等麦克法兰医生到了之后，我们最好问问他。

牧师：她说自己没来教堂，是因为她觉得无趣沉闷——这是我这辈子听到的最吓人的话。

普尔太太：诺曼，我必须走了。家里还有一大摊子事情等着我呢。

牧师：那就一起走吧。我们从花园走好了。

（众人一一道别。刚才发生的状况莫名古怪，因此大家都很是心乱如麻。然后，牧师和普尔太太离开。上校陪他们朝门走去。）

西尔维娅：约翰，你非常沉默。

约翰：我正想着利特伍德太太。她给我的印象既不是心硬如铁，也不是狂悖发疯。

西尔维娅：那她是什么意思呢？

约翰（沉吟道）**：**我不知道。（耸一下肩，甩开自己的情绪）这会儿，我不是很在乎。过来坐下，好好慰藉一位受伤的英雄。

西尔维娅：白痴！

沃顿太太：亲爱的西尔维娅，你留下来吃午饭吗？

西尔维娅：不了，我觉得自己该回家陪母亲。

约翰：你走之前，让我们把商量好的事情告诉他们吧。

沃顿上校：我觉得事情不是很难猜。

约翰：我想要西尔维娅尽快嫁给我。

沃顿太太：当然。

约翰：我们若想显得正式，就去申请一份特许证，然后星期四结婚。

蜜月的话，我们不想去太远的地方，因为我的时间很紧张。我建议去伦敦。

西尔维娅：沃顿太太，你的看法呢？

沃顿太太：嗯，亲爱的，我觉得不管你和约翰做怎样的决定，都是非常正确的。

西尔维娅：他原本只是回来看你。我不忍心马上带他离开。你更喜欢我们再稍等一些时间，是不是呀？

沃顿太太：亲爱的，我们向来的主意都是只要他一回来，你们就应该结婚。我们差不多做好他另立门户的心理准备了。而且，或许再过几天，如果上校的身体吃得消，要是我们也去伦敦，你应该不会介意的。我们尽量不妨碍你们。

西尔维娅（*走过去，跪在沃顿太太的身边，并且亲吻她*）**：**哦，亲爱的，你待我真好。我不知道自己该如何回报你种种善心。

沃顿太太：对我们所有人来说，这是一段愀然忧愁、焦虑难安的日子。有时候，我知道你很难受。我要你现在就拥有他。他是个好男生，而且我觉得他会让你幸福的。

西尔维娅（*起身，将手递给约翰*）**：**我相信他会的。约翰，我会努力做你的好妻子。

约翰：我相信你非常优秀，配得上任何人。那就说定了，下星期四。

西尔维娅（*含笑道*）**：**是的。

（*他将她拉到身边并亲吻她。她的情绪几乎失控。*）

西尔维娅：我思念你很久了，约翰，时间长得简直可怕。

约翰：看在老天的分上，你别哭啊。

西尔维娅（*从他怀里挣脱出来，轻笑一声道*）**：**你个禽兽，约翰！我讨厌你。

沃顿太太：约翰，你喜欢那个牧师吗？

约翰：他看着还可以。

沃顿上校：他个上等人。有段时间，他在伦敦过得非常好，然后他放弃了，反而跑到东区找了个位置。

约翰：真的吗？

沃顿上校：他说自己并非命中注定要跟有钱的老妇人喝中国茶。（*轻笑一声*）他有时候说话非常好玩。

沃顿太太：他们两夫妻在东区表现得非常好。他们想要跟教区居民过着一模一样的生活，于是就没有雇仆人，所有的家务都自己做，甚至洗洗刷刷的活也都自己来。

约翰：这听起来挺烦人的，不过当然，真的非常有英雄气概。

沃顿太太：关于圣餐的事情，你还记得他跟你说的话吗？你昨天没有留下来领圣餐，你父亲和我有点失望。

约翰：亲爱的母亲，我对此感到抱歉。

沃顿太太：我们三个人若能一起领圣餐，那对我们老两口来说，真是是莫大的乐事。

约翰：亲爱的母亲……西尔维娅，你要是真打算回家吃午餐，那我送你回去。

沃顿太太：星期三早上，牧师会举办一场圣餐仪式。你到时候来吗？你结婚前，那是最后一次机会了。

约翰：哦，我的天，你不会打算半夜三更就把我叫起来吧？别忘了，回家的乐趣之一就是早上可以赖床。我居然能让自己离开那些散发着薰衣草馨香的被单？！——我真不知道如何能做到这点。

沃顿太太：亲爱的约翰，就为了让我们高兴，你来好不好啊？

约翰（*依旧试图轻描淡写地蒙混过关*）：哦，亲爱的母亲，你觉得真有这必要吗？

沃顿太太：亲爱的，我很想这样。你知道的，这对我们有莫大的意义。

约翰（神情变得严肃）：人要是参加这样的仪式，得有某种心情——难道你不这样想吗？

沃顿上校（和蔼温和地说）：得了，我的儿子，自打你回来后，这是你母亲提出来的第一个要求，你不会拒绝吧？

约翰：母亲，我万分抱歉。我恳求你不要坚持。

沃顿太太：我不是很明白你的意思。你这样固执，都不像你了……约翰，你不来吗？

约翰：不，母亲。

沃顿上校：为什么不呢？

约翰：我离开的时间很长了。你知道的，有些事人力不可为。我熬过了极为艰难的时光，经历了不少事情。

沃顿太太（骇然变色）：你的意思是说你丧失了——信仰？

约翰：亲爱的，令你痛苦，我心里万分抱歉。

西尔维娅（她的双眼牢牢地盯着他）：约翰，你还没有回答你母亲的问题。

约翰：你若想要一个直截了当的答案，我恐怕一定就是——“是的”。

沃顿太太（不堪重负地说）：哦，约翰！

西尔维娅：可是昨天，你来教堂了啊。

约翰：那只是一场正式的仪式。我被动地参加了，就像一个犹太人或许会参加某个基督教朋友的婚礼。

西尔维娅：我们站着的时候，你也站着，然后还跟我们一起跪下，似乎还祷告了。

约翰：我若是身处某个罗马天主教堂，照样会那样做。对我来说，这好像只是有礼貌的表现。（带着微笑说）你觉得这样非常虚伪吗？

西尔维娅：我不是很明白，你为什么这样较真？

约翰：我不是较真。这事就跟骆驼似的，是个庞然大物，我无法吞落肚中。我知道自己如若拒绝去教堂，那会令你痛苦。我不想表现得自命不凡、特立独行。不过在我眼里，其他东西已经面目全非了。只是，当别人要我主动参与到某场仪式中，偏偏那仪式对我来说一文不值，此时此刻事情就大不一样了。我宁可说实话，也不想故意撒谎。当然，从你的角度来说，你会觉得这属于亵渎神灵。

沃顿太太（脑子里一片混乱，无法理出头绪）：太可怕了！

约翰（朝她走来，用胳膊抱住她）：母亲，不要痛苦。我对自己内心的感受无能为力。归根到底，这类事情只跟当事人有关。

西尔维娅（沉吟道）：是吗？

约翰：当然。（对母亲说）我宁可不跟你说这些。我知道你会非常往心里去的。可是我不得不说了。而且这样或许更好。一想到欺骗你和父亲，我就觉得讨厌。现在，让我们别想这些了吧。

沃顿上校：约翰，再过三个星期，你就得回到前线，难道你忘了吗？你迟早会发现自己重新置身战场。如果没有至高神的帮助，直面死亡该是怎样的场景啊？你问过自己这个问题吗？

约翰：直面死亡永远是一件艰难的事情。

沃顿上校：当诸事顺利的时候，人要独立，那很容易；可是身陷险境或者疾病缠身的时候，独自一人扛着那就大不一样了——你不是第一个发现此事的人。

约翰（面带笑意地说）：恶魔生病的时候，他都愿意做一个修道士。[①]

西尔维娅：利特伍德太太的长子，阿奇，在法国索姆身负重伤。他所属的部队必须撤退，不知道怎么回事把他给落下了。他在一个小树林里的角落里躺了三天，靠着从地里拔出来的甜菜根活了下来。老天知道，我不想类似的事情发生在你的身上，可是真到了那个时候，你肯定自己的勇气不会丧失殆尽？你确信自己不会出于本能去呼唤上帝来帮助你吗？

约翰：我若是那样做，又怎样呢？那个衣衫褴褛、血流不止、饥肠辘辘、疯狂错乱的东西，已经不是我了。现在说话的我，正身强力壮、神清气爽。现在这才是真实的我。当我饱受痛苦的折磨、备受疾患的蹂躏——那时候的我或许会有某些感觉、会说某些话——我不承认那是我真实的想法，我会拒绝承认。那些东西对真正的我毫无帮助，就像受尽酷刑的囚犯胡乱招供，没几句真话。

西尔维娅（目不转睛地看着他）：你担心会发生类似的情况，是不是？

约翰：是的，当我没心思照料自己的身体的时候，我可不喜欢自己的肉身来找麻烦，跟我玩卑鄙的把戏。

沃顿上校：自从——自从你开始这样想以后——你有过身陷真正险境的经历吗？

约翰：有过。有一次，我正在战壕里，那些德国人朝这边纵向射击。他们瞄得很准。炮弹一个接一个，先是落在战壕的尾部，然后沿着壕沟一路慢慢轰击。可以用算术算出哪个时间点，炮弹一定会过来，会把某人炸成碎片。

---

① 恶魔生病的时候，他都愿意做一个修道士。语出自法国文艺复兴时期作家、修道士弗朗索瓦·拉伯雷的作品，大概意思相当于汉语中的“临时抱佛脚”。——译者注

沃顿太太（惊恐之下微微有点喘不过气来）：哦，约翰，不！

约翰（微笑道）：嗯，有东西出毛病了，否则我现在肯定不在这里了。

沃顿上校：你的意思是说自己不害怕吗？

约翰："害怕"并非合适的词。就拿刮风来说吧……那是十足的飓风。我觉得自己似乎缩水了，以至于身上的衣服突然变得像麻袋一样，松松垮垮地耷拉着。接着，有违我的心愿，祈祷词涌到了唇边。我猜想，这来自长期的习惯，它们自己就努力汇聚成了言辞——向上帝呼吁的言辞，恳请他让炮弹离开。我必须跟自己抗争。我必须一直跟自己说——"不要变成笨蛋。不要变成天杀的笨蛋。"

沃顿太太：你抗拒吗？那是上帝跟你说话的声音。你的心说出了那些祈祷词，仁慈的上帝垂耳倾听。难道这没有向你证明——你错了吗？那时那刻，即便你挣扎着不去相信，但你信了。你整个灵魂哭号着其对上帝的信念。

约翰：不，不是我的灵魂……是我对死亡的恐惧。

沃顿上校：我也上过战场。在南非和南苏丹，我们有时候的处境非常危急。当我投入战斗的时候，就将灵魂托付给上帝，至于现在，我是老人了，我可以说一句——我从来不知道何谓"恐惧"。

约翰：我觉得自己并非特别勇敢。战斗之前，我常常得点根香烟，以此来掩饰自己颤抖的双唇。

沃顿上校：基督徒不害怕死亡。他的整个生命都只为那个可怕时刻做准备。对他来说，"死亡"就是那道光芒四射的大门，穿过这道门就能进入永生。

约翰：要是想着生命空无一物，只不过是给"死亡"做准备，那我肯定会遗憾的。在我看来，死亡着实无关痛痒。我觉得人应该竭尽所能地赶走“死亡”的想法。他应该好好活着，就像生命根本没有尽头。活着才是要紧事。

西尔维娅：难道这不是意味着极为卑劣的唯物主义吗？

约翰：不是这意思，因为——除非你愿意拼尽全力去冒险，否则你的生活就无法酣畅淋漓到极致。“冒险”令一切大不相同。一个人拥有的最宝贵的东西就是“冒险”，不过他若是不准备下这个赌注，那么它就一文不值。

西尔维娅：你觉得有什么东西值得拿生命去冒险呢？

约翰：几乎任何事物。荣誉或者爱情。一首歌，一个想法。（稍稍沉思一下，微笑地说）一扇有五道栅栏的门。

西尔维娅：这逻辑难道不是非常混乱吗？

约翰：可能吧。我的话说得不是很清楚。我觉得自己的意思是说——生命本身没有价值。你给生命带来什么，才是给它注入某种价值。

沃顿上校：险象环生的战争，你能平安度过，你觉得原因何在呢？约翰，你母亲和西尔维娅还有我，每天都祷告，期盼上帝认可让你躲过劫难，你知道吗？

约翰（突然激动起来）**：**只有你们吗？为什么他看不到别人，不让其他人躲过劫难呢？

西尔维娅：天意难测，我们是谁，居然敢质问全知全晓的至高神？

沃顿上校（回答他儿子）**：**我不知道你这话是什么意思。战争中，有人会被杀死。当一个指挥官下达战斗命令的时候，对于开战后紧接着的损失，他心里非常清楚。

（约翰微微耸下肩。他恢复镇定了。）

约翰：你若是不介意，我得说——我觉得我们最好不要开始争论。唇枪舌剑永远不会让人有太多的进步，对吗？

沃顿太太（柔声说道）：可是我们想弄明白，约翰。一直以来，你都是一个虔诚的男生。

约翰（微笑道）：哦，母亲，不管跟谁说这样的话，那感觉都非常糟糕……说得我像妈妈的乖宝宝似的。

沃顿太太（含笑回答道）：哦，我的意思不是这样的。刚好相反，你挺让人头疼。有时候，你任性顽固，脑袋跟花岗岩一样固执。

约翰：这样更好。

沃顿太太：我们努力将你培养成敬畏上帝的人。以前有时候，看到你的信仰既天真简单又触动人心，我感到幸福。从前，为了各种蠢事，你常常向上帝祷告——某次板球比赛，或者某次考试，你事先没有练习或者没有做功课，却指望好运连连。

约翰：是的，我记得。

沃顿太太：你若是失去信仰，我们知道不会丧失得非常严重……不是故意摈弃信仰——因为那种人沉溺纵欲狂欢的感官享受，一举一动都在荼毒自己的生命，于是不敢相信神。如果你把一切都告诉我们，或许我们能够帮你。

约翰：亲爱的，你最好放下这事吧。否则的话，我不得不说的那些话，只会深深地刺痛你。

沃顿太太：我们愿意冒险。我们知道你本意不想伤害我们。你可能只是遇见难题了，我们或许能够帮你解惑。而且，我们若不够聪明，牧师也许会有答案。

（约翰不吭声地摇摇头。）

西尔维娅：约翰，你还想要信仰上帝吗？

约翰：不想。

（众人稍稍沉默。凯特进来通报，说麦克法兰医生来了。这是一个极为遗世独立的老人，长长的白发，红扑扑的面颊。他是老派的乡村医生，穿着邋遢寒酸的黑衣服，手里拿着一顶脏兮兮的大礼帽。他有种乡绅的气度，而且让人回想起早前岁月的那种药剂师。）

凯特：麦克法兰医生到。（退场。）

沃顿太太：哦！我一下子把这事全给忘了。（露出欢迎的笑意）我们正等着你呢。

麦克法兰医生（跟两位女士握手）**：**今天早上，我一直很忙。（对约翰说）约翰，你好吗？

约翰：能坐起来吃营养品，谢谢。

麦克法兰医生：就你经历的那些冒险来看，你的样子没有变得糟糕。也许，你老了一点点。

沃顿太太：哦，你事先肯定没见到过约翰吧。

麦克法兰医生：没有。昨天在教堂，我妻子看见他了，只是不走运，我昨天没法去教堂。我必须去看一个病人。

约翰：同一个病人吗？

麦克法兰医生：不好意思，我没听懂你的意思。

约翰：过去二十五年，每个周日大概十一点钟的时候，你都必须去看一个病人。我觉得疑惑，不知道是否是同一个病人。

麦克法兰医生：若是同一个病人，而我如此坚忍不拔地与困境搏斗，那么我肯定当得起赞扬。（朝上校走来）上校，你今天感觉怎么样啊？

沃顿上校：哦，我感觉很不错，谢谢。坎特伯雷那家伙的来信，你收到了吗？

麦克法兰医生：收到了。

沃顿上校：嗯，他怎么说？

麦克法兰医生：你们这些从军的绅士，都急着赶往前线。

沃顿太太：你把信带来了吗？

麦克法兰医生：内容非常有技术性。恕我冒昧，我觉得你们谁都看不懂，完全是丈二金刚摸不着头脑。现在，沃顿太太，我亲爱的，你可以跟我去你美丽的花园稍稍散会儿步吗？我们可以借此机会谈谈这个老暴君。

沃顿上校：这样的目的何在呢？你前脚刚走，伊芙琳后脚就会把你说的一切都告诉我的。在我面前，她这辈子都无法隐瞒任何事情。

麦克法兰医生：你必须对我有耐心。我都一把年纪了，而且我喜欢用自己的方式做事。

沃顿上校：好吧，我可不是胆小鬼，另外我没打算忍受你任何的无理取闹。那个医生说的话，你直接告诉我们，还有去你的。（对沃顿太太说）不好意思，亲爱的，不过我不得不用该方式跟这老笨蛋说话——他只能理解这种说话方式。

麦克法兰医生：他很粗暴，是不是啊？

约翰：冰山一角罢了，毕竟是割开过别人喉咙的斯文海盗。

沃顿上校：你知道的，医生，你显然是个老骗子。你一进来，我看你的样子就知道你有坏消息要带给我。你原本希望伊芙琳身边没有别人。

麦克法兰医生：这个时间点，所有自尊自重的退休上校都会在自己书房里阅读《泰晤士报》的。

沃顿太太：凯勒医生怎么说的？

沃顿上校：我猜他觉得需要动手术。虽然这很讨厌，但有了上帝的帮助，我可以熬过去的。

麦克法兰医生：好吧，我想你迟早都必须知道。让这些年轻人都出去吧，我们可以安安静静地详谈一番。

沃顿上校：胡说。约翰是我儿子，西尔维娅跟我女儿差不多。我寻思着，涉及我的事情同样与他们相关。哎哟，即便我只能再活一个月，你也无法大惊小怪地折腾出更大的动静了。

麦克法兰医生（犹豫不决地说）**：**你要我现在就把整个情况都告诉你——就这样？

沃顿上校：是的。你不要以为我听到最坏的消息，会觉得害怕。不管情况如何，我都希望自己像基督徒、像绅士那样，有胆色去承受。

（众人稍稍沉默一下。）

麦克法兰医生：你说得很对。我有坏消息带给你。我的诊断结果，凯勒医生确认了。我原本就非常肯定，但我不想相信。我觉得自己可能搞错了……我恐怕你的病真的很严重。你务必小心。

沃顿太太：乔治！

沃顿上校：得了，得了，亲爱的，不要乱了阵脚。他推荐动手术了吗？

麦克法兰医生：没有。

沃顿上校（目瞪口呆）**：**你的意思是说……可是我的感觉没有糟到那地步啊。我偶尔有阵阵疼痛，可是那样……你的意思不会是说——你觉得我快死了吧？看在上帝的分上，告诉我真话。

麦克法兰医生：我亲爱的老朋友！

沃顿上校：你的意思是说我得了绝症。办法——什么事情都不能做了吗？

麦克法兰医生：我不知道。永远都可以做一些事情的。

沃顿上校：但是治疗，我的意思是这个。不治之症吗？

麦克法兰医生：你若真想要实话，那我恐怕自己无法怀揣治愈的希望。

沃顿上校：你给我多长时间呢？（费劲地想发笑）我猜想你没打算再烦我一两年吧？

麦克法兰医生（佯作轻松地说）：哦，你大可放心，我们会竭尽全力让你多活一段时间的。

约翰：父亲，你的体格很好。在我的印象中，你会要弄所有的医生，然后再活上二十年的。

麦克法兰医生：内科不像外科，后者是精密严格的科学，内科不是。病人要求实话的时候，医生有责任告诉他，但我若是病人，我永远不会全信，总会有些保留的。

（上校疑窦丛生地看着他。）

沃顿上校：你对我有所隐瞒。若单单如此，你为什么要单独见伊芙琳呢？

麦克法兰医生：嗯，有些人很紧张自己。你知道或者不知道，哪种情况更好，我不是很有把握。我觉得自己该跟她谈谈。

沃顿上校：死亡近在咫尺，我有这个危险，对吗？看在上帝的分上，告诉我。把我蒙在鼓里是很残酷的事情。

沃顿太太：医生，请坦白回答吧。

麦克法兰医生（稍稍顿一下）：我想你若是要安排一些事情，那么尽快处理好会是明智之举。

沃顿上校：如此说来，这甚至并非一年还是两年的问题？是几个月呢？还是几个星期呢？

麦克法兰医生：我不知道。没人能说得清楚。

沃顿上校：你拿我当孩子啊。（突然一阵狂怒）你莫名其妙，先生，我命令你告诉我。

麦克法兰医生：随时都有可能。

沃顿上校（陡然发出一声惊恐的喊声）：伊芙琳！伊芙琳！

沃顿太太：哦，亲爱的！我亲爱的丈夫！

（她用双臂抱着他，好像要保护他。）

麦克法兰医生：你为什么强迫我告诉你呢？

沃顿上校（瑟瑟发抖地低语道）：哦，伊芙琳！伊芙琳！

沃顿太太（对众人说）：请离开吧。

约翰（对西尔维娅说）：走吧。他们想单独待着。麦克法兰医生，你能来花园待几分钟吗？

麦克法兰医生：我当然可以。当然。

（他们离开。只剩下沃顿上校和沃顿太太。他们沉默了一会儿。）

沃顿太太：亲爱的，也许这不是真的。

沃顿上校：是真的。我现在知道这是真的。

沃顿太太：哦，真苦啊。我真希望生病的人是我。宝贝，要是能取代你，我会非常开心的。

沃顿上校：伊芙琳，我们在一起生活，过得多幸福啊。

沃顿太太：我们有很多东西要感恩。

沃顿上校：哦，伊芙琳，我该怎么做呢？

沃顿太太：哦，亲爱的，我为你感到非常难过。我真的好心酸好难过啊……我想你很勇敢。如果别人那样告诉我，我——我会崩溃的。

沃顿上校：真是晴天霹雳。

沃顿太太（*试图安慰他*）：一直以来，你有着明亮清晰的信仰，我真是谢天谢地。宝贝，有信仰，现在真是大大的安慰，委实是巨大的慰藉！（*她更加紧紧地拥抱着他*）你正在摆脱凡人的臭皮囊，即将换上天国的衣服。我们脑子里向来都是这样想的，不是吗？要前往我们亲爱天父的府邸，这短暂的生命只是一段旅程罢了，好似穿过回廊。（她察觉到他内心的惊慌沮丧，她奋力让他鼓起勇气）尘世中某个首领下达命令，你从来不曾犹豫。你是一位好战士。现在呼唤你的是天国的首领。基督正朝你展开他爱的臂膀。

沃顿上校：伊芙琳——我不想死。

（第一幕完）

第二幕

▼

▼

▼

场景：同前一幕。

（两天过去了。现在是星期三下午。）

（沃顿太太坐在一张小桌子旁，若有所思地瞪着前方。桌上放着一个针线盒，盒子旁边是一件小宝宝的衬衫——她还没做完。壁炉里生着火。过了一分钟，约翰进屋。她抬头看他，展露舒心的笑意。他朝她走来，将一只手按在她的肩上。她温柔地拍拍他的手。）

约翰：母亲，你没在做事啊？你居然给“懒惰”这个魔鬼有机可乘，真是稀奇，我很少见你闲着的啊。

沃顿太太：我挺不像话的，是不是啊？

约翰：你正在做什么东西呢？看在老天的分上，你做小宝宝的衬衫干什么啊？岂有此理，我都还没结婚呢。

沃顿太太（假装微微被吓一跳说）：别淘气，约翰。这是给可怜的安妮·布莱克的小宝宝。

约翰：她是谁？

沃顿太太：她和爱德华·德里菲尔德订婚了，就是木匠的二儿子，原本他们打算在他下一次休假回家的时候就结婚。如今，他战死了，而她怀孕了。

约翰：可怜的人儿。

沃顿太太：现在普尔夫妇照料她。你瞧，她无处可去，而且他们不想她沦落到进济贫院的地步，于是普尔太太收留了她，让她住到牧师宅邸。然后，我说小宝宝的所有东西，都由我来做好了。

约翰（饱含感情地说）：你是一个善良的老母亲。

沃顿太太：难道你不觉得普尔夫妇心地很好吗？

约翰：他们心地很好，挺有人格魅力的。

沃顿太太：今天下午，他们要来这里，约翰。我想让牧师来瞧瞧你父亲……我还没有跟你父亲说他们要来。

约翰：你没说吗？

沃顿太太：他如今非常敏感。这原本挺自然的，不是吗？还有，我不是很清楚他到底接受了几分。我想如果普尔太太也过来的话，那看起来就跟朋友平常走动一样。另外或许，牧师可以有机会跟你父亲说几句话。

约翰（微笑道）：我懂了，你要我配合你演戏，到时候就让他们单独谈谈。

沃顿太太：我做任何事情都讨厌耍心眼，约翰，可是我觉得如果你父亲能稍稍跟牧师说说心里话，应该会大有益处。

约翰：你为什么不建议他这样做呢？

沃顿太太：我不想。我担心他会生气。我原以为他自己会提出这想法。

约翰（很温柔地说）：母亲，不要给自己压力。

沃顿太太：我尽量不去想这事，约翰。我唯一的期盼就是最后时刻来临的时候，他不要遭罪。

约翰：我不这样想。

沃顿太太（稍稍顿一下）：约翰，我不明白你的意思。

约翰：不，你明白的。你只要看看父亲的脸，就明白一切了。

沃顿太太：我真的不明白。（几乎是气急败坏地说）你错了，约翰。他很疼，远超你的想象。由于疼痛，所以他的表情才变成那样。

约翰（严肃地说）：他脸上的表情是恐惧，母亲，对死亡的恐惧。你跟我一样清楚。

沃顿太太（垂头丧气地说）：我原本希望除了我之外，没人会知道这点。这撕裂了我的心。而且我还无能为力。还有，他变得非常奇怪。有时候，他看我的神态好像我是他的敌人。

约翰：他不想死，对吗？在心底深处，他嫉妒你，因为你还可以继续活下去。

沃顿太太：你察觉到这点了吗？我尽量视而不见的。

约翰：不要生他的气，也不要对他感到失望。你知道的，对我们所有人来说，死亡都是一件难事。通常来说，一个人的生命力渐渐耗尽，以至于生命犹如沉重的负担，那么到时候，体面地结束并非很难。不过可怜的父亲，他面对的困难要大很多。

沃顿太太：他一辈子笃信我们宗教的伟大真理，以此作为生命的支撑。哦，约翰，眼下这个时刻，当他必须将它们全都付诸检验的时候，他动摇了……这真是太可怕了。可这几近于背叛，背叛了爱他的上帝。

约翰：亲爱的，上帝不明白这种心理——你不会这样想吧？一个人一辈子喜乐开怀、纯真无罪、满心虔诚、无私慷慨，而且尽职尽责，那么最后若干星期的表现有什么要紧的呢？前几天，我们谈过这话题，你不记得了吗？我说——评判一个人，要看他在身强力壮时候的信仰和行为，而不应该拿人在饱受折磨时候产生的种种乖戾行径作为评判标准。祈祷吧，上帝或许会赐给我父亲勇气，以及顺其自然的心态。

沃顿太太：在你不相信上帝的时候，约翰，你怎能请我祷告呢？

约翰：照样祷告，亲爱的，而且也为我祈祷。

沃顿太太：亲爱的，我觉得你父亲走了之后，我不会活太久的。丈夫和妻子如此鹣鲽情深，因此我们常常无法很好地面对阴阳陌路的局面。你即将拥有西尔维娅，我想到这点，心里很是高兴欣慰。

约翰：西尔维娅是个好姑娘，不是吗？

沃顿太太：你投身战场的时候，我是母亲，自会忧虑牵挂，可是我也替她操心。她跟她母亲的日子过得很艰难，手头拮据得要命，只有福利金；等她母亲去世后，你又万一出什么事，那在真正意义上，她就一无所有了。你们订婚的时间太长了，而且她如花似玉的最好年华已经过了。不可能有别人愿意跟她结婚了。

约翰：亲亲母亲，你现在很是触景生情啊。

沃顿太太（稍显过火的义愤填膺表情）：我没有，约翰。一个身无分文的女人，在这世上形单影只，同时不再年轻——你不懂对她来说，生活会变成何等模样。

约翰：是的，我懂。不过眼泪没必要涌进你的双眸，因为西尔维娅和我将要结婚，她以后会衣食无忧的。

沃顿太太：一想到你要结婚成家，她是我唯一能接受的姑娘。

约翰：嗯，在我认识的所有姑娘中，她是我唯一能接受的结婚对象，我们俩都非常满意。

（凯特上场，利特伍德太太跟在身后。）

凯特：利特伍德太太到。（退场。）

利特伍德太太（亲吻沃顿太太）：你好。

沃顿太太：亲爱的，你好。

利特伍德太太（对约翰说）：我把你的结婚礼物带来了，约翰。

（她递给他一个小盒子，里面的东西镶着珍珠。）

约翰：哦，我说，你真是太豪气了。母亲，瞧瞧。这是一把锯齿剑，不是吗？

利特伍德太太：你知道，这是阿奇的。他以前一直为此非常得意。

约翰：你把属于他的某样东西送给我，你真是太好了。

沃顿太太：夏洛特，你太客气了。

利特伍德太太：乱讲。它对我不再有用。我觉得约翰应该拥有它，远远好过它躺在保险箱里。他们跟我说，要是不用的话，珍珠会变黄的。

沃顿太太：约翰，亲爱的，去花园里抽根烟吧。我有话要和利特伍德太太聊聊。

约翰：好的，母亲。

（他离开。）

利特伍德太太：我正考虑将自己的房子脱手，你知道吗？我留着这房子，只因为男孩们有假期的话，他们应该有一个家可以回，现如今他们都死了，我想住到伦敦去，我觉得那样更有意思。我要参加一个桥牌俱乐部。

沃顿太太：夏洛特，这是什么意思呢？你为什么说这样的话啊？

利特伍德太太：亲爱的，我为什么不能参加桥牌俱乐部呢？（带着一丝笑意说）以我的年纪来说，这是非常高尚的活动啊。

沃顿太太：我糊涂了。难道你不想我提及你的男孩们吗？

利特伍德太太（冷淡讥诮地说）**：**如果你觉得自己真的必须将同情心倾倒出来，你可以那样做；可是我知道自己不是特别需要别人的同情。

沃顿太太：别人都无法理解你了。你从法国回来后，行为举止变得太奇怪了……那可怜少年在坟墓里的尸骨尚未冰冷，你就跑去看戏，我觉得你这样做很吓人。好像除了桥牌，你就没想其他事情了。

利特伍德太太：我猜想不同的人接受事情的方式各不相同吧。

沃顿太太：我不知道你现在的思维是不是很正常。

利特伍德太太（多少有些忍俊不禁）：是的，我看出来你对此犯嘀咕。

沃顿太太：只要你明白我想帮你的心有多迫切，那该多好啊！不过你不让我靠近你。夏洛特，我们认识已经有三十多年了。你为什么要在我们之间竖起一道石墙呢？

利特伍德太太（语气和缓，犹如跟一个孩子讲话似的）：亲爱的，你心地善良，就别牵肠挂肚了。我若是需要你的帮助，我会马上来找你的。可是我不需要。我真的不需要。

（沃顿太太听到楼梯上传来自己丈夫的脚步声。）

沃顿太太：乔治来了。（朝窗边走去）约翰，你什么时候想进来都可以。

（上校进屋。比起两天前，他的脸色稍稍更苍白点，另外他的双眼时不时地流露出备受困扰的焦虑神情。）

沃顿太太：乔治，夏洛特·利特伍德来了。

沃顿上校：我看到了。你好。

利特伍德太太：上校，你今天的脸色不怎么样啊。

沃顿上校：对别人说这样的话，可真让人开心鼓舞。我的感觉好极了。

沃顿太太：跟一两天前相比，我觉得他的气色好多了。

沃顿先生：我估摸着这不是我的功劳，而是在这样的日子，你居然生火了……给热的，脸色自然要好一些。

沃顿太太：不是的，我觉得有点凉飕飕的。乔治，你永远都不记得我已经不比当年了，现在老了。

（上校坐到一张扶手椅上，沃顿太太拿来一对靠枕。）

沃顿太太：宝贝，让我把它们放在你背后。

沃顿上校：看在老天的分上，不要冲着我小题大做，伊芙琳。我若是需要靠枕，我完全可以自己去拿。

（约翰和西尔维娅一起进来，听到最后两句话。）

约翰：得了，得了，父亲，你绝对不能宠溺母亲。她服侍我们已经有三十年了。这辈子，你就别让她养成诸如“偷懒”的坏习惯了。

沃顿太太：哦，西尔维娅，我们还以为今天不会见到你了呢。你说过自己会很忙的。

西尔维娅：我觉得自己必须进来瞧瞧，看看你们大家怎么样了。

（上校狐疑地看了她一眼。她吻过沃顿太太、利特伍德太太和上校。）

约翰（给西尔维娅看那把镶珍珠的锯齿剑）：瞧瞧利特伍德太太送我什么了。有了它，结婚都值得了，不是吗？

西尔维娅：哦，真可爱啊！

利特伍德太太：等你回家后，会发现有份小礼物正在等着你呢。

西尔维娅：好兴奋啊！我要一路跑回家去。

沃顿太太：现在你来了，那最好留下来喝茶吧，亲爱的。

西尔维娅：我真的不能留下来。家里还有一大堆事情等着我去做呢。

约翰：胡说。你根本没事要做。我们不会放你走的，想都别想。

西尔维娅：你得记得，从明天开始，你将永远拥有我。难道你不觉得今天大可以放我自由吗？

约翰：不可以。

西尔维娅：讨厌的家伙。不过我必须说这话让人很暖心。

沃顿上校：你们两个是我见过的——对彼此最满意的一对儿人。

约翰（一只胳膊环抱着西尔维娅的腰身）：不过我对西尔维娅一点都不满意啊。我想她能有一头乌黑的秀发，还有一双像黑刺李的眼眸。

西尔维娅：傻瓜，黑刺李是什么啊？

约翰：我不知道，只是从少年时代开始，我在书里一直看到有这种说法。

西尔维娅：哦，上校，我来这里的路上穿过田野，真的见到了一只兔子，你知道吗？

约翰：父亲，我听说那片地方，如今绝对是空无一物啊。

沃顿上校：并非没有东西，害虫得到扩张的许可，正肆无忌惮地开枝散叶呢。那屋子旁边有一两只雄雉，就这些。我不知道下一季——不过别忘了，我没必要用下一季的事情来烦自己。约翰，那将是你的麻烦。

约翰：我真希望自己能像你那样枪法准，能更好地射中那些雄雉。

沃顿上校：老天，我真希望自己能年轻二十岁。我会碰碰运气，让某个德国人射中我好了。死在德国人的枪下，比起像困在陷阱里的兔子，这样干耗着等死，前者要稍微好一点点。

（凯特上场，通报牧师和普尔太太到了。）

凯特：普尔先生和太太来了。（退场。）

沃顿太太：你们好啊。

（众人互致问候。上校看看他们，又将视线转向妻子，满腹怀疑的样子。普尔夫妇对利特伍德太太极其冷淡。）

沃顿上校：你们好。你们能来真好。坐吧。

普尔太太：嗯，西尔维娅，你为明天准备好一切了吗？

西尔维娅：或多或少算准备好了。

普尔太太：我们本以为你可能更愿意将婚礼推迟几天呢。

沃顿上校：他们等得够久了。他们为什么要推迟呢？

西尔维娅（赶紧说道）**：**我昨天跟普尔太太说，我觉得明天之前，自已没办法将每件事都安排得妥妥当当。

沃顿上校：我相信我妻子已经跟你说过了——我的身体不是很好。

普尔太太：哦，上校，你身体不好吗？听到这个我很难过。

牧师：今天早上，圣餐结束后，她告诉我，说你这几天的身体状况不是很理想。

沃顿上校：我记得当年在埃及，一匹马或者一头骡子生病了，秃鹫便常常围拢过来，盘旋在空中。相当壮观。

沃顿太太：乔治，你在说什么啊？

沃顿上校（苦涩地轻笑一声）**：**伊芙琳请你来，要你对我履行牧师的职责，对吗？

牧师：我听说你病了，就想过来看看你，这并非什么特别反常的事情。还有当然，我的职责之一凑巧就是关心病人。

沃顿上校：伊芙琳觉得我想像个老妇人那样，在众人的宠溺纵容中离开人世——我不知道她为什么会这样想。我以前直面过死亡。我想不管是谁，在必须死之前，都想活着，可是我的时辰如果到来的话，我希望自己能像绅士兼战士那样面对一切。

约翰：哦，那我的生活中，就得听我父亲说个不停。那些悖晦医生说的话，你一个字都不用信。你会继续活上二十年，继续欺负深爱你的家人。

沃顿上校：约翰，别跟我胡说八道。你拿我当孩子哄呢。谁都不许惹我生气。大家都得疼爱我、宠着我，还得逗我开心，让我心情好。该死的，你连一分钟都不让我消停，弄得我时刻想着这事。

沃顿太太：我们可以去花园稍微转转吗？现在太阳落山了。

沃顿上校：你要是喜欢就去吧。我留在这里。我觉得冷。

沃顿太太：走几步对你有好处，乔治。牧师想打听新养的那几只浅黄色奥尔平顿鸡长势如何。

沃顿上校（窃笑一声道）：我可怜的伊芙琳，你真是个透明人儿，根本没法掩藏自己的所思所想。我若是想跟牧师聊聊，到时候，我会让他知道的。

利特伍德太太（带着几分饶有兴致的心态观察眼下的场景）：上校，你为什么不跟我打打皮克牌呢？

沃顿上校：我很多年没有玩皮克牌了。我会乐意打牌的。伊芙琳，牌放哪里了啊？

沃顿太太：我去拿来给你们。

（她从某个抽屉拿出扑克牌，随即放在牌桌上。上校坐到牌桌旁，从牌盒里挑出要用的牌。）

牧师：利特伍德太太，我星期一去拜访你了。

利特伍德太太：我听说了。

牧师：我听说你不在家。可当我离开的时候，我看到你正在自家花园里——要想视而不见，那是不可能的。

利特伍德太太：那花园的私密性不够，从路上会看见的。

牧师：我觉得很难受。我不知道自打我来这里之后，自己的行为到底有何不妥，以至于你要这么无礼地待我。一直以来，我们的关系都挺好的，并非那种表面热络的关系。

利特伍德太太：我不想见你。

牧师：我的智力足够解读出这点。不过我觉得自己职责所在，不能让皮克牌妨碍我尽职尽责地工作。我有很多话要跟你说，我觉得你应该听听的，于是昨天，我再次拜访，然后再次听闻你不在家。

利特伍德太太（冷淡漠然地说）：我不想见你。

牧师：我可以问问理由吗？

利特伍德太太：好吧，我猜测你要跟我谈我儿子。我想你的谈话无法让他起死回生，无法让他重回我身边。

牧师：难道你觉得我无法施以援手，无法帮你承受自己的损失吗？我想自己可以跟你说几句掏心窝子的话，能劝你节哀顺变。或许最低限度，我可以向你表达同情。

利特伍德太太：我要是看着不知好歹，那我很抱歉，可我不需要你的同情。

牧师：你的态度令我震惊。

普尔太太：我们知道你极为疼爱自己的儿子，若非如此，别人真的会以为失去他们，你根本无动于衷。

利特伍德太太（沉吟道）**：**不，我完全没有无动于衷。

牧师：由于你不想单独见我，那我必须在此时此地跟你说一些话，本来我宁愿私底下跟你讲讲，不想这样公之于众。我有权对你进行告诫，因为于我的教区而言，你的行为属于不成体统的丑闻。

利特伍德太太（含笑道）**：**哦，我乞求你的原谅。我还以为你关心我的幸福。若是涉及教区的福祉，那你想说什么就请便吧，千万别客气。

牧师（闹得面红耳赤，不过没有就此退缩）**：**在法国，你儿子刚刚下葬，你当天就跑去看音乐剧，我觉得真是可怕。不过那是在伦敦，你除了给自己找不痛快之外，不会惹怒任何人。你在这里的所作所为就不一样了。这是个很小的地方，你举办宴会，四处晃悠，去各户人家打牌——这些行径着实丢脸。

普尔太太：不穿丧服显得全无心肝。

约翰（为了避免谈话变得过于尴尬，很是油腔滑调地说）**：**为什么啊？任何人要是为我穿丧服，我肯定会觉得讨厌。

牧师：你给大家的印象就是——你是个十足的铁石心肠。这个村子里的年轻小伙子们，他们正在前线跟其他勇士一起搏命，所有人都在拿自己的性命冒险，你觉得你这样做会产生怎样的影响呢？身在故乡的我们爱着他们；还有，如果他们倒下，我们会带着感激，心里永远记着他们——这些都是给他们的慰藉，你居然要褫夺一空。

利特伍德太太：我可没想过——对任何人来说，一个老妇人超凡脱俗的古怪行径会是很要紧的事情。（*她顿一下，稍稍看了一会儿前方的空气，随即拿定主意开口说话。她说得很安静平和，几乎就像自言自语*）他们叫我过去，然后我前往法国，我当时并没有很紧张，因为我知道——上帝已经带走了我的长子，那么会把次子留下来给我的。你瞧，我身边只剩他一个人了。然后，我到了那里，发现他已经死了——我突然觉得一切都无所谓了。

沃顿太太：亲爱的，你是什么意思啊？你怎能说这样的话呢？

约翰：不要，母亲。让她继续说下去。

利特伍德太太：我觉得所有事情都不是很要紧了。很难准确地解释我的意思。我感到自己跟这个世界不再有瓜葛，而且这世界跟我也脱钩了。我在意在乎的一切，到目前来说都丧失了。你知道我的婚姻生活并不是很幸福，可是我爱自己的两个儿子，他们使得一切变得有价值，可如今他们走了。让别人开始——冒险吧。我靠边站了。

沃顿太太：亲爱的，你受的罪太多了。

利特伍德太太：不，奇怪的就是我并没有很受罪的感觉。有时候，人会做一场恐怖狰狞的噩梦，同时从头到尾都很清楚自己只是做梦罢了，你不知道这种感觉吧？（*依旧心平气和的好脾气，转头对*

着牧师，几近失笑地说道）我去看戏，你觉得惊讶。为什么呢？在我看来，舞台演出并没有比现实生活更加虚幻。如今，生活在我眼里就像一出戏。我没法用正儿八经的态度看待它。我有种很古怪的游离感。我对自己的同类并没有恶感，可是你对我来说，似乎并不特别真实，也不是非常重要。我为什么不能跟你们打桥牌呢？

牧师：哦，可是，亲爱的，亲爱的，有一个真相，你永远无法逃脱。有上帝。

（老妇人的双眼闪过一丝特别的神情。她起身，伸出一只手，好像要挡开某种攻击。）

利特伍德太太：对不起，我觉得还是别谈论上帝了。我更热衷打皮克牌。

（她坐到牌桌旁，就是上校已经坐好位置的那张桌子。）

沃顿上校：你打四番还是六番？

利特伍德太太：四番——首尾再翻倍。这样更带劲。

沃顿上校：我们可以切牌了吗？

利特伍德太太（切牌道）：你不可能赢的。

沃顿上校：我猜现在有牧师在场，我们不敢玩钱吧？

利特伍德太太：我们假装他不在。一百分一先令，你觉得合适吗？

沃顿上校：我想这样的赌注不会让我们中任何一个人破产的。

（凯特上场，后面跟着麦克法兰医生。）

凯特：麦克法兰医生到。（退场。）

麦克法兰医生：你好。

沃顿太太（跟他握手）：你能来真是太好了。

麦克法兰医生：上校今天怎么样了？

沃顿上校：正在打皮克牌。

约翰：医生，明天婚礼，你会来的，是不是啊？

麦克法兰医生：我当然要来。你们两个都是我接生的。我个人非常有兴趣看着你们结合成一体。

牧师（笑逐颜开地说）：医生，你很长时间没有踏足教堂了。

麦克法兰医生：由于你们这些神职大人不再用永不熄灭的烈火来威胁我，所以在这事上，我觉得听从自己内心的指引还是合情合理的。

牧师（打趣他道）：不过我们依旧相信“毁灭”——终极的形神俱灭。

麦克法兰医生：我愿意冒险。对一个二十年都没有假期的人来说，这根本不可怕。

牧师：你并非没有宗教信念。我不懂你为什么不来教堂呢。

麦克法兰医生：我得告诉你吗？因为经过再三的实验，我得出一个结论——我不去教堂更好，而且好得不止一点点。

约翰：牧师，你必须放弃他了。他是个固执的老东西。事实上，方圆十英里只有他这一个医生，只要每次出诊可以收取七先令六便士，那他就会让你一直活下去，不会杀死你的——他好好利用了自己的这项特权。

沃顿上校：你的意思是说，我们的教会不再相信“永世的惩罚”了吗？

约翰：哦，父亲，地狱永远不会跟我有任何关系的。你和我都相当安全。你瞧，要是没有我们，母亲在天国里绝不会感到幸福的，另外无论她开口要什么，上帝都无法拒绝的。

沃顿太太（慈祥爱怜地说）：约翰，你都胡说些什么啊。

普尔太太：我们的主颁布的信念自有其权威，可是我有时候觉得现代教会处处妥协、大打折扣，委实草率鲁莽。太多的罪人由于害怕

“永世的惩罚”，所以才被弄到教会来忏悔！

约翰：这样一来，相当程度上是呼唤天国降下火焰，将雪茄点燃。

普尔太太：这场面可能挺滑稽的，可是我看不懂是什么意思啊。

约翰（温文尔雅地说）**：**嗯，要对付人类的邪恶堕落，最需要的东西就是“永世不朽”，我想不出来还有什么东西比它更管用。我猜想“罪孽”是人的内置特质，他对此无能为力；或者“罪孽”的原因是人类的无知，不知者不罪……不能因此指责凡人。

牧师：事实上，在你看来，“罪孽”只不过是镜花水月，完全虚幻的概念。

约翰：我觉得基督教如此强调“罪”的概念，着实遗憾。在教堂，我们声称自己是凄惶可怜的罪人，可是我觉得我们并不当真，况且还有一点，我不觉得我们是凄惨的罪人。

普尔太太：我们都是从罪而生的，“罪孽”是我们打娘胎里就继承的部分遗产。基督若不是为了人类的罪孽赎罪，那他为什么要死呢？

约翰：在战争中，一个人会跟各种各样稀奇古怪的人接触，并且变得非常熟稔亲切。我觉得自己这辈子最了解的人就是战友了。他们忠肝义胆、乐观开朗，都是些无私的好家伙；可能他们常常赌天咒地，而且一有机会就猛灌酒水，另外看到漂亮姑娘就挪不开眼睛，看得很开心。不过因为这些，你觉得他们都是罪人吗？我不这样想。

牧师：审视你的内心，你是否真的没有意识到痛彻心扉的可怕罪孽，那就说说看。

约翰：坦白讲，我没有这感觉。

牧师：你的意思是说你没有可以自责的事情吗？

约翰：我做过相当多自己觉得愚不可及的事情，可是若说我感到特别羞愧的事情，我还真想不出来。

牧师：你的意思是要告诉我，一直以来，你完全是个纯洁无瑕的人吗？

约翰：我是健康的普通人。跟我同龄人相比，我并没有更加纯洁无瑕。

牧师：这难道不是罪孽吗？

约翰：我不这样想。我觉得这是人性。

牧师：我们正在各说各话，根本就是南辕北辙。当你的意思是“非白即黑”，毫无通融的余地，那么所有的话都毫无意义了。

约翰（面露一丝笑意说道）**：**对你的问题，我若是回答“是的”，你可能觉得我撒谎，或者认为我是个笨蛋——这点挺异乎寻常的。

牧师：人类的劣根性，犹如一边大喊大叫着——人类的尊严或者上帝的公义，另一边又完全在唱反调，只有一个解释，那就是“罪”。

约翰：你指的是战争？这需要某些解释，不是吗？

牧师：每个基督徒肯定都问过自己——上帝为什么会允许发生惨绝人寰的可怕战争？我听人说，前线的那些勇士时常向随军牧师发问——万能的上帝为何允许战争持续下去。我不能责备任何心生困惑的人。长期以来，我心急如焚地跟这问题扭打……我无法相信上帝会任凭自己的孩子遭受磨难，同时关于自己的打算，他没有给出丝毫线索。

普尔太太：从来天意高难问。我们凭什么说何为“永恒的目标”呢？我们只知道那些都是善的目标。

约翰：与此同时，人类像苍蝇一样被杀死，留下孤寂的妻子和母亲，留下没有父亲的孩子。

牧师：你绝对不能忘记“无所不能”的确切含义。若有掌管万事万物的能力，人间苦痛的意义并非很大。

约翰：啊，我所在军团的随军牧师跟我说过这话。我可能非常愚笨，没搞懂，可我觉得区别还是很清楚的。对普通人来说，难题依然存在。一种答案，即便上帝想停止战争，可他无法停下来；另一种答案，他可以停止战争，但是他不愿意。

普尔太太：在我的观念中，这没什么好犹疑的地方。经书上写着——“若没有你们天父的允许，连一只麻雀都不会掉在地上。”

牧师：你们要记得我们拥有“自由意志”，上帝利用我们的自由意志来惩戒我们、教育我们，使得我们更配得上他的恩典和慈悲。人类从罪而生，咎由自取地招来了这场绵延漫长的劫难，就像亚当给自己惹来滔天巨祸，受到神的惩罚，而我们所有人都继承了这份责罚。

约翰：我如果看到两个小男孩打架，即使其中一个是懒洋洋的小乞丐，另一个偷过圣徒的苹果，我都会将他们分开。我不会坐在一旁，不会为了使他们将来变得更加优秀，就听凭他们狠狠地彼此伤害。

普尔太太：不过你说得好像这场磨难一定毫无用处。我们大家都知道人不磨不成器，磨难能够大大地洁净人、提升人。我一次又一次地在自己身上看到这一点。

麦克法兰医生：人们是这样讲的。那些上了年纪的女士在某位医术高超的医生的帮助下，病情大有好转——通常来说，大家会认为由于慢性病，她们变得更加温顺驯服了。

约翰：说什么苦难可以产生洁净的感化作用——我可真想看看说这话的那些人要是吸入满嘴的毒气，会有怎样的反应，会有多欢喜啊！

牧师：战争可怕。惨烈的状况很可怕。战争导致的苦难很可怕。只有一个解释——那是我们的天父给予的慈爱和无尽的恩典。

约翰：你能说服自己相信这点吗？

牧师：我们以前沉溺杯中物和淫欲，全都自私自利、轻佻刻薄、骄傲自满。需要这场翻天覆地的试炼来洁净我们。经过炼炉的锤炼，将会出现一个更加高尚的英格兰。哦，我向上帝祈祷，但愿所有这些鲜血可以洗净我们的灵魂，那么我们在他眼里，可以再一次展现出价值来。

普尔太太：阿门。

约翰：很明显，你懂的东西肯定比我多多了。每当我连里的战友做了某些错事——我觉得是错的，我过去习惯用玩笑的口吻说他们几句。比起我拿大道理来压他们，犹如拿着大锤劈头盖脸地砸他们的脑袋，我想自己用这种轻快的法子会有更好的效果。

牧师：人类故事的起源就带着"罪孽"，并且贯穿了整个人类历史。神圣救赎的动机取决于这个事实——虽然神创造人类是为了某个极为崇高的目的，可是凡人一头扎进"罪孽"中，令自己深深地蒙羞，极为糟蹋神的形象——人是按照神的形象被创造出来的啊……在救赎他们的过程中，只有让他们像神那样自我牺牲，才能提升他们，以免他们限于朽坏。

约翰：我真希望你是个连长，能亲眼看看某个男人为了救朋友，是如何开开心心地献出自己生命的。

牧师：可是我知道的，亲爱的孩子，我知道。还有，对于他们的牺牲，上帝并不放在心上，你是这样想的，对吗？我祈祷，并且相信在他的眼里，他们会找到慈悲。我相信他更乐于宽恕，而不是惩罚。别忘了，我们的主前来召唤罪人进行忏悔，"凡人会犯错，神给予宽恕"——关于这点，还有谁比上帝手下的众长老更清楚呢？

（皮克牌的玩家们多少有些分心去打牌了。不过，牧师说最后几句话的时候，他们根本没有假装打牌。利特伍德太太聚精会神地听着。现在，她放下牌，起身，朝牧师走来。）

利特伍德太太：那谁会宽恕神呢？

沃顿太太（骇然变色道）：夏洛特！

牧师（阴沉的口吻，不以为然的态度）：难道你不觉得这很亵渎神明吗？

利特伍德太太（刚开始的态度温和谨慎，但渐渐变得激动起来）：从孩提时代开始，我就竭尽全力地侍奉上帝，全心全意，用我的整个灵魂。我一直努力过着符合他意愿的生活。我从来没有忘记在他的眼里，自己一无是处。我既软弱无力又罪孽深重，可我努力做到尽职尽责。

沃顿太太：是的，亲爱的，你一直是我们所有人的榜样。

利特伍德太太（没有搭理她的话）：说真心话，所有我觉得在他眼里属于喜悦的事情，我已经尽量做到了。我称颂夸耀他的名。你们都听说了——我给自己丈夫生了两个儿子后，他抛弃了我，剩下我独守空闺。我养大他们，将他们培养成诚实正直的人，而且敬畏上帝。当上帝带走我长子的时候，我哭了，可是我朝向主说——“愿你的旨意成全。”阿奇是一位战士，有自己的命数，他死得其所。

牧师：死得伟大，死得其所。

利特伍德太太：可是上帝为什么要带走我的次子呢？我身边只剩他一个人了，我老年岁月的唯一慰藉，唯一让我开心的理由。让我觉得这辈子没有浪费生命，来人世走一遭还是挺好的，不至于觉得自己根本不要落生在这世界要更好——唯独是因为有了他，我才有了这些念想。我不应该遭这样的罪。如果有一匹马长期忠心耿耿地服侍我，等到他老得没法干活的时候，我本有权将他送到屠宰场，可是我不会那样做的，我让他在草场上颐养天年。我对待狗狗都不会像我的天父待我这般。我上当受骗了。你们说上帝会宽恕我们的罪孽，可是谁会宽恕上帝呢？我不会。永远不会。永远不会！

（她狂怒到了极点，随即冲出屋子，奔向花园。屋内的众人都没有作声。）

沃顿太太：不要生她的气，牧师。她被悲伤压垮了。

牧师：她会回来的。她就像个暴跳如雷的孩子，在通往善的路上受到挫折罢了。哭喊跺脚，可是稍稍过一会儿，小孩就会扑到母亲的怀里，泪流满面，乞求宽恕。

普尔太太（宽慰地轻叹一声）：诺曼，我就知道你会这样看问题。你的心态真宽容，思想很开明。

牧师：可怜的人儿，我觉得自己看清楚该用哪种方式帮助她了。

约翰：我不懂你如何得出这个结论的。你的解释只是“邪恶是罪”。我斗胆说一句——你有本事让人们承认自己受苦受难是罪有应得。不过看到别人遭受磨难，有些人会心生反抗——你永远阻止不了他们。既然上帝是全善的，那么他为什么会允许这人世间存在“邪恶”呢？

牧师：不管我给出怎样的答案，我都很难奢望你会满意。上帝的恩典，我是基督徒。你是无神论者。

（气氛尴尬的时刻。约翰意识到自己母亲或者西尔维娅曾经说过跟牧师一样的话。）

约翰：这态度着实刻板武断。我不懂为什么有人斩钉截铁地说“上帝不存在”。有一道墙，你没法看到墙的另一边，于是就说那边空无一物——说“上帝不存在”的逻辑跟你说的这个理由同样荒谬不近情理。

牧师：你相信上帝吗？

约翰：你问我的这个问题，我觉得跟你没多大关系。（带着一丝笑意说道）圣保罗曾经说过——“热心不要过火”，不是吗？[①]

牧师：几天前，你说的某些话，给自己至亲至爱的人们带来无与伦比的痛苦——你对此不会毫无察觉吧。

西尔维娅：约翰，你说的那些话令我非常痛苦。我不知道该怎么办了。我去找过牧师，并且寻求他的忠告。

约翰：某人的信仰是他自己的事情，难道你不这样想吗？我不想对别人的信仰横加干涉。他们为什么不能别管我，让我安安静静地保持自己的信念呢？

西尔维娅：约翰，这不可能完全是你自己的事情。明天，你和我将要结婚。这个问题与我关系极大，我得知道你确切的立场，这样才明智。

约翰：我没想过这点。我猜测你的话颇有深意。我愿意尽量向你、向父亲、向母亲解释。可是说真的，我觉得我们没必要把陌生人搅和进来。

沃顿太太：约翰，你若是愿意跟牧师谈谈，我觉得要好很多。我们不会假装自己非常聪明，而且如果你问我们一些——我们无法回答的问题，那真没多大意义。

牧师：你生病的时候，就会请医生，他给你开出药方，然后你康复了。

约翰（面带笑意）：医生，你对此怎么看？

麦克法兰医生：我们每个人都倾尽绵薄之力，让好事遍布世界，这是

---

① 译者按：约翰所谓圣保罗的话属于杜撰，是套用了另外一句话。

一个理想。

牧师：总之，你接受医生的建议，而且你不会跟他争论。为什么呢？因为他是专家，加上你相信他懂自己的业务。关于“不朽灵魂”的科学，跟涉及“易腐坏的肉体”的学科相比，前者的复杂程度凭什么要更少呢？

沃顿太太（对约翰说）：将我们视作非常愚笨、极为守旧的人，面对我们要和善。如果纷乱如麻的怀疑弄得你心烦意乱，那就将它们一一跟牧师坦白。他也许能够帮助你。

牧师（真诚地说）：相信我，我会竭尽全力。

沃顿太太：另外，他若能让你相信——你错了，我非常懂你——你的自尊心太强，因此不会奢望你能明言忏悔。亲爱的，如果你能够重新信神，就像你在孩提时候那样——你常常跪在我的膝头，说出自己的祷告词，那会让我们发自肺腑地欢欣愉悦。

牧师：我真心觉得自己能够帮你。难道你不能忘掉我的陌生人身份吗？难道不让我试试吗？

麦克法兰医生：你或许想要我离开。我只是等着上校打完牌，然后我不妨带他上楼，给他检查一下。不过我等下可以回来。

约翰：我根本不介意你留下来。（对牧师说）你想跟我说什么呢？

牧师：在教堂，你曾经以上帝的名义受过洗礼，你现在相信上帝吗？

约翰：不相信。

牧师：无论如何，这态度坦率真挚。不过，你稍微有点落伍了，不是吗？近些年来，最令人欣慰开心的变化之一就是在有思想的人群中，信仰出现了复兴的情况。

约翰：我倒觉得与其说是宗教的复兴，还不如说是高调满满的修辞学得以重整旗鼓。报社里的人用词考究，用“上帝”一词来平衡某个句子或者用来修饰某个短语。

牧师：可是，“信仰复兴”现象不仅仅出现在受过教育的人群中。我们在前线的那些勇士重拾昔日信仰，反而是我们中的很多人觉得他们已经忘得一干二净，这种情况着实令人讶异。你对此有什么解释吗？

约翰：大部分理由是因为“恐惧”。剩下的原因是“困惑”。

牧师：历史的曙光乍现之际，世上最有才干的人全都秉持了该信仰，你若是对其排斥，难道不觉得过于草率孟浪吗？

约翰：当你看待某个信仰，信众人数的多寡或者秉持该信仰的人是否能力超群——都不是考虑的因素，人多或者能力强都无法让该信仰变得确凿无疑。只有证据可以做到这点。

普尔太太：在你的内心深处，难道你能确信——你的想法跟我们这些人不一样，不是因为你的“自负狂妄”在作祟吗？

牧师：别这样，亲爱的，我们不要给自己的对手乱扣无意义的动机。

约翰（微笑地说）：无论如何，到目前为止，我觉得不是因为“自负狂妄”。

牧师：是什么让你觉得——无法证明上帝的存在呢？

约翰：我猜测眼下这时候，即便有可能弄到证据，人们依然不愿意进行检验证明。

牧师：亲爱的小伙子，茫茫红尘中，所有人——无论多么野蛮残暴、下流堕落，对神都有几分信仰，这样的事实就是你能得到的最确凿证据。

约翰：这算什么证据呢？这只证明全世界都渴望他存在——要说证据，对该渴望而言，它倒是最确凿的证据。但它不能证明这个渴望得到满足了。

牧师：我瞧明白了，平常所谓的“理性辩论”，你非常精通。相信我，它们都是老朋友了，而且我若是回答过一次，那么就会不厌其烦地回答上千次。

约翰：那些原先一直不曾被说服的人，你有过成功说服其中某一人的经验吗？

牧师：你知道的，我无法让瞎子看见。

约翰：这就向你表明了一个非常明显的结论，我不懂你为什么没看出来。

牧师：什么？

约翰：哎呀，就是说争论纯属徒劳。稍稍想一下。你不相信上帝，无论给出多少证明他存在的理由，你都不信。你相信上帝，因为你的整颗心都能感觉到他的存在。任何争论都无法触及这种感觉。心是独立的，其感受超然于逻辑以及逻辑规则之外。

牧师：我寻思着，你的话有些名堂。

约翰：嗯，我的情况同样如此。你若是问我为什么不相信存在上帝，我觉得自己可以给你一些理由，但真正的理由——推动其他所有理由的唯一理由，就是我的感觉就是——他不存在。

牧师：是什么导致你有了这感觉呢？

约翰：我相信你会觉得我的理由非常不够。我有个朋友，他战死了。

牧师：我恐怕在一场这样的战争中，人必须做好失去自己朋友的准备。

约翰：我估摸着自己非常愚蠢，而且太多愁善感。一个人渐渐习惯战友的死亡。有人跟你说——“那个谁谁‘报销’了。”于是你回答道——“他真的死了吗？可怜的伙计。”然后你对此不会想得太多。罗比·哈里森并非这种寻常人。

沃顿太太：我以前就担心，他的亡故令你感触非常深。你在信笺中，从来没有提过这事。我觉得那是因为你不忍心提及。

约翰：他属于那种走运的乞丐，无论做什么事情，都能比别人好上一点点。他聪明，长得俊美清逸，好看极了，而且风趣，让人发笑。我认识的人当中，论热爱生活的程度，谁都比不上他。

沃顿太太：是的，我记得他曾经跟我说过——“能活着，真是美翻了，不是吗？”

约翰：不过他身上有某些超越这一切的东西。他有一种品格，在凡人堆里显得鹤立鸡群。很难解释那是什么。好像有柔光围绕着他，显得熠熠生辉。就像五月乡村给人的那种心旷神怡的感觉。你知道那是什么吗？美德。只是带着仁善的美德。我很乐意成为他那种男人。

沃顿太太：他是个可亲可敬的人。

约翰：宣战的时候，我真是兴奋极了。我当时在印度。我到处奔波，就为了离开印度去前线。我以为战争是世上最高尚的运动项目。结果我发现这盘买卖枯燥沉闷、泥泞肮脏、臭气熏天，外加血腥残忍。然后，我估计罗比的死成了压垮骆驼的最后一根稻草。看着太不公平了。我心中的悲恸过于沉重，以至于我觉得它变成了愤懑——我不知道是不是这样。所有的惊恐、痛苦和磨难都让我心生厌恶。

普尔太太：你肯定见过一些非常可怕的事情。

约翰：或许，基督教已经向我们展示——某种比基督教教义更崇高的道德是有可能存在的。我料想自己错得离谱。我只能告诉你，我一想到有位神——他居然会允许发生狰狞邪恶的战争，我灵魂中所有的道德感都在挣扎反叛。我无法相信天堂中有一位神。

牧师：不过，你是否意识到——如果没有神，世界就变得毫无意义了？

约翰：或许吧。可是如果有神，那真变得邪恶了。

牧师：你拿什么填补宗教留下的空缺呢？对于宇宙的谜团，你能给出怎样的答案呢？

约翰：我可以认为你的答案是错的，同时对其留下的空缺，我尚未找到更好的答案。

牧师：当我们问你——人为何生斯世，以及他的命运如何，你完全没有什么要跟我们说的吗？你就像一叶扁舟，身处惊涛骇浪的大海中，偏偏又失去了船舵。

约翰：我猜测，在某些条件——属于地球历史的一部分——的影响下，人类兴起了，然后在另外某些条件下，人类会走向灭亡。我觉得生命的意义就跟“2+2=4”这样的陈述句差不多，我真看不出来前者有更多的内涵。

西尔维娅（强压心中翻涌沸腾的情绪）：那么你觉得我们所有人的努力和抗争，我们的痛苦和忧愁，我们的各种目标，全都是愚蠢无所谓的吗？

约翰：战争爆发之前，我们去看过俄罗斯的芭蕾舞表演，你还记得吗？其中有位舞者，她的某个动作，我永远忘不了。就是她的某种神态，稍稍保持了一下，犹如羚羊挂角……那是我这辈子见过的最美妙的事物——你可以感受到，只有经过无穷无尽的努力才能达到这样的境界，另外事实上，那着实转瞬即逝，好似鸟影掠过湖面，使得一切更加空灵飘逸。从那以后，我常常想起这一幕，它很好地向我展示出了生命的象征意义。

西尔维娅：约翰，你不可能是认真的。

约翰：我会把自己的意思告诉你的。生命在我眼里，就像一幅硕大无比的拼图画板，其并不能形成任何画面，可是如果我们愿意，可以多少弄出点图案，也就是说，拿出几片凑合着弄弄。

西尔维娅：那有什么用呢？

约翰：没用，也没必要。只是我们可以做些事情让自己开心。我们必须对付的图片中，“痛苦和忧伤”是其中一部分。我们尽情发挥自己的才能，利用所有机会，从人生的种种历练中汲取营养，用我们的所作所为、我们的各种感受、我们的各种思想，我们可以营造出一幅包罗万象、尊贵高雅的美丽画卷。然后，“死亡”凌空一击，既给画卷进行最后的润笔，也摧毁了它。

（稍稍有一会儿，一片沉默。）

普尔太太：我不明白你明天为什么要来教堂结婚啊？

约翰（微笑道）：在婚姻登记处结婚的念头只要让西尔维娅想想，我都觉得她会暴跳如雷的。

普尔太太：你运气好，牧师的思想开明。要碰上一个更严谨的人，他或许会觉得职责所在，要拒绝给一个不信者施以教会的祝福。

沃顿太太（忧心忡忡地说）：牧师，你不会考虑这样做吧？

牧师：我承认自己的脑子里闪过这念头。（温和地说）像你和西尔维娅这样优秀的基督徒，我觉得自己不忍心让你们遭受这样的羞辱……我做不到。

西尔维娅：牧师，你没必要自寻烦恼。我已经决定不和约翰结婚了。

约翰（大惊失色）：西尔维娅！西尔维娅，你不会说真的！

西尔维娅：前几天，你跟大家说自己失去信仰了，我当时很受困扰，但我没有勇气开口说任何话。这很像迎头敲过来的一记闷棍。

约翰：可是你从未有丝毫的表现啊。

西尔维娅：我没有时间好好琢磨个明白，但是我脑子里一直盘旋着此事，日日夜夜都不曾停歇，然后今天，我非常认真地听你讲所有的话。我无法再继续假装下去了。我已经拿定主意。我不和你结婚了。

约翰：但是以上帝的名义说说，这是为什么啊？

西尔维娅：你不是那个我爱过的——并许以终身的约翰。从海外回来的是另一个人。我跟这个男人毫无共同点。

约翰：西尔维娅，因为在某些问题上，我秉持的观点和你不一样，所以你不再喜欢我了——你不会是这个意思吧？

西尔维娅：可在这世上，这些是最重要的问题。你说得轻松，好像我们意见相左的是——关于客厅的窗帘要用什么颜色。你甚至不再理解我了。

约翰：在我眼里绝对荒谬不理性的某些事情，我如何能理解呢？

西尔维娅：你觉得所谓宗教，就是我去教堂的时候，拿着自己的祈祷书，然后回家的时候，就把它搁在书架上，对吗？约翰，上帝是某种活生生的存在，他永远陪在我左右。我时时刻刻都能感觉到那神圣的爱，有着无穷无尽的慈悲恩典，一直照顾着我、保护着我。

约翰：不过，心肝宝贝，你很了解我。你知道我永远不会阻挠你实践自己的宗教信仰。我永远都会用最大的敬意对待此事。

西尔维娅：所有这一切对我意味着生活的理性和生命的美好，可是在你眼里，那只是谎言，除此之外空无一物——在这种情况下，我们有可能过得幸福吗？

约翰：有了双方的宽容，还有我希望——双方的尊重，那么两人没有理由不能和和美美地一起生活——不论他们的观点如何背道而驰。

西尔维娅：当我看到你深陷错误的泥淖，我怎能做到宽容呢？哦，这远甚错误，这是罪孽。在光明和黑暗之间，你做出自己的选择，深思熟虑之下，你选择了黑暗。你是一个背弃者。如果言辞真能作数，你已经被定罪了。

约翰：可是，亲爱的，人只能相信自己可以相信的东西。一位仁慈的上帝打算惩罚某人，理由是后者无法相信某些事情——因为他发现其难以置信，你不会真的这样想上帝吧？

西尔维娅：毫无疑问，我们的主对那些——从来没有机会接受他教导的人，会有怜悯。你有过自己的机会，而你拒绝接受。难道你忘了那个《按才受托的寓言》吗？那是严重的警告。[①]

约翰：归根到底，我若是错了，除了我自己，我没有伤害到任何人。

西尔维娅：你忘记何为婚姻了。婚姻让我们成为一个整体。我奉命要陪在你身边并且追随你。如果我们之间隔着不可逾越的深渊，我们的灵魂势必永远分开，我如何能做到不离不弃呢？

沃顿太太：西尔维娅，你正在做出极为重大的决定。小心啊，你得步步小心。

约翰：西尔维娅，我们已经订婚七年了，你不能这样抛弃我。太冷酷，太绝情了。

西尔维娅：我不再信赖你。我无法抓牢你。你除了满足自己庸俗的嗜好之外，还有什么其他目标吗？对你来说，“罪孽”根本不算什么事。

约翰：亲爱的，你不会以为宗教信仰能让一个男人变得正派吧？他若

---

① 按才受托的寓言：《马太福音》第二十五章14节—30节，这是耶稣非常著名的一个比喻，现在很有名的一个经济学名词“马太效应”（即富者愈富穷者愈穷），其典故就来源于此，当然该说法与耶稣本意其实存在似是而非的误读，读者需要留意具体文章的语境。——译者注

善良诚实、待人真挚，那是因为天性如此，不是因为他相信上帝或者惧怕地狱。

西尔维娅：我们两个都有些年长了，不再是很年轻的人，因此对于某些自然而然的事情，就没必要闪烁其词。我们如果结婚，我最大的心愿就是我们能生几个孩子。

约翰：这也是我的心愿。

西尔维娅：这种情况将如何影响他们——你问过自己吗？基督徒还是不可知论者——他们要成为哪种人呢？

约翰：亲爱的，我向你保证，我不会干涉你对他们的教育。

西尔维娅：你的意思是说，当他们被灌输“一大堆毫无意义的谎言”的时候，你就袖手旁观吗？

约翰：你的信仰是——几百年来——我们的人民都秉持的信仰。如果观点相左，我不会横加干涉，不会拒绝你或是别人对他们进行“儿童教义指导”。等他们长大了，到了能自己负责的年龄，可以自行判断。

西尔维娅：那么假设他们向你发问呢？我们的救主召唤儿童的故事，你是知道的。他们会问你问题，这非常自然。你将如何回答呢？

约翰：我想你不会要求我说一些违心的假话。

沃顿太太：亲爱的西尔维娅，他完全可以叫他们找你要答案的。

西尔维娅：很自然，你不会去教堂。在某件事上，我再三强调其重要性，让他们铭刻在心，可你在他们面前是何种榜样呢？

约翰（含笑道）：亲爱的，显而易见，你由于缺少某种幽默感，所以将灵动活跃的智商也搞糊涂了。很多杰出的教徒都没有去教堂，而且我知道他们的孩子并没有因此腐化堕落。

西尔维娅（咄咄逼人地说）：你不懂。你永远都无法理解。对你来说，这是个笑话。约翰，一切都结束了。让我走吧。我恳求你让我走吧。

沃顿上校（从椅子上半起身子）：我感觉很糟糕。

沃顿太太（惊慌失色）：乔治！

约翰（同时叫道）：父亲！

（沃顿太太、约翰和医生急忙走向他。）

麦克法兰医生：怎么回事？

沃顿太太：乔治，你犯疼了吗？

沃顿上校：疼得要命！

麦克法兰医生：你最好躺到沙发上。

沃顿上校：不，我宁可上楼。

麦克法兰医生：大家不要都围着他。

沃顿上校：我感觉自己快死了。

麦克法兰医生：你觉得自己可以走路吗？

沃顿上校：是的。帮帮我，伊芙琳。

约翰：父亲，用你的胳膊抱住我的脖子。

沃顿上校：不，没事的。我可以自己走。

麦克法兰医生：我们送你上楼，然后安顿你躺下。

沃顿太太：来吧，亲爱的，把你整个人都靠在我身上。

麦克法兰医生：可以了。约翰，你没必要来。你只会碍事。

（沃顿太太和医生帮上校离开屋子。）

普尔太太：我们最好走吧，诺曼。（对约翰说）我希望不会发生什么特别严重的事情。

约翰：我相信自己也不希望。

普尔太太：今天，无论诺曼还是我说的任何话，请你千万不要往心里去。你知道的，我看过你部队里的上校写给沃顿太太的信函——那时候，你负伤了，而且我知道你非常英勇。

约翰：哦，乱讲！

牧师：在不久的将来，我恐怕你可能要饱受煎熬。我们今天下午谈过的话题，你若是对其中某些事情的看法改变了，那我就是世上最开心的人了。

约翰：你这样讲真的非常善良，可是我觉得不大可能。

牧师：至高神召唤那些属于自己的生灵，会采用何种途径，没人知道。面对即将迷失自我的孩子们，他的手段高妙，远甚一筹。你如果听到召唤，那就走到圣坛面前。我不会发问。我们的主，我们的救主，他赐予的圣餐，我若有权交给你，那天对我来说，将会是欣喜愉快的日子。

（他伸出手，约翰握住了。）

约翰：再见。

（牧师和普尔太太朝花园走去。约翰转身对西尔维娅说话。）

约翰：西尔维娅，牧师把我带进“罪孽”的话题，令你不安，问题就出在这里吗？

西尔维娅：不，我觉得他挑起这个话题不是很厚道。我从来没想过这事。我不明白自己为什么要指望你比其他男人更优秀呢。

约翰：你刚才说的确实都是认真的吗？

西尔维娅：每个字都是认真的。

（她摘下订婚戒指，并递给他。他没有接。）

约翰（情深意切地说）**：**西尔维娅，当着众人的面，有句话我说不出口，那话太亲密、太显得彼此相属。就是“我爱你”——难道这话对你毫无意义吗？当我出生入死的时候，只要想到你，就有了力量。在这世上，对我来说，你就是一切。我曾经饥寒交迫、浑身湿漉、凄惨可怜，于是想起你，所有这些都变得可以忍受了。

西尔维娅：我很抱歉。我不能嫁给你。

约翰：你怎能如此冷酷、如此绝情？西尔维娅，亲爱的，我爱你！你不能给个机会吗？

（她深深地注视了他一会儿。她抱紧自己，拼尽最后一丝力量。）

西尔维娅：可是我不再爱你了，约翰。

（她又将戒指递给他，他默不作声地接了过来。）

约翰：这戒指并不时髦惹眼，对吗？那时候，我真没几个钱，加上不想跟父亲开口寻求帮助。我想用自己的钱买戒指。

西尔维娅：约翰，我已经戴了七年。

（他转身离开西尔维娅，朝壁炉走去。当西尔维娅看出他打算做什么的时候，她做了一个好似要阻止他的动作，然而立即控制住自己。他站在那里，盯着火焰看了一会儿，随即将戒指扔进去；他观察戒指接下来的变化。西尔维娅紧紧地按着胸口。她几乎无法抑制地哭出声来，这一切犹如撕碎了她的心。）

西尔维娅：我想自己得回家了。约翰——如果你父亲或者母亲需要我，你可以派人来叫我，好吗？

约翰（扭头看着她）：当然。我会马上让你知道的。

西尔维娅（用正常的声音说）：再见，约翰。

约翰：再见，西尔维娅。

（他转回头继续看着火焰，她慢慢地走出了房间。）

（第二幕完）

第三幕

▼

▼

▼

场景：同前几幕。过了一个星期，又是星期三，现在是黎明时分。壁炉里还留着昨日的灰烬。不远处的教堂传来钟声，呼唤信徒开始一天最初的仪式。

（沃顿太太站在一张桌子旁，桌上放着一只大大的篮子，里面是她刚从花园里摘来的白色鲜花。她捡起一朵玫瑰，面带一抹若隐若现的笑意，轻抚花朵。西尔维娅从花园里走进来。）

西尔维娅（惊讶地说）：沃顿太太！

沃顿太太：哦，西尔维娅，是你吗？

西尔维娅：在这里见到你，真是吓我一大跳。我从这条路进来，是因为我看见门开着，而且你家前门的门铃太吵了。我想着要是上校还在睡觉的话，那可能会弄醒他的。

沃顿太太：天还很早，不是吗？

西尔维娅：是的，我正打算去参加早祷仪式。我想着得进来看看并且问问上校的情况。不过我没想到会见到你。我以为凯特或者汉娜或许会在附近。

沃顿太太：西尔维娅，乔治死了。

西尔维娅（瞠目结舌地说）：沃顿太太！

沃顿太太：大概一小时前，他平静地去了。我刚刚只是摘些花儿，要放进他的屋里。

西尔维娅：哦，沃顿太太，我很难过。我真的为你感到非常难过。

沃顿太太（拍拍她的手）：谢谢，亲爱的，这些日子，你一直待我们非常好。

西尔维娅：约翰在哪里？

沃顿太太：我想他肯定外出散步去了。稍早一会儿，我去了他的房间，他不在那里。昨晚，他要陪我守夜，不过我没答应他。

西尔维娅：可是……可是约翰知道自己父亲已经去世了吗？

沃顿太太：不，他还不知道。

西尔维娅：难道你没去叫约翰吗？

沃顿太太：我没想到最后时刻会这么快。乔治想跟我单独待着，西尔维娅。你瞧，我们结婚已经有三十五年了。直到最后，他的意识都是清醒的。他突然就走了，像个孩子那样沉入梦乡。

西尔维娅：真是巨大的丧亲之痛。亲爱的可怜人儿，你肯定要心碎了。

沃顿太太：确实是巨大的损失，可是我没有心痛。乔治现在幸福地安息了。如果我们爱的人撒手人寰，就弄得我们悲悲戚戚，那我们肯定是很差劲的基督徒。乔治已经进入永生。

西尔维娅：哦，沃顿太太，能拥有你这样坚定的信仰，真是福分。

沃顿太太：亲爱的，昨晚发生了一件非常美妙的事情。由于有了这段回忆，我不会为亲爱的乔治的故去感到哀恸悲悼。我的感觉很奇怪。我觉得自己犹如漫步在一座魔法花园里。

西尔维娅：我不知道你是什么意思啊。

沃顿太太：自从那天乔治拒绝跟牧师谈话之后，我再也不敢提及该话题。他变得不像自己了。这让我很难受。然后昨晚，麦克法兰医生离开后不久，他自己要求找普尔先生。牧师真是个贴心的好人。他曾经跟我说过，如果乔治想要找他，无论白天黑夜，任何时候，他都会马上过来。于是我派人去请他。他给乔治施了圣餐。西尔维娅，接着出现了一个神迹。

西尔维娅：一个神迹？

沃顿太太：就在面包和葡萄酒刚刚触碰到他双唇的时候，他的容貌立刻发生变化，变得崇高起来。他所有——他的焦虑离他而去，随即立刻变回那曾经贴心、善良、勇敢的自己。他很是开开心心地离开人世。好似有一只看不见的手掀开了层层黑云——那厚厚的云层本来犹如窗帘一样遮住了前方，于是他看到自己的面前并非黑夜，也没有一团漆黑的冰冷寒意，而是洒满金色阳光的道路，一路延伸过去，就抵达了神的双臂。

西尔维娅：我很高兴。我现在也感到幸福了。

沃顿太太：牧师念了临终祈祷文，然后就离开了我们。我们谈起了过去，还说到稍稍再过一段时间，我们将要重逢的事情。然后他就死了。

西尔维娅：真是美妙。是的，这是神迹。

沃顿太太：我这一辈子都有种感觉，就是上帝之手塑造了凡人的种种宿命。他慈爱的恩典从来没有像这次这样清晰明白……我以前真没见过。

（凯特打开门，站在门口，并没有进屋。）

凯特：那个女人来了，太太。

沃顿太太：非常好。我马上过来。

（凯特离开，随手关上身后的门。沃顿太太拿起自己的花篮。）

沃顿太太：约翰马上就要回来，西尔维娅。他答应八点半过来接替我，让我休息一下，我得弄点东西吃。你愿意见见他吗？

西尔维娅：好的，沃顿太太，你若是希望我见他，那我就跟他见一面。

沃顿太太：你能告诉他，说他父亲去世了吗？我知道你会非常婉转温柔地转达该消息。

西尔维娅：哦，沃顿太太，难道你不觉得自己跟他说更好吗？

沃顿太太：不好。

西尔维娅：那好吧。

沃顿太太：西尔维娅，你知道他爱你。你们两人若是能达成某种谅解，我会非常开心的。看着你们双方的幸福从此灰飞烟灭，着实很遗憾。

西尔维娅：在这世上，我愿意为约翰做任何事情，可是我无法牺牲自己心中某样比他更宝贵的东西，对我来说，后者肯定比他更亲更贴心。

沃顿太太：难道你不能教他也去相信吗？

西尔维娅：哦，我希望自己办得到。我日日夜夜都为他祈祷。

沃顿太太：我希望接下来，等他父亲和我领圣餐的时候，我叫上他，他会参加仪式。我想，在人生最后的神圣时刻，他或许会受到感动，然后和我们一起接受信仰。

西尔维娅：你觉得……或许在他身上也会出现神迹。或许他已经相信了。

沃顿太太：我必须上楼了。

（某个念头攫住了西尔维娅的心神，她古怪地微微倒抽一口冷气。沃顿太太正要离开该屋，西尔维娅突然发问，拦下了她。）

西尔维娅：沃顿太太……沃顿太太，你觉得——为了正确的目标，可以不择手段吗？

沃顿太太：亲爱的，真是个匪夷所思的问题！为了可能的好结果去作恶——这绝非正途。

西尔维娅：你相信自古以来都是如此吗？很确信？归根到底，若是撒个谎就可以救人一命，那没人会犹豫的。

沃顿太太：或许没人会犹豫。（露出一丝似有若无的笑意）我们不可能身陷这样的境地，因此必须感谢上帝。你为什么问我这个？

西尔维娅：某人的处境很凶险，几乎就要犯下滔天罪行；另一个人只是为了拯救他，便要走上某种邪路——我不知道该怎么办。你觉得后者应该不应该走那条路呢？

沃顿太太：亲爱的，不管为了这世上的谁，你都没有权力去冒犯上帝。

西尔维娅：甚至为了你爱的某人，也不行吗？

沃顿太太：当然不行，亲爱的。而且，只要是爱你的人，绝不会愿意你为了他的缘故，去做邪恶的事情。

西尔维娅：不过就说说你自己吧，沃顿太太。你如果看到上校或者约翰处于九死一生的险境，为了救他们，你愿意拿自己的性命冒险吗？

沃顿太太（含笑道）**：**我当然会的。要是有这样的机会，我会觉得幸福，并且心怀感恩。不过这不是一回事。我只会拿自己的性命冒险，而不会拿自己的灵魂。

西尔维娅（几近失控）**：**可是，他们的灵魂若岌岌可危，你也不会拿自己的灵魂冒险吗？

沃顿太太：亲爱的，你什么意思啊？你好像非常激动。

西尔维娅（咬紧牙关，控制住自己）**：**我？你千万别在意我。过去三四个晚上，我都睡得不大好。我寻思自己有点歇斯底里了。

沃顿太太：宝贝，你更想回家，是不是啊？

西尔维娅：没有，你如果不介意，我想留在这儿。我想见见约翰。

沃顿太太：好吧。我不会离开太久的。

（她离开。教堂传来一声仓促的叮当声，随即停下。西尔维娅在屋里走来走去，然后一动不动地站在一张照片前面，照片中的约翰身着军装。她拿起照片，看着它。接着放下，她十指交叉并且抬起双眸。可以看出来，她在祈祷。她听到花园传来某个动静，偏过头去侧耳倾听，随后走向窗户。她微微犹豫一下，接着抱紧自己，心中暗下决定。她打招呼。）

西尔维娅：约翰！

（他正走来，在门口稍稍停了一下脚步，然后继续步履悠闲地走过来。）

约翰：早上好！你可真早啊。

西尔维娅：我进来看看，问候一下你父亲的情况。

约翰：我昨晚离开他的时候，他的感觉可舒服了。我得去找母亲，问问他的情况。

西尔维娅：别，不要——不要打扰他。

约翰：过几分钟后，我得去接替母亲。我早上醒得早，于是就出去走走……这段凄惨可怜的日子里，西尔维娅，你待我们所有人都非常好，非常和善。要是没有你，我都不知道我们该怎么办了。

西尔维娅：我心里一直非常难过。你们大家得承担那么多。那可怜的至亲无法——没法康复，不仅要想到这点，而且……情况比这严重多了。

约翰（飞快地看了她一眼）**：**我想你也看出那结局无可避免。我的心思挺莫名其妙的，我希望只有我和母亲知道这点。

西尔维娅：哦，约翰，你不该介意我的。我向来敬爱你父亲，就像对自己的父亲。不论他的情况如何，我的爱意都不会减少一丝一毫。

约翰：他怕死。看见他的恐惧，想帮他却无能为力，这真的很可怕。

西尔维娅：如果你办得到，为了帮他，你愿意做任何事情吗?

约翰：当然。

西尔维娅：你不得不说出自己对于宗教的看法，真是不幸。他向来是个非常简单的人。从小到大，他在自己的成长环境中接受了那样的信仰，从来不曾有过疑问。或许，他现在不是那样肯定了。

约翰：胡说，西尔维娅。父亲的信念非常坚固，不管我的看法如何，都无法撼动其分毫。

西尔维娅：通常来说，我想是无法撼动。不过他现在病了，他疼得厉害，他不再是自己了。我觉得你当时没有管住自己的嘴，真是遗憾。要在他们心里鼓动起疑虑，实在很容易，可要安抚他们，想要他们平静下来就很难了。

约翰（心绪大乱）：西尔维娅，你塞进我脑子里的这个想法真可怕。我永远都不会宽恕自己，如果……

西尔维娅：你要是像我们一样信神，那么他就会有支撑，可以说，我们所有人的信念会给他力量。撒手今生，走向来世——这段可怕的旅程，有了我们的支持，他会走得稍稍容易一些。就在他需要你的时候，你却令他失望。

约翰（怒气腾腾地说）：哦，西尔维娅，你怎能说出这样冷酷残忍的话来啊？

西尔维娅（冷若冰霜地说）：这是真话。

约翰：老天知道，我知道死亡并非易事。我会野蛮无人性地给“死亡”雪上加霜，令其变得更加困难重重，你不能这样想我吧？

西尔维娅：除了不愿意抑制你的傲慢，你可以为别人做任何事情。

约翰（心烦意乱地说）：这跟傲慢有什么关系啊？

西尔维娅：你说的每个字里都带着傲慢。你自认智力超群，于是变得傲慢——难道你肯定不是这个原因导致你变了心肠吗？

约翰（寒气森森地说）：可能吧。我该如何约束傲慢，你有什么建议吗？

西尔维娅：嗯，你瞧，你可以忏悔自己的错谬。

约翰：我觉得这不是错谬。

西尔维娅：至少对于你已经造成的伤害，你可以做些弥补。你知道最折磨你父亲的是什么吗？你拒绝领圣餐。他一直跟你母亲讲这事。他一直唠叨此事。他因此忧心忡忡。你若是领了圣餐，约翰，那会给你父亲带来平安。

约翰：西尔维娅，我怎能这样做呢？

西尔维娅：在这世上，你活到现在，你父亲为你鞠躬尽瘁。为你永远做不够。你亏欠他良多——你所有的幸福，你现在是怎样的人，将来希望成为怎样的人，都得归功于他。难道这一点点小事，你都不能为他做吗？

约翰：不，这问题不用说了。我真的做不到。我万分抱歉。

西尔维娅：你怎能如此铁石心肠呢？这是他在人世的最后心愿。这是你表达自己爱他的最后机会。哦，约翰，在他如此日薄西山之际，你就给点怜悯吧！

约翰：可是，西尔维娅，这是亵渎圣灵的大罪啊。

西尔维娅：你在说什么啊？你都不信神，何来亵渎圣灵？！对你来说，这只是闲散无谓的仪式罢了。如果你只是从头到尾参加某项毫无意义的活动，做做样子罢了，对你有什么要紧的啊？

约翰：我作为基督徒的时间太久了。上千年的基督教教义都深埋在我心里。

西尔维娅：原本我们打算结婚，得去教堂，你当时一点都没有犹豫啊。

约翰：那不一样。

西尔维娅：怎么不一样啊？那也是圣礼。就是一点面包和葡萄酒，然后还有牧师对其说的寥寥数语，你感到害怕了吗？

约翰：西尔维娅，不要折磨我。我告诉你，我办不到。

西尔维娅（嗤之以鼻地说）：我绝对想不到你会迷信。你害怕了。你的感觉就像那些——即将在餐桌上——坐到十三号位置的人。当然这纯属无稽之谈，不过其中可能另有乾坤。

约翰：我不知道自己有何感觉。我只知道我——是一个不信教的人，无法参加某个仪式——当年我还相信的时候，其在我眼里非常神圣。

西尔维娅（尖酸刻薄地说）：很自然。这只意味着你最爱自己。别人为什么要指望你去怜悯自己的父亲，或者对他心怀感激呢？

约翰：哦，西尔维娅，你从哪来学来这般残忍的话语啊？我做不到，我告诉你，我做不到。父亲若是思维正常，那么无论他还是母亲，都不会希望我做这样的事情。

西尔维娅：不过你母亲真心希望的。哦，约翰，不要固执了。看在上帝的分上，给自己机会吧。你父亲正处于弥留之际，约翰。你没有时间浪费了……约翰，今天的圣餐礼刚刚开始。你如果骑上自行车，那么还能及时赶到。前几天，牧师曾说过，你若在圣坛前现身，那他会毫不犹豫地将圣餐给予你。

（约翰目光坚定地看着前方，过了一会儿，他下定决心。他突然起身，一个字都没说就离开了屋子。）

西尔维娅（低语道）：哦，上帝啊，宽恕我，宽恕我，宽恕我！

（舞台幕布放下，过了一分钟，象征半小时过去了。当幕布再次拉起的时候，西尔维娅正站在窗边，眺望花园。）

（利特伍德太太上场。）

利特伍德太太：我可以进来吗？

西尔维娅：哦，利特伍德太太，进来吧！

利特伍德太太：我刚刚在自家门口碰见麦克法兰医生，他跟我说上校已经死了。我跟他一起过来，想看看自己是否能帮得上什么忙。

西尔维娅：你真善良。麦克法兰医生也来了吗？

利特伍德太太：是的。他上楼了。约翰在哪里？

西尔维娅：他很快就过来。

（沃顿太太进屋，麦克法兰医生跟在她身后。利特伍德太太朝她走去，两位女士互相亲吻打招呼。她们彼此相拥了一小会儿。）

利特伍德太太：我亲爱的老朋友！

沃顿太太：夏洛特，你能来真是体贴。我知道你会跟我一样感触良多。

麦克法兰医生：亲爱的沃顿太太，现在坐下吧，坐下休息一会儿。

（他让她坐到一张椅子上，并且拿来一个靠枕塞进她的后背。）

沃顿太太：约翰还没回来吗？

西尔维娅：我相信他现在不会耽搁太久的。他差不多马上就能来这里了。

麦克法兰医生：西尔维娅，亲爱的孩子，难道你不去给沃顿太太端杯茶吗？我觉得那对她有好处。

西尔维娅：当然。

沃顿太太：哦，亲爱的，不要麻烦了。

西尔维娅：不过根本不麻烦啊。你知道我喜欢为你做事情。

（她离开。）

沃顿太太：这世上，人人都如此和善。这让人觉得做人要谦卑……乔治和我结婚已经有三十五年了。他从来没有跟我说一句重话。他一直温柔体贴。我想自己有时候非常难缠，可是他从来不曾对我不耐烦。

利特伍德太太：约翰和西尔维娅真的不打算结婚了，是真的吗？

沃顿太太：我恐怕是的。

利特伍德太太：这世上，人们似乎是自己颠覆了原本的人生旅程，结果陷入痛苦的境地——看到这样的景象，难道不奇怪吗？

沃顿太太：我已经跟西尔维娅谈过了。宗教信仰对她意义重大。约翰回家的时候，若是瞎眼了、瘸腿了，她应该不会介意的，会毫无怨言地全心全意照顾他。

麦克法兰医生：我们没有的缺点，别人向来觉得可以容忍。不知道怎么搞的，我们有的那些缺点，永远会是顶在他们喉咙里的那根刺。

沃顿太太：哦，医生，别冷嘲热讽的。你不知道西尔维娅有多煎熬。不过该问题事关良心。而且，我真的看明白了，人不能要求另一个人拿自己的灵魂来妥协。

麦克法兰医生：我有个想法，我们的灵魂就像我们的举止——我们不要过于考虑它们，情况反而更好。

沃顿太太：西尔维娅正在放弃巨大的利益。她若是不嫁给约翰，我不知道她将来该怎么办。等她母亲去世后，她一年只有三十英镑。

（西尔维娅端着一个小托盘回来，托盘上搁着一杯茶，接着放到沃顿太太身边的桌子上。）

西尔维娅：沃顿太太，茶端来了。

沃顿太太：哦，谢谢，亲爱的，非常感谢。你真把我宠坏了……我想不明白约翰为什么这么久还没回来。他向来都非常准时的。

西尔维娅（低着嗓子说）**：**沃顿太太，约翰回来过的。

沃顿太太：哦，那么，你见到他了？

西尔维娅：是的。

沃顿太太：你跟他说过话吗？

西尔维娅：是的。

沃顿太太：那他为什么又出去了？他去哪儿啊？

西尔维娅：他很快就会回来的。

麦克法兰医生：亲爱的女士，喝茶吧，你喝茶吧。

（西尔维娅重新站到窗边的位置，看着花园。她对屋里的其他人不再在意。）

沃顿太太：现在，有你们两位老朋友在我身边，我觉得很开心。依然属于我的唯一的东西，真的似乎只剩“过去”了，而且你们俩都深深地参与其中。

麦克法兰医生：你度完蜜月就立刻来这里了。那真是三十五年前的事情吗？

利特伍德太太：我母亲和我是最早来拜访你的人。伊芙琳，你那时穿着绿色天鹅绒衣服，我记得我们都认为你好时髦啊。

沃顿太太：我也记得很清楚。三年前，我把它染成黑色了。我觉得以前的流行风尚远比现在具备淑女风范。一把裙撑就能展示出一个女人优美的体态，没人会否认这点。

麦克法兰医生：你那时候的腰身盈盈一握，是真细啊！还有你过去的带子系得好紧啊！

沃顿太太：我常常犯嘀咕，不知道现在的年轻人是否像我们以前那样开开心心。你还记得我们时常举办的野餐活动吗？

利特伍德太太：然而，如今也就这样了，犹如昔日种种从来不曾存在过，我们所有的爱与痛苦、所有的欢乐悲哀，全都消逝了。我们如今只是两个滑稽的老妇人，若是我们从来不曾降生在这人间，真的不会漾起一丝涟漪，根本就无关紧要。

麦克法兰医生：我不知道，我不知道。

沃顿太太：为了某个高尚的理由，你拥有献出两个儿子的特权。降生在这人世间，有了这个目的，难道还不值得吗？

利特伍德太太：有时候，我扪心自问，我们正在生活的世界，现在是否就是地狱。我丈夫带给我的痛苦，还有那两个男孩的死亡，或许都是惩罚——在宇宙的某个地方，在某段前世中，我造了孽，于是现世来接受惩罚。

沃顿太太：夏洛特，你有时候说的东西让我害怕。某种恐惧一直萦绕在我心头，我怕你可能会毁了自己。

利特伍德太太：我？不，我为什么要毁掉自己呢？我觉得生命根本没有重要到——我要特意去结束它。就连在我家天花板上爬来爬去的苍蝇，我都懒得去杀死。

麦克法兰医生：五十年的光阴，我费劲地治疗或者杀死别人，于是在我看来，自己犹如看着不停轮换的舞台上，一代代人轮番上场，世世代代无穷已，人人扮演各自小小的角色，然后飘然而去。唉，这世间，美德常常得不到报酬，邪恶常常不受惩罚，谁能否认这点呢？幸福很少临到好人身上，然而，这人间的奖赏光顾那些差劲家伙的频率未免太高了——那些人根本配不上这些奖赏啊。雨水落在义人的头上，也落在歹人的头上，可是通常来说，歹人都有一把结实的雨伞。看上去，这世界的公义少之又少，人及其周遭的环境似乎全然取决于运气。

沃顿太太：不过我们明白，浮生若梦，所有这一切不过是空虚的幻象。

麦克法兰医生：或许是幻象，可为什么是“空虚”呢？我们所知道的只有“幻象”。前几天，你们谈话的时候，我闭口不言，因为我觉得自己若插嘴的话，你会说我是个老傻瓜，可是面对磨难和痛苦，我也困惑满怀。你瞧，在我的行当中，我们见过太多的苦难。这令我痛苦，而且很长时间里，我对“上帝的善”心生怀疑，亲爱的朋友，像你一样怀疑。

利特伍德太太（含笑道）**：**医生，我想你正在跟我布道。

麦克法兰医生：说起来，这并非我人生第一次向别人布道。

利特伍德太太：继续说吧。

麦克法兰医生：我想告诉你——我是如何找到平安的。我的解释属于老生常谈，跟山川一样古老，就是我相信——很多极为正直善良的人们饱受煎熬，硬生生地经受折磨，其目的是为了让他们接受该解释。我们善良的牧师会说我是个异教徒。我无法抑制该想法。要想将“上帝的善”和“邪恶的存在”调和在一起，我看不出有其他办法。

利特伍德太太：呃，那是什么呢？

麦克法兰医生：我不相信上帝无所不能，他也并非全知全晓。不过我认为他跟我们一样跟邪恶抗争。我相信他本意并非要用苦难来惩罚我们，也没打算用痛苦来洁净我们。我相信痛苦和磨难都是邪恶的，他也讨厌这些东西，如果办得到，他会碾碎这一切的。还有，在上帝和邪恶的长期搏斗中，我相信我们能够帮得上忙，我们所有人，甚至最卑鄙的家伙都能助上一臂之力；因为在某种程度上，我不知道具体是如何运作的，但是我相信我们所有人的善能增加上帝的力量，以及可能——谁能说明白呢？——在大结局的时候，给予他强大的力量，以至于能彻底摧毁邪恶——彻彻底底地摧毁，“邪恶”带着自身的痛苦和磨难被彻底摧毁了。（带着一丝微笑）当我们善良的时候，我们就是给天国的国君购买银质子弹；当我们邪恶的时候，嗯，我们就是在跟敌人交易勾兑。

西尔维娅（头也没回地说）：约翰刚刚骑自行车回来了。

麦克法兰医生：走吧，利特伍德太太，他们现在不需要我们留在这里的。

利特伍德太太（起身道）：确实不需要，我相信你们更喜欢单独跟约翰待一会儿。

沃顿太太：你能来真好。再见，亲爱的，愿上帝保佑你。

利特伍德太太：再见。

（她们彼此吻别，利特伍德太太随即离开。）

麦克法兰医生（跟沃顿太太握手道别）：今天迟点儿，我可以过来看看你怎么样了。

沃顿太太：哦，亲爱的医生，我一点儿毛病都没有，你知道的。

麦克法兰医生：还是那句话，别费力做太多的事情。你基本不再是年轻女人了，你知道的。（跟西尔维娅道别）再见，西尔维娅。

（西尔维娅没有回答。麦克法兰医生离开。西尔维娅走向屋内，随后转身，再次看着那道门——约翰肯定会从该门进来。她很是惶恐不安，只能竭尽全力控制自己。）

沃顿太太：西尔维娅，有什么事吗？

西尔维娅：没有啊。怎么了？

沃顿太太：你的样子太奇怪了。

西尔维娅（根本没留意她说的话）：约翰正要进来。

沃顿太太：你知道的，亲爱的，在我眼里，今生今世遇上任何困难，只要双方愿意稍稍各退一步，很多麻烦都能迎刃而解。

西尔维娅：有时候，妥协是不可能的，然后唯一的希望就是——神迹。

（她说最后“神迹”一词的时候，微微带着笑意，想掩盖自己真实的心理——她给某个“神迹”赋予了无与伦比的重要性。约翰进屋的时候面色煞白，流露出精疲力竭的神情。他看见母亲，惊讶地稍稍停下脚步。然后，他走过来，吻吻她。）

约翰：哦，母亲，我以为你在楼上呢。我恐怕自己来得太晚了。

沃顿太太：亲爱的，没关系。你的脸色苍白得可怕。

约翰：今天早上，我出去散步。我什么都没吃。我很累。

沃顿太太：亲爱的，你吓到我了，你的脸整个都凹陷了，模样太清瘦干枯了。

约翰：哦，母亲，不要担心我。等下吃过早餐，我就能完全恢复。别忘了，你的双手对付一个病号就已经够辛苦了，我不会添乱的。

（沃顿太太吃惊地看着他。西尔维娅神经质地惊跳一下，但立刻恢复正常。）

西尔维娅：你是去那个——你说自己要去的——地方吗？

约翰：是的。

（西尔维娅张张嘴想说话，但终究没出声。她用探索的眼神长长地看了约翰一会儿；她意识到自己的期盼落空了，微微发出痛苦凄惨的喘气声，与此同时她转过头，跌坐到一张椅子上，意冷心灰兼身心交瘁。约翰将她的样子一一看在眼里，然后转向母亲说话。）

约翰：父亲睡着了吗？

沃顿太太（微微颤抖）：约翰！

约翰：出什么事了？

沃顿太太：我以为你已经知道了。我最亲爱的宝贝，你父亲已经死了。

约翰：母亲！

沃顿太太：我请西尔维娅把这消息告诉你。我还以为……

西尔维娅（用了无生趣的沉闷声音说）：沃顿太太，你要我告诉他，可是我没说。

约翰：我不明白。看上去根本不可能。昨晚，他的情况很不错。他什么时候过去的？

沃顿太太：大概今天早上七点。

约翰：可是，亲爱的母亲，你为什么不叫我呢？

沃顿太太：我没想到。我们一直说着话，然后他说自己累了，而且他觉得自己可以睡一小会儿。他安安静静地打起了瞌睡，接着稍过一会儿，我瞧见他已经走了。

约翰：哦，可怜的母亲，你该如何承担这哀恸啊？

沃顿太太：你知道的，非常奇怪，我一点难受的感觉都没有。我觉得他并没有离开我。我觉得他跟以前一样陪在我身边。我不知道该如何跟你解释。我想他现在处于最生机勃勃的阶段。哦，约翰，我知道灵魂是永恒不灭的。

约翰：亲爱的，我真高兴你没有觉得难受。你亲切的双眼真正闪耀着乐观的光芒。

沃顿太太：跟她们在一起的时候，我好像看见了某些东西，你要是能明白，那该多好啊！

约翰：难道你不带我上楼，让我看看他吗？

沃顿太太：我想那些女人还没有安排妥当，约翰。我上楼瞧瞧。只要一切都准备好，我就马上来叫你。

约翰：母亲，自从我回家后，我给你带来了很多痛苦，我觉得抱歉。我真希望自己能避免这一切。

沃顿太太（双臂环抱着他的脖颈，他便亲了亲她）：我的宝贝儿子！

（她离开该屋。约翰走到窗边，看着窗外的花园。有一会儿，西尔维娅不敢开口跟他说话。最后，她鼓起勇气。）

西尔维娅（绝望无助地说）：约翰，不管什么话，你觉得必须跟我讲的，就说出来吧。

约翰（用冷若冰霜的态度，彬彬有礼地说）：我认为自己没有什么特别的话要跟你说。

西尔维娅：我猜想——你觉得我是个邪恶的撒谎者。

约翰：我没有什么要质问你的。我没有什么要指责你的。怎么回事呢？

西尔维娅：哦，约翰，我们曾经对彼此非常重要，你现在这样跟我说话终究是残忍啊。如果你觉得我做错了，那就说出来。

约翰：为什么呢？

西尔维娅：你残酷，你绝情。（她朝他走来）约翰，你必须听我说。

约翰：呃？

西尔维娅：你母亲要我将你父亲的死讯告诉你。我向你隐瞒此事。我跟你说了一整套的谎言。我故意利用你对自己父亲的温情。我觉得自己真可怕。这是我能让你去领圣餐的唯一机会。

约翰：你若是对我有一丝一毫的情意，你就不会做出这样令人憎恶的龌龊事。你若是对我有一丝一毫的尊敬，你就不会干出这样的事。

西尔维娅：约翰，让我说话。

约翰：安静！你执意要谈论该问题，以上帝的名义，你现在得听我说。你知道我的感受吗？羞耻。当我接过面包和葡萄酒的时候，我以为它们会噎死我的。因为我曾经那么虔诚地信仰神，所以在我看来，自己当时正在干着一件可怕的事情。明知故犯，我完全知道自己在做什么，但还是说出了一个肮脏的谎言。现在，我觉得自己的灵魂完全腌臜污秽了。

西尔维娅：我觉得那可能并非谎言。约翰，我不得不那样做。那是我唯一的机会。

约翰：你为什么那样做？

西尔维娅：不要这么疾言厉色地着看我。我承受不了。你吓到我了。我没法理清自己的思绪。

约翰：你为什么那样做？要我告诉你吗？因为你所有那种基督徒的谦卑恭顺，其背后的实质是控制欲。我不信神其实没多大关系，你真正介意的是——你要我相信，可我偏偏不信。你要践踏我的脸面，将我的脸踩进尘埃里。

西尔维娅（*激动不已地说*）**：**约翰，只要你知道我的心，就不会这样说了！我只是为你考虑。自始至终，我只是为你考虑。

约翰：不要当一个假惺惺的伪善之徒。

西尔维娅（*泣不成声地说*）**：**我指望神迹。

约翰：在目前的情况下指望神迹？

西尔维娅：看在上帝份上，怜悯我吧！将这个念头塞进我脑子里的人是你母亲。昨晚，你父亲领了圣餐。

约翰：对于凡人的弱点，你没有悲悯之心。他在最后时刻无法做到愉悦开怀，你就被吓得魂飞魄散。若这是要紧事，若这可怜的至亲最终没有迈过那道坎，精神崩溃了，那也是人之常情。

西尔维娅（*急切地说*）**：**可是他没有崩溃。就是这样。你自己都注意到你母亲的面容了。虽然满是忧伤，但她是幸福的。你知道原因吗？

约翰：什么原因？

西尔维娅（*好似灵光突然一闪*）**：**因为当他接受圣餐的时候，对死亡的恐惧便离他而去了。他重新变回了那个英勇无畏、威风凛凛的绅士了。面对前方险象环生的旅程，他不再害怕。他幸福地去世了。

约翰（态度变得和缓）：真的吗？亲爱的父亲，我很高兴。

西尔维娅：那是神迹。那是神迹。

约翰：我还是没能跟得上你的意思。

西尔维娅：我想等你跪到圣坛前的台阶上，犹如你还是当年那个小男孩，然后像以前那样领圣餐，于是年少时的所有感受会呼啸而来，重拾往日种种。我必须让你接受它。

约翰：接受它进入我的意识吗？我肯定没有这个权利，都得你做主。

西尔维娅：我知道自己越线了。那令我的罪孽更加深重。我可能疯了。对上帝来说，一切皆有可能。我有把握你会相信的。

约翰（非常严肃地说）：你或许创造了一个奇迹，可是那并非你想要的奇迹。

西尔维娅：你是什么意思啊？

约翰：那时，你说你不愿嫁给我，因为我是——我被彻底打倒了——我感觉就好像一个遭遇海难的人。我对未来所有的计划都跟你息息相关。我无法想象没有你的生活。我觉得自己被彻底遗弃了。

西尔维娅：可是，难道你不知道我为此要付出多大的代价吗？

约翰：刚开始，我无法相信你是认真的。当你说自己不爱我，我无法相信。看着太怪诞荒谬，令人无法置信。西尔维娅，我真痛得撕心裂肺啊。

西尔维娅：约翰，我不要你不开心。

约翰：然后，当我接过圣餐的时候，某些非常古怪的事情发生在我身上了。我无法跟你说清楚自己的感觉。我感到很尴尬，好像母亲听到我说了某些猥亵卑劣的话。我强迫自己参加完仪式，因为我真心觉得这可以给可怜的父亲带来某种心灵的平静。然而，迫使我这么做的人是你。一想到你，我就满心惊恐。

西尔维娅（沮丧慌乱地说）：约翰！

约翰：西尔维娅，你已经治愈我了。我应该为此感激你。我对你的爱已经从我身上滑落，好像斗篷从某人的肩头滑落一样。我现在看清楚真相了。你原先说得很对。这么多年，真是漫长的岁月，我们已经变成了不同的人，而且彼此之间已经无话可说。

西尔维娅（激动狂热地说）：可是我爱你，约翰！你怎能如此视而不见啊？难道你看不出来，我这样做只是因为我爱你吗？哦，约翰，你现在不能离开我啊！这些年来，我一直等着你。我渴望你回家。我若是做错了，宽恕我吧。我现在无法失去你。我爱你，约翰，你不会离开我，是不是啊？

约翰（稍稍顿一下）：我当然不会离开你。我本以为你不想嫁给我了。

西尔维娅（语无伦次，几乎不知道自己在说些什么）：我不再年轻了。我的花期已经凋零。除了你，我找不到别人了。哦，约翰，不要抛弃我！我受不了啊。

约翰（好像正在跟个孩子说话）：亲爱的，不要让自己痛苦，我没有想抛弃你的。我们尽快结婚吧。

西尔维娅：是的，我们会结婚的，是不是啊？约翰，我很爱你，我会让你爱我的。我现在无法失去你。我等待的时间太长了。

约翰：来吧，宝贝，你千万不要悲伤。现在，一切都妥当了。擦干你的双眸吧。你不想吓到别人的，对吗？

西尔维娅（紧紧依偎着他）：我真的好凄惨。

约翰：胡说，给我一个亲切的吻吧，然后我们就忘记所有烦恼。我会尽力做你的好丈夫，西尔维娅。我会尽力让你幸福的。给我一个吻吧。

（当他摸索着抬起她的脸，打算亲她的时候，她狂野地从他的怀里挣脱出来。）

西尔维娅：不，不要！不要碰我！上帝赐给我力量吧！我这么软弱，真是可恨。

约翰：西尔维娅！

西尔维娅：不要靠近我！看在上帝的分上！（她双手掩面，费力地想克制自己，想恢复平静，有一小会儿，两人都没有动静）我从来不曾想过——你有一天会不再喜欢我。你刚才告诉我的时候，有那么一瞬间，我神志失常了。亲爱的，宽恕我的混乱吧，并且将它忘记。我不打算跟你结婚。

约翰：现在，西尔维娅，别犯傻了。如果我必须抓着你脑袋上的头发，拖拽着你到圣坛面前，那场面实在太不成体统了。

西尔维娅：你非常善良，约翰。我估摸着那是因为现在收回承诺，不是特别有礼貌。我很穷，加上为了等你，我已经浪费了自己最好的花样年华，因此你觉得有责任娶我。其实，我将来会怎样，你没必要担心的。我可以跟其他女人一样自食其力。

约翰：哦，西尔维娅，你在折磨自己和我。我情急之下说的话，难道你不能忘掉吗？我对你的情意有多深，你肯定知道的。

西尔维娅：我不想忘记那些话。这是上帝的意志。我做了一件可憎可鄙的恶事。我认为你无法想象我的罪孽有多可怕。约翰，为了救你，我拿自己的灵魂来冒险，然后上帝将某项惩罚施加在我的身上——比我应该承受的已经轻不少了。他将你心中对我的爱意拿走了。

约翰：可是你爱我，西尔维娅。

西尔维娅：在这世上，你是我最爱的人。从我还是一个十岁的小女孩开始，我就一直爱着你。然而现在，“伤心”只是肉身的软弱。我的灵魂涌动着狂喜，因为上帝向我展示出巨大的恩典。

约翰：哦，亲爱的，你将来会很不幸福的。

西尔维娅：不要，不要为我感到难过。你已经给了我一个很好的机会。

约翰：我?

西尔维娅：战争期间，我几乎毫无贡献，因此觉得很窘迫。我知道自己有责任留在这里并且照顾母亲。可是我想去法国，像我的那些朋友一样尽上一份绵薄之力。

约翰：这很正常。

西尔维娅：现在，我终于有机会做些事情了。在上帝的眼里，任何牺牲都是有价值的。一颗破碎的心，一颗悔罪的心，哦，上帝，你都不会轻蔑轻视的。在这世上，所有我视作如珍如宝的一切——我的爱情、今生幸福的希望，我现在全都拿出来献祭，而且我用喜乐愉快的心来献祭，还有，我祈祷上帝会接受它们。接下来，这场可怕战争导致的罪孽，我要尽到一份赎罪的工作。

约翰：我若是从来不曾回来，那样会更好。我给你们所有人都带来了悲伤和痛苦。

西尔维娅：约翰，我们订婚的时候，你给我的那个戒指，你拿走了。你把它扔进了火堆。

约翰：我恐怕自己真是愚蠢透顶。那个苦痛时刻，我做出那样的事情。

西尔维娅：你去过坎特伯雷，买了一枚结婚戒指。你是如何处理它的呢?

约翰：我正随身带着呢。怎么了?

西尔维娅：能给我吗?

约翰：当然。

（他从马甲的口袋里拿出戒指，心下疑惑地交到她手里。）

西尔维娅（将戒指戴在自己手指上）：我将在自己的人生中摈弃男人的爱。我将从贫瘠荒凉和转瞬即逝的人生转过身去，投身到永恒的事业中。我将成为基督的新妇，无论谁追寻他的爱，他都不会拒绝。神之爱坚定牢固、永恒不变。我可以将自己所有的信赖放置其中，而且我永远不会有匮乏的感觉……再见，约翰，愿上帝永远保佑你。[①]

约翰：再见，亲爱的孩子。

（她快步离开。过了一分钟，凯特进屋。她抱着一个四方木盒子，里面装着文件、木柴、一把壁炉刷，还有一只脏兮兮的大手套。）

凯特：对不起，先生，沃顿太太问，你现在可以上楼吗？

约翰：好的。

（他离开。凯特走到壁炉的位置，跪下来，戴上手套，开始将灰烬扒拉出来。厨娘上场。她是个相貌平平的主妇，四十五岁，个头矮壮。）

厨娘：屠夫来了，凯特。我真不乐意现在上楼去找沃顿太太。午饭的话，我已经有冷牛肉了，不过晚餐，他们需要一些新东西。

凯特：哦，嗯，他们向来喜欢上好的牛颈肉。你要是定那个，基本八九不离十。

厨娘：我还有很多豌豆。

凯特：嗯，有它们相当不错。

厨娘：我原本打算做一个水果馅饼。现在想想，我或许最好订购两磅

---

① 西尔维娅这段话有发愿起誓、守节奉道之意，即便在形式上没有遁入空门，但实际上已近似修女。——译者注

半上好的牛颈肉吧。

（她离开。凯特继续清理火炉。）

（第三幕完）

（全剧终）

应许之地

登场人物

诺拉·玛希

爱德华·玛希：诺拉的哥哥，剧中用“玛希”指称，另有昵称“爱迪”（诺拉对他的称呼）和“爱德”（其他人对他的称呼）

格特鲁德·玛希：昵称“格蒂”

弗兰克·泰勒

雷金纳德·霍恩比：昵称“雷吉”（诺拉对他的称呼）和“雷格”（其他人对他的称呼）

本杰明·特罗特：昵称“本”

西德尼·夏普：昵称“希德”

爱玛·夏普：即“夏普太太”

詹姆斯·威科姆：昵称“吉姆”

多萝西·威科姆：詹姆斯·威科姆的妻子

凯特：威科姆老小姐家的女仆

艾格尼丝·普林格尔：诺拉·玛希的同行兼朋友

克莱门特·维恩：律师

另：已故的威科姆小姐是一个背景人物，她是詹姆斯的长辈，考虑到我们读者的阅读习惯，将其译作“威科姆老小姐”。

第一幕

▼

▼

▼

场景：坦布大酒桥井坊，威科姆老小姐住所的客厅。这房间的家具装饰真是太多了。几把扶手椅上都覆盖着褪色的印花棉布，小桌子摆放得到处都是，数个放置瓷器的橱柜，银色格子架上挂着一大堆照片；只要有空白的地方就塞上精美的陶瓷饰品；还有不少来自托特纳姆法庭路的椅子，有齐本德尔式的，也有其他款式的。几个插着鲜花的花瓶，还有一些正在生长的盆植。墙纸的花色是菊花款，热闹非凡，几近于气势汹汹的境界；墙上还有一大批过时的老式水彩画，画框都镶着金边。有一道门通往堂屋；法式落地窗的外面就是花园。窗户装饰着白色蕾丝窗帘。现在是下午四点。丝丝阳光透过百叶窗的缝隙渗透进来。有把椅子上放着一个纸盒，盒内有一个白色花环。凯特打开门，她是在客厅服侍的上等女仆。她打扮得端庄稳重，年龄不大不小，刚刚合宜。她让普林格尔小姐进屋。在坦布大酒桥井坊有个富有的老夫人，普林格尔小姐给她做伴。普林格尔是个中年女子，穿戴朴素，肩膀瘦削狭窄，饱经风霜的面容，显得疲惫困倦，外加花白的头发。

凯特：普林格尔小姐，我去跟玛希小姐说你来了。

普林格尔小姐：凯特，她今天怎么样啊？

凯特：可怜的人儿，她累惨了。她眼下正躺在床上。不过我相信她会乐意见你的，小姐。

普林格尔小姐：她没有去参加葬礼，我觉得很高兴。

凯特：埃文斯医生认为她最好还是待在家里，小姐，而且威科姆太太说她若是去的话，只会闹得自己伤心不已。

普林格尔小姐：我都不知道这几个月，她是如何撑过来的……那样无微不至地照顾伺候着威科姆老小姐。

凯特：威科姆老小姐没法找到专职护士。你知道她的为人，小姐……玛希小姐睡在威科姆老小姐的屋里，只要她一睡着，老小姐就会闹醒她，说自己的枕头要拍拍松，或者说自己口渴了，或者是别的什么名堂。

普林格尔小姐：我寻思着她很不替别人考虑。

凯特：小姐，“不替别人考虑”是客气话。我才不要做某个女士的陪伴呢，不管为了什么都不做。她们怎么会受得了啊！

普林格尔小姐：哦，嗯，不是所有人都跟威科姆老小姐一样。我陪伴的那位女士，哈伯德太太，她为人就挺和善的。

凯特：听动静好像玛希小姐正要下楼呢（*她去打开门*）小姐，普林格尔小姐来了。

（*诺拉进屋。她是个二十八岁的女人，坦诚实在的面容挂着愉快的表情和幸福的微笑。她的样子温柔斯文，气质安静娴雅，但她本属于急脾气，只是被很好地控制住了，在贤淑典雅的外表下，其实隐藏着火辣热烈的本性。她穿着简简单单的黑衣服。*）

诺拉：见到你真开心。我本来就希望今天下午你能来这里。

普林格尔小姐：哈伯德太太跟别人……我也不知道是谁——出去兜风了，不需要我陪。

（*她们互相亲吻。诺拉留意到花环。*）

诺拉：这是什么?

凯特：小姐，他们出发后，它才送到的。

诺拉：我不知道是谁送来的。（*她瞧瞧花环旁附着的卡片*）“来自阿尔弗雷德·文森特太太——对我亲爱的威科姆老小姐致以最深切的悼念，对她悲痛忧伤的诸位亲属致以最诚挚的同情。”

凯特：小姐，“悲痛忧伤的诸位亲属”说得挺好。

诺拉（语带责备地说）：凯特……我觉得你最好把它拿走吧。

凯特：小姐，我该怎么处理它呢？

诺拉：稍微迟点，我打算去一趟墓地。我要带上它。

凯特：好的，小姐。

（凯特拿起盒子退场。）

普林格尔小姐：诺拉，你不会哭过吧？

诺拉（露出一丝带有歉意的笑意）：是的，我忍不住。

普林格尔小姐：到底为什么哭呢？

诺拉：亲爱的，自然而然就哭了，并非不正常啊。

普林格尔小姐：好吧，我如今不想说她的坏话，她死了，离开了，可怜的东西……只是在我接触过的所有人当中，威科姆老小姐是最遭人厌的老女人了。

诺拉：一个人跟另一个人共同生活了那么久的时间，当永别来临的时候，心中会没有丝毫的难过——我不这样想。我做威科姆老小姐的陪伴有十年了。

普林格尔小姐：你怎么受得了啊！吹毛求疵、盛气凌人，糟糕透顶的坏脾气。

诺拉：是的，我想她是这德行。因为她给我工钱，所以她不认为我是人了。我从来不曾见过谁的嘴巴如此刻薄恶毒。刚开始，由于她跟我说的那些话，我每天晚上上床睡觉都要痛哭一场。不过我渐渐习惯她的言辞了。

普林格尔小姐：我不懂你怎么没有离开她。要是我，我会走人的。

诺拉：要找到一份陪伴女士的工作并不容易。

普林格尔小姐：这倒是真的。他们跟我说，那些职业中介的登记册上登满了想要工作的人。我去哈伯德太太那里之前，将近两年没找到位置。

诺拉：对你来说不算很糟糕啊。你永远有退路，可以去投靠自己的兄弟。

普林格尔小姐：你也有兄弟啊。

诺拉：是的，可他在加拿大种地呢。他拼尽全力才能养活自己，他没法连我一块养活的。

普林格尔小姐：他如今做得怎么样啊？

诺拉：哦，他干得很好。他有了自己的农场。两年前，他写信过来跟我说，如果我想要一个家，那他家的门就会一直朝我敞开着。

普林格尔小姐：加拿大太远了。

诺拉：等你到那里的时候，就不远了。

普林格尔小姐：你干吗不把百叶窗拉上啊？

诺拉：我原本想着在他们结束葬礼回来之前，自己应该在此等着的……就没拉起来了。

普林格尔小姐：如今一切都结束了，你肯定大大地轻松了。

诺拉：有时候，我都没法意识到这点。过去几个星期，我几乎完全没有上床睡过觉，因此结局到来的时候，我已经完全耗尽了心神。有两天的工夫，除了睡觉，我什么事情都没做。可怜的威科姆老小姐。她着实讨厌那种将死非死的弥留状态。

普林格尔小姐：委实出人意料的地方就在于此——我相信你是真心喜爱她的。

诺拉：将近一年的时间，除了我亲手端来的东西，她什么都不吃……你知道这个吧？而且，她已经尽其所能地喜欢我了，就像她喜欢别人那样……她对我没有偏见。

普林格尔小姐：这种喜欢可说不上有多丰盛。

诺拉：另外，我真心为她感到万分难过。

普林格尔小姐：老天爷！

诺拉：她这辈子都是一个尖酸刻薄、自私自利的女人，也没人在乎她。像那样死去似乎真的很可怕，世上没有一个人会感到心酸难受。她的外甥和他妻子只是等着她死掉。真可怕。他们每次从伦敦过来，我瞧着他们看她的样子，犹如想瞧清楚比起上一次见她的时候，病情是不是更加恶化了。

普林格尔小姐：嗯，我以前觉得她是一个恐怖的老妇人，她现在死了，我觉得开心。另外，我希望她给你留下的好处能让你生活无忧。

诺拉（微笑道）：哦，我想她做了这事。两年前，我差点要离开了，她说她会给我留下足够生活的财产。

普林格尔小姐：埃文斯医生的助手曾经想跟你结婚——你的意思是指那次吧？你没有接受他，我好高兴。

诺拉：他很善良。只是当然，他不属于绅士。

普林格尔小姐：我根本不想跟某个男人一起生活，我觉得他们都很可怕，不过，当然了，他若不是绅士，你就不用考虑了，根本不可能的。

诺拉（眼中闪过一道促狭的光彩）：他来见威科姆老小姐，但她完全不给他任何余地。她首先说，她没法放我走；然后她说，我的脾气很坏。

普林格尔小姐：我喜欢她说这话。

诺拉：挺正确的。时不时地，我觉得自己再也受不了她了。我都忘了自己靠她过活的，她若是解雇我，我可能没法另谋职位的……我还是朝她大发其火。我必须说，她对我暴跳如雷的样子非常客气。她常常看着我，咧着嘴笑，还有等到暴风雨都结束后，便说："亲爱的，等你结婚了，你丈夫若是一个明智的男人，就会时不时地使用粗大的棍棒。"

普林格尔小姐：真是一头老猫。

诺拉（微笑道）：我倒想瞧瞧哪个男人敢试试。

普林格尔小姐：你觉得她会留给你多少钱呢？

诺拉：嗯，我现在肯定不知道。今天下午，等他们从葬礼上回来后，就会宣读遗嘱，不过从她话里话外的意思，我觉得大概一年二百五十英镑吧。

普林格尔小姐：她最少得做到这点。你这辈子最好的十年都给了她。

诺拉（松口气地叹道）：我再也不会听凭别人使唤，再也不要被别人呼来喝去。以后，我想什么时候上床睡觉都可以，想什么时候出去都行，想什么时候回来也没问题。

普林格尔小姐（语带讥讽地冷冷说道）：你可能会嫁人的……想要这样很难的。

诺拉：永远不嫁人。

普林格尔小姐：那你以后要做什么呢？

诺拉：我要去意大利，佛罗伦萨、罗马。你是不是觉得我很可怕……居然会有如此幸福的感觉？

普林格尔小姐：亲爱的孩子。

（车道上传来马车的轱辘声。）

诺拉：他们来了。

普林格尔小姐：我最好走人，对吧？

诺拉：我恐怕你必须离开了。

普林格尔小姐：我真的很想知道遗嘱的内容。难道我不能去你的房间，在那里等着吗？

诺拉：不要。我跟你说，你去花园里坐着。他们要赶四点钟的什么什么回伦敦的，到时候就剩我们了，我们可以好好享受一顿惬意的小茶点。

普林格尔小姐：很好。哦，亲爱的，你有如此好运，我真开心啊。

诺拉：小心点。

（普林格尔小姐蹑手蹑脚地溜去花园。稍稍过一会儿，威科姆先生和太太进屋。威科姆太太是一个俏丽的年轻女人。她穿着黑衣，不过长袍的款式非常优雅时髦。詹姆斯·威科姆的髭须刮得干干净净，他是个面容狭长的男人，有颗光秃秃的脑袋。他身着黑衣，戴着黑色羔皮手套。）

多萝西（兴高采烈地说）：哦呼！玛希小姐，把百叶窗拉起来。我们真的不需要再有任何压抑了。吉姆，如果你爱我，就把这双手套给摘了。它们着实让人觉得非常难受。

（诺拉走到窗边，将百叶窗拉起来。）

威科姆：为什么啊，它们有哪里不对劲吗？店里的伙计跟我说，它们都是合适的用品啊。

多萝西：我从来没见过有谁跟你一样……如此具备葬礼的气质。

威科姆：好吧，你不会想要我穿戴上一身去婚礼的行头，对吗？

诺拉：人很多吗？

多萝西：相当多。那种爱好参加他人葬礼的人——他们沉湎该项活动，属于浪费资源的温和形式。

威科姆（看看自己的怀表）：我希望维恩能准时。我可不想错过火车。

多萝西：吉姆，葬礼结束后，那些拽着你的手不放的油腻腻的老家伙都是些什么人啊？

威科姆：我那时的脑子都停止运转了。他们让我觉得自己成了一个大笨蛋。

多萝西：哦，是这样吗？我瞧你的样子像头完美无缺的猫头鹰，而且我觉得——你装模作样地克制自己的感情——那戏码演得很糟糕。

威科姆（*斥责道*）**：**多萝西。

诺拉：威科姆太太，你想喝点茶吗？

多萝西：嗯，你可以叫点茶进来，等下维恩先生来的时候，我们就算准备好了。（*诺拉正要去打铃，不过威科姆太太拦下她，笑意盈盈地说*）我们会打铃叫你的，可以吗？我猜你现在要去办一两件自己的事情了。

诺拉：是的，威科姆太太。（*退场。*）

威科姆：我说，多萝西，你不应该当着玛希小姐的面就嬉皮笑脸的。她跟路易莎姨母的感情非常深厚。

多萝西：哦，真胡扯！要想论断别人就得亲自观察——这永远都是非常棒的原则；我肯定她一个劲地盼着老夫人死掉呢。

威科姆：最后的日子里，她真的非常伤心。

多萝西：神经！男人真白痴。他们永远搞不懂眼泪和眼泪是大不相同的。我自己也号啕大哭，可是老天知道，对她的死，我可不难过。

威科姆：亲爱的多萝西，你不应该说这话。

多萝西：为什么不说呢？这完全是事实。路易莎姨母让人讨厌，她若是没钱的话，根本没人会忍受她一分一秒。如今说或者不说这话，都没有区别了……我可瞧不出来当伪君子有什么好处。

威科姆（又看看怀表）：我希望维恩能赶紧到。我们要是错过那班火车，麻烦就大了。

多萝西：我信不过玛希小姐。看她样子，她好像知道遗嘱的内容。

威科姆：我觉得她不知道。路易莎姨母不是谈论该话题的那种人。

多萝西：我肯定她知道有东西要留给她的。

威科姆：哦，嗯，我想她有权力指望这个。路易莎姨母弄得她的生活惨兮兮的，跟条狗似的。

多萝西：她有工钱，还有舒适的住所。她若是不喜欢这地方，大可以一走了之……说到底，这是家族的钱。我不觉得路易莎姨母有权力将其给陌生人。

威科姆：玛希小姐如果得到一份小小的年金，我们是不应该抱怨的。两年前，她有过一次结婚的机会，当时路易莎姨母答应过某些类似的东西。

多萝西：玛希小姐还非常年轻。她似乎不会在这里待上三十年吧。

威科姆：嗯，我有个想法，觉得路易莎姨母打算给她留下一笔年金，一年二百五十英镑。

多萝西：不过这房产值多少呢？

威科姆：我觉得，大概一万九千英镑吧。

多萝西：哦，真荒唐。这样的比例太不公平。对我们来说，所有一切都变了。一年要是有这笔额外的二百五十英镑，我们几乎可以养一辆车了。

威科姆：亲爱的，但凡我们能得到一丝半毫的，都要心怀感恩。

多萝西（大为惊恐地说）：吉姆！（她瞪视着他）吉姆，你不会想着！哦！要是那样，简直就太恐怖了。

威科姆：小心点，有人来了。（门开了，凯特将喝茶的东西都端进来。她将它们都搁在一张小桌子上）我们碰上了一个艳阳天，真走运啊，不是吗？

多萝西：是的。

威科姆：看样子，接下来一段时间，我们都会拥有风和日丽的天气。

多萝西：是的。

威科姆：举办婚礼的时候，经常会碰到下雨天，好滑稽啊。

多萝西：非常滑稽。（凯特退场）多年来，我一直算计着这笔钱。过去，我常常夜里做梦，梦到自己读着电报，内容就是路易斯姨母的死讯。而且，我一直思忖着等钱到手后，我们可以做这做那的。生活要大变样。

威科姆：你知道她是怎样的人。她一点都不喜欢我们。我们应该为最坏的情况做好准备。

多萝西：难道你觉得她可能会把所有一切都留给玛希小姐吗？

威科姆：若是那样，我也不会惊讶的。

多萝西：那我们就对遗嘱提出抗议。说存在“不当影响”。从一开始，我就怀疑玛希小姐。我讨厌她。哦，维恩为什么还不来啊？

（门铃响。）

威科姆：我希望，那是他。

多萝西：这样提心吊胆地悬着心，真是太可怕了。

威科姆：打起精神来，老婆。还有我说，你得稍微忧伤点啊。归根到底，我们刚刚从葬礼上回来呢。

多萝西：难道我们还不够垂头丧气吗？

（凯特上场，通报维恩先生来了。）

凯特：维恩先生到。

（他上场。她退场，并把门关上。维恩先生是已故的威科姆老小姐的律师，高个子，秃头。他有着红润的双颊，精神饱满，从他的举止就可以看出来——他属于那种业余时间参加各种活动的乡绅。他穿着吊丧的衣服，因他刚刚参加过威科姆老小姐的葬礼。）

威科姆：你好啊！

维恩（很是庄严肃然地接过多萝西的一只手）：在墓地的时候，我都找不到跟你握手的机会呢。

多萝西（多少有些无助地说）：你好吗？

维恩：你遭受这样巨大的丧亲之痛，请千万接受我诚挚的同情。

多萝西：当然，最终的结局并非完全出人意料。

维恩：我知道，不算意外。只是无论怎样，这肯定都是巨大的打击。

威科姆：我妻子非常伤心，不过当然了，我可怜的姨母饱受痛楚，因此我们忍不住将此视作幸福的解脱。

维恩：玛希小姐怎么样了？

（多萝西飞快地看他一眼，不知道在这彬彬有礼的问询背后，是否别有含义。）

多萝西：哦，她很好。

维恩：她全身心地照料威科姆老小姐，真是很感人。埃文斯医生——他是我连襟，你知道的——他跟我说，即便是经过培训的专业护士都未必能做得比她更好。对威科姆老小姐来说，她就像女儿一样。

多萝西（非常冷若冰霜地说）：我觉得我们最好叫她来过来吧。

威科姆：你把那个带来了吗……（他说不出口，有些尴尬。）

维恩：是的，我把它放在自己的口袋里。

多萝西：我去打铃。（她触碰响铃。）

威科姆：多萝西，我想维恩先生会喜欢喝杯茶的。

多萝西：哦，我很抱歉，我差不多都给忘了。

维恩：不用了，非常感谢。我从来不喝茶的。

（他从口袋里拿出一个长信封，里面就装着遗嘱。他若有所思地抚平信封。多萝西神经质地看了一眼那份公文。凯特进屋。）

威科姆：你去请玛希小姐，就说麻烦她来这里一趟。

凯特：好的，先生。（退场。）

多萝西：吉姆，现在几点了？

威科姆（看看怀表）：哦，不用紧张。（对维恩说）今天晚上，我们在伦敦有个重要约会。我们很担心，不想错过火车。

多萝西：火车的服务简直烂透了。

维恩：遗嘱非常短。念完它花不了我两分钟。

多萝西（神经兮兮的，表情很是焦躁）：玛希小姐到底在干什么啊？

维恩：现在这个时候，花园看起来真漂亮啊。

威科姆（语气突兀地说）：非常漂亮。

维恩：威科姆老小姐向来对自家的花园非常有兴致。

多萝西：是的。

维恩：我自己种的郁金香就没有这里的繁茂灿烂。

威科姆（焦躁难安地说）：没有这里的好吗？

维恩（对多萝西说）：你对园艺有兴趣吗？

多萝西（几乎无法控制自己的不耐烦）：没兴趣，我讨厌……终于来了！

（门开了，玛希小姐进屋。维恩起身。）

维恩：玛希小姐，你好啊。

诺拉：你好。

威科姆：你想喝杯茶吗？

多萝西（神经紧张到极点，说话都不经斟酌了）：吉姆，玛希小姐更喜欢等我们走了之后，自己安安静静地喝茶。

诺拉（带着一丝若有还无的笑意说）：谢谢，我不想喝茶。

多萝西：维恩先生带着遗嘱过来的。

诺拉：哦，好的。

（她淡然镇定地坐下来。多萝西紧握双手，盯着她看。她想从诺拉脸上寻找答案，看看后者是否知道些什么。）

维恩：玛希小姐，就你所知，没有其他遗嘱了吗？

诺拉：你这话什么意思呢？

维恩：威科姆老小姐后来另立一份——我的意思是，在没有我协助的情况下，你是否知道有这样的遗嘱呢？举例来说，这所房子里的一切事情，你都知道的——没有吗？

诺拉（非常果断地说）：哦，没有。威科姆老小姐一直说你手里有她的遗嘱。她做事非常有条理的。

维恩：我觉得自己应该问问，因为两年前，她曾经跟我咨询过重立遗嘱的事。她跟我说过自己想做这事，但没有给我具体指令。我本以为她可能自己写好了。

诺拉：我从来没听说过这个。我相信她唯一的遗嘱就在你手里。

维恩：那我觉得我们可以将此视作……

（多萝西突然明白过来；她赶紧打断他的话。）

多萝西：这份遗嘱是什么时候立的？

维恩：八九年前吧……确切的日期是1904年3月4日。

（多萝西用探究的眼神长长地看了诺拉一眼。）

多萝西：你第一次来到威科姆老小姐身边是什么时候呢？

诺拉：1903年的年底。

（众人稍稍沉默一下。）

多萝西：大致跟我们说说吧。

维恩：嗯，威科姆老小姐给传福音的社团留下一百英镑，另外一百英镑给了坦布大酒桥井坊的综合医院，其余所有财产都归他的外甥所有，也就是詹姆斯·威科姆先生。

（多萝西深吸一口气，急促的声音满是胜利的感觉。她重新看看诺拉，但诺拉的情绪没有流露出丝毫的波动。）

威科姆：那玛希小姐呢？

维恩：没有提到玛希小姐。

诺拉（带着淡淡的微笑说）：我对此几乎不抱任何指望。立这份遗嘱的时候，我成为威科姆老小姐的陪伴才几个月的时间。

维恩：我刚才问你是否知道后来是不是另有遗嘱，原因就在于此。我跟威科姆老小姐谈论过该话题，她说希望能在自己身后给你留下财产，让你衣食无忧。我想她跟你谈过这事的。

诺拉：是的。

维恩：她提到说一年三百英镑。

诺拉：她真是很客气。我很高兴她希望为我做些安排的。

维恩：她去世前几天，还刚刚跟埃文斯医生说过这事，真够古怪的。

威科姆：或许后来有份遗嘱放到某个地方了？

维恩：说实话，我不这样想。

诺拉：我相信没有其他遗嘱。

维恩：埃文斯医生和威科姆老小姐谈到过玛希小姐。她太累了，他要威科姆老小姐找一个专业护士。随后，她跟他说遗嘱在我手里，而且她会安排好玛希小姐的生活，让她衣食无忧。

多萝西（赶紧说道）：这当然不属于合法的范畴，对吗？

维恩：什么不属于？

多萝西：我的意思，没人可以强迫我们——我的意思，这份遗嘱的内容是成立的，不是吗？

维恩：当然。

威科姆：玛希小姐，我恐怕对你来说要大失所望了。

诺拉（毫不费劲地说）：鸡蛋孵出小鸡仔之前，我绝不会去数自己有几只小鸡……我向来秉持落袋为安的理念。

维恩：在这种情况下，玛希小姐感到失望那是非常自然的。我觉得别人给她指望有……

多萝西（打断他道）：我们的姨母只留下一笔很小的财产，我明白的，而且我猜想她觉得要从自己家族里分出一大部分给别人，肯定不公平。

威科姆：当然，这是家族的钱；她从我外公那里继承的，还有……不过我想要你知道，玛希小姐，对你为我姨母所做的一切，我妻子和我万分感激。你的关心和奉献，金钱无法报答。你做得非常好。

诺拉：你这样讲真是太善良了。我非常喜欢威科姆老小姐。我为她所做的一切毫无麻烦可言。

维恩：我觉得不管是谁，只要看见玛希小姐陪在威科姆老小姐身边，肯定就会明白在过去的十年里，她陪着她，自己毫无喘息的空间。

威科姆（看了妻子一眼，犹豫不决地说）：当然，我姨母是一个非常难缠的女人。

多萝西（轻快地附和道）：挣钱糊口永远都不是开心快活的事情。如果不是这样的话，也就没有工作的动力了。

（听到这样出人意料的奇谈怪论，诺拉瞥了她一眼，眼神中有种平静的戏谑意味。）

威科姆：为了表达我们对你服务的感谢，我妻子和我非常高兴做出某种实质的肯定。

多萝西：我正打算提这个的。

维恩（脸色稍稍明亮一些）**：**我相信在这种情况下……

多萝西（赶紧截断他的话）**：**玛希小姐，你的工钱是多少？

诺拉：一年三十英镑。

多萝西：真的吗？即便没有薪酬，很多小姐都会非常高兴给人当陪伴，只为能有一个住处，外加性情相投的社交圈。我猜想这些年来，你肯定存了不少钱。

诺拉（冷淡僵硬地说）**：**威科姆太太，我必须打扮得端庄得体。

多萝西（用尽自己的魅力，做出最温婉的样子）**：**好吧，我相信自己的丈夫会非常高兴多给你一年的薪酬，吉姆，不是吗？

诺拉：你真是太好了，不过我不打算接受任何分外财物……除了合法归我所有的东西。

多萝西（依旧泰然自若地说）**：**你肯定能想得起来，办丧事很花钱的。威科姆老小姐的房产收入，至少得用掉两年的进项，才能填上这个窟窿，维恩先生，不是吗？

诺拉：我很清楚。

多萝西：或许你会改变想法的。

诺拉：我不这样想。

（大家都不说话了，稍稍有一会儿，气氛非常尴尬。维恩先生起身。他的态度表明威科姆太太的慷慨大方并没有给他留下深刻的印象，很有点不以为然的意味。）

维恩：嗯，我觉得自己必须跟你们告辞了。

威科姆：多萝西，我们也必须走了。

多萝西（很是轻松自在）**：**哦，坐出租车的话，只要五分钟就能到车站。

维恩：再见，玛希小姐。但凡有我能帮忙的地方，我希望你能让我知道。

诺拉：你真是太客气了。

维恩（对多萝西说）**：**再见。

（他朝她稍稍鞠了一躬，朝威科姆点点头，然后在多萝西说着接下来那番话的时候，就离开了。）

多萝西（用非常亲切和蔼的态度说）**：**过一两天，吉姆会给你写信的。你知道，我们两人都非常感激你为可怜的姨母所做的一切。我们都很高兴给你提供推荐信，会给你最高的评价。

威科姆（总算能为诺拉做些事情，觉得轻松了）**：**哦，是的，只要我们办得到，任何事情都可以。

多萝西：你真是一个非常棒的护士，我相信你另谋职位肯定毫无困难。我希望自己能给你找到某份差事。我会问问自己所有的朋友。

（诺拉若有所思地看看她，不过没有回答。多萝西朝她展露灿烂的笑意。）

威科姆：走吧，多萝西，我们真的不能继续消磨时间了。再见，玛希小姐。

诺拉：再见。

（他们急急忙忙地离开，过了一会儿，传来了出租车载着他们扬长而去的车轮声。就剩下诺拉独自一人了。她站在那里，视线瞠视着前方。普林格尔小姐从花园里进来的动静，她都没有听到。）

普林格尔小姐：我还以为他们永远不打算走了呢。怎么样？

（诺拉转身，看着她，没说一个字。）

普林格尔小姐（大吃一惊地说）：诺拉！怎么了？难道不像你想的那样多吗？

诺拉：威科姆老小姐没给我留下任何东西。

普林格尔小姐：哦！

诺拉：一便士都没有！哦，真残酷。说到底，她没必要留给我任何东西。她给我提供食宿，外加一年三十英镑。如果我留下来，那是我自己的选择。她没必要跟我许诺任何东西。她没必要拦着我，不让我结婚的。

普林格尔小姐：亲爱的，你绝不能嫁给那个小助理。他不属于绅士。

诺拉：十年！女人一生中最美好的十年，其他姑娘在这样的好年华尽情享受生活。可我得到什么了呢？食宿加一年三十英镑。一个厨娘的成绩都比我好。

普林格尔小姐：我们不能指望自己能像好厨娘那样挣钱。要像一位淑女那样在自己的阶级里生活，人就必须付出某种代价。

诺拉：哦，残酷啊。

普林格尔小姐（试图安慰她道）：亲爱的，不要放弃。我相信你另外找个位置不会有丝毫困难。你能将蕾丝洗得非常漂亮，不会走形，而且插花的技艺，谁都比不上你。

诺拉：我原本一直梦想着法国和意大利……我以后还得陪在某位老大人的身边，陪上十年，然后她死了，然后我再继续找位置。由于我不再年轻了，到时候谋职不会很容易。就这样一路走下去，总有一天，我的年纪会太大，老得没法找到职位了，于是某个好心人会收留我。你喜欢这样的生活，真的吗？

普林格尔小姐：亲爱的，士绅阶层的女性可以做的事情真的很少。

诺拉：当我想想这十年！忍受过各种荒谬不通人情的状况！永远不许有生病的感觉，永远不许觉得疲惫！我忍受的这一切，没有哪个仆人会受得了。外加那种备受煎熬的屈辱！

普林格尔小姐：你累了，没法好好思考了。不是每个人都像威科姆老小姐那样刻薄难缠。我觉得哈伯德太太一直待我挺不错。

诺拉：好好想想。

普林格尔小姐：我不懂你说的“好好想想”是什么意思啊。

诺拉：好好想想，她有钱，你是穷人。她把自己的旧衣服给你。当她宴请宾客的时候，常常叫你作陪，不会让你独自用餐。你寄人篱下，不过她不会提醒你这点，除非她自己毫不客气地挑明这点。可是你——这样的生活，你已经过了三十年。你一直啃着那种给奴隶吃的“苦涩面包”，直到——吃着吃着，直到它的滋味尝起来像美味的提子蛋糕。

普林格尔小姐（*很受伤地说*）：诺拉，我不懂你为什么要跟我讲这些呢。

（*诺拉还没来得及回答，凯特就进来了。*）

凯特：霍恩比先生想稍稍跟你见一面，小姐。

诺拉（*惊讶地说*）：现在吗？

凯特：我跟他说过，我觉得现在不方便，小姐，可是他说有非常要紧的事情，而且他耽搁你的时间不会超过五分钟。

诺拉：讨厌的家伙……叫他进来吧。

凯特：好的，小姐。（*退场。*）

诺拉：我不知道他到底想干什么。

普林格尔小姐：诺拉，他是谁？

诺拉：哦，他是霍恩比上校的儿子。他生活在莫利纽公园的顶级社区，你不知道吧！他母亲跟威科姆老小姐非常要好。他时不时地来这里过周末。他做的事情跟汽车有点瓜葛。

（凯特带来访者进来。）

凯特：霍恩比先生来了。

（凯特退场。雷金纳德·霍恩比是个长相俊美的年轻人，眉清目秀，收拾得清爽干净，身材颀长优美。他有一头油光可鉴的深色头发，经过精心地打理，一撇小胡子修剪得整整齐齐，还卷出了弧度。他的服装优雅绚丽，说明是萨维尔街上那些时髦裁缝的作品。他的领结、他的手绢从前胸口袋里冒出一截子、他的靴子，都是最新流行的款式。他的脑子并不灵光。）

霍恩比：我说，这样冒昧来访，我委实万分抱歉。不过我不知道你是否还会继续留在这里，加上我赶着跟你见面。另外过一两天，我得动身离开了……我自己。

诺拉：你不坐下来吗？这位是霍恩比先生——这位是普林格尔小姐。

霍恩比：你好。所有事情都结束了吧？

诺拉：对不起，我没听懂你的话。

霍恩比：葬礼，我的意思是葬礼都结束了吧。我母亲去了。一般来讲，“葬礼”就是她吃的补药。

（普林格尔小姐听得目瞪口呆，僵硬地直了直身体。不过看着他这样飘逸快活的神态，诺拉的双眸闪动着好玩的光彩。）

诺拉：真的吗？

霍恩比：你瞧，她活得越来越好了。她老年得子，我就是那个孩子——幼子本杰明，难道你不知道吗？（他朝普林格尔小姐说）幼子本杰明，母亲莎拉，你知道的。

普林格尔小姐：我完全清楚，但那不是莎拉。

霍恩比：不是吗？每当有某位老朋友去世，母亲就去参加葬礼，并且跟自己说——“好吧，无论如何，我目送她离开人世。”然后她回家，喝茶的时候吃着小松饼。她每次参加完葬礼后，都吃小松饼的。

诺拉：女仆说你有些事情要说。

霍恩比：是的，我都给忘了。（对普林格尔小姐说）莎拉若不是本杰明的母亲，那她是谁的母亲呢？

普林格尔小姐：你若是想知道，我推荐你去读读《圣经》。[①]

霍恩比（很是心满意足地说）：我觉得这是一个难点。（对诺拉说）事实上，我打算去加拿大，我母亲跟我说，你有个兄弟或者什么的在那里。

诺拉：是一个兄弟，不是什么的。

霍恩比：她还说，你或许不会介意帮我写封信给他。

诺拉：我很乐意。不过我恐怕他无法给你帮什么大忙。他是个农夫，住在穷乡僻壤，跟所有地方都离得很远。

霍恩比：不过我就是打算投身农业的。

诺拉：是吗？这从何说起呢？

霍恩比：我已经下定决心要做些事情，然后我寻思自己能够从事的最好行当就是农业。你知道的，某人有非常丰富的打猎经验，还时常骑马。然后么……到时候，大家可以常常组队打网球，并且举

---

① 本杰明：《圣经·旧约》中雅各的小儿子名叫本杰明，不过宗教典籍中，多译作“便雅悯”。“莎拉”一名源自亚伯拉罕的妻子，在宗教领域，多译作“撒拉”。雅各是撒拉的小儿子，因此撒拉是便雅悯的祖母。这段对话说明霍恩比是一个糊里糊涂的公子哥儿，连作为英国学校基本教材的《圣经》都学得乱七八糟。——译者注

办舞会。另外你可以赚到一大笔钱，这点是毫无疑问的。

诺拉：我原以为你在伦敦经营汽车业务。

霍恩比：嗯，某方面来说，我是做这行。不过……我还以为你已经听说了。母亲到处跟人讲。老爷都不跟我说话了。所有一切都乱套了。我要尽快离开这个讨厌的野蛮国度。

诺拉：你要我马上将信交给你吗？

霍恩比：我希望你可以。（诺拉坐到一张法式写字桌旁，开始写信）事实上，我破产了。当初我若是坚持打桥牌就好了，那就什么事都没有。我以前常常靠这个弄到钱。一年超过一千英镑。

普林格尔小姐（骇然变色道）：什么！

霍恩比：定期有规律地打牌，你知道的。我若非笨蛋，当年就应该坚持打牌的。不过我被铁道揍得满头包。

诺拉（转头道）：被什么？

霍恩比：铁道牌[①]。从来没听说过吗？我养成了去桑顿家打牌的习惯。我猜想你也从来不曾听说过他。他经营着一家地狱赌庄。给你提供高档讲究的晚餐，不花任何钱；只要你喝得下，酒水随你灌；像只小鸟似的，轻快灵巧地兑换你的支票。结果就是，我输得底儿掉，所有东西都输光了，接着桑顿起诉我，说我给他的某张支票有问题。老爷把我捞出来，但他说我得去加拿大。我永远不会再赌了……我可以跟你说这句话。

诺拉：哦，嗯，还算有点收获吧。

霍恩比：打铁道牌，你没法弄到钱。到头来，那只钱匣子一定会搜刮干净你的钱。等我回来，我打算一门心思打桥牌。桥牌永远有很

① 铁道牌：即纸牌的“十一点”玩法，原文是法语，Chemin de fer，字面意思是“铁道牌”。——译者注

多门道，有很多兆头，而且你若是有一颗打牌的聪明脑袋，就会不由自主地从中搞到一份收入的。

诺拉：这是给你的信。

霍恩比：万分感谢。我猜自己用不上它，你知道的。我希望自己一到岸，别人就会给我提供一份工作，不过拿着信也没什么坏处。我得走了。

诺拉：那么，再见了，祝你好运。

霍恩比：再见。

（他跟诺拉和普林格尔小姐握手道别，然后离开。）

普林格尔小姐：诺拉，你为什么不去加拿大呢？你兄弟已经有自己的农场，我寻思着……

诺拉（打断她道）**：**我兄弟结婚了。他两年前娶了老婆。

普林格尔小姐：你从来没跟我说过这个。

诺拉：我不能去。

普林格尔小姐：为什么呢？难道他妻子……难道他妻子不善良吗？

诺拉：她以前在温尼伯的一家破破烂烂的小旅馆做服务员的。

普林格尔小姐：那么，你以后打算怎么办呢？

诺拉：面对打翻的牛奶哭哭啼啼，实在无谓。我会找找看，另外寻个位置。

（第一幕完）

第二幕

▼

▼

▼

场景：加拿大中南部的马尼托巴，爱德华·玛希的农场，客厅兼厨房。屋内镶嵌着一圈棕色木板，墙上挂着廉价的镀金相框，里面都是些从画报的圣诞专刊上撕下来的图片，很是五彩斑斓。从一道门望过去，能看见一个麋鹿脑袋做成的标本，从另一道门望过去，则是一个硕大的厨房挂钟。地上铺着光灿灿的油布。窗台上种了些天竺葵，装枫糖浆的铁罐吃完后就拿来当花盆。另一边是一个大大的美式炉灶。有个没涂漆的碗柜，上面放着盘子、杯子和碗碟。它们都属于最朴素无华的土陶器皿，而且几乎都不配套。有两把美式摇椅，还有好几把餐椅。有一张简朴的餐桌。炉灶上有一口大锅，还有两个炖锅。有个小小的书架，上面搁着寥寥几本破破烂烂的小说，还有几本旧杂志。准备用餐的餐桌上铺着便宜的白布，桌子和白布都不是很干净。爱德华·玛希坐在桌子的一头，面前还剩一点没吃完的冰冷牛肉；他妻子坐在另一头，前面摆着茶壶、牛奶壶和糖罐。桌上有一条面包、一个装有枫糖浆的大铁罐，另外就是吃剩的牛奶布丁。诺拉坐在嫂子旁边，雷金纳德·霍恩比坐在她的另一边；弗兰克·泰勒和本杰明·特罗特坐在她对面。刚刚吃完饭。格蒂·玛希身材矮小，肤色暗沉，神情严厉，皮肤干涩。她瘦瘦的，容易神经紧张，性格活跃，吃苦耐劳，干活很卖力，说话尖刻，另外至少从外表来说，几乎毫无温柔可言。她穿着仿男款的宽松女衬衫，系着哔叽料的裙子，还有一双非常时髦的棕色高跟鞋。她围着一条小围裙。诺拉穿着白色悬垂款女衬衫，下配绿色裙子。爱德华·玛希是个和蔼温厚、随遇而安的男人，留着一小撮八字须，头发乱糟糟的。他穿着一件黑色的法兰绒衬衫，有着白色条纹，一件黑马甲，外加一条腌臜邋遢的深色裤子。其他男人都是雇工。弗兰克·泰勒是个强壮的高个子男人，长相棱角分明、面部线条刚毅，还有一双坦诚、具备幽默感的眼睛。他的髭须刮得干干净净，动作缓慢，说话带着很重的口音。他性格极为自信。他穿着深色法兰绒衬衫，外套工装裤，这工装裤原本是蓝色的，只是现在穿久了，变得黑不溜秋、脏兮兮的。那两条提溜着工装裤的裤带表明这裤子来自温尼伯的伊顿家。本·特罗特是个英国劳工，牙齿缺了几个，还有肮脏的牙斑，头发剃得很短，看上去前额好像黏着一坨刘海。他穿得跟弗兰克·泰勒一样。雷金纳德·霍恩比的脑袋依旧打理得整洁有型，头发经过一番小心翼翼的梳理。他的衣着比起其他人要新很多。他穿着一件法兰绒衬衫，显而易见那是英国皮卡迪利街的货色。

玛希：雷格，还要再来一些枫糖浆吗？

霍恩比：不了，谢谢。

玛希：大家都吃完了吗？

格蒂：看样子是的。

（玛希将椅子朝后挪挪，从口袋里拿出一小袋烟草和烟斗，随即点烟。泰勒同样的举动。）

格蒂：今天下午，我们可以开始熨烫了。

诺拉：好的。

特罗特：看晾衣绳的架势，今天上午你真是好一通大洗特洗啊。

诺拉：我的胳膊都酸痛了。

格蒂：等你在乡村生活的日子再长一些，你就能学会穿戴的物件别超出自己能驾驭的范围。

诺拉：难道我穿戴的东西超额了吗？

格蒂：你的长袜比我多一倍。其他所有东西同样翻倍。

诺拉（带着笑意说）：爱干净，可惜能力不够。

格蒂：俏皮话中有很多实情。

泰勒：我说，雷格，你到这里的第一句话就是问爱德——浴室在哪里，是真的吗？

特罗特（咯咯窃笑道）：是的。爱德跟他说，离这一英里半有条河，他唯一晓得的浴室就是那里。

玛希：某人很快就习惯这类事情了，呃，雷格？

霍恩比：非常习惯。如今我若是瞧见一间浴室，只会觉得紧张。

泰勒：在不列颠哥伦比亚省，我认识两个英国人，他们本来洗过澡的，只是周围都是印第安人。开头两年，他们根本没法跟印第安人打交道，因为后者实在太脏了；此后，印第安人不愿意跟他们打交道了。（他将手指按在鼻子上，做了一个因气味难闻而讨厌的动作。）[①]

诺拉：这故事真恶心！

泰勒：你这样想吗？我很喜欢啊。

诺拉：你应该喜欢这种。

（他带着一丝笑意看着她，不过没有作答。）

格蒂（起身）：诺拉，你打算坐上一整天吗？

玛希：你为什么不消停五分钟呢？我猜诺拉洗了那么一大堆东西后，肯定乐意稍微休息一下。

格蒂：我估摸着，诺拉干的活不会让她太累的。

① 泰勒这句话的言外之意就是这两个英国人入乡随俗，不再注意清洁卫生，以至于最后脏得连印第安人都受不了了。——译者注

诺拉：我还是不大习惯这类工作。是让我有点累。

格蒂：你过去做什么工作，我到现在也没看出来。

（诺拉起身，两个女人开始收拾桌子。玛希换了位置，坐到一把摇椅上抽烟。）

玛希：格蒂，给她点时间来适应这里的生活。你不能指望所有事情都能一步到位。

格蒂：英国人都是同样的德行。你必须手把手地教他们一切。

玛希：嗯，格蒂，你当初就不用教我如何求婚。

（诺拉将泰勒面前的东西收走，他起身。）

泰勒：我猜想自己碍你的事了。

诺拉：跟平常一样碍事，没有更碍事，谢谢。

泰勒（微笑道）：我猜就算以后都见不到我，你也不会难过吧。

诺拉：你离开或者留下，说真心话，对我来说，毫无区别。

玛希：你们两个，现在别开始拌嘴。

霍恩比：弗兰克，你的火车几点走？

泰勒：三点半。再过半小时，我就动身离开这里。

玛希：雷格可以跟你一起去，然后他再把那辆车轱辘开回来。

泰勒：好的。我去稍稍收拾一下。

格蒂：我想你回自己家，肯定很开心吧。

泰勒：我寻思自己不会难过的。

（桌上的东西都收好了。格蒂端来一个大金属盆，然后放在桌上。诺拉拎来水壶，将热水倒进盆子里。她们开始洗碗。）

格蒂：我来洗碗，诺拉，你可以做擦干的活。

诺拉：好的。

格蒂：我留意到，每次我让你洗碗的时候，连一半都没洗干净。

诺拉：我很抱歉。你为什么不跟我说呢？

格蒂：我想在英格兰的时候，你从来不曾干过洗洗刷刷的活。很高雅吧？

诺拉：我觉得人们若是有办法，肯定不喜欢洗洗刷刷的。这没多少乐趣。

格蒂：你向来喜欢找乐子。

诺拉：没有。不过我想过得幸福。

格蒂：嗯，你有间屋子住，睡觉的时候有张舒适的床，一日三餐都挺不错的，还有很多事情做；我想，一个人想要幸福的话，这些就足够了。

霍恩比：哦，主啊！

格蒂（突兀地转头对他说）：好吧，你要是不喜欢加拿大，那你为什么要出来呢？

霍恩比（慢慢起身道）：我若是知道自己将要一头扎进这种生活，我还会让他们把我送到这里——你不会这样想吧？我当初真的不大懂。早上五点起床，像工人那样在地里埋头苦干，直累得腰都快断了，然后下午还得下地干活。日复一日都是这样。如果我这一辈子就干这样的活，那么当初送我去哈罗公学和牛津大学念书有什么用呢？

玛希：雷格，你会很快适应的。刚开始有点艰难，不过等你站稳脚跟后，再要让你换种生活方式，你就会不乐意了。

格蒂：这个国家不适合那种整天蒙头大睡等着天上掉馅饼的人。

特罗特：我现在不愿意回英格兰，不管为什么，都不乐意回去。英格兰！就我所知，一个星期赚十八个钢镚，毫无前途。一年中有五个月都找不到活。

诺拉：在英格兰你做什么的？

特罗特：砖瓦工，小姐。

格蒂：你没必要管她叫“小姐”。她的名字是“诺拉”。你叫我“格蒂”，不是吗？

特罗特：接连罢工，外加年景差，你永远不晓得自己会落到什么困境里。还有工头欺负你。没有我不晓得的。我受够了，我可以跟你讲。自从我上了这里的岸，就再也没有失业过。吃的东西管够，我想吃多少都可以，而且我还存钱了。这个国家的人跟其他地方的人一样优秀善良。

诺拉：即使算不上更好，也一样好。

特罗特：再过两年，我就可以自立了。哎呀，有个叫汤普森的老人，如今住在普拉特，他刚开始干砖瓦活，原先从约克郡来的，真的。眼下在银行里，他已经存了七千块。

玛希：你们这帮家伙出来的时候，境遇已经比我刚踏上这片土地的时候好多了。那时候，他们都不愿意雇英国人，反而要西班牙人。在温尼伯，他们登报招雇工的时候，你会常常看见“不招英国人”的告示。

格蒂：嗯，那是英国人自己的错。他们什么活都不愿意干。他们只是灌黄汤。

玛希：是他们自己的错，非常正确。这里是垃圾场，英格兰所有的懒汉、酒鬼和流氓都被倾倒在这里。老家的人们还有一个错觉，觉得如果一个男人烂得不能再烂，在英格兰一事无成，那么只要给送到这里，就能发大财。

泰勒：我觉得现在的情况不像以前那样糟糕了。我们这个阶层大不相同，他们将我们送过来。英国人要摸清楚事情的门道，得比别人多花两年的时间，但是一旦连滚带爬地进入某个领域，他会做得比其他人更好。

玛希：我觉得现在大家都乐见英国人获得成功。三年前，我差点遭受灭顶之灾，好在很多人伸出援手，帮了大忙。

霍恩比：你如何遭受灭顶之灾的啊？

玛希：哦，我接连走霉运。有一年，我的庄稼遭遇霜冻，接着第二年，又给冰雹砸了个稀巴烂。要想挺过去，需要一大笔资金。

泰勒：跟我碰到的情况一样。我也给冰雹砸了个稀巴烂，而且我没有资金，只好外出打工了。（对诺拉说）要是没有那场大冰雹，你就没有认识我的乐趣了。

诺拉（讥讽道）：要是没有你，生活将变得多么空洞无谓啊。

格蒂：我都不明白当年你为什么不放弃，然后去卡尔加里重新开始呢。

泰勒：嗯，我已经在自己的宅地上花了两年时间，还做了很多清理工作。现在若是放弃自己的家当，似乎有些傻乎乎的。而且，如果你碰上过一次狂暴的冰雹，那么以后就不会再遇上这种灾害……接下来的今年就不会有……我到时应该能有点起色。

诺拉：你弄了一所怎样的房子呢？

泰勒：嗯，你不会管那个叫宫殿豪宅的，不过给两个人生活足够大了。

玛希：考虑结婚吗？

泰勒：嗯，生活在农场，我想没个女人，多少有些寂寞。不过当你刚刚起步，想找个妻子并不容易。加拿大姑娘在接受一个农夫之前，都会反复考虑。

格蒂：我想她们还是挺有脑子的。

玛希：嗯，格蒂，你接受了一个农夫。

格蒂：不是因为我想接受农夫，你大可以相信这点。我都不知道自己怎么就嫁给你了。

玛希：我不懂。

格蒂：我猜可能是因为当时你有些可怜无助，而且要是没有我的话，我都不知道你会变成什么样子。

玛希：我想这就是爱情，你无法控制自己。

泰勒：我正想着等自己到了温尼伯，就去找家职业介绍所，仔细瞧瞧那里的姑娘们。

诺拉：就像挑绵羊似的。

泰勒：我对绵羊一无所知。我从来不曾接触过绵羊。

诺拉：那你觉得自己了解女人吗？

泰勒：她们是否身强力壮，是否愿意——我觉得自己可以看出来的。况且，她们只要不斜眼就可以，其他的都可以凑合，我不会太计较。

诺拉：那么，一个姑娘如果接受你的话，那她图什么呢？

特罗特：他想趁她们年纪尚轻的时候就抓牢某一个，这就是原因——她们这时候刚刚上岸，懂的也不是很多。

泰勒：我有自己的土地——整个有一百六十英亩，其中七十英亩已经平整好了——我还自己建了一所小屋。这算有点条件，不是吗？

诺拉：你可以提供一个家，吃的喝的也管够。一个姑娘从任何地方都能得到这一切。哎呀，她们只是乞求去伺候别人啊！

泰勒：有些姑娘喜欢结婚。在她们眼里，世上还是有些事情能吸引人的。

诺拉：你好像以为某个姑娘会赶紧抓住机会，连蹦带跳地嫁给你？

泰勒：她可能会更心急一些。

诺拉：我觉得你太看得起自己了。

泰勒：我懂自己的行当，能像我说出这句话的人并不多。我还有脑子。

诺拉：你凭什么这样想呢？

泰勒：嗯，我可以看出来你不是笨蛋。

格蒂（轻笑一声）：诺拉，你掉到他挖的坑里了。

泰勒（温厚和气地说）：因为你对我毫无用处，但这并不意味着别人不会青睐你。

（格蒂端起脸盆离开屋子，要倒掉洗碗水。诺拉继续干着擦干陶器的活。）

诺拉：当然，个人品位不同，自然不用说。

泰勒：我可以试试，不是吗？

诺拉：你去职业介绍所是非常明智的举动。一个姑娘如果只见你一面，而不是常常见你，那么她更可能嫁给你。

泰勒（朝众人眨眨眼）：想到我要结婚，似乎弄得你非常抓狂啊。

诺拉：除非你轻视女人，否则，你就不会用这种口吻谈论此事。哦，那个要成为你妻子的可怜东西，我可怜她。

泰勒：我想有我拽着她，跟我一起奋斗前行的话，她过得不会差劲。

诺拉：你脑子有这画面，觉得自己办得到吗？

泰勒：是的。

诺拉：你不会指望在你和那个姑娘——有幸被你选中的那位——之间有很深厚的爱情吧？

泰勒：这跟爱情有什么关系啊？这是买卖型的求婚。

诺拉：什么！

泰勒：我给她提供住宿伙食，还带她进入我的社交圈，让她享受乐趣。作为回报，她烧菜煮饭、烘焙烧烤，外加洗洗刷刷，并且将小屋打理得干净整洁。她要是能做到这些，我对她的长相就不是很挑剔。

玛希：她只要不是斜眼就可以。

泰勒：是的，不能斜眼，这是我划下的一道红线。

诺拉（讥诮地说）**：**对不起。我原本不晓得你只是想找普通仆人罢了。为了领结婚证，你还得花上一块半，然后你就不用付工钱了。这投资很好。

泰勒：诺拉，作为姑娘，你的嘴巴真厉害。

诺拉：请不要叫我“诺拉”。

玛希：别这样傻头傻脑的。这个国家的习俗就是如此。哎呀，他们都管我叫“爱德”呢。

诺拉：我不在乎这个国家的习俗是什么。我没打算以后让打工仔管我叫“诺拉”。

泰勒：爱德，别烦这个了。她要是更喜欢“玛希小姐”，我以后就这样称呼她好了。

诺拉：我真想看你娶到某个让你活受罪的人。我想看见你骄傲的心变得卑微渺小。你以为自己很高大很有力量，是不是啊？我想看见某个女人攫取你的心，拽牢你的心弦，还一路拧着卷着揪着，直到你发出痛苦的尖叫声。

玛希（笑道）**：**诺拉，你可真暴力。

诺拉：你个盛气凌人、飞扬跋扈、自我本位的家伙。

泰勒：这些成语的意思，我不是很肯定自己都明白，不过我猜它们不是严格意义上的恭维话吧。

诺拉（怒不可遏地说）**：**我猜它们不是的。

泰勒：听到这话，我真难过。我原本想着自己去职业介绍所之前，先给你提供该位置呢。

诺拉：你怎么敢这样跟我说话！

玛希：诺拉，别暴跳如雷的。

诺拉：他没有权力跟我说这些不三不四的话。

玛希：难道你没看出来他只是跟你开玩笑吗？

诺拉：他不该开玩笑。他毫无幽默感。

（诺拉手里的杯子掉下来摔碎了，刚好这个时候格蒂进来。）

格蒂：实在是“黄油手”——手可真滑，老拿不住东西。

诺拉：我很抱歉。

格蒂：你个笨手笨脚的家伙。你老是做错事。

诺拉：你不用烦恼，我会赔钱的。

格蒂：谁要你赔钱了？难道你以为我连一个茶杯的钱都负担不了吗？你可以说一声“抱歉”——我只要你说这句话。

诺拉：我说过自己抱歉的。

格蒂：不，你没说。

玛希：我听到她说了，格蒂。

格蒂：她说自己很抱歉的样子，好像给我恩惠似的。

诺拉：你不会想要我双膝着地，跪在你的面前吧？这杯子就值两便士。

格蒂：我想的不是价值问题，而是做事不小心。

诺拉：自从我到了这里，这只不过是我打破的第三样东西罢了。

格蒂：你什么事情都不会做；你比六岁的孩子更没用。你们所有人，你们都一个样。

诺拉：因为我打破了一个两便士的杯子，所以你就打算辱骂整个不列颠民族——你不会这样做的，对吗？

格蒂：你又来这臭脾气了。“居高临下”都不足以形容。就算是圣徒的耐心，都会觉得受不了。

玛希：哦，闭嘴。

格蒂：你一辈子都没干过一丝一毫的工作，然后你来这里，觉得自己可以教我所有事情。

诺拉：我可不知道这个，不过我觉得自己可以教你讲礼貌。

格蒂：你怎敢说这样的话！你怎么敢！你到这里，我给了你一个家，你睡我的毯子，吃我的东西，然后你还侮辱我。

（她突然号啕大哭起来。）

玛希：那个，格蒂，不要哭。别这么傻乎乎的。

格蒂：哦，别管我。你当然帮她说话了。你就是这样。三年来，我给你做牛做马，在你眼里就一钱不值。她一来，然后摆出小姐的派头，你就……

（她一阵风似的冲出屋子。玛希稍稍犹豫一下，便跟在妻子的身后。有一会儿，没人说话，屋里显得沉寂。）

泰勒：我说我得走人了。时间快到了。你一起吧，本？

特罗特：是的，我一起走。我想你会骑那匹母马吧？

泰勒：是的。今天早上爱德说的就是那匹。

（他们离开。这里只剩下诺拉和雷格·霍恩比。）

霍恩比（带着一丝浅笑）：嗯，你说过在这片应许之地，我会过得很开心的，你的享受程度也一样吗？

诺拉：种什么因，产什么果……我们的床都是自己铺的，因此我们必须躺上去。

霍恩比：你还记得在威科姆老小姐家的那个下午吗？——当时我前去要你写一封给你兄弟的信。

诺拉：我当时没怎么考虑来加拿大。

霍恩比：我不介意跟你说，只要有机会，我打算马上回英格兰。我心甘情愿将自己这份“白人男儿的负担”——外加一袋口香糖——全都送给别人。

诺拉（微笑道）**：**你更喜欢古老疲惫的东方故国吗？[①]

霍恩比：很对。她每次都让我感受到一个衰朽文明的堕落气息。

诺拉：你父亲见到你会很开心的，不是吗？

霍恩比：我不觉得。当然，我着实是一个天杀的笨蛋，所以当初才会离开温尼伯。

诺拉：我明白你要不是迫不得已，是不会离开的。

霍恩比：你兄弟的所作所为像个百分之百的好心人。我将你的信转寄给他的时候，借机跟他说了自己当时的境遇——你知道那时候我连一个子儿都没有吗？在某个男人的花园里，我通过挖坑挣到半块钱，心情大好啊。有点夸张，你明白的。

诺拉（笑道）**：**我可以想象出你的样子。

霍恩比：你兄弟给我寄来前来此处的路费，还跟我说，我可以做些杂活。我不知道什么属于杂活。后来，我发现所有不属于别人的活，都属于杂活。还有，他们说这里是“上帝自有的国度”。

（与此同时，诺拉将两个铁熨斗放到炉灶上，现在又搬动熨板。对她来说，这东西真是太重了。）

诺拉：我觉得你可真碍眼。

霍恩比：你为什么这样想啊？

诺拉（面带微笑地说）**：**你心安理得地坐在一旁，抽着烟斗，看着我把铁熨板搬来搬去。

---

① 东方故国：这里指英国。——译者注

霍恩比（纹丝不动地说）：你想要我帮忙吗？

诺拉：没有……这让我想起了老家。

霍恩比：除非我能哄得牢老妈，让她给我寄来足够回国的钱，不然的话，我想自己在这里至少——必须得熬上一年。

诺拉：她若是明智，连一个便士都不会给你寄来。

霍恩比：你如果可以的话，为什么不停下来呢？

诺拉（来了一丝精神）：然后承认自己过得一塌糊涂吗？（稍稍顿一下）我来这里之前经历过的一切，你根本不知道。我试着另找一个陪伴女士的职位。我应征各种广告。我在职介所周围晃荡……有两个人说要我，有食宿没薪水。有个女人提议给我十先令周薪外加午餐。她希望我靠一个星期十先令找到自己的住所，并且支付衣着、早餐和晚餐的费用。这让我彻底死心了。我给爱迪写信说我要来了。等付完路费后，在这世上，我只剩八英镑了。作为一位女士的陪伴，我干了十年，结果就是这样。当他到戴尔的车站接我的时候……

霍恩比：不要说“车站”，要讲“站头”。

诺拉：我所有的财产加起来有七元三十五分。

（玛希进来，看了霍恩比一眼。）

玛希：雷格，你劈的那些柴都怎么回事啊？你最好认真弄弄。

霍恩比：哦，主啊，难道坏事就没完没了吗？一点喘息的空隙都没有。

（他慢慢起身，拖着脚步懒洋洋地朝门走去。）

玛希：你不用太匆忙的，好吗？

霍恩比：今天在这所房子里，聪明伶俐的挖苦言辞正在飞翔盘旋。

（他离开。）

玛希：这辈子，我都没有对付过这么不开窍的花岗岩脑袋。你到底干吗要帮他写信给我呢？

诺拉：他请我写的。碍于情面，我很难说“不”。

（进行上述对话的时候，诺拉同时熨烫各种东西——它们全都堆在篮子里，她陆续拿出来烫好。）

玛希：我都没法搞明白老家那些人是怎么想的。他们以为如果一个男人烂得不能再烂，没法在英格兰找到营生，只要把他送到这里，他就能发财了。

诺拉：他可能会有长进的。

玛希（看了一眼诺拉）：你把格蒂弄得难过极了。

诺拉：她非常容易难过，不是吗？

玛希：自打你来了之后，事情才变得乱七八糟。我们以前从来没有吵闹过。

诺拉：你在责怪我吗？我来这里是做好准备，要喜欢她，还想帮她的。不管我有了怎样的进步，她都将信将疑。

玛希：她觉得你看不起她。你应该记得，她从来不曾有过你那样的机会。她打十三岁起，就自己挣钱过活。你一直过着受保护的日子，可她不一样，你无法指望她像大家闺秀那样斯文细致。

诺拉：不管她做什么，我从来不曾说过一个——可能会被视作——唱反调的字。

玛希：亲爱的，你整个风度都表达着“唱反调”。你做事的方式跟我们不一样。归根结底，你以前在坦布大酒桥井坊过的那种日子，并非人世间唯一的生活方式。我们的方式适合我们，当你生活在我们当中的时候，你必须适应这一切。

诺拉：她从来没有给过我学习的机会。从我第一天到这里开始，她就用怀疑的心态待我，还带着敌意。因为我说“车站”，而不是讲“站头”，她就对我嗤之以鼻……当然，我一直说着“车站”。吃饭的时候，我更喜欢喝水，而不是浓茶，她就说我矫情。

玛希：你为什么不能用诙谐滑稽的方式来对付她呢？你瞧，以前来这里的英国人都是些懒洋洋的废物，外加狂妄自大，因此对他们的责难，你也得分担。他们说我们是“殖民者”，蔑视我们。你觉得我们该怎么办呢？说以下的话吗？——“先生，非常感谢；我们知道自己不配给你们擦鞋；还有大家不用麻烦去干活了——我们非常荣幸给你们钱？”对英国人存在很大的偏见——当缩头乌龟不去面对这样的事实，那毫无益处，不过现在情况好转了，来到这里的每个通情达理的男人和女人，都可以做一些事情打破这种偏见。

诺拉（耸一下肩）**：**你若是嫌我烦，那我可以回温尼伯。我找些活干应该没困难的。

玛希：主啊，我不想你走。我喜欢你在这里，还能给格蒂做伴。另外你知道，找工作并不像你想的那样容易，尤其现在快冬天了。人人都想在城里找份活。

诺拉：你想要我怎么做呢？

玛希：嗯，你得跟格蒂好好相处。你为什么不尽力干好活，与她相向而行呢？即便你觉得她不可理喻，也可以让着她点啊。

诺拉：我会试试的。

玛希：我想，你应该为自己开头跟她说的那些话向她道歉。

诺拉：我？我没有什么好道歉的。她弄得我忍无可忍。

（稍稍有一会儿，两人都没有说话。玛希说了上面一番话，现在到了最核心的部分，觉得有一丝尴尬。）

玛希：她说在你乞求她原谅之前，她不会再跟你讲话的。

诺拉：难道她以为这对我是很大的难题吗？

玛希：亲爱的，我们距离最近的商店有十二英里。整个冬天，我们互相之间都是抬头不见低头见。去年冬天来了一场暴风雪，有六个星期，除了农场里的人，连一个外人都看不到。我们得学会忍受彼此的臭脾气，否则的话，生活可真成了百分之百的地狱。

诺拉：你大可以叨咕一晚上，爱迪——我绝不会道歉。一次又一次，她冲着我冷笑，弄得我的血直往脑门上冲。我一直克制自己的脾气。比起我说过的话，还有难听十倍的话等着呢，那才是她该受的。

玛希：诺拉，你得记住她是我妻子。

诺拉：你为什么不娶一位淑女？

玛希：活见鬼，在这荒野之地，你觉得当一个淑女有什么用处啊？

诺拉：自从离开英格兰，你变得堕落没品了。

玛希：现在，瞧好了，亲爱的，我就跟你讲讲格蒂为我做的一切。她在温尼伯的明尼多撒饭店当服务员，挺挣钱的。她知道农场的生活是怎样的，比起她习惯的城里生活，这里要艰难很多，可是她接受了所有的艰难困苦，还有单调乏味——因为她爱我。

诺拉：她觉得这门亲事不错。你是绅士。

玛希：真扯淡。她曾经有过机会，能嫁给条件远比我好很多的男人……连着两年，我都歉收，你知道她是怎么做的吗？那年冬天，她回到温尼伯的饭店干活，想办法在来年有收成之前让一切撑下去。然后，冬天结束的时候，她把自己挣来的每一分钱都给了我，让我支付抵押贷款的利息，还有填上分期付款买机械设备的窟窿。

（两人稍稍沉默一下。）

诺拉：好吧，我会道歉的。不过让我单独跟她讲。我——有旁人在场的话，我觉得自己做不到。

玛希：很好。我去跟她说。

（他出去。剩下诺拉一人陷入了深思。过一小会儿，格蒂回来，玛希跟在她身后。）

诺拉（努力让气氛轻快些）：我一直在干熨烫的活儿。

格蒂：是吗?

诺拉（带着一丝微笑说）：只有几样事情，我能做得井井有条，这是其中之一。

格蒂：任何一个孩子都能熨烫。

玛希：嗯，我得去一下窝棚那边。

格蒂（赶紧朝他问道）：为什么?

玛希：我想瞧瞧该怎么修那扇门。一直关不牢。

格蒂：我觉得诺拉有些话要跟我说。

玛希：就是因为这个，我才将你单独留下来。

格蒂：我喜欢有人在旁边。她在众人面前羞辱了我，然后当她打算道歉的时候，就得单独私密地进行！不，谢谢。

诺拉：格蒂，你什么意思啊?

格蒂：你打发爱德来跟我说，你要为自己说过的话道歉，不是吗?

诺拉：为了平安和宁静。

格蒂：嗯，当着那些男人的面，你说了什么，那么现在你就必须当着男人的面，说你抱歉。

诺拉：你怎能开口要我这样做啊！

玛希：格蒂，别对她苛刻了。没人喜欢道歉的。

格蒂：不喜欢道歉的人，就必须更好地管住自己的舌头。

玛希：当着男人们的面让她颜面尽失，对你一点好处都没有。

格蒂：可能对我没有，但对她有好处。

诺拉：格蒂，做人别这么残酷。刚才，我若是乱发脾气，说了伤害你的话，那么我觉得很抱歉。请不要让我在其他人面前自我羞辱。

格蒂：我已经拿定主意了，说什么都不管用。

诺拉：在爱迪面前乞求你的原谅已经够糟了，难道你看不出来吗？

格蒂（怒不可遏地说）：你为什么不能像我们一样管他叫“爱德”呢？爱迪听着真够黏糊糊的。

诺拉：我这辈子一直叫他“爱迪”……这是他母亲对他的称呼。

格蒂：你竭尽所能地让自己显得跟我们大家不一样。

诺拉：没有，我没有，我向你保证我没有。我以后会尽量讨好你，你为什么对我一点信心都没有呢？

格蒂：那跟眼下不相干。去带男人们回来，爱德，然后我就听听她要说的话。

诺拉：不，我不要，我不要，我不要。你真是欺人太甚。

格蒂：你不要祈求我的原谅吗？

诺拉（强压怒火）：我说过自己可以教会你讲礼貌。我错了，我无法教会你讲礼貌。巧妇难为无米之炊……人没法用猪耳朵制作出真丝钱包。

玛希（厉声道）：闭嘴，诺拉。

格蒂：爱德，你现在必须让她闭嘴。

玛希：你们两个让我烦死了。

格蒂：我是你妻子，我要成为这所房子的女主人。

玛希：你强迫她在三个陌生男人面前颜面扫地，简直可怕。你没有权力叫她做那样的事情。

格蒂（火冒三丈地说）：你站在她那边吗？自从她来这里之后，你都变成什么样子了？你不再像以前那样待我了。她为什么要来这里，还要夹在我们当中，让我们生嫌隙呢？

玛希：我什么都没做。

格蒂：难道对你来说，我不是好妻子吗？你以前可曾对我有过丝毫抱怨呢？

玛希：你知道我没有。

格蒂：自从你妹妹到这里开始，你就让我遭受羞辱。你没有说过一句维护我的话。

玛希（带着一丝冷酷的笑意说）：宝贝，你已经说了一大堆话来维护自己。

格蒂：我觉得烦心，也厌恶被人鄙视。你必须在我们当中做出选择。

玛希：你这话到底什么意思？

格蒂：现在，你若是不叫她当着那些打工仔的面道歉，我就离开你。

玛希：她如果不愿意，我没法要她道歉的。

格蒂：那就让她走。

诺拉：哦，我希望自己能够走人。我向上帝祈祷自己能够离开。

玛希：你知道她办不到。她没有地方可去。我已经给她一个家了。当时我提议让她来这里的时候，你也是很乐意的。

格蒂：我乐意是因为我以为她会让自己成为一个有用的人。亲戚如果挣不到糊口的钱，我们养不起的。我们必须为了挣钱而工作，我们真是这样。

诺拉：我的食量那样小，我真不知道你居然对此有怨言。如果我处在你的位置，我不知道自己会不会抱怨这个。

玛希：瞧好了，说什么都没用。我不会赶她走的。只要她需要一个家，农场就朝她敞开大门。但凡我有的一切，我都乐意她来分享。

格蒂：那就是说你选她了？

玛希（怒不可遏地说）：我不知道你在说什么。

格蒂：我说在我们之间，你必须做出选择。很好。让她留下吧。我以前挣钱养活过自己，我也能够再靠自己过活。我走了。

玛希：别这样胡说八道。

格蒂：你觉得我说说而已，不是认真的吗？难道你以为我会继续待在这里受闲气吗？我为什么要这样呢？

玛希：莫非你不——不再爱我了吗？

格蒂：难道我不曾向你表达过我对你的爱意吗？爱德，难道你都忘了吗？

玛希：宝贝，我们一起经历过很多事情啊。

格蒂（踌躇不决地说）：是的，我们一起经历过。

玛希：你难道不能原谅她吗？

格蒂：不，我办不到。你是男人，你不懂。她要是不道歉，要么她走，要么我走。

玛希：格蒂，我无法失去你。若是没有你，我该怎么办呢？

格蒂：我感觉到了现在，你已经非常了解我了。我说到做到。

诺拉：爱迪。

玛希（心烦意乱地说）：说到底，她是我妻子。如若不是她，我现在应该外出打工，一个月挣四十块。

（诺拉稍稍犹豫一下，随即拿定主意。）

诺拉（哑着嗓子说）：很好，你想怎样，我都照办。

玛希：格蒂，你坚持要这样吗？

格蒂：我当然坚持。

玛希：我去叫那些男人。

诺拉：弗兰克·泰勒不用来，对吗？

格蒂：为什么不呢？

诺拉：他今天就要离开了。自然而然，他是否在场就不是很要紧。

格蒂：那么，你为什么对此特别计较呢？

诺拉：他们都是英国人。他喜欢看着我被羞辱。他视女人为尘埃。他……哦，我不知道，但不要在他面前。

格蒂：我的小姐，你要是被踹得滚下一两个台阶，那对你大有好处。

诺拉：哦，真是全无心肝——真残忍。

格蒂：去吧，爱德——我要继续自己想办的事情。

（玛希稍有犹豫，随即耸耸肩便出去了。）

诺拉（气势汹汹地说）：你为什么要如此羞辱我呢？

格蒂：我猜你来这里，还觉得自己无所不知。你不懂你要跟谁打交道呢。

诺拉：我是无家可归的陌生人。但凡你有点善心，就不会这样待我。我想要你喜欢我的。

格蒂：在你见到我之前，你就蔑视我。

（诺拉用双手掩住双眼，过了一会儿，随后强迫自己再次求饶。）

诺拉：哦，格蒂，我们不能成为朋友吗？难道我们不能忘记过去种种，然后重新开始吗？我们都喜爱爱迪。他是你丈夫，而且你爱他；在这世上，他是我唯一的亲人了。难道你不愿意我成为你真正的姐妹吗？

格蒂：现在说这些都太迟了。

诺拉：可是并非迟得毫无挽回余地，对吗？我不知道自己做了什么让你怒气冲冲的事情。我可以看出来你很能干，而且我非常钦佩你。你一直陪在爱迪的身边，做得无可挑剔，还有无论多少凄风苦雨，你都不离不弃地跟他待在一起。你为他做了所有一切。

格蒂（狂暴地嚷道）：哦，不要老是安抚我。我要疯了。

诺拉（目瞪口呆地说）：安抚你？

格蒂：你跟我说话的样子，好像我是一个调皮捣蛋的孩子。你就像学校里的老师。

诺拉：看着真是完全无可救药。

格蒂：即便你乞求我原谅的时候，你照样装腔作势。你求我原谅你的样子，好像正施舍给我某样东西。

诺拉（轻笑一声）：我肯定具备某种非常倒霉晦气的气质。

格蒂（怒火中烧地说）：不许嘲笑我。

诺拉：那么，你就别把自己弄得如此荒诞可笑。

格蒂：我嫁给爱德之前，你给他写了信，你以为我会忘记那里面的话吗？

诺拉（飞快地看了她一眼）：我不知道你是什么意思。

格蒂：你不知道吗？你跟他说，他若娶我，那真是耻辱。他是一位绅士，而我……哦，你说话真是无遮无拦。

诺拉：他不应该给你看那封信。

格蒂：他对我犹豫了。

诺拉：缔结这桩婚事之前，我有充分的理由努力去阻止。不过自从你们结婚后，我只想尽量让这场婚姻变得美满。如果你对我心有怨恨，那你为什么同意我来这里呢？

格蒂：爱德想你来，而且有时候这里很寂寞，男人们整天都不在家，连个说话的人都没有。我以为你能跟我做做伴……当爱德跟你说起老家，谈论那些人——我对这些话题一无所知，我真是忍无可忍。

诺拉（恍然大悟，大吃一惊地说）：你是嫉妒吗？

格蒂：这是我的房子，我是这里的女主人。我不要受闲气。你来这里，想得到什么呢？就为了让别人难受吗？自从你来了以后，我就再也没有跟爱德说过一句贴心话了。哦，我恨你，我恨你。

诺拉：格蒂。

格蒂：你给了我一个机会，那我就要好好抓牢它。我要踹你几脚。

诺拉：你正在竭尽所能地赶我走。

格蒂：你不会以为别人很稀罕你吧。你说要找份活——你没法找到活的。我的姑娘，我对此多少了解一些。你！你什么都做不了……他们来了。现在，你就吞下自己的苦药，好好受着吧。

（爱德·玛希进屋，特罗特和弗兰克·泰勒跟在他身后。弗兰克脱下自己的外套。）

格蒂：雷格在哪儿？

玛希：他正过来呢。

格蒂：他们知道自己来这里的目的吗？

玛希：不，我没有跟他们说。

（霍恩比进屋。）

格蒂：稍早前，当着你们大家的面，诺拉羞辱了我，因此我想她要道歉了。

泰勒：爱德，你如果跟我讲就是因为这个——你要我来这里的目的，我估摸着自己会叫你见鬼去吧。

诺拉：为什么啊？

泰勒：我可不想掺和女人的争吵——让自己头疼，我有其他事情要做。

诺拉：哦，不好意思，我得请你原谅，我本来还以为你有些恻隐之心呢。

格蒂：继续，诺拉，我们都等着呢。

（诺拉稍稍犹豫一下，然后鼓起勇气握紧双手。）

诺拉：格蒂，我很抱歉自己待你粗鲁无礼。我为自己说的话道歉。

泰勒（露出平和的微笑）：我寻思，你发现说这话并非很容易吧。

玛希：没有其他话要说了，对吗？

格蒂：我很满意。

玛希：那么，我们最好回去干活了。

（男人们转身要走。）

格蒂：我的姑娘，让这成为给你上的一堂课吧。

（听到这几个字，诺拉失控了。这成了压垮骆驼的最后一根稻草。）

诺拉：弗兰克，你可以等一下吗？

泰勒（微微吃惊）：当然。我能为你做什么呢？

诺拉：我已经明白这里没人想要我留下来。我是多余的。你刚才说自己需要一个女人，给你烧菜烘焙，还有洗洗刷刷、缝缝补补，以及将你的小屋打理得干净整洁。我可以做吗？

泰勒（很是乐不可支）：当然。

玛希（骇然变色）：诺拉。

诺拉（眼里闪过一丝戏谑之意）：我恐怕那你就必须娶我了。

泰勒：我觉得那样做才更体面。

玛希：诺拉，你不会说真的。你正在气头上。瞧好了，弗兰克，你绝不能打她的主意。

格蒂：我管这个叫“没羞没臊”。

诺拉：为什么呢？他需要一个女人来照顾自己。从实际上讲，他半小时前跟我求过婚的……你没有吗？

泰勒：实际上是求过婚。

霍恩比：我有责任说，那个求婚被拒绝了——我从来没听过有谁的求婚被如此斩钉截铁地拒绝掉。

玛希：自从你来了以后，你跟弗兰克两个就像阿猫阿狗一样闹得不可开交。亲爱的，你不晓得自己找了条什么路呢。

诺拉：他若是愿意冒险，我也可以。

泰勒（*严肃地看着她*）：那对你可不是容易的生活。跟我的窝棚相比，这个农场简直就是皇宫了。

诺拉：我在这里是多余的，而且你说自己要我的。如果你带我走，我就跟你走。

泰勒：我愿意马上带你走。你什么时候能准备好呢？一个小时可以吗？

诺拉（*心中掠过一阵惊恐*）：一个小时？

泰勒：哎呀，是的，那样我们就可以赶上三点半去往温尼伯的车子。晚上，你可以住在基督教女青年宿舍里，接着第二天早上，我们就结婚，把事情办了。

诺拉：你可真够心急的。

泰勒：我想你是认真的？你不会仅仅是虚张声势吧？

（*诺拉稍稍犹豫一下，他们互相看着对方。*）

诺拉：一个小时后，我会准备好的。

（第二幕完）

第三幕

场景：马尼托巴，普伦蒂斯，弗兰克·泰勒的小屋。这是一所低矮的小木屋，有两个房间。本场景是其中的客厅。舞台后侧有一道朝左边的门，右边是通往卧室的另一道门。客厅后面有一扇非常小的矮窗户。左边是个炉灶，以及一根长长的烟囱。乱糟糟的墙壁，贴满了从画报上剪下来的图片。钉子上挂着一件防风衣。炉灶旁边有个架子，上面有几个属于弗兰克·泰勒的锅碗瓢盆。它们被时常使用，磨损得厉害。角落里有把扫帚。家具包括一把摇椅，经过长期的使用，显得旧兮兮，邋里邋遢的；泰勒利用包装箱的材料，马马虎虎做的一张桌子；一把餐椅，还有两个包装箱，权且被当作矮凳。另一个架子上有数个用过的枫糖浆铁罐，里面装着厨房食材。一个角落里有个陈年衣箱，按当地人的说法，就是“手提箱”，还有一堆旧衣服；另一个角落有一摞破破烂烂的杂志，还有不少《温尼伯自由之刊》。这小屋透着一股子乱七八糟、污浊破败的气息，令人难受。

（窗帘拉起来，外面一片漆黑空旷。一道微弱的灯光透窗而出。这是一个星光璀璨的明亮夜晚。远方传来车子渐行渐近的声音，动静并不大，然后听到有几个人在说话。）

夏普：哇，吁！哇！

泰勒：你得干脆利落地拽住，就缺最后一下了。小路可真难走。

夏普：你个野马，站着别动。

泰勒：我猜她想回家了。

（传来了钥匙插进锁孔的声音。开门的动静很吵闹，然后大门敞开了。门外有辆马车，大家能看到夏普依然坐在车上，紧紧地拽着缰绳。诺拉刚下车。马车的车背上绑着诺拉的行李箱，还有泰勒的手提箱。她看了一眼草原，还有加拿大明亮的夜晚。泰勒进屋。他穿着一件防水外套，里料是羊皮内衬，面料用的是某种粗粝的军装布料，做工粗糙，戴着一顶宽檐平顶帽。）

泰勒：等一下，我来点灯。（他划亮一根火柴，然后四下里看看）那东西放什么鬼地方了？这窝棚长两英尺宽三英尺，屁点大的地方，我要找不到某样该死的东西，那活该挨骂。

夏普：我帮你拿行李。

（他边说话边下车。泰勒找到了油灯，并且点亮它。）

泰勒：你要是稍微等一下，我就过去帮你。诺拉，进来。

夏普：好咧！

（诺拉进屋。她戴着帽子，穿着外套，拎着一个网兜，里面有好几个盒子。）

诺拉：坐了那么久的车，我浑身都僵硬了。

泰勒：你冷吗？

诺拉：不冷，一点都不冷。我穿得严严实实。

泰勒：我觉得要冻僵了。不过你第一次在这里过冬，你的感觉不会像我们这样冷。

诺拉（放下网兜）**：**我去搬点东西进来。

泰勒：别碰那个行李箱，对你来说太重了。

诺拉：我跟马儿一样强壮。

泰勒：别碰行李箱。

诺拉（带着一丝笑意）**：**我不会的。

（她出去，又从马车上拿下几个盒子，然后搬进来。）

泰勒：我们大家都可以喝杯茶。瞧瞧炉灶。不用两下就能点上火。

诺拉： 好像没必要吧。太晚了。

泰勒（轻快地说）**：** 我的姑娘，把火点上，别说来说去的。

（他出去，帮着夏普解开行李箱的绳子。诺拉蹲下身子，将炉灶里的灰扒拉出来。泰勒和夏普两人抬着箱子进来。夏普外表粗犷，四十岁。他是一个英国军团里的民兵役士官，现在还保留着几分以前当兵时的样子。）

夏普： 泰勒太太，你可真不能说自己这箱子轻啊。

诺拉： 里面是我在这世上拥有的一切。

泰勒： 我觉得这算不上吧。从今天早上开始，在马尼托巴，有一片一百六十英亩的良田，外加一个结实漂亮的小屋——有一半都归你了。

诺拉： 不用说，还有一个丈夫。

夏普： 你想把这东西放哪儿呢？

泰勒： 最好马上搬到隔壁房间，不然我们都会被它绊倒的。

（他们将行李箱搬进卧室。诺拉起身，走向炉灶旁边的原木堆，拿了两三根原木和几张报纸。男人们重新进来。）

泰勒： 那个，用这样的原木，你没法点火的。该死的斧头跑哪去了？（他看了一圈，发现就在原木堆旁边。他拿起两根原木，然后劈开）我想把小屋收拾得整整齐齐，你有很多事情要做。（夏普将泰勒的手提箱和枪支搬进来）呐，希德，你真是太帮忙了。

夏普： 弗兰克，去戴亚打猎有什么收获吗？

泰勒： 那附近的草原雉鸡多得很，可惜我被困住了，花了好几天才脱身。

夏普： 嗯，我现在得回家了。

泰勒： 哦，留下喝杯茶，不想喝吗？

夏普：我觉得自己不想喝茶。夜深了，而且那匹马儿会挨冻的。

泰勒：把它牵到马厩里吧。

夏普：不用了，我担心自己会摔跤。我老婆要我转告她的祝贺，泰勒太太，另外她明天会过来瞧瞧，看看你是不是需要些什么东西。

诺拉：她真是太客气了。非常感谢。

泰勒：诺拉，你看前面那道灯光，就是希德住的地方，跟这儿大概有一英里的距离。刚开始的时候，夏普太太会给你帮上大忙的。

夏普：哦，嗯，我们在这里住了十三年，到现在，我们已经了解这个国家的生活方式了。

泰勒：我寻思着，诺拉大概跟崭新的纸币一样，对这里一窍不通吧。

夏普：开始的时候，大家不会奢望你懂很多事情。那么，我要说再见了，另外，祝你们好运。

泰勒：好的，希德，如果你不想留下来，那就晚安吧。还有，你驾着马车来接我们真是太帮忙了。

夏普：哦，没事的。泰勒太太，晚安。

诺拉：晚安。

（夏普出门，爬上马车，驾车离开。）

泰勒：我想你听到他叫你“泰勒太太”，肯定觉得非常滑稽，呃？

（诺拉飞快地看他一眼，微微有些颤抖，但忍住了。）

诺拉：是的。

泰勒：你把火生得怎么样了？

诺拉：挺好的。

泰勒：我想我得去弄点水。

（他拎起一个水桶就出去了。传来他压水泵的声音。诺拉起身，将灯端得高一些，想看得更清楚，接着四处看看。她的脸色苍白，流露出一种受到惊吓的表情。她没有听到弗兰克进屋的声音，因此当他跟她说话的时候，她被吓得魂飞魄散。）

泰勒：看看这小屋？

诺拉（放下灯）：你吓我一大跳。

泰勒：你觉得怎么样？

诺拉：我不知道。

泰勒：我亲手建成的。我自己砍倒一棵树，然后截出每一根原木。等到早上，我就给你看看那些角落里的木料是怎样对榫地连接在一起。我的姑娘，我想这活儿，自己干得还算利落。

诺拉：给你水壶。

（他将水桶里的水倒进水壶，然后她将水壶放到炉灶上。）

泰勒：架子上的那些铁罐，其中有个里面有茶叶，你找找看。至少我离开的时候，还是有一些的。我想你饿了。

诺拉：我觉得饿……还挺饱的。在火车上，我吃了一顿不错的晚饭。

泰勒：你说那晚饭不错，我很高兴。我觉得以你的饭量，我用一张邮票就能卷好打包。

诺拉（微笑道）：我的饭量不是很大。

泰勒：我的饭量很大。今天下午，我们在温尼伯买的那条面包放哪儿了？

诺拉：我去拿。

泰勒：还有黄油。我估计明天，你得干烘焙的活了。

（诺拉拿来一条面包和一片黄油，后者原本放在她拿进来的那个网兜里。她将它们都放到了桌上。）

诺拉：要我给你切点面包吗？

泰勒：好咧。

诺拉：请吧。

泰勒：请什么啊？

诺拉（面带微笑说）：好了，请吃吧。

泰勒：哦！

（他看了她一眼；她呢，脸上带着平静的笑意，切好一两片面包以及黄油。随后，她将茶叶从铁罐子里拿出来，并且放进茶壶。）

泰勒：我觉得你最好脱掉帽子和外套。

（诺拉没有回答就照做了。）

泰勒：我的姑娘，作为女人来说，你真是太不爱说话了。

诺拉：眼下我没什么要说的。

泰勒：好吧，我想娶一个话很少的妻子，总比找个叽里呱啦讲个没完的老婆要好。

诺拉（舌头舔了舔嘴角）：我想在女人当中，绝对完美的人总是极稀罕的——女人都是些惨兮兮的可怜虫。

泰勒：你在说什么？

诺拉：我只是胡思乱想地逗自己罢了。

（泰勒脱掉大衣，露出里面的灰色毛衣。他坐到摇椅上。）

泰勒：我觉得最好的地方就是家了。出去打工总有点厌烦。我估摸着，爱德人不错，不过终归跟给自己打丁不一样。

诺拉（指指某处）：那边通向哪里呢？

泰勒：哦，那是卧室。想看看吗？

诺拉：不用。

泰勒：当初我建这小屋就安排好卧室了，这样等我结婚的时候就能派上用场。希德·夏普问我——我将屋子一分为二，到底是什么见鬼的打算，不过我猜女人喜欢有些像这样的小小享受。

诺拉：喜欢什么？

泰勒：喜欢有一间睡觉的屋子，还有一间起居室。

诺拉：面包和黄油给你。你要点枫糖浆吗？

泰勒：当然。

（他起身，然后坐到桌边。）

诺拉：现在水应该开了。牛奶在哪儿呢？

泰勒：只有等我买得起一头奶牛的时候，你才能喝上牛奶——目前有些事情你得凑合，这是其中之一。

诺拉：没有牛奶，我喝不下茶。

泰勒：你试试看吧。说说，你会挤奶牛吗？

诺拉：我？不会。

泰勒：那么刚好跟我没有奶牛合拍了。

诺拉：你是一位哲学家。

（她掀开水壶的盖子，看看里面，然后给茶壶倒一些水，随即端到桌上。）

诺拉：有蜡烛吗？我想从盒子里拿一两样东西出来。

泰勒：你为什么不坐下来喝杯茶呢？

诺拉：我一点都不想喝，谢谢。

泰勒：坐下，我的姑娘。

诺拉：为什么啊？

泰勒（微笑道）：因为我叫你坐下。

诺拉（很和蔼说）：我觉得你最好不要使唤我做事情。

泰勒：那我请你做事情。我第一次开口请你帮忙，你不会打算拒绝吧？

诺拉（巧笑嫣然地说）：当然不会。（她坐下）好了。

泰勒：现在给我倒茶，好吗？（*他看着她倒茶*）看着自己的妻子坐在桌旁，还给我倒茶——感觉好奇怪啊。

诺拉：不开心吗？

泰勒：当然开心。我的姑娘，现在你给自己倒点茶。你很快就会习惯喝着不加奶的茶了。另外，我觉得明天，你可以从夏普太太那里要一些牛奶。

（*诺拉给自己倒了点茶。*）

泰勒：我有种感觉，想看看那画面——你到了新家，你我一起吃第一顿饭。你就来点面包和黄油吧。

（*他递给她一片面包，面带笑意；她切下一小块吃了。*）

泰勒：我觉得，我们真没浪费多少时间。哎呀，就在昨天，你还跟我说，不要叫你“诺拉”。

诺拉：我那时候太犯傻了。当时正在气头上呢。

泰勒：而现在，我们是夫妻了。

诺拉：慌里慌张结的婚。

泰勒：难道你没有一丝害怕吗？

诺拉：我？怕什么呢？你呢？

泰勒：爱德住在温尼伯的另一头，对你来说，他或许是你跟老家最好的联系，能让你回想起以前的日子。你可能有点惊恐，发现自己单独跟一个自己并不了解的男人在一起了。

诺拉：我没有紧张。

泰勒：不错。

诺拉：不过，你还真吓了我一大跳。当时我问你是否愿意带我走，我觉得你回答之前，只需要考虑十五秒，可是似乎有十分钟。我还以为你会拒绝呢。

泰勒：我正在思考。

诺拉（微笑道）：数数我的优点，估量我的缺点，权衡利弊，看看是否合算？

泰勒：不，我觉得你是鄙视我，才会跟我开口，不然的话，你不会要我带你走的。

（诺拉微微有些吃惊，飞快地看他一眼，不过她尽量将该话题轻松带过。）

诺拉：我不知道因为什么缘故，你会这样想呢。

泰勒：好啊，你说话态度向来非常直白，大呼小叫我名字的时候，我想你真是轻蔑到了极点。

诺拉：那么，你为什么不拒绝呢？

泰勒：我想自己也并非神经紧张的男人。

诺拉（眼中掠过一丝揶揄之意）：而且在马尼托巴，女人极其稀少。

泰勒：我一直幻想有个英国女人。等她们被调教好，就会成为最优秀的妻子。

诺拉（很是忍俊不禁）：你的意思是打算对我采取行动吗？

泰勒：你很聪明。我想有一两个暗示对你来说就足够了。

诺拉：你恭维我的时候，让我挺不好意思的。

泰勒：明天，我带你转一圈，看看这片土地。我还没有完全清理好，因此冬天会有很多活。明年，我打算播种一百英亩。到时候要是有好收成，我有个想法，想另外再弄一百六十英亩。整片土地得开垦到三百二十英亩……也就是半平方英里才真正来钱。另外，要是没有资本的话，这任务可够艰巨的。

诺拉：我觉得自己并没有嫁给一个百万富翁。

泰勒：别操心，我的姑娘，我向你保证，你在小屋里不会住太久的。

这是世上最伟大的国度。我们只要有三个好收成，你就能有一所砖瓦房，跟你在老家住的一模一样。

诺拉：在英格兰，我不知道他们正在干什么呢。

泰勒：嗯，我猜他们都在睡觉。

诺拉：我想到英格兰，总会想起喝下午茶的场景。（*她看着他们刚刚用过的那些喝茶物件*）威科姆老小姐有一个优美雅致的银质老茶壶——可以追溯到乔治二世时期——她对那个非常得意。还有，她为自己的成套茶具感到很骄傲——来自古老的伍斯特家族——她不许任何人洗那套东西，除了……每个星期，有个上了年纪的印度法官要来喝两三次茶，他还常常跟我谈论东方——哦，你为什么让我想起这一切呢？

泰勒：我的姑娘，过去已经死了，并且消失了。我们要面向未来。

诺拉（*没留意他的话*）：人永远都是身在福中不知福，对吗？想念某些永远消失的东西，真是疯狂。

泰勒：我想我们真应该弄点酒来，那么我们就可以互祝身体健康了。不过既然我们没有酒，那么你最好亲一下我，当作替代品吧。

诺拉（*淡淡地说*）：我不是很喜欢亲吻。

泰勒（*带着一丝微笑说*）：一般来讲，这不算什么嗜好，不过我觉得你古里古怪的。

诺拉：好像是的。

泰勒：来吧，我的姑娘，我们结婚后，你甚至都还没亲过我呢。

诺拉（*满脸和蔼地说*）：难道给你的暗示还不够吗？你为什么老强迫我对每件事都说这么多话呢？

泰勒：当一个女人拒绝亲吻自己丈夫的时候，在我看来是需要说上几句话来解释解释的。

诺拉：那就坐下吧，做一个乖乖的小伙子，我跟你说一两句。

泰勒：你客气得真可怕。（他重新瘫坐在摇椅上）你对位置有要求吗？

诺拉：唯一一把勉强舒适的椅子已经被你占据了。我觉得在其他椅子之间，无所谓选择不选择。

泰勒：确实无所谓。

诺拉：我们继续前进之前，我觉得我们最好讲清楚一些事情。

泰勒：当然。

诺拉：我对你原本的意思理解得很明白，你要一个妻子，目的是找个里外一把手的仆人，还不用付工资。在加拿大，人工是很贵的。

泰勒：你当时就是这样讲的。

诺拉：想便宜，就无法过得很舒适。

泰勒：不是很舒适。

诺拉：你要某人给你烧菜煮饭、烘焙烧烤、洗洗刷刷、打扫卫生，以及缝缝补补。我提议自己前来做这一切。我丝毫不曾想过，除此之外，你还想从我这里得到其他东西——这种可能性，我一点都没想到过。

泰勒：我的姑娘，那你就是个天杀的笨蛋。

诺拉（怒火中烧）：别跟我这样讲话——你对此有意见吗？

泰勒（温和愉快地说）：我想我们安排妥当之前，我也必须说很多类似的事情。

诺拉：我请你跟我结婚，只是因为我不能无名无分地待在这小屋里。

泰勒：我觉得你请我跟你结婚，是因为你当时正在气头上，简直要气炸了。你想马上离开爱德的农场，只要能走人，你根本就是不管不顾了。不过等到你收拾行李的时候，你已经后悔得要命。

诺拉（冰冷僵硬地说）：你怎么会这样想呢？

泰勒：哎呀，你回到厨房的时候，脸色煞白得跟条白布单似的。你很想说自己改主意了，可是你那该死的自尊心不让你说出这句话。

诺拉：无论如何，我都不想继续待在那所房子里了。

泰勒：还有今天早上，我去基督教青年女子宿舍找你的时候，你想说自己不要嫁给我了。你努力想说出这几个字，可就是说不出口。你跟我握手的时候，手冷得跟冰块一样。

诺拉：有一阵子，我很紧张。别忘了，人又不是天天干结婚这件事的，对吗？

泰勒：我要是没有把结婚许可证和戒指拿给你看，我猜你就不会结婚了。当时的情况，你没有勇气食言。

诺拉：我整夜不曾合眼。我脑子里一直翻来覆去地想着这事。对自己做的事情，我感到害怕。可是在温尼伯，我连一个人都不认识。我无处可去。我口袋里有四块钱。不结婚的话，我只能靠这点钱熬下去。

泰勒：我猜想，坐火车来这里的旅途上，你对我好一通盘算。

诺拉（恢复镇定）：你干吗这么想呢？

泰勒：嗯，我觉得你常常打量我。你在脑子里倒腾来倒腾去地嘀咕我——要想看出这点并不困难。你得出什么结论了呢？

诺拉：你瞧，这些年来，我一直跟一位老夫人生活。我对男人知之甚少。

泰勒：我猜也是。

诺拉：我得出结论，你是一个体面的小伙子。我觉得你会善待我的。

泰勒：这话讲得天花乱坠啊。你还有什么要跟我说呢？

诺拉：没有了。

泰勒：那就给我把烟袋拿来，可以吗？我想它就在我的大衣里。

（她稍稍犹豫，看看他，然后拿来烟袋。）

诺拉：给你。

泰勒（用舌头舔舔嘴角）：我想你本来打算跟我说——真是活见鬼，我可以自己拿的。

诺拉：我不是很喜欢被人呼来喝去的。

泰勒：我估量着，今天之前，你对我从来不是很留意。

诺拉：我对你向来有礼貌。

泰勒：非常有礼貌。不过我是打工仔，你从来不会让我忘记这点。因为你会弹钢琴会讲法语，所以你觉得自己比我光彩多了……条件好死了。可是我们没有钢琴，而且没人说法语……要想找一个，最近也得到温尼伯。

诺拉：你说这话的目的是什么呢？

泰勒：在这草原上，琴棋书画没什么大用处。在哈德逊湾，这些沙龙玩意会跟钞票一样好使。不过跟因纽特人做买卖，你只能拿烟草交易。你的厨艺不是很好，你不知道如何挤奶牛——哎哟喂，你连驾驭马匹都不会。

诺拉：对这笔买卖，你已经后悔了吗？

泰勒：没有，我想我能教你。不过如果我是你，就不会摆臭架子。我想，等我们磨合好之后，会相处融洽的。

诺拉：你会发现我完全有能力照顾好自己。

泰勒（没理睬她这句话）：当两个人一起住在小屋里的时候，双方都得互相妥协，有得到有给予。只要听我的吩咐，你就会过得很不错。

诺拉（面带笑意）：倒霉之处在于，每当别人叫我去做某事，我偏偏想抗拒此事。

泰勒：我想自己已经领教过你这脾气了。你必须改正。

诺拉：你跟我说话的方式，偶尔让我不喜欢。我觉得如果你开口请我做事情，那么我们会相处得更好。

泰勒：别忘了我可以命令你做事。

诺拉（被逗乐了）：怎么命令呢？

泰勒：嗯，我比你更强壮。

诺拉：男人跟女人相处很少会使用蛮力的。

泰勒：哦？

诺拉：你好像挺吃惊的。

泰勒：什么东西能阻止他呢？

诺拉（有点笑出声）：别这么傻乎乎的。

（他看了她一眼，随即自顾自地露出平静的笑意。）

泰勒：好吧，我得去把手提箱里的东西拿出来了。（指着茶具）洗干净这些东西。

诺拉（微微耸耸肩）：我早上再洗。

泰勒：现在就洗，我的姑娘。你会发现要想保持整洁，唯一的办法就是用完之后立刻清洗。

（诺拉带着一丝浅笑看着他，但没有动。）

泰勒：你听到我说的话了吗？

诺拉：听到了。

泰勒：那你为什么不按我说的去做呢？

诺拉（微笑道）：因为我选择不按你的要求做。

泰勒：又花不了你多少时间。

诺拉：他们说最好的时光就是“当下”。

泰勒：你打算把它们全洗了吗？

诺拉：不。

（他看了她一会儿，随即起身，将水倒进一个水桶，然后将一块破破烂烂的洗碗布放在桌上。）

泰勒：你打算把它们全洗了吗？

诺拉：不。

泰勒：你想要我逼你吗？

诺拉：你如何做到这点呢？

泰勒：我会让你瞧瞧的。

诺拉：我得去把那些毯子拿出来，可以吗？我觉得快到早上的时候会变得很冷。

（她起身，走向一个旅行袋，开始解开袋子。）

泰勒：诺拉。

诺拉：嗯。

泰勒：过来。

诺拉：干吗？

泰勒：因为我叫你过来。

（她看看他，但没有动。他朝她走来，打算抓住她的手腕。）

诺拉：你没胆子碰我。

泰勒：这话谁跟你说的？

诺拉：难道你忘了我是女人吗？

泰勒：没有，我没忘。我打算要你按我的吩咐做事——这就是原因。如果你是男人，我或许没办法。现在过来。

（他做了一个动作，抓住她的胳膊，但她闪身避过，马上给了他两个耳光。他停了下来。）

泰勒：这样愚蠢的做法可真是见鬼了。

诺拉：你指望什么呢？

泰勒：我指望你能聪明点，别蠢到打我的地步。你瞧，若论到——论到秀肌肉，我猜你根本不是我的对手。

诺拉：我才不怕你呢。

泰勒：现在过来，把这些东西全洗了。

诺拉：我不洗。

泰勒：来吧。

（他拽着她的手腕，想将她拖到桌边。她跟他挣扎不已，但没法脱身。当他将她拖向桌边的时候，她踹他。）

诺拉：放开我。

泰勒：现在来吧，我的姑娘。这样要死要活地闹腾有什么好处呢？

诺拉：你个禽兽，你居然敢碰我！你绝对无法强迫我做任何事情。放开我！放开我！放开我！

（他们到了桌旁，这时候，她弯腰咬了他一口。出于本能，他松开了她。）

泰勒：老天，你的牙齿可真锋利啊！

诺拉：你个流氓！你个流氓！

泰勒（看着自己的手）**：**我绝对想不到你会用牙咬。这可不大像淑女的做派。

诺拉：你个臭流氓居然打女人。

泰勒：老天，我没有打你啊。你揍花了我的脸，还踢我的小腿，然后咬我的手。接着你说我打你。

诺拉（满腔怒火迸发出来）**：**你个野兽！我恨你。

泰勒：只要你把这些杯子全洗了，我无所谓。

诺拉：瞧好了。

（突然之间，她用双臂往桌上一扫，将那些东西全都扫落在地，全都碎了。）

泰勒：真可惜。我们极度缺少餐具了。现在，我们喝茶的话，必须用铁罐子了。

诺拉：我说过我不想洗，那我就不会去洗的。

泰勒：我猜想，它们现在不用洗了。

诺拉：我想我赢了。

泰勒（面带笑意地说）：当然。现在去拿扫帚，把你弄的这坨要死的垃圾扫干净。

诺拉：我不扫。

泰勒：瞧好了，我的姑娘，我觉得自己受够你的无理取闹了。你按我说的去做，做事小心点。

诺拉：你要是喜欢，大可以杀了我。

泰勒：那有什么好处呢？在马尼托巴，女人极其稀少……扫帚给你。

诺拉：你若想把这堆垃圾扫干净，你可以自己动手。

泰勒：你弄得我筋疲力尽。（他将扫帚塞进她的手里，可是她怒气冲冲地把它给扔了）瞧好了，你要是不马上扫干净这堆垃圾，我就狠狠揍你一顿——会比你这辈子挨过的打都要厉害。

诺拉（嗤之以鼻地说）：你？

泰勒（点点头）：跟你说的真心话。我现在可没心思说笑。

（他捋起毛衣的两只袖子。她突然大声吼叫起来。）

诺拉：救命！救命！救命！

泰勒：有什么用呢？方圆一英里，除了我们就没有别人。听听看。

（有一会儿，他们侧耳倾听草原的沉寂，都没有说话。）

诺拉：你要是碰我，我就去告你，说你行为残酷。有法律可以保护我。

泰勒：我才不在乎法律呢。我知道自己要成为这里的主人。还有，如果我叫你去做某事，你就得乖乖地去做，因为我可以强迫你。现在别再傻头傻脑的。把那些餐具的碎片捡起来，拿起扫帚。

诺拉：我不。

（他大踏步走过来，正要抓住她，她朝后缩缩身子。她看出他是认真的。他的样子吓到她了。）

诺拉：不，不要。别伤害我。

泰勒（他停下脚步，看着她）：我想这里只有一个法律，就是最强者的法律。我对城市一无所知。男人女人在那里可能是平等的。可是在草原上，男人就是主人，因为他比女人块头大，比女人更强壮。

诺拉：弗兰克。

泰勒：你快干活，别说话！

（诺拉顿住了，在自尊心和害怕之间挣扎。她没有看自己的丈夫。她感觉他越来越暴躁了。最后，她慢慢弯下腰，将茶壶、茶杯、茶碟都捡起来，并且放到桌上。随后，她跌坐到椅子上，号啕大哭起来。他盯着她，脸上挂着一丝淡淡的笑意，不过还算和气。）

诺拉：哦，我真是太凄惨了。

泰勒（声音中没有丝毫怒气）：得了，我的姑娘，别逃避接下来的工作。

（她抬起眼睛，看到倒掉的茶水茶叶将地上弄成一团糟。她慢慢起身，扭头不看他，拿起扫帚。她打扫。她扫完了，便把扫帚放到屋角。从头至尾，他都盯着她。随后，她拿起帽子和大衣，开始穿戴起来。）

泰勒：你在干什么？

诺拉：你要我做的事情，我已经做完了。我现在要走了。

泰勒：去哪儿？

诺拉：我只要离开这里，去哪儿有什么好在乎的呢？

泰勒：你不会以为在转角处就有一家高档旅馆，对吗？因为没有的。

诺拉：我去夏普家。

泰勒：我觉得他们现在已经上床睡觉了。

诺拉：我可以叫醒他们。

泰勒：你绝对会迷路的。外面黑得一塌糊涂。

诺拉：那么，我可以睡到室外去。

泰勒：在草原上？哎呀，你会冻死的。

诺拉：我是死是活跟你有什么关系呢？

泰勒：关系大了去呢。在马尼托巴，女人极其稀缺。

诺拉：你打算阻止我离开吗？

泰勒：当然。

（他站在门前，面朝她。）

诺拉：你无法违背我的心愿强迫我留下来。如果我今晚不走，我可以明天离开。

泰勒：明天还早着呢。

（她吓了一大跳，惊恐的双眸瞪视着他，由于害怕，她的喉咙变得干涩了。）

诺拉：弗兰克。你是什么意思啊？

泰勒：我不知道你的脑子里都有些什么蠢念头。我娶你的时候，我寻思着你会是一个适合我的妻子。

诺拉：可是……可是……（她几乎说不出话来）可是你明白的。（他没有回答。她终于鼓起勇气。她尽量心平气和地讲道理）弗兰克，我为自己的行为感到抱歉。我跟你闹腾着实幼稚。你和我说话的态度把我给惹怒了。

泰勒：哦，我不在乎。我不是很懂女人，我觉得她们古里古怪的。我们必须把事情说清楚，而且我觉得现在马上解决没什么不好的。

诺拉：一路走来，你彻底打败我了，如今，我只能任你摆布。可怜可怜我吧。

泰勒：我觉得你没有太多的理由来抱怨。

诺拉：我当时正在气头上，冲动之中就跟你结了婚。我真是太蠢了。我很抱歉——对你来说，我一直是个麻烦。你为什么不让我走呢？

泰勒：不行，我做不到。

诺拉：我对你不合适。你跟我说过的，说我毫无用处。你想要一个妻子做的事情，我一件都办不到。你不能如此铁石心肠——因为我一时间的疯狂举动，就要我付出一辈子的代价。

泰勒：我如果放你走，有什么用呢？你会去找格蒂，求她重新收留你吗？你的自尊心太强，做不到的。

诺拉：我觉得自己没剩多少自尊心了。

泰勒：我们的婚姻，你最好努力一下，难道你不这样想吗？

诺拉：这里的整个生活对我来说太奇怪了。在英格兰，他们想象的一切跟实际情况委实出入得离谱。我原以为自己能有一匹马儿来骑骑。我以为会有舞会，大家会聚在一起打网球。然后等我出来以后，我真是糊涂了。我多少察觉到了。昨天，他们步步紧逼，弄得我快疯了，于是我觉得在那所房子里，自己没法再多待一会儿了。这只是一时冲动。我犯了错。我不知道自己在干什么。你不能利用这点，那就太狠心了。

泰勒：我知道你当时正在犯错，不过那是你需要小心的事情，不是我的。当我将一匹马卖给一个男人，他可以自己好好检查一番，可是我没有义务将所有缺陷都告诉他。

诺拉：我都几乎要跪下来求你让我走了，即便如此，可你还会强迫我留下来——你是这个意思吗？

泰勒：当然。

诺拉：哦，我真是太凄惨了。

泰勒：或许等你习惯后，你就不会觉得惨了。

诺拉（万念俱灰地说）：哦，我为什么会走进这个陷阱啊？

泰勒：来吧，我的姑娘，让我们放手过去吧……以前的一切就让它过去，亲亲我。

（她看了他一会儿。）

诺拉：我不爱你。

泰勒：我猜到了。

诺拉：你也不爱我。

泰勒：你是女人，我是男人。

诺拉：我的身体在排斥你，难道你非要我明说，用一大堆话来表达这层意思吗？一想到让你亲我，我就满心恐惧，觉得恶心透了。

泰勒（温和愉快地说）：谢谢。

诺拉：瞧瞧你的手。你一碰我，就弄得我全身起鸡皮疙瘩。

泰勒：砍树，挖沟，照看马儿，这双手就变得不是特别白皙光滑了。

诺拉：放我走。放我走。

（泰勒原本一直挺好脾气的，现在神情变了，说话更加严厉，还带着某种强悍的力道。）

泰勒：瞧好了，我的姑娘——你受的是大家闺秀的教育，一辈子无所事事——你当一位女士的陪伴，不是吗？每天早上，牵着小狗出去遛遛，还要梳理它漂亮的毛发？于是你的眼光就该死地高，觉得自己比我优秀。我从来没上过学，要我写封信简直就是要我老命的事情，可是自从我长到这么高的时候，就开始自食其力。我觉得自己已经跑遍这个国家了。我下过矿井，我在铁路干过活，我还跑过两年的船。我觉得除了没有在店铺里做过之外，所有行当都已经干遍了。现在，你就忙活起来，忘记脑子里那些乱七八糟的念头。你毫无用处，就是个无知的女人，而我是你的主人。以后，我爱怎么使唤你就怎么使唤，你要是不心甘情愿地乖乖听话，我向上帝发誓，我就会像以前那些对付自家婆娘的人，好好收拾你。

（他朝她走来；她躲开他，抓起他的枪支，那东西正靠着墙。她举起枪，瞄准了他。）

诺拉：你要是动一下，我就杀了你。

泰勒（突然停下脚步）：你不敢的。

诺拉：除非你打开门让我走，不然我就朝你开枪。我会朝你开枪的。

泰勒（朝前走一步）：那么，就开枪吧。

（她扣动扳机。听到一声嘀嗒，但没有别的动静了。）

泰勒：老天爷，你来真的。

诺拉（骇然失色道）：没有装子弹。

泰勒：当然没有装子弹。要是有子弹，你觉得我还会站在这里叫你开枪吗？我觉得自己没想自杀。

诺拉：我刚才差不多要崇拜你了。

泰勒：你没理由崇拜我啊。一个男人站在那里，前方五英尺的地方有一把装好子弹的枪支正瞄准着他——对这样的男人没什么好崇拜的。他只是一个天杀的笨蛋，仅此而已。

诺拉（怒气冲冲地将枪支扔到一旁）：你在拿我取笑。我永远不会原谅你。

泰勒：这枪若是上了弹药，那我肯定就死在你手里了。你挺猛的。我绝对没想过你有这样的胆色。

诺拉：我永远不会原谅你的。

泰勒：我想，你是老天安排给我的姑娘。

（在她毫无准备中，他展开双臂抱住她，想亲吻她。她死命地挣扎，转过脸去，不让他碰。）

诺拉：放开我。你要是碰我，我会宰了自己的。

泰勒：我猜你不会的。

（他在她的面颊上亲了一口，吧嗒一声挺响的，然后放开她。她跌坐到椅子上，抬起双手按在热辣辣的脸上。）

诺拉：哦，真丢脸，真丢脸。

（她无助地抽泣着，简直要气死了。他用一只手温柔地按在她的肩上。）

泰勒：我的姑娘，你最好认输，不是吗？你跟我拼过力气，真是不堪一击。你试着朝我开枪，结果被我弄得像个天杀的笨蛋。我想你是我手下败将了，我的姑娘。这里只有一个法律，谁强谁就是法律。我想你能反抗的办法，你都已经尝试遍了，可是没用的……因为我可以强迫你听话。

诺拉：难道你毫无宽宏之心吗？

泰勒：我想，你要的那种宽宏之心，我是没有的。

诺拉：哦，我真是太凄惨了。

泰勒：听。（他伸出一根手指，宛如要凝神静听。她看着他，不过没有说话）听听这种沉默安静。难道你听不出来吗？这草原的沉寂？哎呀，我们或许是这世上仅有的两个人，你和我，广阔的草原上，就在这小屋里。听。一点声音都没有。或许这就是伊甸园。上帝创造男人和女人，所为何来呢？我想你是我妻子，我的姑娘，我要你。（她惊恐地瞄了他一眼，不过依然没有说话。他端起灯，走向卧室的门。他打开门，将灯举得高高的，看着她。她就想找点事做，便拿起洗碗布擦拭着桌子。她想拖延时间）我想现在太晚了。明天你可以好好打扫一番。

诺拉：明天。

（她的脸上掠过一种混杂着羞耻、恐惧、恼怒的神情，随即，她浑身一阵寒意，剧烈的痉挛席卷了全身。她用双手掩住眼睛，慢慢朝门走去。）

（第三幕完）

第四幕

▼

▼

▼

场景：同前幕，还是位于普伦蒂斯的弗兰克·泰勒的小屋，不过有了女人在此生活的诸多痕迹。桌上铺着一张桌布，摇椅上有个靠枕，窗边悬挂着细棉布窗帘，还用系带将帘子扎牢。原本装枫糖浆的空罐子，如今种着欣欣向荣的天竺葵。靠墙的位置有一个粗糙的书架，上面是诺拉小小的藏书。从画报的圣诞特刊上撕下来不少花花绿绿的图片，全都用大头针整整齐齐地钉在墙上。原本那些被当作矮凳的储物箱不见了，取而代之的是几把粗糙的椅子，全都是冬天的时候，泰勒亲手做的。打开小屋的门，就能看见蓝天和草原。桌上有一个原本装布丁的食盒，诺拉拿它当花盆，正在打理一束芥黄色的花。她穿着一件哔叽料的半身裙，上面是整洁的仿男士宽松衬衫。跟以前相比，她的样子更健康了，面庞给晒黑了，气色好了不少。她听到有动静，便抬眼看看。泰勒进屋。

诺拉：我还以为你出去了，不知道你就在附近。

泰勒：我今天的事情不多。我跟希德·夏普和另一个——从普伦蒂斯来的——男人出去了一趟。

诺拉：哦！

泰勒（留意到那些花）：我说，你弄来的是些什么东西啊？

诺拉：难道不漂亮吗？我刚刚捡的。它们看着好喜气啊。

泰勒（干巴巴地说）：很喜气。

诺拉：弄些花就能让小屋显得更加明亮，更加舒适。

泰勒（环顾四周）：诺拉，你把这里变成了一个真正的家。夏普太太一直很奇怪，不知道你是怎么办到的。就前几天，希德还说这是因为你是一位淑女。我想这真的有区别。

诺拉（带着一丝浅笑）：我很高兴你发现我并非很失败——还不算太无可救药吧。

泰勒：我想自己这辈子从来没有过得这样舒服。这就是我一直以来说的——英国姑娘真要喜欢某种生活，她们就会做得比任何人都好。

诺拉：那男人从普伦蒂斯来这做什么？

泰勒：我觉得你的记性很好，因此对于第一晚的事情，你从来不曾原谅我。

诺拉（视线下垂）：我很快就拿定主意，我必须接受自己的所作所为导致的后果。我努力适应你的生活。

泰勒：你足够聪明，看明白我决心做自己房子里的主人，而且我有本事达成该目的。

诺拉（笑意若隐若现）：我为你烧菜煮饭，给你补衣服，我还将小屋保持得干干净净。我一直听话顺服，听从你的吩咐。

泰勒（轻笑一声）：我想你有时候恨我。

诺拉：你那样羞辱我，没人喜欢。

泰勒：我的姑娘，爱德等下就要过来。

诺拉：什么爱德？

泰勒：你兄弟。

诺拉（大吃一惊）：爱迪？什么时候？

泰勒：哎呀，我想是马上吧。今天早上，他人在普伦蒂斯。

诺拉：你怎么知道的？

泰勒：他给夏普家打过电话，说他要驾车外出。

诺拉：哦，真是太好了！你为什么不早点跟我说啊？

泰勒：我刚刚知道这事。

诺拉：你问我是否幸福的原因就是这个？我都没法搞明白你到底怎么想的。

泰勒：嗯，我觉得——我考虑如果你还想离开，爱德来这里或许能帮上些忙。

诺拉：你为什么觉得我想离开呢？

泰勒：这几个月，你一直不大吭声，不过只要能离开这里，你几乎可以抛弃世上的一切——我想要看出这点并不困难。

诺拉：如果你的意思是说回到爱迪的农场，那就免了，我不会去的。

泰勒：要是我回来之前他就到了，你跟他说我不会去很久的。我猜你要是单独跟他叨咕几句，感觉应该挺不错的。

诺拉：你不会觉得我打算跟他说你的坏话吧？

泰勒：没有，我想不会。你不是这种人。到目前为止，我们或许尚未了解对方最好的一面，不过我估量着，我们已经知道彼此最糟糕的一面了。

诺拉（眼神锐利地看着他）：弗兰克，出什么事了？

泰勒：哎呀，没有。干吗这么问呢？

诺拉：过去这几天，你好像有点不一样。

泰勒：我觉得这只是你的幻觉。我最好马上走吧。希德和那个男人正等着我。

（他离开。诺拉茫然困惑地看着他的背影，随后又收拾一下鲜花，接着拿起自己的活。她坐到桌边，开始缝补一只羊毛厚袜。突然传来了响亮的敲门声。她惊跳起来，跑去开门。观众可以看见爱德华·玛希正站在门外。她开心地大叫一声，接着展开双臂抱住他的脖子。他进屋。）

诺拉：爱迪！哦，亲爱的，见到你真高兴啊。

玛希：你好啊！

诺拉：可是你怎么过来的啊？我根本没有听到马车声。

玛希：瞧瞧。

（她走到门边，朝外张望。）

诺拉：哎哟，那是雷吉·霍恩比。（叫道）雷吉。

霍恩比（在外面应道）：好啊！

诺拉：他可以把马牵到披屋里。

玛希：好的。（叫道）雷格，给那个老婆婆喂点吃的，然后牵到披屋里。

霍恩比：好咧。

诺拉：你没有看见弗兰克吗？他刚刚出去。

玛希：没有。

诺拉：他很快就回来。现在，进来吧。哦，亲爱的，见到你真开心啊。

玛希：诺拉，你看起来挺不错的。

诺拉：你们吃过饭了吗？

玛希：当然。离开普伦蒂斯之前，我们吃过一些了。

诺拉：好吧，我给你端杯茶。

玛希：不用了，我什么都不想喝，谢谢。

诺拉：别人端来茶，你若是拒绝，那你就还不是一个真正的加拿大人。好了，坐下吧，不要客气，拿这当自己家好了。

玛希：诺拉，你过得怎么样啊？

诺拉：哦，不用担心我。跟我说说你自己吧。格蒂怎么样？另外，有什么事情将你带到了世界的这一头呢？还有，雷吉·霍恩比在做什么？那个八爪鱼似的家伙还跟着你吗？你知道的，就是那个雇工。他叫什么来着？特罗特，是不是啊？哦，亲爱的，别坐在那里像头吃撑了的猪猡，要跟我说说话啊，不然我就要摇晃你了。

玛希：亲爱的，我没法一口气同时回答十五个问题啊。

诺拉：哦，爱迪，我见到你真是太开心了。你来看我，可真是个招人疼的宝贝。

玛希：让我插一句话吧。

诺拉：我不会再说一个字了。不过看在老天的分上，赶紧讲啊。我想知道所有一切。

玛希：好吧，第一件事就是——我盼望着再过三四个月，自己能成为一个幸福的父亲。

诺拉：哦，爱迪，我真高兴。格蒂肯定幸福极了！

玛希：她都不知道该怎么办了。不过我想她的心情很不错。她要我捎来她对你的爱，还说希望你以她为榜样，能很快跟上来。

诺拉：我吗？不管怎样，可你还没告诉我——你来这里做什么啊？

玛希（微笑道）：不管怎样？

诺拉（笑道）：真真切切的，这几个月，除了弗兰克之外，我没跟别人说过话。我说话的风格跟他越来越像了。

玛希：嗯，当我收到弗兰克那封关于“平整机械”的信……

诺拉（打断他道）：弗兰克给你写过信吗？

玛希：哎呀，是的。难道你不知道吗？他说普伦蒂斯有一台平整机械在降价。我一直想着若是自己能有一台这种设备，就能多挣一些钱。大家都说用机械的话，一天可以平整三四英亩的土地。弗兰克说值得我花时间来瞧瞧，而且他觉得你见到我会很开心的。

诺拉：他跟我一个字都没说，真够滑稽的。

玛希：我想他要给你一个惊喜。现在，作为已婚女子，你觉得怎么样呢？

诺拉：哦，都还好。为什么雷吉·霍恩比跟你一起来呢？

玛希：自从你结婚后，我就没见过你，你晓得的。

诺拉：你是没见过，对吧？

玛希：我有点担心你。因此弗兰克写信过来说平整机械的时候，我就老想着这事，停都停不下来，只能动身前来。

诺拉：你真的很好。可是为什么雷吉·霍恩比来这呢？

玛希：哦，他即将回英格兰了。

诺拉：是吗？

玛希：是的，他总算叫他们给他寄来路费了。他坐的船得等到下星期，然后他说自己顺便在这里停一下，跟你道别。

诺拉：他过得怎么样呢？

玛希：你指望什么呢？他觉得只有天杀的笨蛋才会干活——工作在他眼里就是这样的东西。弗兰克在哪儿？

诺拉：哦，他跟希德·夏普出去了。那是我们的邻居。你来这里的路上会经过他的农场。

玛希：诺拉，你跟他相处得还好吧？

诺拉：当然。一直以来，雷吉那孩子都做什么了呢？他挺老实的，不是吗？

玛希：对你来说，生活发生了巨变……这里……你原本习惯的那种日子跟这里很不一样。

诺拉（尽量换话题）：我很想你能给我捎带几封信。很长时间了，我什么信函都不曾收到。

玛希：说到这个，我可真是糨糊脑袋。上次邮差来的时候，送来了两封信，因为我自己要过来，便没有转寄。

诺拉：你忘带了吗？

玛希：没忘，在这呢。

诺拉（看看地址）：瞧着它们不是很令人兴奋。一封是艾格尼丝·普林格尔的。她是一位夫人的陪伴，我以前在坦布大酒桥井坊的时候认识的。另一封是维恩先生写来的。

玛希：他是谁？

诺拉：哦，他是威科姆老小姐的律师。以前他给我写过一封信，说他希望我能一切安好。（将信函搁在桌上）我觉得自己不想再听到英格兰那些人的消息了。

玛希：亲爱的，你为什么这样讲呢？

诺拉：老想着过去没什么好处，对吗？

玛希：难道你不打算看信吗？

诺拉：现在不看。等一个人的时候，我会看的。

玛希：你不用管我。

诺拉：我挺傻的，可是英格兰的来信总会把我弄哭。

玛希（眼神锐利地看着他）：诺拉，你在这里过得不幸福吗？

诺拉：幸福啊，我为什么会不幸福呢？

玛希：那你为什么婚后就没有给我写过信呢？

诺拉：我没很多话要说。（含笑道）还有别忘了，从现实角度来说，我是从你的房子里被赶出来的。

玛希（莫名其妙地说）：我不知道你这话从何说起呢。

诺拉（心头一紧，几乎要暴跳如雷）：哦，别反复盘问我，要我一再重复……这才是亲爱的人儿。

玛希：弗兰克待你和气，诸如此类的，是不是呢？

诺拉：挺好的。

玛希：当初要你过来住到我的农场上，我就知道你很快就会嫁人的，可是我没想到你会跟一个打工仔结婚。

诺拉：哦，亲爱的，别担心我。

玛希：你这样讲固然很好。在这世上，除我之外，你没有任何亲人了，那时候——那时候，我们的母亲临终前说："爱迪，你会好好照顾诺拉，对吗？"

诺拉（带着哭腔说）：哦，别说了，别说了。

玛希：诺拉。

诺拉（努力恢复正常）：自从我来这里以后，我们从未吵过架。雷吉过来了。

（她松了口气，转身面朝他。霍恩比穿着一套哔叽料的蓝色西装，重新有了衣冠楚楚的英国绅士派头。）

诺拉（欢快活泼地说）：我都不知道你到底对自己干了什么呢。

霍恩比（跟她握手）：我说，你这个小屋弄得可真漂亮。

诺拉：我尽量把它打扮得漂漂亮亮，有家的感觉。

（玛希的视线停留在那个摆放着芥黄色花朵的盆子上。）

玛希：哎哟，这是什么？

诺拉：它们难道不漂亮吗？我只是捡到的。芥黄色的花朵。

玛希：我们叫它稗子。你这里有很多吗？

诺拉：哦，是的，有很多。怎么了？

玛希：哦，没什么。

诺拉（对霍恩比说）：我听说你要回国了。

霍恩比：是的，我在"上帝自有的国度"里实在过腻烦了。大自然从来不曾要我当一个农民的。

诺拉：那你如今打算做什么呢？

霍恩比（斩钉截铁地振振有词）：闲荡！

诺拉（忍俊不禁）：你就不会觉得无聊吗？

霍恩比：我绝不会无聊。看别人干活让我很开心。我讨厌自己的同胞兄弟变得懒散。

诺拉（隐约有一丝笑意）：我本以为某人在生活中会做更有意义的事情，而不是出没各个俱乐部，跟那些牌技差劲的人打牌。

霍恩比：我很赞同你的看法。这个冬天，我一直非常严肃地思考着各种问题。然后，我打算找一个乐意包养我的有钱中年寡妇。

诺拉：我记得对于“忠实的白人男儿承担的责任”，你有过非常明确的观点。

霍恩比：我只想过舒适的生活。除了不得不做的工作之外，我没打算多动一根手指，而且我要尽情享受生活。

诺拉（含笑道）：我相信你会的。

霍恩比：等我一回到伦敦，我就安排自己在丽兹饭店享受一顿精美绝伦的珍馐美馔，然后我要去欢乐剧院看一场音乐剧，接着我要去罗曼诺饭店享受一顿精美绝伦的珍馐美馔。“英格兰，你纵有千般不是，可我依然深爱着你。”

诺拉：我想这几个月，在这草原上过着单纯的生活，以前那些常常显得很有趣很巧妙的事情——嗯，我如今的看法大不相同了。

霍恩比（淡然冷静地说）：我恐怕你不是很赞同我。

诺拉（并没有指责之意）：你没有胆色。

霍恩比：我不懂这东西。我希望自己的胆色不亚于别人，我只是不会咋咋呼呼、满嘴高调罢了。

诺拉：哦，我猜想，站在那里，让别人朝自己开枪——这样的胆色，你是有的。可是日复一日做着一成不变的工作，老老实实地干着平凡艰苦的工作——你没有这样的胆色。你是个废人，还有最糟糕的一点就是，你对此没有羞愧感。你满心的自鸣得意。

霍恩比： 蓝色的不列颠尼亚，联合王国的国旗价值几许呢？

诺拉（笑道）**：** 你真不可救药。

霍恩比： 我是……我想你没有什么东西要我带回国吧。我得一路直奔坦布大酒桥井坊去见母亲。有什么消息要我捎带的吗？

诺拉： 我想没有。爱迪刚给我带来两封信。我先看看。（她拆开普林格尔小姐的来信，看了两三行，大叫一声）哦！

玛希： 出什么事了？

诺拉： 她这是什么意思啊？（念道）"我刚刚从维恩先生那里听说你走运的事情了，而且我还要告诉你另外一个好消息。"（她放下该信，赶紧拆开律师的来信。她拿出一张信笺和一张支票。她瞄了一眼）一张支票——五百英镑……哦，爱迪，听听。（念信）"亲爱的玛希小姐——事关已故的威科姆老小姐的财产，我跟威科姆先生见过几次面，然后我抱着姑且一试的心理跟他表明——你被亏待得太厉害了。现在所有事情都稳妥了，他希望将内附的这张支票寄给你，权且当作承认你费心尽力地服侍他已故的姨母……"五百英镑！

玛希： 这可真是一大笔钱。

霍恩比： 我要是能有这笔钱，那就发达了。

诺拉： 我这辈子不曾有过这么多钱啊。

玛希： 不过那个"普通格子"小姐说的另外一个好消息是什么呢？

诺拉： 哦，我忘了看。（她重新拿起普林格尔小姐的信，开始念道）"……给你的一个好消息。我立刻写信，这样你就能相应地打点行程。在上一封给你的信中，我跟你说过我嫂子猝死，如今我兄弟很着急，要我搬去跟他一起住。因此我要离开哈伯德太太了，她要我跟你说，你如果想接替我的位置，她很高兴有你做伴。我跟了她十三年，她向来平等待我。她心思细腻，非常体谅人，除了遛狗，说实话，还真没什么事情。一年的薪水是三十五英镑。”

玛希：这两封信都是写给“玛希小姐”的。难道他们不知道你已经结婚了吗？

诺拉：不知道，我没有跟他们说。

霍恩比：真好运啊！你大可以回坦布大酒桥井坊，那些三姑六婆根本不会知道你已经结婚了。

（他说这话的时候，诺拉流露出突然被吓一大跳的表情，双眸睁得大大地瞪视着他。有片刻工夫，没人说话。）

玛希：雷格，你先回避一下。我有话要跟诺拉说。

霍恩比：好咧。

（他离开。）

玛希：诺拉，你真想一切从零开始吗？

诺拉：你干吗这样想呢？

玛希：他提到这点的时候，你的神情够可以的。

诺拉：我糊涂了。弗兰克对此事有所知晓吗？

玛希：老天，他怎么会知道呢？

诺拉：太离奇了。就刚才，他还提到我离开的话题呢。

玛希（赶紧问道）：为什么呢？

诺拉：哦！

（她意识到自己无意之中泄露了秘密。）

玛希：诺拉，看在老天的分上，告诉我是不是有什么麻烦。归根到底，这是唯一的机会，过了这村就没这店了。你有事情瞒着我。难道你们相处得不好吗？

诺拉（低声说道）：不是很好。

玛希：你为什么不跟我说？

诺拉：我觉得丢脸。

玛希：可是你说他对你挺和善的。

诺拉：他待我无可指摘。

玛希：我原本就觉得事情有些不对劲。我知道你跟他不会幸福的。像你这样的姑娘跟一个打工仔。整件事都太惊悚了。感谢上帝，我现在来了，而且你有了机会。

诺拉：你这话什么意思呢？

玛希：你不适合这样的生活。你有机会回英格兰。看在上帝的分上，抓住这机会。过上六个月，你在这里经历过的一切都将了无踪迹，只好像做了一场噩梦。（陡然间，她脸上的表情令他心头一凛）诺拉，怎么回事？

诺拉（悲戚哀伤地说）：我不知道。

（霍恩比重新进来。）

霍恩比：我说，有人来看你了。

诺拉：看我？（她朝门走去，并且往外张望）哦，是夏普太太。是什么事情让她走路的呢？如果有办法的话，她绝对不会走一步路的。她是我邻居的妻子……下午好，夏普太太。

（夏普太太进屋。她是个中年女人，面色发红，身材矮壮，呼吸急促。她戴着一顶旧旧的太阳帽，穿着一件褪色的宽松衬衫——这两样都不是很干净，还有一条破旧邋遢的半身裙。）

诺拉：进来吧。

夏普太太：泰勒太太，下午好啊。我累得浑身冒汗。这几个月里，我还没走过这么远的路呢。

诺拉：这是我哥哥。

夏普太太：你哥哥？就是那个谁来着？

诺拉（微笑道）：好像挺让你惊讶的。

夏普太太：我太紧张了，没法待在家里。我出来瞧瞧，看是不是能见到希德，然后一路走来，接着我看到你家门外的那辆马车，我给吓了一大跳，我还以为是检验员呢。我只是必须过来。我太紧张了。

诺拉：出什么事了吗？

夏普太太：你不会想跟我说——你不知道那事吧？哎呀，自从弗兰克发现那东西以来，希德和弗兰克就一直地谈论着……根本没有说别的话题。

诺拉：发现什么啊？

夏普太太：稗子。

玛希（朝放在布丁食盒里的鲜花做了一个轻微的手势）：那么说，你也遇上了？

夏普太太：泰勒的地里更严重。不过我们也遇上了。

诺拉：这都什么意思啊？

夏普太太：我们没法弄清楚是谁举报我们的。我们好像没有什么敌人。

玛希：哦，永远会有人举报的。没人愿意冒险放任稗子生长，大家都担心会跑到自己的地里。

夏普太太（看着那束芥黄色的花儿）：她还把它们放在屋里，好像它们是真正的鲜花。

诺拉：爱迪，告诉我她是什么意思啊。

玛希：亲爱的，你捡来这些俏丽的小花朵，想让自己的小屋显得明亮，有家的感觉——它们可能意味着毁灭。

诺拉：爱迪！

玛希：你肯定听我们谈论过稗子。我们农夫要跟三个敌人斗争——霜冻、冰雹和稗子。

夏普太太：去年，我们被冰雹砸得稀巴烂。连一块钱的收成都没剩。如果今年再歉收——哎哟喂，我们或许还是别种地好了。

玛希：你的庄稼中要是有稗子跑进来，你得跟官方汇报，如果你不上报，那么某个邻居会去举报。随后，他们就派出检验员，他若判定确实有稗子，那么你不得不毁掉所有的农作物，然后这一年算是白干了。如果在银行里有点存款，那是真好运，就可以继续撑下去，等着下一季收成。

夏普太太：我们只有一百六十英亩土地，还有五个孩子。那是没办法存上很多钱的。

玛希：他们现在跟检验员一起下地了吗？

夏普：是的。他今天早上从普伦蒂斯过来的。

玛希：对弗兰克来说，这可真糟糕。

夏普：哦，他不像我们要养一大堆孩子。他可以重新出去打工。可是我们接下来该怎么办呢？

诺拉：我不懂他为什么一个字都没跟我说。

夏普太太：我想他还是习惯自己扛起所有的麻烦，而且你还没有教会他别的方式。

（诺拉飞快地看了她一眼，不过见那女人神经兮兮的，几近崩溃，她便没有回嘴。）

玛希：夏普太太，你一定得抱最好的希望。

夏普太太：希德说我们只有一个地方出现了稗子，不过可能是为了让我放宽心，他故意讲得轻松。你知道那些检验员都是些什么人。他们毫不通融。别人如果整个冬天都挨饿，他们才不会在乎。

（她抽噎一下，大颗大颗的泪水滑过双颊。）

诺拉：哦，别——别哭，夏普太太。别忘了，可能什么事情都没有呢。

玛希：除非情况特别糟糕，否则的话，他们不会判定庄稼受灾的。有很多人都盯着呢。机械租售代理人、贷款公司，若是判受灾，他们连带也要遭殃了。

夏普太太：正当你开始盘算收成的时候，一场冰雹砸得你颗粒无收，然后是霜冻，冻死了所有的庄稼，接着又是稗子——我再也受不了了。如果今年再歉收，我就不做了。我要让希德把地卖了，然后我们回家。找个地方，我们会开个小店。我从一开始想要的就是这个，可是希德——他拿定主意要从事农业。

诺拉：你现在回不去了。在一家小店里，你永远不会幸福的。还有，你若是一直待在英格兰，那么一辈子就是服侍人、听别人使唤。现在你拥有了土地。在英格兰，你没法做到这点。当你走出自家的房门，看着欣欣向荣的麦浪，想到这些都是你自己的，难道不自豪吗？

夏普太太：你不知道我受过怎样的煎熬。生孩子的时候，只有一次，我身边有医生。其他几次，仅有的助手就是希德。我可能就是头动物。我真希望自己从来没到过这个国家。

诺拉：你怎能说这话啊！你的孩子们都强壮健康。哎呀，他们很快就能帮你们干活了。你给了他们一个机会，在老家，他们绝对不会有这样的机会。

夏普太太：哦，对他们真的非常有好处。他们将来会过得轻松。我知道这点。可是我们必须付出代价，希德和我。

诺拉：你瞧，你是第一代。开拓新国度是一项艰苦卓绝的工作，而且待到丰收时，或许收割的另有他人。可是，我觉得如果没有那些不计得失的先行者，那么后来的人们凭什么梦想报酬呢。

玛希：夏普太太，在这点上，她是对的。当我第一次见到自己种下的庄稼发芽了，那时那刻的感受，我永远忘不了……觉得自从有了世界以来，那块小小的土地上好像从未生长过小麦，我是种地第一人……无论如何，我现在不会回英格兰。在那里，我简直无法呼吸。

夏普：你是男人。你们拥有这世上所有的利益和名望。

诺拉：外人不知道我们的难处。你绝不能责备他们。只有在草原里生存下来的人，他们才了解在开拓一个新国度的过程中，落在女人身上的担子有多重。她们的丈夫——那些男人，他们明白的。

玛希：夏普太太，我想他们明白的。

（诺拉蹲坐在她旁边，轻轻触碰夏普太太的双手。夏普太太向她展露出感激的笑意。）

夏普太太：你这样温厚和善地劝我，谢谢你，亲爱的。我太紧张了，都不知道自己说了些什么。

诺拉：希德和弗兰克马上会来这里，一定的。

夏普太太：亲爱的，你是对的，我再也回不去了。如果今年颗粒无收，好吧，我们一定会等到明年的。我们不会饿肚子的。逆境顺境，人都会遇上，都得照单全收，这是一个好国家。

（弗兰克·泰勒上场。）

诺拉：弗兰克。

夏普太太（跳脚道）：希德在哪里？

泰勒：哎哟，他回你们自己家了。你好，爱德。我看到你驾着马车过来的。雷格，好啊。我没想到会见到你。

霍恩比：给你一个愉快的惊喜。

夏普太太：怎么样？告诉我情况怎么样了。

诺拉：夏普太太很焦心，就来这里了。

泰勒（欢快开心地说）：哦，你们没事。

夏普太太（屏住了呼吸）：我们没事吗？

泰勒：当然。就是有几英亩的庄稼得报销了。这伤害不了你们。

夏普太太：感谢上帝。那么我们今年的收成将会是最好的了。这是世上最美好的国度。

泰勒：你最好回家吧。希德带检验员去你家了，请他吃饭呢。

夏普太太：他不会吧？这就是希德。感恩啊，家里吃的东西很多。我现在要马上回去。

诺拉：不要步行。爱迪的马车在这里。雷吉送你回去。

夏普太太：哦，衷心感谢你。我不习惯走这么多路，现在感觉累死了。回见吧，泰勒太太。

诺拉：再见。雷吉，你不介意驾车送夏普太太回去吧？就在那边，只有一英里的路。

霍恩比：一点都不介意。

玛希：我马上去帮你牵马。

（夏普太太和霍恩比退场。）

玛希：弗兰克，现在知道了结果，我想你肯定松口气了。

泰勒：可怕……爱德，我想立刻跟你谈谈。

玛希：等下就谈。（他离开。）

诺拉：现在没事了，真是谢天谢地。可怜的东西，她刚才急得可以。

泰勒：他们要养五个孩子。我觉得强悍的命运给了他们大不相同的结局。

诺拉：我真希望你事先能告诉我。我就觉得有事情困扰着你，只是不知道具体情况。

泰勒：我若是能救回那些庄稼，那好像就没必要咋咋呼呼的。如果我救不了，你反正也很快就会知道。

诺拉：我把这些花摆放在这里，你怎么能受得了啊？

泰勒：它要是能让你开心，我觉得自己并不介意。你不知道它们只是稗子。你觉得它们漂亮得要死。

诺拉（带着一丝淡淡的笑意）：你真是太好了，弗兰克。

泰勒：像这样小不点的花朵居然能有这么大的破坏力，我真觉得不可思议。

诺拉：你为什么不跟我说——你给爱迪写信了呢？

泰勒：我想自己给忘了。

诺拉：弗兰克，爱迪今天给我带来了几封老家的来信。我得到了一个在英格兰工作的机会。

（弗兰克几乎要大声惊叫起来，但随即控制住自己，只是泰然自若地回答。）

泰勒：老天！我猜你会接受吧。

诺拉：你开头刚刚提过我现在离开的话题，真是有意思。

泰勒：非常有意思。

诺拉（对他的态度有点惊讶）：你没有丝毫的反对意见吗？

泰勒：我觉得如果我反对的话，强悍的命运就会给你大不相同的结局。

诺拉：你为什么这样想呢？

泰勒：我寻思你留在这里，只是因为你不得不如此。

（她走向那扇小小的窗户，眺望窗外的草原。）

诺拉：生活永远都像这样吗？那些你曾经梦寐以求的东西，一旦真正来到面前的时候，只给你带来痛苦。（他飞快地看了她一眼，但没有回答，而她根本没有察觉到这动静）一个月接着一个月，我常常坐在这里看着草原，有时候，我都想用自己最尖厉的声音狂啸几声，只为打破这安静沉寂。我本以为自己永远逃不出去了。小屋宛如监狱。冰雪和寒冷，外加一成不变的凝滞，我被这一切困在这里了。

泰勒：你打算马上跟爱德走吗？

诺拉（带着一丝微笑）：你好像急于摆脱我啊。

泰勒：我的姑娘，我猜我们没有经营出美满的婚姻生活……挑明这点的时候，感觉真古怪。我本以为自己能够随心所欲地支使你。看样子我似乎抓到一把同花顺。结果却成了你的手下败将。

诺拉：我？

泰勒：哟嚯，是的。难道你不知道吗？

诺拉：我不明白你的意思。

泰勒：我猜自己不懂一个女人会有多强悍。你向来忍让，我叫你做什么，你就做什么——然而与此同时，你保护着的某些东西，一直是我无法触及的。无论何时，我以为自己的手放在你身上，可我感觉只是抓住了某道影子。

诺拉：我不知道你还想要什么呢。

泰勒：我猜我需要你的爱。

诺拉：你？

（她惊慌失措地看着他。他的话让她心里有了某种隐隐作痛的奇特感觉，宛如心弦被轻轻地绞动着。）

泰勒：那时候，你在爱德家只住了一个星期，我对你更了解，现在反而陌生了。我在荒野里迷路了，只是一个劲地绕着灌木丛打转，徒劳无功地挣扎着。

诺拉（轻声道）：我从来不知道你想要爱情。

泰勒：我猜自己也不知道。

诺拉：我觉得自古以来，道别都非常令人痛苦。

泰勒：如果你回到故国，我想——我想你再也不会回来了。

诺拉（很是羞怯）：或许某一天，你会去一趟英格兰。如果能有几年的好收成，你就能轻轻松松地将这里的门关上，然后趁冬天的时候到处走走。

泰勒：我想那将是一场危险的实验。在英格兰，你会是一位淑女；我寻思自己只是打工仔罢了。

诺拉：你是我丈夫。

泰勒：我猜自己不会冒这个险的。

诺拉：你会时不时地给我写信，跟我说说你的情况，对不对呀？

泰勒：你想知道吗？

诺拉（微笑道）：哎呀，是的。

泰勒：我若能挣钱，我会写信跟你说的。如果没发财，我觉得自己不大会有写信的念头。

诺拉：不过你会挣钱的，弗兰克。我很清楚你的本事。

泰勒：是吗？

诺拉：我们共同生活的这三个月，我已经学会尊敬你了。我以前珍视看重的一切，如今在我看来，似乎非常琐屑无谓。你教会了我很多东西。

泰勒：我的姑娘，你偶尔会想起我的，是不是呢？

诺拉（微笑道）：我觉得自己无法阻拦这思念之情。

泰勒：我是个没教养的无知男人。我不知道如何待你才恰当合适。我想让你幸福，我只是好像不知道该怎么做。

诺拉：你从来不曾待我刻薄，弗兰克。你对我一直非常有耐心。

泰勒：我想你离开我，会更加幸福。我将来可以想象着——你在自己家里暖暖和和的，过得舒舒服服，而且还有很多吃的东西。

诺拉：你以为这就是我需要的一切吗？

（他飞快地掠了她一眼，随即咬紧牙关并转开视线。）

泰勒：当你有机会回国，我不能指望你还会留下来。对你而言，这里的生活是全新的。至于以前那种生活，你是懂的。

诺拉：哦，是的，我懂——我应该觉得自己懂的。（当她描述正等着她的那种生活，口吻中满是某种阴郁的鄙夷，没说几句，又夹杂着敌意和沮丧）每天早上八点，一个女仆会给我端来茶和热水。然后我起床，然后我用早餐，然后我跟厨子见面。我得安排午餐和晚餐。然后，我得给哈伯德太太的那群狗狗梳理毛发，接着带它们去公园进行例行的散步。公园里所有的小径都铺上了沥青，因此上了年纪的绅士们和女士的陪伴们不会弄湿自己的脚。

泰勒：啊！

诺拉：然后，我回来并且吃午饭，用过午餐，我就外出兜风——今天是这个方向，明天是那个方向。然后，我用下午茶，然后再次外出，带着那些狗狗再次去那些整洁的小径，再次散步。然后，我得换好衣服，下楼用晚餐。晚餐后，我跟雇主打比奇克牌，而且我还必须小心翼翼，不能打败她，因为她不喜欢输。然后十点钟的时候，我去睡觉……（她微微顿一下）第二天早上八点，一个女仆给我端来茶和热水，一天就重新开始了。一天天就这样重复着。英格兰有成百上千个女人，有力量、有能力，血统出身挺不错，都渴望得到我到手的这个位置。几乎算得上淑女了，外加一年三十五英镑。

（泰勒一动不动地盯着她。他渐渐明白她的言外之意，可是他控制住自己。他现在无法看她。）

泰勒：我想跟你在这里的生活相比，那有点不一样吧。

诺拉（转身对他说）**：**而你会清理矮树丛，砍倒树木，耕地、播种和收割。你每天都在战斗，跟霜冻、冰雹和稗子斗争；你将战斗，但我知道到最后，你会制服那一切的。曾经的荒原会变成精耕细作的良田。你种出来的小麦，做成了面包，可能成了饥饿孩子嘴里的食物——虽然没人知道这是你的成绩。我过着徒劳无益、毫无用处的生活，可你会做一些有意义的事情。

泰勒：哎呀，诺拉，诺拉，你怎么了？

（他并没有冲着她说这句话，更像自言自语，而且好似心中万般痛楚，这句话才硬生生地被逼迫出来的。）

诺拉：我刚才跟夏普太太说话的时候，我不知道自己说了些什么，我只是安慰她，因为她在哭泣；还有，说话的似乎另有其人，于是我倾听着自己内心的声音。这里漫长的冬季要延续好几个月——熬过冬天后，我以为自己讨厌这片草原，然而不知道怎么回事，它抓牢我了。这里单调沉闷、一成不变，可是我依然无法将其从心中抹去。这其间有种美丽和浪漫，它们充满了我的灵魂，令我满心渴望。

泰勒（平静温和地说）**：**我想我们所有人都有讨厌草原的时候，可是一旦曾经在这里生活过，那么在其他地方过日子都变得不容易了。

诺拉：我现在明白这里的生活了。毫无冒险色彩可言，也不令人兴奋。对男人和女人来说，同样都是辛苦的工作，大家从早干到晚；而且我知道是女人承受着更大负担。男人有进城的机会，还时不时地打打猎，不同的季节有不同的工作。可是对女人，日子永远都是一样，烧饭煮菜、缝缝补补、洗洗刷刷，打扫卫生。然而，即便如此，这一切都是有意义的。在开拓一个新国度的过程中，我们女人也发挥了自己的作用。女人哺育了这片土地，未来存在于我们当中。万丈高楼平地起，我们正在建造一个伟大的国度。它需要我们的勇气、力量和期盼——就因为它需要，这一切便在我们身上渐次生长起来。哦，弗兰克，我无法重回那种琐屑局促的生活方式。你对我都做了些什么啊？

泰勒（嘶哑着声音说）：我猜想自己现在若是开口要你留下，你会同意的。

诺拉（低声说道）：你说过你想要我的爱情。难道你不知道吗？……爱情在我心中慢慢地滋生着，一个月接着一个月，我都不愿意直视它。我跟自己说，我恨你。我觉得丢脸。只是时至今日，当我有了永远离开你的办法，然后我就知道自己离开你就没法活下去。我不再有丢脸的感觉。我爱你。

泰勒：诺拉，我想从一开始，我就爱着你。

诺拉：那你为什么说的好像……弗兰克，出什么事了吗？

泰勒：我想你不得不接受英格兰的那份工作。我无法开口要你留下来。

诺拉：为什么呢？

泰勒：检验员判定我这里受灾。我破产了。

诺拉：哦，那你为什么不跟我说呢？

泰勒：我觉得自己开不了口。跟你结婚的时候，我拿定主意自己会发财的。我无法指望你能明白这只是走背运罢了。任何人在收成中，都会碰到稗子。不过我想男人不应该走霉运的。如果他走霉运，那就是概率问题，属于他自己的错误。

诺拉：我现在理解爱迪了。

泰勒：当我得知自己上了报告单的时候，就给他写信了。

诺拉：你接下来打算怎么办呢？

泰勒：对我来说还好吧。我可以外出打工。我只是考虑你。我非常肯定你不乐意回爱德家的。我没法想象你去有钱人家做女佣。我的姑娘，我不知道你该怎么办。然后，你跟我说英格兰有了工作机会，现在，我觉得我应该放你走了。

诺拉：并且不跟我说你遇上麻烦了？

泰勒：哎呀，我若不是彻底完蛋，你以为我会放你走吗？我用神的名义发誓，我不会的。我要留下你——上帝啊，我一定要留下你。

诺拉：你打算放弃这片土地吗？

泰勒：没有，我想我做不到。我已经在这里花了太多的工夫。我现在要重新直起身子。夏天和接下来的冬天，我要外出打工，我可以去做伐木工。这片土地现在属于我自己，明年，我会及时回来耕地的。

诺拉：瞧。

泰勒：这是什么？

（她将维恩先生寄来的那张支票递给他。）

诺拉：我曾经陪伴过的那位女士，她的外甥送给我这份礼物。两千五百英镑。在这旁边，你可以兼并另外那一百六十英亩土地，还能弄到你需要的所有设备，外加几头奶牛。这是你的了，随你安排。现在，你愿意留下我吗？[1]

泰勒：哦，我的姑娘，我如何才能向你表达谢意呢！

诺拉：老天，我不要感谢。在这世上，最美好的事情就是能给你所爱的人……给我一个吻，并且努力尝试。

泰勒：我想这是你第一次要我这样做。

诺拉：哦，我感觉好幸福啊。

（第四幕完）

（全剧终）

① 前文说是五百英镑，这里说两千五百英镑，我估计这种前后不一有两种可能，一是印刷错误或者毛姆先生出现笔误，二是诺拉开头故意少说，有种不想让外人知道有这么一大笔钱的小心思。——译者注

荣誉之人

登场人物和场景

巴兹尔·肯特：男主角，退伍军人，作家

詹妮·布什：嫁给巴兹尔后，也被称为“肯特太太”

詹姆斯·布什：詹妮的弟弟，剧中的昵称“吉米”

约翰·哈利维尔：巴兹尔的朋友

梅宝：约翰·哈利维尔的妻子

希尔达·穆雷：军官遗孀，梅宝的姐姐

罗伯特·布拉克利：穆雷太太的朋友，文化名人

格里格斯太太：巴兹尔在布鲁姆斯伯里住所的女房东

芳妮：巴兹尔在帕特尼住所的女仆

男管家：为希尔达·穆雷工作

时间：现在

场景：第一幕：巴兹尔在布鲁姆斯伯里的住所[①]

第二幕和第四幕：巴兹尔位于帕特尼的宅邸的客厅[②]

第三幕：穆雷太太位于查尔斯街的宅邸[③]

---

① 布鲁姆斯伯里：英国伦敦的一个区。——译者注

② 帕特尼：伦敦富人区。——译者注

③ 查尔斯街：伦敦另一个富人区。——译者注

第一幕

场景：布鲁姆斯伯里，巴兹尔的住所，客厅。观众席正对墙壁，两扇窗户各带小小的铁艺露台；背景图案是伦敦鳞次栉比的屋舍。窗户之间，靠墙摆放着一张写字桌，文件和书籍胡乱地堆在桌上。舞台右边有一道门，门外是走廊；左边是壁炉，炉子两边都放置着扶手椅；壁炉架上放着各种各样的烟具。房间里好几个书架，都塞得满满当当；而墙上挂着几个产自荷兰代尔夫特的瓷器，还有仿罗塞蒂风格的蚀刻画，外加几幅名画印刷品——原画都是文艺复兴时期意大利画家弗拉·安杰利科和波提切利的作品。家具简单朴素，并非高档货，但所有东西都挺耐看的，不会显得粗俗丑陋。住在这地方的人博览群书，而且心仪美丽的事物。

（巴兹尔·肯特背靠椅子，双脚搁在书桌上，抽着烟斗，正在剪裁某本书。他二十六岁，相貌非常英俊，五官精致，棱角分明。他穿着休闲西装。）①

（传来敲门声。）

巴兹尔：进来。

格里格斯太太：先生，你打铃了吗？

巴兹尔：是的。我正等着某位女士来喝茶。这里有块蛋糕，是我在路上买的。

格里格斯太太：明白了，先生。

---

① 裁书：19世纪末20世纪初，英国书界非常流行“毛边书”，即那种装订好但不切好的书。这种图书最早是英、法、德等国的出版社为中古时期的欧洲贵族制作的，因此多少被后来的文人赋予了某种“风雅高贵”的意味。现在除了特殊情况，一般出版社已经很少制作此类图书。——译者注

（她退下，很快就端着托盘返回，托盘上搁着两个杯子，还有糖和牛奶等。）

巴兹尔：哦，格里格斯太太，下个星期的今天，这些房间我就用不上了。我打算结婚。离开你，我觉得挺难过的。你给我提供了非常舒适的生活。

格里格斯太太（看透世事地叹道）：啊，好的，先生，人来人往，总有租客的。如果租客是绅士，他们就会结婚；如果女士们外出租房子，那名声就不大好了。

（传来门铃声。）

巴兹尔：铃响了，格里格斯太太。我猜是那位我正等待的女士。要是别人，就说我不在家。

格里格斯太太：明白，先生。

（她退出，巴兹尔赶紧收拾一下屋子。格里格斯太太打开房门，后面跟着几位新上场的角色。）

格里格斯太太：先生，我去给诸位端茶。

（她又一次退出。在以下对话的过程中，她又端进来两个杯子和茶。）

（梅宝和希尔达上场，约翰·哈利维尔跟在后面。巴兹尔满面春风地朝他们走去，当他注意到对方都有谁的时候，几乎要停下脚步了，同时脸上掠过一丝尴尬的表情。不过，他很快恢复常态，露出非常和蔼仁善的神情。希尔达·穆雷是一个容貌端庄的高个子女人，性格沉着镇静，穿着华美的长袍。梅宝·哈利维尔是她妹妹，身材要娇小一些，俏丽可人，但并非美貌，性格活泼，非常喜欢说话，有些嘴碎不负责任。约翰的年龄和巴兹尔相仿，性情温和，说不上英俊不英俊，说话坦率，性格开朗。）

巴兹尔（同众人握手）：你们好啊。

梅宝：肯特先生，你见到我们，看上去挺开心的。

巴兹尔：开心得神魂颠倒。

希尔达：你以前邀请过我们的——跟你一起喝茶，不是吗？

巴兹尔：我都邀请过你们五十次了。哎呀，约翰！我刚才没瞧见你呢。

约翰：我是那种小心翼翼的丈夫——在背景中，我一直是布景板的角色。

梅宝：你居然自吹自擂！你为什么不夸我呢？大家都觉得夸奖别人要更好一些。

约翰：正相反，我向你保证……就你我私底下说说，大家更相信自我表扬的话。况且说心里话，我没法说你停留在背景中，你是走在舞台中央的角色。

希尔达（对巴兹尔说）：这样贸然来访，我觉得非常不好意思。

巴兹尔：我正无所事事呢。我刚才正在裁书。

梅宝：裁书向来比读书有意思多了，难道不是吗？（她看到茶和茶点）哦，好精美的蛋糕啊——和两个茶杯！（她看着他，带着询问的神情。）

巴兹尔（有一丝尴尬）：哦——我一直都多准备一个杯子，你知道的，省得有人突然来访，就不用手忙脚乱了。

梅宝：真慷慨啊！另外，你向来都享用这样高档的蛋糕吗？

希尔达（带着责备的语气，微笑地说）：梅宝！

梅宝：哦，可是我很清楚它们的价格，我好喜欢它们啊。在那些陆海军的店铺里，一个就要二先令，可惜我没钱买。

约翰：我希望你们能解释我们为什么来这里，不然的话，巴兹尔会觉得我该为这样孟浪的行为负责呢。

梅宝（轻快地说）：我们刚到这里的时候，我就一直努力想记起来的。希尔达，你说吧——主意是你出的。

希尔达（笑道）：梅宝，我以后再也不带你们出来了。肯特先生，他们真是无可救药。

巴兹尔（微笑地对约翰和梅宝说）：我不知道你们前来的原因。不过，穆雷太太一直都说要过来……跟我一起喝茶的，都说很久了。

梅宝（假装受伤道）：嗯，我们刚到，你没必要立刻将我拒之门外……只提希尔达！况且，如果没吃上一小块蛋糕，我拒绝离开。

巴兹尔：嗯，茶来了！（他说话的时候，格里格斯太太端茶进来。他转头对希尔达说）你来倒茶吧？我太笨手笨脚了。

希尔达（朝他含笑道）：我很乐意。（她开始逐一倒茶。巴兹尔将茶和蛋糕递给梅宝，同时谈话继续。）

约翰：巴兹尔，我跟她们说过，如果不是一个女人——而是若干女人结伴前来某个单身汉的房间，那很不成体统。

巴兹尔：你若事先提醒我，那我会把房间弄得稍微整洁点的。

梅宝：哦，我们不需要这个。我们就想来看看那种居家过日子的“大名人”，不要聚光灯的。

巴兹尔（讥诮道）：你太会说话了。

梅宝：顺便问一句，书怎么样了？

巴兹尔：很不错，谢谢。

梅宝：我一直忘了问进展如何。

巴兹尔：恰恰相反，你抓住每个机会……进行和善的问询。

梅宝：我不相信那书里你写过一个字。

希尔达：梅宝，胡说。我都已经读过了。

梅宝：哦，可你性格向来非常谨慎，居然会写书！……肯特，我现在要看看你的那些奖章。

巴兹尔（微笑道）：什么奖章？

梅宝：别这样惺惺作态！你知道我的意思，就是你去好望角海峡，他们为此颁发的奖章。

巴兹尔（从抽屉里拿出奖章，带着笑意地递给梅宝）：如果你真想瞧瞧，就是这些了。

梅宝（拿起其中一个说）：这是什么奖？

巴兹尔：哦，就是很常见的“南非奖章”，普普通通。

梅宝：那另外一个呢？

巴兹尔：那是DSM奖章。

梅宝：他们为什么没有给你颁发DSO奖章呢？

巴兹尔：哦，我只是骑兵而已。DSO奖章只颁给军官。

梅宝：你做过什么值得获奖的事情啊？

巴兹尔（含笑道）：我真给忘了。

希尔达：梅宝，在战场上做出卓越贡献才能得奖。

梅宝：我知道。我只是想看看，肯特先生到底是谦虚呢，还是自负？

巴兹尔（略带笑意，从她手里拿回奖章，搁在一边说）：你真差劲！

梅宝（转头对约翰说）：约翰，你为什么不去好望角，然后做那些英勇的事情呢？

约翰：我将自己一腔英雄热血局限在不列颠群岛上了。我的天使，我娶了你。

梅宝：你娶她算好玩呢？还是庸俗呢？

巴兹尔（大笑道）：哈利维尔太太，你没有想问我更多的问题了吧？

梅宝：还有呢，我想知道你为什么住到六楼啊？

巴兹尔（忍俊不禁道）：就一个简单的理由，景致好。

梅宝：可是，老天爷啊，根本没有景致呢。只有一根根烟囱。

巴兹尔：但它们都是非常具有美感的烟囱。过来瞧瞧，穆雷太太。（巴兹尔和希尔达走到一扇窗旁，他开窗）夜色中，它们显得如此神秘。看上去，它们就像精奇古怪的妖魔鬼怪在房顶上开演唱会。而且，你根本无法想象落日时分的景色有多么壮美。有时候，雨后的板岩屋顶在夕阳余晖中闪闪发亮，就像铺上一层金箔。（对希尔达说）我常常觉得如果没有这景致，自己就活不下去——它跟我诉说诸般美景。（喜笑颜开地转向梅宝）哈利维尔太太，你就嗤之以鼻吧……我已经处在煽情的边缘了。

梅宝：我不知道你是一时灵光闪现胡诌这些话呢，还是你刚刚从某个笔记本里挖出这段话的。

希尔达（看了一眼巴兹尔）：我能出去看看吗？

巴兹尔：可以，来吧。

（希尔达和巴兹尔往外走，去了阳台，同时约翰朝梅宝走去，想偷吻一下她。）

梅宝（跳开）：走开，你这可怕的家伙！

约翰：别傻了。我要是想，随时都可以吻你。

（她大笑，绕着沙发躲来躲去，他跟在她身后追逐着。）

梅宝：我希望你对待生活的态度能够更正经一些。

约翰：我希望你别戴这种惹眼的帽子。

梅宝（当他用手臂搂着她腰肢的时候，说）：约翰，别人会看见的。

梅宝：梅宝，我命令你接受我的吻。

梅宝：那你会给我多少钱？

约翰：六便士。

梅宝（从他身边滑开）：少于半克朗，我不会让你亲的。[1]

约翰（大笑道）：我给你二先令。

梅宝（连哄带骗地说）：那就二先令三便士。

（他吻了她。）

约翰：现在过来，安静地坐下来吧。

梅宝（坐到他身边）：约翰，你别跟我柔情蜜意的。如果他们进来，肯定觉得非常古怪。

约翰：别忘了，我是你丈夫。

梅宝：正是这话。如果你想跟我柔情蜜意，那你应该跟别人结婚。（他伸出胳膊抱住她的腰肢）约翰，别这样，我相信他们要进来了。

约翰：他们进不进来，我才不在乎呢。

梅宝（叹道）：约翰，你爱我吗？

约翰：是的。

梅宝：你以后不会喜欢上别人吧？

约翰：不会。

梅宝（语气跟刚才一样）：你会给我那二先令三便士，对吗？

约翰：梅宝，只有二先令。

梅宝：哦，你个骗子！

约翰（起身道）：我要到外面的阳台上。我对烟囱有着满腔热情。

梅宝：别，约翰，我要你在身边。

约翰：为什么呀？

---

① 半克朗：两个半先令，即二先令六便士。——译者注

梅宝：如果我说，我要你寸步不离地待在我身边，这样还不够吗？

约翰：哦，你个可怜东西，难道没有我，你连两分钟都过不下去吗？

梅宝：你现在稍稍占上风了。只是这两分钟，我尤其需要你。来吧，坐到我身边，像一个亲亲热热的好男生那样。

约翰：你到底干了什么不该干的事情啊？

梅宝（笑道）：没有的事。不过我想你为我做些事情。

约翰：哈，哈！我就想到会这样。

梅宝：只是给我系鞋带而已。（她伸出一只脚。）

约翰：就这样吗——用我的荣誉担保？

梅宝（笑道）：是的。（约翰蹲跪下来。）

约翰：可是，我的好姑娘，鞋带没松啊。

梅宝：那么，我的好男生，解开鞋带，然后重新系好。

约翰（突然明白过来，站起身来说）：梅宝，难道我们一辈子——都当别人的电灯泡吗？

梅宝（语带讥讽地说）：哦，你真聪明，总算懂了！如果不是“爱情”借给希尔达飞翔的翅膀，你觉得她会爬这六层楼吗？

约翰：我希望“爱情”也能眷顾这位年长的女性亲戚，给她安上翅膀。

梅宝：说话别轻浮。这是正事。

约翰：亲爱的姑娘，我们结婚才六个月，你实在无法指望我扮演正襟危坐的父亲角色。那就太不像话了。

梅宝：约翰，别讨厌了。

约翰：这不是讨厌，这是自然的进程。

梅宝（呆头呆脑地说）：我受的教育中，从来没提到过这个。对年轻姑娘来说，知道这个并非端庄贤淑的事情。

约翰：你为什么不跟我说希尔达喜欢巴兹尔啊？！他喜欢她吗？

梅宝：我不知道。我想她现在正问他这个问题呢。

约翰：梅宝，你的意思是说带我来这里——我作为一个毫无攻击性、人畜无害的家伙，目的是让你姐姐向我的某个哥们儿求婚？这简直是可忍孰不可忍。

梅宝：她才不会做这样的事情呢。

约翰：你别一副愤愤不平的样子。你不能否认当初是你向我求婚的。

梅宝：说实话，我可以否认。如果我求婚的话，那么我们的婚事就不会拖拖拉拉那么久了。

约翰：我不明白希尔达为何想嫁给可怜的巴兹尔！

梅宝：嗯，穆雷上校给她留下每年五千英镑的收入，而她认为巴兹尔·肯特是一个天才。

约翰：在摄政公园或者贝斯沃特的那些房子里，每家每户的客厅里都有那种平淡乏味的"天才"。我连巴兹尔算不算得上非常聪明都不知道。

梅宝：无论如何，我肯定谁要跟"天才"结婚都是大错特错。他们的脾气非常暴躁，而且老是向别人老婆大献殷勤。

约翰：一直以来，希尔达对文人着迷。本来大家都觉得嫁给四肢发达的骑兵是最糟糕的，于是一路推导，便得出结论——"智力"非常重要……文人很优秀。

梅宝：是的，可她没必要嫁给文人。如果她要鼓励巴兹尔，那就在保持谨慎距离的前提下，再去鼓励吧。有面包、水和精神寄托，天才向来都会焕发勃勃生机的。如果希尔达和他结婚，那他只会变得肥胖、丑陋、秃头，还有愚蠢。

约翰：哎哟喂，那么他就可以变成议会里非常理想的议员了。

（巴兹尔和希尔达重新进屋。）

梅宝（话里有话地说）：嗯，你们都谈了些什么啊？

希尔达（怏怏不悦地说）：天气和粮食，莎士比亚和音乐酒杯。

梅宝（挑挑眉毛说）：哦！

希尔达：天太晚了，梅宝。我们真的必须走了。

梅宝（起身道）：而且我最少还必须拜访十二个地方。我希望他们都不在家。

希尔达：人们如此愚蠢，只要你拜访，他们永远在家。

梅宝（朝巴兹尔伸出一只手说）：再见。

希尔达（疏远冷淡地说）：肯特先生，非常感谢。我恐怕我们太打扰你了。

巴兹尔（同梅宝握手说）：见到你，我向来很开心。再见。

梅宝（轻快地说）：你去意大利之前，我们还会再见到你，对吧？

巴兹尔：哦，我现在不打算去意大利了，我所有的计划都变了。

梅宝（看了约翰一眼）：哦！好吧，再见。约翰，你难道不一起走吗？

约翰：不，我还得等一下，有些话要跟巴兹尔说，趁这个时间，你去履行拜访各家的责任吧。

梅宝：好吧，事先提醒你，我们邀请了很多讨厌的人来用晚餐。

希尔达（微笑道）：可怜的人啊！他们是谁？

梅宝：我忘了都有谁。不过我知道他们遭人嫌。我邀请他们的原因就在于此。

（巴兹尔打开门，两位女士离开。）

约翰（四仰八叉地瘫坐在椅子上）：现在，我们已经摆脱女人了，让我们把自己弄得舒舒服服的。（从口袋拿出烟斗）如果你把烟草递给我，那我就想尝尝。

巴兹尔（将烟草罐子递给他）：约翰，我很高兴你留下。我本来就想跟你谈谈。

约翰：哈！哈！

（巴兹尔顿了一下，约翰饶有兴致地看着他。他往烟斗塞满烟草。）

约翰（点上烟斗）：不错的女人，希尔达——难道不是吗？

巴兹尔（热切地说）：哦，我觉得她非常有魅力……不过你干吗说起这个呢？

约翰（一脸无辜地说）：哦，我不知道。就是脑子里突然想到这个的。

巴兹尔：我说，约翰，我有些事情要告诉你。

约翰：好吧，不过别这么郑重其事。

巴兹尔（微笑道）：是一件非常郑重的事情。

约翰：别，千万别。我自己已经干过那件郑重的事情了。那就像高台跳水。当你俯瞰水面，那种目眩神迷简直令人无法呼吸，可等你真跳过下后——没你想的那样糟糕。你打算结婚了，我的孩子。

巴兹尔（带着笑意说）：见鬼，你怎么知道的？

约翰（眉飞色舞地说）：我用眼睛看的呀。我恭喜你，还要送上我的祝福。把那位女士嫁出去，我还会得到一件新大衣。

巴兹尔：你？……（恍然大悟）老兄，你弄错了。我打算娶的人不是你的大姨子。

约翰：真活见鬼了，那你干吗说是啊？

巴兹尔：我还没提过她的名字呀。

约翰：嗯哼！我真是有失水准，笨得比平时更厉害了，对吗？

巴兹尔：那你究竟为何会想到……

约翰（打断他说）：哦，只是我妻子的傻念头罢了。女人就是这样的傻瓜，你知道的。可是她们偏偏觉得自己的糨糊脑袋非常敏锐。

巴兹尔（看着他，心烦意乱地说）：穆雷太太说过……

约翰：没有，当然没有！哎呀，你打算娶哪个见鬼的家伙？

巴兹尔（面红耳赤地说）：我打算娶詹妮·布什小姐。

约翰：从来没听过这名字。我认识吗？

巴兹尔：是的，你认识。

约翰（在脑子里搜寻）：布什……布什……（展露笑意说）我听过唯一一个叫詹妮·布什的是舰队街上的一个酒吧女，长得非常漂亮。我寻思着，你不会跟她结婚吧？

（约翰轻描淡写地说道，根本没把巴兹尔求婚的对象跟那人联系起来。只是巴兹尔没有回答，约翰赶紧看了他一眼——两个男人互相瞪视对方，一时半会儿陷入了沉默。）

约翰：巴兹尔，不会真是我们从前认识的那个女人吧？——在你去好望角之前。

巴兹尔（脸色苍白，神情紧张，但语气坚定）：我刚说过，你认识詹妮的。

约翰：天哪，你不会打算娶一个“金王冠”的酒吧女吧？

巴兹尔（毫不动摇地看着他）：詹妮是一个在“金王冠”上班的酒吧女。

约翰：可是，主啊，巴兹尔，你什么意思啊？你不会认真的吧？

巴兹尔：非常认真！我们打算下个星期的今天就结婚。

约翰：你疯到这地步吗？——荒谬到这份儿上。你究竟为什么要和詹妮·布什结婚啊？

巴兹尔：这是一个非常微妙的问题，不是吗？（微笑道）可能因为我爱上她了。

约翰：嗯，这答案蠢透了。

巴兹尔：这答案显而易见。

约翰：胡扯！哎哟，我爱过二十个姑娘，但我没有把她们都娶了。我们生活的这个国家，重婚罪得坐七年牢，根本没办法把她们全娶了。沿着泰晤士河岸，从巴尼斯到塔普洛，每家酒吧都是我不求回报、肆意挥霍的青春激情的墓碑。我深深地爱着她们，可是我从来没有跟她们求过婚。

巴兹尔（抿紧双唇说）：约翰，我真希望你刚才没有拿这事取笑。

约翰：难道你确信自己没有冒傻气？如果你有麻烦，我们肯定会施以援手的。至于结婚，就像"悬梁上吊"一样，那真是走投无路的时候用的配方。

（巴兹尔坐下，心烦意乱地耸耸肩。约翰朝他走去，双手按在朋友的肩上，看着他的双眼。）

约翰：巴兹尔，你为什么要娶她呢？

巴兹尔（不耐烦地跳将起来）：去你的，你为什么不能别管闲事啊？

约翰：巴兹尔，别傻了。

巴兹尔：难道我不能娶自己选择的人吗？这跟你没关系，对吗？你不会以为我嫌弃她是酒吧女吧？

（他激动地走来走去，与此同时，约翰的眼神一直停在他身上，观察着他。）

约翰：巴兹尔，老兄，我们相识很多年了。难道你不觉得最好还是相信我吗？

巴兹尔（咬紧牙关说）：你想知道什么呢？

约翰：你为什么打算跟她结婚呀？

巴兹尔（暴跳如雷地突兀说道）：因为我必须这么做。

约翰（心平气和地点头说）：我明白了。

（两人稍稍沉默一下。巴兹尔稍微镇定一些，然后转身对约翰说话。）

巴兹尔：你还记得詹妮吗？

约翰：是的，记得很清楚。哎哟，我们以前一直在那里吃午饭的。

巴兹尔：嗯，我从好望角回来后，开始重新光顾那里了。我还在海外的时候，她还记挂着，给我写了一封信，拼写得乱七八糟，写得很滑稽——不过她还想到我，令我挺感动的。而且，她给我寄了一些烟草和香烟。

约翰：我家的女仆阿姨给你寄了一条羊毛围巾，可我并没有听闻你为了报答她，曾经向她求婚啊。

巴兹尔：就这样，一天天过去，我渐渐非常了解詹妮了。她表现得非常喜欢我——我忍不住想她的样子。

约翰：不过她原先一直装作跟一个小个子男人订婚了——那家伙镶着假牙，常常在酒吧厮混，一双含情脉脉的眼睛老是滴溜溜地盯着她，同时灌下数不清的苏打威士忌。

巴兹尔：有一次，她下班后，我带她出去玩，结果他闹得很凶，于是他们就分手了。我忍不住想着，他们是因为我闹掰的。

约翰：嗯，然后呢？

巴兹尔：后来，我常常带她去看戏，都成习惯了，还有类似的消遣。最后……

约翰：那个有多久了？

巴兹尔：几个月吧。

约翰：然后呢？

巴兹尔：嗯，有一天，她给我打电话。我发现她很是狼狈不堪。她哭得肝肠寸断，可怜的人儿。她觉得没精神，于是去看医生。然后，他告诉她……

约翰：你事先真该料到会出这种状况啊。

巴兹尔：是的……她很歇斯底里。她说自己不知道该怎么办，也不知道该去哪里。而且，她非常害怕自己周围的人。她说要去自杀。

约翰（不咸不淡地说）：她如此方寸大乱，是很自然的。

巴兹尔：我感觉自己唯一能做的事情就是请她嫁给我。接着，我看见她挂满泪珠、可怜兮兮的脸蛋上展露出欢颜，我就知道自己做得对。

（有一小会儿，两人都没有说话。约翰在房间里走来走去，突然停下脚步，转身对着巴兹尔。）

约翰：你向来没有精打细算过日子的习惯，从此以后，就要盯牢花出去的每个先令——你想过这个问题吗？在钱方面，你一直都漫不经心，随心所欲的。

巴兹尔（耸耸肩说）：我只要放弃生活中很多毫无用处的奢侈品——如果那样，我还真感觉不到有什么好抱怨的。

约翰：可是你没法养老婆，将来家里还要添丁增口。

巴兹尔：我想自己能像其他男人那样挣钱。

约翰：靠写书吗？

巴兹尔：我想在法律行业挣得一份营生。到目前为止，我还没有为未来生计担忧过。

约翰：在我认识的人当中，法律行业里那种漫长的等待，那种辛苦操劳，数你最不适合了。

巴兹尔：我们走着瞧。

约翰：还有关于你娶了一个——酒吧女，你的朋友们将会怎么说啊？

巴兹尔（不屑一顾地说）：我一点都不在乎朋友们。

约翰：你不在乎，他们还真挺开心的。你知道的，社交圈里的男男女女会互相嘀咕这事，接着大肆取乐，我想这会持续一段时间，直到他们消遣够了。不过从头至尾，他们都掩袖微笑，气定神闲地讪笑着，然后突然之间变脸，伸出一只铁爪——将当事人捏得粉碎。

巴兹尔（耸肩道）：这只意味着有几个势利眼将不跟我来往了。

约翰：不是你——是你的妻子。

巴兹尔：如果我不能带着妻子前往某户人家，那么我也不会去的——我不是那种没品的人。

约翰：但在这世上，你不可能放弃这一切。除了参加晚宴和去乡间宅邸盘桓，你没别的消遣。男人活一天，在呼吸之间，都只为博得女人们的微笑。

巴兹尔：你说的我好像一只顺从的猫咪。约翰，我不想自吹自擂，但别忘了，我的表现已经说明在这世上，我适合干一些事情的。我去过好望角，因为我觉得那是我的责任。我想娶詹妮，出于同样的理由。

约翰（严肃地说）：你可以回答我一个问题吗？——用你的荣誉发誓说实话！

巴兹尔：可以。

约翰：你爱她吗？

巴兹尔（顿一下）：不爱。

约翰（激动地说）：那么看在上帝的分上，你没有权力娶她。男人没有权力出于怜悯之心娶一个女人。那太残酷。你最终只会将自己和她弄成百分之百的可怜虫。

巴兹尔：我不能令一个可怜姑娘心碎。

约翰：你不懂何为婚姻。即使两个互相钦慕的人，有着同样的兴趣爱好，属于同一个社会阶层，婚姻有时候都令人忍无可忍。婚姻是这世上最可怕的事情，除非因为“激情”导致“婚姻”成了无可避免的绝对选项。

巴兹尔：我的婚姻绝对无可避免——因为另一个理由。

约翰：你讲这话好像以前就没有发生过那样的事情。

巴兹尔：哦，我知道，这样的事情每天都在发生。男人可以脱身。至于女方，就让她跳河吧。任凭她沦落风尘，反正要上绞刑架的人也是她。

约翰：胡扯！她可以承担的。只需要事先稍微做一丁点准备——谁也不比谁更明智，她也不比别人更差劲。

巴兹尔：但此事并不关乎别人是否知道。这是荣誉问题。

约翰（瞪大眼睛说）：那个档口，你的荣誉在哪里？当你……

巴兹尔：老天爷啊，我跟其他男人一样。我像其他男人一样会冲动。

约翰（冷峻地说）：亲爱的巴兹尔，我不想冒险论断你。况且，现在摆出卫道士的样子，进行道德说教，委实太迟了。

巴兹尔：难道你认为我不曾为自己的所作所为后悔过吗？事后说——我应该拒绝的，那真是太容易了。如果深夜时分，我们的脑子跟第二天早晨一样清醒，那么这世界就成了美好的主日学校。

约翰（摇头说）：归根到底，这只是由于你年轻和——欲望丛生，才发生的可悲事件。

巴兹尔（冷若冰霜地说）：我的所作所为或许像禽兽。我不知道。我想我只是做了所有男人都会做的事情。不过如今很清楚，我要承担起眼前的责任，而且，上帝啊，我打算负起责任。

约翰：你只能活一辈子，如果那样做，事情就回不了头了——难道你没意识到这点吗？世人游戏人间，生命宛如棋局，在棋盘上东一招西一招，等到乱成一锅粥的时候，他们就清空棋盘，重新来过。

巴兹尔：可是，若说生命是棋局，那么人永远是输家。执棋的另一方是“死亡”，无论对手有何招数，他都能见招拆招。无论你谋划得多么巧妙，他都能破局。

约翰：即便到头来，人终究难免一死，但在对弈中好好厮杀一番自有其价值。在人生刚刚扬帆起航的阶段，不要像堂吉诃德般傻头傻脑，那是自废武功。生活如此多姿多彩。它会让你拥有很多东西，可你如今几乎抛开一切——生活有麻烦，但也有它的报酬，可你这样，就只剩麻烦，却没有好处。

巴兹尔（黯然神伤地说）：如果我不跟詹妮结婚，她会自杀的。

约翰：你不会真以为她会那样做的。你知道的，人们要结果自己的性命，并没那么容易。

巴兹尔：你考虑了很多问题，约翰——但你没有顾及那个孩子。我不能让那孩子像毛贼一样偷偷摸摸地来到世间。我要让他光明正大地、合法地降生。我要他在世上有一个堂堂正正的名字。老天爷啊，这人间已经足够凶恶了，他如果还带着可怕的耻辱来到尘世——作为私生子，那他的身上会戴上怎样的镣铐啊。

约翰：哦，亲爱的巴兹尔……

巴兹尔（打断他道）：你可以拿出一千个反对的理由，可无论如何，都无法改变事实，一个有荣誉感的男人只有一条路可走。

约翰（挖苦道）：嗯，这条路可能给你的心灵增添光荣，但在提升你的理解力方面几乎毫无裨益。

巴兹尔：我本以为你一眼就能看出来，我正做着唯一能做的事情。

约翰：亲爱的巴兹尔，你谈到“怜悯”，你还谈到“责任”，可是扪心自问，你很明白除了“虚荣”之外，其实空无一物，对吗？你把自己放在某个道德高台上。你对内心的英雄情结是否有点太自恋了？你能拿准自己的心思吗？

巴兹尔（温和地微笑道）：你的眼神看上去很不屑啊，对吗？归根到底，这只是普通的道德信条罢了。

约翰（急躁地说）：可是，亲爱的老兄，这世界的道德水准要适用庸常的人们，如果你把那样的道德信条——都是一些无法实现的理想——套用在他们身上，那真是蠢透了。你正在给非洲野人开支票，而对他们来说，贝壳才是通用的货币。

巴兹尔（含笑道）：我不明白你的意思。

约翰：社会已经制定出自己的《十诫》版本，对于不是特别卓越，也不是特别邪恶的芸芸众生来说，该版本恰到好处。不过如果你木秀于林——高出平均线，或者太缺德——低于平均线，那么社会同样也会惩罚你。

巴兹尔：有时候，等这样的人死后，世人会把他捧成神。

约翰：但在他活着的时候，世人会费尽心思将他送上十字架。

（传来敲门声，格里格斯太太上场。）

格里格斯太太：先生，又来了几个客人。

巴兹尔：带他们进来吧。（对约翰说）是詹妮。她说过要来喝茶的。

约翰（微笑道）：哦，那蛋糕是给她的，对吗？你想让我离开吗？

巴兹尔：除非你自己想走，我没想让你离开。你以为我会觉得没面子吗？

约翰：我寻思着，你毕竟都告诉我了，你可能不在乎让我见见她。

（詹妮·布什和她弟弟詹姆斯进屋。她长得很漂亮，五官精致，肤如凝脂，一头丰盈的秀发梳成非常雅致秀气的发型。她的衣着潇洒鲜亮，很有点炫耀色彩。属于典型的酒吧女或者说茶馆女郎，比起普罗大众，她的身材仪态可能要更讲究一些。她的举止婉转娇柔，不会让人不自在，但不是淑女的那种温和端庄。詹姆斯是一个面容整洁的年轻人，神情敏锐。他打扮得太夸张了，跟匹舞马似的，而且很明显，他比姐姐要粗俗。他说英语的时候带着伦敦腔，不是一成不变地不发某些音，只是时不时地吞音。他脸上带着过火的热情和亲切。）

詹妮（朝巴兹尔走来）：我真是太迟了，我没法早点过来。

詹姆斯（戏谑道）：别管我。老姐，亲亲他。

詹妮：哦，我把我弟弟吉米带来跟你见见面。

巴兹尔（跟他握手）：你好吗？

詹姆斯：很好，谢谢。非常高兴认识你。

詹妮（看着约翰，突然认出他，说道）：哎呀，不会吧！如果那不是老约翰·哈利维尔，那我真是眼花了。我真没料到会见到你。真是惊喜呀。

约翰：你好吗？

詹妮：你在这干什么啊？

约翰：我正跟巴兹尔喝茶来着。

詹妮（看着茶具说）：难道你喝茶的时候，需要一次性喝三杯茶吗？

约翰：我妻子刚才也在——还有她的姐姐。

詹妮：哦，我明白了。就是说你结婚了。你喜欢婚姻吗？

约翰：还好，谢谢。

（巴兹尔倒了一杯茶，在他们谈话的时候，将牛奶、茶和蛋糕递给詹妮。）

詹姆斯：大家都说婚姻开头需要磨合，然后才能习惯。

约翰：布什先生，你是一位思想家。

詹姆斯：嗯，我得为自己说句话——如果你想逮住我的小辫子，那得赶早了。我还没弄明白你姓什么。

约翰：哈利维尔。

詹姆斯：阿利维尔?

约翰（强调第一个发音）：哈利维尔。

詹姆斯：我就是这么说的——阿利维尔。我认识一个做肉制品生意的人，他也叫“阿利维尔”。你们有亲戚关系吗?

约翰：我想没有吧。

詹姆斯：他那买卖还真不错呢。从事肉制品行业，还真能大把大把地赚钞票呢。

约翰：我猜也是。

詹妮（对约翰说）：我们很长时间没见面了。我觉得你如今成了已婚男人，变安静了。你还是单身汉的时候，要热情咋呼多了。

詹姆斯（取笑道）：别闹得他脸红了，詹妮。最井井有条的家庭也会出岔子。而且，男孩终究是男孩，就像他们在《圣经》里说的那样。[①]

约翰：巴兹尔，我想自己必须走了。

詹姆斯：嗯，我也得告辞了。我来这里只是跟自己未来的姐夫打个招呼、问个好。我很有人情味的。在我身上可没有傲慢不合群。

巴兹尔（彬彬有礼有余，但热情不足地说）：哦，难道你不留下来喝点茶吗?

詹姆斯：不了，谢谢。我不是很喜欢喝茶……我把那东西留给女士

---

① “男孩终究是男孩”是一句谚语，意指“男孩调皮捣蛋是正常的”，并非出自《圣经》，这是剧中人物随口杜撰的，作者通过这种说话方式塑造人物性格。——译者注

们。我自己更喜欢某些劲道更烈的东西。

詹妮（语带责备地说）：吉米！

巴兹尔：布什先生，我有一些威士忌。

詹姆斯：哦，布啊什啊先啊生啊！叫我吉米吧。我受不了客套。我是这样看待此事的。我们两人都是绅士。现在留心了，我不是那种自吹自擂的家伙。但我要说这话——我是绅士。这并非自夸，对吗？

约翰：我的天，没有自夸。只是陈述事实。

詹姆斯：嗯，就像我刚才说的那样，我知道自己是绅士。这是自然而然的事情，你无法阻拦，那为此自豪有什么好处呢？如果我在酒吧遇见某个哥们，而他邀请我喝一杯，那我就喝——他若是贵族的话，就一定会开口请我的。

巴兹尔：可你本来就想喝他的酒啊。

詹姆斯：嗯，你自己的做法也会一样，难道不是吗？

巴兹尔：大概吧。不过你现在想喝一杯吗？

詹姆斯：哦，上帝保佑你，我知道订婚是怎么回事。我不想叨扰你们这对金丝雀。我和阿利维尔要走了，然后去街角喝一杯。我瞧见你家附近有个不错的酒吧，很方便。（对约翰说）我猜你不是那种时不时光顾酒吧的人，呃？

詹妮（笑道）：他那时候每天去“金皇冠”，就想碰碰运气！

约翰：我恐怕自己很忙，没时间。

詹姆斯：别管了，人这一辈子，总能抽出时间去喝一杯苏格兰威士忌。

巴兹尔（将雪茄盒递给詹姆斯）：嗯，那就拿根雪茄吧。

詹姆斯（拿起一根雪茄，仔细查看道）：你若如此坚持……哎哟，“维勒Y维勒牌”的……这牌子凭什么卖那么贵啊？

巴兹尔：是别人送我的，我真不知道得花多少钱。（他点上火柴）你不把标签撕下来吗？

詹姆斯：如果我知道是这牌子，就不撕了。我不能每天都抽“维勒Y维勒牌”的，不过当我抽上这款雪茄，我就带着标签一起抽。

詹妮（大笑道）：吉米，你好谨慎啊！

约翰（跟詹妮握手）：再见，还有——送上我最诚挚的祝福。

詹妮：谢谢。以前在“金王冠”的时候，我常常给你们调制鸡尾酒，那时候你没料到我会嫁给巴兹尔，对吗？

詹姆斯：得了，阿利维尔。别停下脚步吹当年了。你只会打扰这对金丝雀的。再见，老姐，迟点再见吧。回见吧，巴兹尔，老兄。

巴兹尔：再见——吉米。

（约翰·哈利维尔和詹姆斯离开，詹妮百感交集地朝巴兹尔走去。）

詹妮：吻吻我吧。（他亲吻了她，她微笑道）好了！我现在可以心平气和地坐下来说话了。你喜欢我弟弟吗？

巴兹尔：哦——我几乎都还不了解他。他看起来非常好相处，很亲切。

詹妮：等你了解他之后，就知道他不是坏人。他只是非常像我的母亲。

巴兹尔（挑高眉毛说）：难道他？还有——你父亲也那样吗？

詹妮：嗯，你知道的，老爸没有像吉米那样受过良好的教育。吉米在马尔盖特的寄宿学校念过书。

巴兹尔：是吗？

詹妮：你也上过寄宿学校，不是吗？

巴兹尔（微笑道）：是的，我念的是哈罗公学。

詹妮：啊，你在哈罗呼吸到的空气，肯定没有马尔盖特那样新鲜。

巴兹尔：我能拿走你的茶杯吗？

詹妮（将茶杯放在桌上）：哦，谢谢，都好了。巴兹尔，过来，坐到我的身边吧。

巴兹尔（坐到她椅子的一个扶手上）：好的。

詹妮（握住他的一只手）：现在就剩我们两人了，我好开心啊。我想这辈子就这样跟你单独待在一起。你是爱我的，巴兹尔，对不对啊？

巴兹尔：对。

詹妮：很爱吗？

巴兹尔（微笑道）：对。

詹妮：我好开心。哦，如果你不爱我的话，我都不知道该怎么办了。如果你不曾如此善待我，我应该已经跳河自尽了。

巴兹尔：你都胡说些什么啊。

詹妮：我是认真的。

（他满心怜惜地抚摸着她的秀发。）

詹妮：哦，巴兹尔，你真是太好了。我太为你自豪了。能成为你妻子，真的令我非常自豪。

巴兹尔（严肃地说）：詹妮，别把我想得太好。

詹妮（笑道）：我不担心这个。你勇敢、聪明，而且你还是专业人士，你就是一切。

巴兹尔：你这个傻孩子。

詹妮（热情洋溢地说）：我都无法告诉你……自己有多爱你。

巴兹尔：詹妮，我会竭尽全力地给你当一个好丈夫的。

（她展开双臂环抱着他的脖颈，两人亲吻。）

（第一幕完）

第二幕

▼

▼

▼

（一年后。）

（巴兹尔位于帕特尼的房子，客厅。面对观众的墙面上有一道门，门外是走廊。右边有两道卧室的门，其对面有一扇飘窗。墙上的装饰画和盘子同第一幕；书桌位于两扇边门之间。藤编扶手椅上的靠枕，还有窗帘的风格，以及悬挂着精纺哔叽尼材质的门帘，壁纸上有着大朵大朵的菊花图案——这一切，都明显带有女主人詹妮的生活气息。）

（詹妮在做针线活，此时，詹姆斯·布什正懒洋洋地窝在一张扶手椅里。）

詹姆斯：那位大人下午去哪里了？

詹妮：他出去散步了。

詹姆斯（不怀好意地笑道）**：**亲爱的，这是他跟你说的吧。

詹妮（快速抬头看了他一眼）**：**你在别的地方见过他吗？

詹姆斯：没有，我可没本事说自己见过他。要是见过，我会不拿出来吹嘘吗？

詹妮（不依不饶地说）**：**那你刚才是什么意思？

詹姆斯：嗯，不管我什么时候来这里，他都外出散步……我说，老姐，你能借我几个金英镑吗？我下星期六还你。

詹妮（痛苦地拒绝道）**：**哦，不，吉米，我办不到。巴兹尔要我保证，再也不借钱给你了。

詹姆斯：什么！他要你保证这个？——呃，一毛不拔的小气鬼。

詹妮：吉米，我们已经借给你很多钱了。而且妈妈也借去很多了。

詹姆斯：嗯，瞧好了，你连一英镑的金币都没法做主，对吗？你不用说什么了。

詹妮：我真的不行，吉米。如果可以的话，我会借的。可是我们自己还有很多账单要操心担忧，而且下星期就要交房租了。

詹姆斯（悻悻然地说）：你不能借我钱，就因为你不愿意罢了。我只想知道巴兹尔到底是怎么花钱的。

詹妮：过去这一年，他过得很糟——并非他的错。宝宝夭折后，我病得太厉害了，我们不得不在医生那里花了将近五十英镑。

詹姆斯（嗤之以鼻地说）：嗯，詹妮，当时你嫁给他的时候，这门亲事看着还挺不错的。而且你当时也觉得自己飞上枝头了。

詹妮：吉米，别说了！

詹姆斯：无论如何，我都要戳穿他的西洋镜，我才不在乎让别人都知道呢。

詹妮（心浮气躁地说）：我不要再听你说他的任何坏话。

詹姆斯：好吧——用你的裙摆好好保护他吧。我倒要看看你会如何维护他。他对你并不是很上心。

詹妮（略为心虚地说）：你怎么知道？

詹姆斯：你以为我看不见啊！

詹妮：假话！这不是真的。

詹姆斯：詹妮，你糊弄不了我。我猜你今天哭过吧？

詹妮（脸涨得通红）：我头疼。

詹姆斯：我懂那种类型的头疼。

詹妮：今天早上，我们拌了几句嘴。他出去的原因就是这个……哦，别说他不在乎我。我没法活了。

詹姆斯（笑道）：我同意你的观点。海滩上可不是只有巴兹尔这块鹅卵石。

詹妮（声嘶力竭地说）：哦，吉米，吉米，我有时候都不知道该走哪条路，我太痛苦了。只要那孩子能活下来，我或许还能保住自己的丈夫——我有可能令他爱上我的。（那道关着的门上传来敲门声）那是巴兹尔。

詹姆斯：祝他好运。

詹妮：哦，吉米，小心点，别说惹他发火的话。

詹姆斯：我只想把自己的某些想法告诉他。

詹妮：哦，吉米，别这样。今天早上我们争吵是我的错。我想惹恼他，于是我对他百般挑剔。别让他看出来我跟你说过这些话。我会想办法——明天，我看看自己能不能给你寄去一英镑，吉米。

詹姆斯（轻蔑地说）**：**他最好别冲着我摆出高人一等的恩人架子，因为我受不了这个。我是绅士，我跟他一样优秀——如果没有更好的话。

（巴兹尔进屋，留意到詹姆斯也在，但没有说话。）

詹姆斯：巴兹尔，下午好。

巴兹尔（不咸不淡地说）**：**你又来了？

詹姆斯：看起来是的，对吧？

巴兹尔（平静地说）**：**我恐怕是的。

詹姆斯（这样的唇枪舌剑令他说话的口气越来越冲）**：**是吗？我想自己可以来看看姐姐的吧？

巴兹尔：我猜这无可避免。

詹姆斯：有问题吗？

巴兹尔（微笑道）**：**如果你来的时候，我——我刚好出去，那我心中只有万分感激。反之亦然。

詹姆斯：我估摸着，你这话的意思是赶我走了。

巴兹尔：亲爱的詹姆斯，你展示出了异乎寻常的理解能力。

詹姆斯：你这样文绉绉的话是跟谁说呢？——我想知道。

巴兹尔（和蔼可亲地说）：我对谁说？跟某个无关紧要的人说的。

詹姆斯（火冒三丈地说）：嗯，如果我是你，说话就不会如此假惺惺。

巴兹尔：不动声色地表现不礼貌，没必要做得粗鲁野蛮——这是非常有用的艺术，我察觉到你还没掌握好。

詹姆斯：瞧好了，我不想继续忍下去了。我向来跟你一样优秀。

巴兹尔：我从来不曾梦想要去反驳这个事实。

詹姆斯（怒不可遏地说）：那你这样鼻孔朝天的样子做给谁看，呃？我来这里，你就对我冷嘲热讽、大呼小叫，算什么意思啊？

詹妮（大惊失色地说）：吉米，别说了！

巴兹尔（微笑道）：詹姆斯，你的口才真好。你应该参加辩论社。

詹姆斯：是的，继续说啊。这就对了。你似乎觉得我是无名小卒。我只想知道，你为什么一直拿我当一个——我也说不上来是什么样的人。

巴兹尔（唐突地说）：因为我喜欢这种方式。

詹姆斯：你完全可以放心，我到这里不是来看你的。

巴兹尔（语带尖酸地微笑道）：那我总算有了一些要感激的事情。

詹姆斯：我跟别人一样有权利，爱来多勤就多勤。我来看我姐姐。

巴兹尔：说真的，你非常体贴关心人。我原先一直有个印象，觉得通常来讲——你来是借钱的。

詹姆斯：现在总算不客气了，跟我说这话。我忍不住想，自己是否应该外出工作了。

巴兹尔：哦，对你外出工作的事情，我没有丝毫反对意见。我唯一的抗议就是——这种抗议实在微弱——就是原本大家都指望我来养你的。今天你想要多少钱呢？

詹姆斯：我不要你肮脏的钱。

巴兹尔（笑道）：你已经试着从詹妮那里借了吧？

詹姆斯：不，我没有。

巴兹尔：那我猜，她拒绝了。

詹姆斯（咆哮道）：我跟你说，我不要你肮脏的钱。

巴兹尔：好吧，那么，我们双方都称心合意了。你似乎认为因为我娶了詹妮，所以你们这帮人下半辈子，都必须由我养活了。我很抱歉自己无法负担。另外，你行行好，告诉另外几个，我很烦——老找我要钱，我累了。

詹姆斯：我不知道当你在家的时候，是否要禁止我上门呢？

巴兹尔（泰然自若地说）：我不在家的时候，你可以过来— 如果你能规规矩矩的话。

詹姆斯：我想，我高攀你了？

巴兹尔：是的，你高攀了。

詹姆斯（气炸了）：啊，你个道貌岸然的伪君子，你就是这样的人。你个一毛不拔的吝啬鬼！

巴兹尔：詹姆斯，别骂人。这很粗野。

詹姆斯：我想说什么就说什么。

巴兹尔：那就请低声点，别嚷嚷。这让我很心烦。

詹姆斯（用心险恶地说）：我敢说你巴不得赶我走。不过我一定会盯牢你的。

巴兹尔（咄咄逼人地说）：你这话什么意思？

詹姆斯：你明白我的意思。我敢打赌，詹妮一直忍气吞声。

巴兹尔（强压怒火说）：你最好别插手詹妮和我的事情——你听到没有？

詹姆斯：哈，被我戳到痛处了，对吧？你以为我不知道你是哪种人吧！不管你伪装得多巧妙，我都能一眼看穿。我对你那些事情了如指掌，远超你的想象。

巴兹尔（不屑一顾地说）：詹姆斯，别说傻话了。

詹姆斯（挖苦道）：詹妮嫁给你的时候，她可是已经干了某件好事。

巴兹尔（神情恢复过来，微笑道）：她没有跟你讲我那一大堆错误吗？（对詹妮说）我的爱人，你应该倒了很多苦水吧。

詹妮（她一直在做针线活，时不时忐忑不安地抬头看看）：巴兹尔，我从来没有说过你一个字的坏话。

巴兹尔（转过身，背朝詹姆斯）：哦，亲爱的詹妮，如果你觉得开心，那无论如何跟我谈谈——你的兄弟、你的姐妹、你的父母，还有你那一大家子人，我肯定没有都照顾到吧？……我若没有弄错什么事情，若全都面面俱到，那我可就顶顶无趣了。

詹妮（神经紧张地说）：吉米，你跟他说，我没有说他的坏话。

詹姆斯：我敢说，真要讲的话，可有的说了。

巴兹尔（扭头看着他说）：詹姆斯兄弟，我真的好累。如果我是你，我就走人了。

詹姆斯（怒不可遏地说）：我想走，才会走。

巴兹尔（转身，柔和地笑道）：当然，我们都是基督徒，亲爱的詹姆斯，如今世风日下，文明社会有很多不上道的地方。但无论如何，最后的话语权还是掌握在最强者的手里。

詹姆斯：你这话什么意思？

巴兹尔（斯斯文文地说）：只是经过仔细思量后的判断罢了。大家都说，谚语是各个民族的财富。

詹姆斯（气哼哼地说）：这正是你会干的事情——攻击比自己弱小的人。

巴兹尔：哦，不管怎样，我不会攻击你的，詹姆斯兄弟。我只会把你扔下楼。

詹姆斯（冲到门边）：你试试看，我倒要看看。

巴兹尔：别犯傻了，詹姆斯。你知道自己根本不想的。

詹姆斯：我不怕你。

巴兹尔：当然不怕了。不过你——还是不够彪悍，对吗？

詹姆斯：你个懦夫！

巴兹尔（微笑道）：詹姆斯，你这回答可不够灵巧。

詹姆斯（出于安全考虑，站在门边）：但凡我还有口气，我就会报复你的。

巴兹尔（挑高眉毛说）：詹姆斯，五分钟前，我就叫你走了。

詹姆斯：我要走了。难道你以为我想留在这里吗？詹妮，再见，我可没打算站得直挺挺地被人侮辱。（他离开，砰地关上门。）

（巴兹尔平静地微笑着，走到书桌旁，翻阅报纸。）

巴兹尔：詹姆斯兄弟唯一能带来的好处，就是时不时地制造出某个平和冲淡的娱乐小节目。

詹妮：巴兹尔，你或许最少能对他有礼貌一些。

巴兹尔：我的礼貌在六个月前就消耗殆尽了。

詹妮：说到底，他是我兄弟。

巴兹尔：我向你保证，对该事实，我全身心地感到遗憾。

詹妮：我不知道他到底哪里不对劲。

巴兹尔：你不知道吗？这无关紧要。

詹妮：我知道，他并非能混社交圈的人。

巴兹尔（笑道）：是的，他不是，在那些公爵夫人的茶会上，他可不是什么讨人喜欢的角色。

詹妮：嗯，他也就这样，不会更差，对吗？

巴兹尔：一点都不会。

詹妮：那你为什么拿他当狗一样对待呢？

巴兹尔：亲爱的詹妮，我没有……我非常喜欢狗狗的。

詹妮：哦，你一直都这样阴阳怪气的。难道他跟我有什么不同吗？当初你都肯降低身份娶我呀。

巴兹尔（冷冷地说）：我真看不懂——因为我娶了你，所以无可避免地，我必须把你全家人都搂在怀里。

詹妮：你为什么不喜欢他们啊？他们为人诚实，都是值得尊敬的人。

巴兹尔（意兴阑珊地轻叹道）：亲爱的詹妮，我们不会因为别人诚实、值得尊敬，就跟他们做朋友的，就像不会因为某些人天天换高档服装，大家就能打成一片。

詹妮：如果他们是穷人，看人穿得高档就套近乎，那也很正常，他们忍不住就会那么做的。

巴兹尔：亲爱的，我非常愿意了解他们点点滴滴的仁慈和美德，可是他们委实令我烦得想钻地洞。

詹妮：如果他们能像水母似的膨胀拉风，就不会让你钻地洞，只会把你包裹住。

（巴兹尔轻笑一声，但没有回答；詹妮非常恼火，越说火越大。）

詹妮：况且说到底，我们也没有那样差劲。我外公是一位绅士。

巴兹尔：我希望你母亲的儿子也能是绅士。

詹妮：你知道吉米是怎么说你的吗？

巴兹尔：我不是很在乎。不过你如果非常乐意，那你可以跟我说说。

詹妮（脸涨得绯红，怒道）：他说你是一个见鬼的势利眼。

巴兹尔：就这些？关于我自己，我能炮制出远为恶毒的评语……（换了一种语调说）詹妮，你知道的，用这些鸡毛蒜皮的小事来烦我们自己，实在无谓。人无法强迫自己喜欢别人。我很抱歉——我受不了你的那些亲戚。你为什么就不肯放弃？然后随遇而安地过日子呢？

詹妮（怨毒地说）：你觉得他们不够好，觉得他们不配跟你交往，是因为他们没有处在水母的位置。

巴兹尔：亲爱的詹妮，他们经营小买卖，我没有丝毫的不敬之意。我只希望他们卖东西给我们的时候，价格能公道一些。

詹妮：吉米不是小摊小贩。他是拍卖行的职员。

巴兹尔（讥诮道）：我卑微地请求你原谅。我本以为他是开杂货铺的，因为他上次赏脸来看我们，他问我们买一磅茶花了多少钱，然后提议说用同样价格卖一些给我们……可他接着又向我们推销房屋的火险，以及打算把澳大利亚的某个金矿卖给我。

詹妮：嗯，竭尽全力想弄点钱也好过……（一时语塞）

巴兹尔（微笑道）：说下去啊。千万别犹豫，不要害怕伤害我。

詹妮（不屑地说）：那好吧，也好过像你这样神情恍惚地无所事事。

巴兹尔（耸耸肩说）：说真的，就算为哄你开心，我恐怕自己也没办法在口袋里揣着茶叶的小规格样品，然后在拜访朋友的时候，向他们推销一磅两磅的。况且，我相信他们不会给我钱的——我根本不像推销员。

詹妮（嗤之以鼻地说）：哦，不会的，你是绅士，是大律师，是作家，而且你不能做任何会弄脏自己雪白双手的事情——你对这双手呵护得小心翼翼啊，对吧？

巴兹尔（看看自己的双手，然后抬眼看着詹妮）：那你到底想要我干什么呢？

詹妮：嗯，你拿到律师资格也有五年时间了。我原想着这么长时间过去了，你总能弄出些名堂。

巴兹尔：我没办法强迫那些老奸巨猾的法务官把案子交给我。

詹妮：那别人是如何做到的呢?

巴兹尔（笑道）：我想最简单的办法，就是娶一个老奸巨猾的法务官的女儿。

詹妮：而不是娶酒吧女?

巴兹尔（正色道）：我没有说过这话，詹妮。

詹妮（气急败坏地说）：哦，没有。你没有说过，可你暗示这个意思了。你从来不明说，但话里话外，你一直含沙射影——直到这些话弄得我彻底崩溃。

巴兹尔（沉默一会儿，随即严肃地说）：如果我伤害了你，那我非常抱歉。我向你保证，我不是故意的。我一直努力，想好好待你的。

（他看着詹妮，希望她能说一些原谅或者道歉的话。可她只是耸耸肩，郁郁寡欢地低头看着自己的针线活，一句话都没说，然后开始缝缝补补。这时的巴兹尔抿紧双唇，拿起文具，朝门走去。）

詹妮（快速抬起头说）：你去哪里?

巴兹尔（停下脚步）：我有一些信要写。

詹妮：你就不能在这写信吗?

巴兹尔：当然可以——如果你觉得开心的话。

詹妮：难道不想让我知道你给谁写信吗?

巴兹尔：我丝毫不反对你知晓我所有的信函……而且挺幸运的，信里的内容，你都知道。

詹妮：你现在指责我看你的信了。

巴兹尔（微笑道）：你每次到过我的书桌后，都能把我的文稿弄得乱七八糟的。

詹妮：你说这话根本没凭没据。

（巴兹尔深深吸了一口气，目不转睛地盯着她。）

巴兹尔：你愿意发誓说——当我不在的时候，你没有坐在我的书桌旁看我的信函吗？得了，詹妮，回答问题吧。

詹妮（心虚了，但在他目光的逼迫下，不得不回答）：嗯，我是你妻子，我有权知道。

巴兹尔（悻悻地说）：詹妮，对于妻子的职责，你的观念真的非常奇怪。这些职责包括看我的信，在街上跟踪我。然而，宽容、仁慈和忍耐似乎都没有列进你的名单啊。

詹妮（黑着脸说）：那你为什么要去别的地方写信呢？

巴兹尔（耸肩道）：我觉得能更安静一些。

詹妮：我想我打扰到你了？

巴兹尔：当你说话的时候，写东西是有点小困难。

詹妮：我为什么不能说话？你觉得我不配，呃？我原本以为比起你的那些信件，我更重要呢。

（巴兹尔没有回答。）

詹妮（怒气冲冲地说）：我是否是你的妻子？

巴兹尔（讥讽道）：为证明这点，你已经非常小心谨慎地将结婚证锁起来了。

詹妮：那为什么你不能像待妻子那样对我呢？你似乎觉得我只适合打理屋子、安排伙食，给你缝补衣服。除此之外，我大可以去厨房跟用人坐在一起了。

巴兹尔（又朝门的方向走去）：你觉得吵得面红耳赤的有意义吗？所有这些话，我们好像以前已经说过无数次了。

詹妮（打断他的话）：我想弄明白。

巴兹尔（索然无味地说）：过去六个月，这样的对话，我们每个星期都要说上两次——而且一直原地打转，一点好处都没有。

詹妮：我不想一直忍气吞声，我是你妻子，我跟你是平等的——我不比你差。

巴兹尔（露出一丝淡淡的笑意）：哦，亲爱的，如果你打算争取女性权利，那我举双手双脚赞成——你得到我这张选票了。而且，如果你喜欢，只要是你选的候选人，我都同意。

詹妮：你似乎觉得这是一个笑话。

巴兹尔（苦涩地说）：哦，没有，我向你保证我不会那样的。这耗得太久了。上帝知道何处才是尽头……他们都说婚姻的第一年是最难熬的；无论从哪个方面讲，我们新婚第一年算是糟透了。

詹妮（咄咄逼人地说）：我想你觉得这是我错吧？

巴兹尔：难道你没觉得我们双方或多或少都有该指责的地方吗？

詹妮（笑道）：哦，我很高兴你承认自己也有些不足之处。

巴兹尔：我努力想令你幸福的。

詹妮：嗯，你并非很成功。白天，你留下我一个人，然后有半个晚上，你跟那些水母朋友在一起，而我不配进入你们的圈子——这样的生活，你觉得我还有可能幸福吗？

巴兹尔：这话不对。那些老朋友，我几乎都没见面了。

詹妮：除了穆雷太太，对吧？

巴兹尔：去年一年，我见穆雷太太的次数可能也就十几次。

詹妮：哦，你没必要跟我说这个。我懂的。她是大家闺秀，是不是？

巴兹尔（躲开她气势汹汹的逼问）：是我的工作让我离开你的。我不能一直待在这里。想想看，我写作，你在一旁该有多闷啊。

詹妮：你可真干了大量宝贵的工作。你挣的钱都不够我们摆脱债务泥潭的。

巴兹尔（轻言细语地说）：我们是欠债。然而，本王国里有一半的贵族和绅士都欠债，因此我们这种处境也算是分享了荣光。我们两个都不是理财能手，今年的开销确实有点超过收入了。不过以后，我们会更节约的。

詹妮（闷闷不乐地说）：所有邻居都知道我们欠店家的钱。

巴兹尔（不悦地说）：当初你嫁给我的时候，原以为攀上一门好亲事，没料到结果如此不实惠——我对此深感抱歉。

詹妮：我不知道你到底能干什么啊？那时候，你的书大获成功，不是吗？你以为自己将火遍泰晤士两岸，结果被砸得满头包，滞销、滞销、滞销。

巴兹尔（恢复和颜悦色的神情）：好运砸中了那些比我写得更好的书籍。

詹妮：可它本应畅销的。

巴兹尔：哦，我并不指望你能理解欣赏。撰写那类邪恶伯爵和美丽公爵夫人的故事是需要天赋的，并不是所有人都有这种好运的。

詹妮：嗯，我并非唯一一个这么想的人。报纸都大加夸奖，不是吗？

巴兹尔：如果各家报纸能众口一词地指责，那才是我唯一的安慰呢。

詹妮：是有一家报纸建议你去学习英语语法。你作为宽宏大量的绅士只是用怜悯的眼光俯视那些可怜的东西——就像低头看我们一样！

巴兹尔：我常常闹不明白——因为某个印刷错误就对作者大加辱骂的

评论员，是否意识到自己给作家的爱妻带来多大的欢乐呢?

詹妮：哦，过去这六个月，我真是看透你了——自从宝宝夭折后。你已经没有理由再把自己摆放在道德的高台上了。

巴兹尔（笑道）：亲爱的詹妮，我从来不曾假装自己是某尊散发着金光的神像啊。

詹妮：我现在看明白你了。我从前真是傻透了，居然以为你是一个英雄。你只是一个输家。你努力去做的每件事，到头来都输得一塌糊涂。

巴兹尔（轻叹道）：詹妮，或许你是对的。

（巴兹尔在屋里走来走去，然后停下脚步，若有所思地看了她一会儿。）

巴兹尔：有时候，我想如果我们分开生活——是否会更幸福一些呢?

詹妮（吓了一大跳）：你什么意思?

巴兹尔：我们似乎没办法好好相处了。我也看不出来事情有好转的迹象。

詹妮（瞠目道）：你的意思是想分居吗?

巴兹尔：我觉得这或许对我们双方都更好一些——至少分居一段时间。或许以后，我们可以再试试的。

詹妮：那你打算怎么做?

巴兹尔：我想去国外待一段时间。

詹妮：跟穆雷太太。对吧?你想跟她一起离开。

巴兹尔（焦躁地说）：不。当然不是。

詹妮：我不相信。你爱着她。

巴兹尔：你没有权力说这话。

詹妮：我没有吗?我猜自己必须闭上双眼，当自己看不见，然后一声不吭。你爱她。这几个月来，你以为我没有看出来吗？你想离开我的原因就是这个。

巴兹尔：我们没法一起生活了。我们的意见永远不一致，而且我们绝无可能幸福了。看在上帝的分上，让我们分居吧，别吵了，就这样吧。

詹妮：你对我厌烦了。你想从我这里得到的一切，你都得到了，于是我可以滚蛋了。那位大家闺秀来了，你便像打发女仆那样打发我走了。难道你觉得我看不出来你爱她吗？只要能给她稍稍解闷，你就会毫无顾忌地牺牲我。因为你爱她，因为你恨我。

巴兹尔：不是这样的。

詹妮：你能否认自己爱她吗？

巴兹尔：你简直疯了。老天爷啊，我没有做过一丝一毫让你妒忌的事情。

詹妮（疾言厉色地说）**：**你会发誓说自己不爱她吗？用你的荣誉发誓，可以吗？

巴兹尔：你疯了。

詹妮（愈发激动地说）**：**发誓啊。你不能。你只是疯狂地爱着她。

巴兹尔：胡扯。

詹妮：那你发誓啊。用你的荣誉发誓。发誓你根本不在乎她。

巴兹尔（耸耸肩说）**：**我发誓……以我的荣誉发誓。

詹妮（不屑一顾地说）**：**撒谎！……她刚好也爱着你，就像你爱她一样！

巴兹尔（抓紧她的手腕说）**：**你这话什么意思？

詹妮：难道你觉得我脑袋上没长眼睛吗？那天她来这里的时候，我看出来了。你以为她是来探视我的吗？她看不起我。我不是大户人家的小姐。她来这里是为了让你开心。她对我彬彬有礼是为了讨你欢心。她邀请我去她家是为了取悦你。

巴兹尔（*尽量克制自己*）：蠢话。她是我的老朋友。她当然会来的。

詹妮：我知道那种朋友。难道你以为我没有看见她瞧你的眼神吗？还有她的视线如何跟着你转，你觉得我都瞧不见吗？你说的每一个字，她都很留意。你微笑的时候，她也微笑。当你大笑的时候，她也大笑。哦，我就知道她爱你……我知道什么是爱情，而且我感受过的。至于她看我的时候，我就知道她恨我，因为我把你从她身边抢走了。

巴兹尔（*忍无可忍地嚷道*）：哦，我们过着怎样大杀的日子啊！我们两个都成了十足的可怜虫。不能再继续下去了——我看到前方只剩一条路。

詹妮：过去一个星期，这就是你一直在思考的问题，对吗？分居！我就知道有事情，我只是弄不清楚是什么事。

巴兹尔：我尽量克制，我已经非常努力了，可有时候，我实在受不了。再这样下去，我会失控，说出一些让我们大家都后悔的话来。看在老天爷的份上，让我们分开吧。

詹妮：不。

巴兹尔：我们不能再这样无休止地争吵下去，太可怕了。太堕落，太可耻了。我们当初结婚真是大错特错。

詹妮（*惊得浑身颤抖说*）：巴兹尔！

巴兹尔：哦，你肯定跟我看得一样清楚。我们根本就不适合对方。那宝宝夭折了，也带走能让我们必须黏在一起的唯一理由了。

詹妮：你说得好像我们在一起仅仅是权宜之计。

巴兹尔（*激动地说*）：詹妮，让我走吧。我再也撑不住了。我觉得自己好像要发疯了。

詹妮（撕心裂肺的痛楚，咬牙切齿地说）：对你来说，这一切毫无意义。

巴兹尔：詹妮，一年前，我为你做了最好的安排。能给的一切，我都给你了。当然，并没有多少东西。现在我求你将我的自由还给我。

詹妮（神情恍惚地说）：你只想到你自己。那我该怎么办呢？

巴兹尔：你会更快乐，快乐得多。对我们俩来说，这是最好的安排。我会竭尽全力照顾好你的，而且你可以让你母亲和姐妹住到这里来。

詹妮（痛苦地哭出声来，激动地说）：可是我爱你啊，巴兹尔。

巴兹尔：你！哎呀，六个月来，你死命地折磨我，我已经快崩溃了。你把每一天都变成我不堪忍受的重担。你使我的生活完全变成了地狱。

詹妮（不胜凄苦地长叹一声，惶恐不安地说）：哦！

（他们面对面站着，此时芳妮——就是女仆，进屋了。）

芳妮：哈利维尔先生来了。

（约翰上场。芳妮下场。詹妮跟他握手后，就深深地跌坐在椅子上，根本没留心接下来的对话。她茫然地瞪着前方，神情很是恍惚迷离。巴兹尔不遗余力地想表现得平静自然。）

巴兹尔：好啊，你来这边晃悠有什么事情吗？

约翰：肯特太太，你好啊。我在列治文吃过早午餐，然后想着在回家路上，应该来拜访一下。既然是周六下午，我觉得有可能碰见你的。

巴兹尔：我确信我们见到你都很开心。（约翰用眼睛余光扫视了一下詹妮，微微挑挑眉毛）不过你来得还真是时候，因为我刚好打算去城里。我们可以一起走。

约翰：那当然好了。

詹妮：巴兹尔，你要去哪里？

巴兹尔：去大法官巷，要跟我的代理人见面谈事情。

詹妮（将信将疑地说）：周六下午吗？哎呦，他才不会在那里呢。

巴兹尔：我已经跟他约好了。

（詹妮没有回答，但显而易见，她还是半信半疑。约翰觉得有些尴尬，只好尽量没话找话。）

约翰：一路走来，我本来还想着住在郊区的人，肯定过着田园牧歌般的悠闲生活——有潺潺小河——还有小小的花园。

巴兹尔（讥诮道）：还有五十所一模一样的小房子，全都面对面地杵着——这景致也厉害。

约翰：安静恬淡的生活别有一番妩媚的风情。

巴兹尔：哦，是的。唯一能打扰到这种平静隐居生活的机器，只有送奶车和手风琴了。浓郁的田园牧歌风格。

詹妮：我觉得这样的生活环境非常好。而且这里的邻居都如此优秀出众。

巴兹尔：我只想出去走走，换换空气。（看看手表）四点十五分有一趟火车。

约翰：那好，你赶紧准备一下。

（巴兹尔离开屋子。詹妮立刻跳起身来，朝约翰走去。她魂不守舍，几乎都不知道自己在说什么。）

詹妮：我可以相信你吗？

约翰：你这话什么意思？

（她盯牢他的双眼，满心怀疑，努力想看明白他是否愿意帮自己。）

詹妮：你以前心肠好。你从来没有因为我是酒吧女，就看低我。约翰，告诉我——我可以相信你。我找不到可以说话的人，而且我觉得如果自己不说说话，我会发疯的。

约翰：出什么事了？

詹妮：如果我问你一些事情，你会对我说真话吗？

约翰：当然。

詹妮：你发誓吗？

约翰：我发誓。

詹妮（稍稍顿一下）：巴兹尔和穆雷太太之间有情况吗？

约翰（愕然失色道）：没有，当然没有。

詹妮：你怎么知道呀？你肯定吗？如果他们真有事，你也不会告诉我的。你们都不喜欢我，因为我并非大家闺秀……哦，我太不幸了。（她努力忍住泪水，有些歇斯底里，几近发狂。约翰瞪着她，满脸惊讶，一时之间说不出话来。）

詹妮：只要你晓得我们过的是怎样的日子，你就会明白了！他管这叫天杀的生活，他说对了。

约翰：我还以为你们过得不错呢。

詹妮：哦，在你面前，我们一直很费劲地保持假象。他不想让你知道他后悔娶我了……他觉得很羞愧。他想分居。

约翰：什么！

詹妮（焦躁地说）：哦，别摆出这样惊讶的表情。你并没有傻到不可救药，对吗？刚才，就在你来之前，他提出分居了。我们刚刚大吵一架。

约翰：可是到底为什么吵架啊？

詹妮：上帝知道！

约翰：真胡说八道。只不过小小的争执，过去就过去了。你应该会料到夫妻之间会有这样那样的口角的。

詹妮：不，不是的。不，不是的。他不爱我。他爱着你的大姨子。

约翰：绝无可能。

詹妮：他一直去她那里。上星期，他去过两次，上上星期，他去过两次。

约翰：你怎么知道的?

詹妮：我跟踪他了。

约翰：詹妮，你在街上跟踪他?

詹妮（鄙夷不屑地说）：是的。如果我不够淑女，配不上他，那我也没必要假装淑女了。我猜，你现在被吓到了吧?

约翰：詹妮，我没打算论断你的。

詹妮：还有，他的信，我都看过——因为我想知道他都在干什么。我将封印化掉，然后被他发现了，可他一个字都没说。

约翰：老天爷啊，你为什么这样做啊?

詹妮：因为如果我不知道真相，我就没法活了。我觉得那是穆雷太太的笔迹。

约翰：那是她的信吗?

詹妮：不是。是煤炭行寄来的收据。当他看到信封的时候，我可以看出他有多厌恶我——重新封信口的时候，我没法弄得很好。接着，当他发觉只是一张收据的时候，我看见他面露笑意了。

约翰：我敢保证，我觉得你妒忌的理由并不充分啊。

詹妮：哦，你不懂的。上星期二，他坐在这里吃饭的时候，你真该看看他当时的德行。他简直就是心神不定，根本坐不住。每隔一分钟，他都要看一下手表。他的双眼兴奋得闪闪发亮，而且我几乎都能听到他的心跳声了。

约翰：这不是真的。

詹妮：他从来不曾爱过我。他娶我，因为他觉得那是他的责任。然后那宝宝夭折了——他觉得自己被我困住了。

约翰：他不会说这样的话。

詹妮：不。他从来不曾说过什么——可是从他的眼睛里，我看出来了。（*双手紧紧地握在一起*）哦，你不明白我们的生活。一连好几天，除了回答我的问题，他一个字都不说。这样冷若冰霜的沉默真的让我发疯。如果他骂我，我不介意。我宁可他打我，也好过犹如陌生人的眼光。我可以看得出来，他一直克制自己。今天，他说的话比平常多一些。我知道一切都快结束了。

约翰（*做了一个爱莫能助的动作*）：我很难过。

詹妮：哦，你也不用怜悯我。我拥有的“怜悯”已经太多太多了。我不想要这东西。巴兹尔出于“怜悯”娶了我。哦，我真希望他没有那么做。我无法忍受这种痛苦。

约翰（*严肃地说*）：你知道的，詹妮，他是一个有荣誉感的男人。

詹妮：哦，我知道他有荣誉感。我真希望他的荣誉感能稍稍少一些。在婚姻生活中，人并不需要很多美好的情操。那些不管用的……哦，我为什么没能爱上同阶层的某个男人呢？那样的话，我应该会幸福很多的。以前，因为巴兹尔并非小职员或者在城里打工，我感到那样自豪啊。他说得对，我们将来永远不可能幸福的。

约翰（*试图使她平静下来*）：哦，会幸福的，你以后会幸福的。你不能把事情想得太严重。

詹妮：这并非一时一刻的事情，并非就发生在昨天、今天或者明天。我无法改变自己。他当初娶我的时候，就知道我并非淑女。我父亲一个星期只有二英镑十便士的收入，要养活五个孩子。这样的经济状况，你无法指望他能将女儿们送去布莱顿的寄宿学校念书，也无法供她们一路走到巴黎……当我做了或者说了某些大家闺秀不会做或说的事情，巴兹尔一个字都不说——可他抿紧双唇，那眼神……于是，我非常抓狂，一定要做一些事情，只为惹恼他。有时候，我会试着变得粗俗。我在城里的酒吧学到很多，而且我很清楚哪些话会惹得他七窍生烟。有时候，我就想小小地报复他一下——他有哪些软肋，怎样才能伤害他，我一清二楚。（不屑一顾地说）你真该瞧瞧当我用餐方式不对的时候，他看我的那种眼神——还有就是我亲热地管某个男人叫“约翰尼”的时候。

约翰（淡漠地说）：家庭不幸的大门就此打开，永无止境了。

詹妮：哦，我知道这对他不公平，可是我丧失理智了。我没法一直保持端庄礼貌。有时候，我忍不住要发作。我感觉必须发泄一番。

约翰：那你为什么不分居呢？

詹妮：因为我爱他啊。哦，约翰，你不知道我爱他有多深。为了让他幸福，我愿意做任何事情。如果他想要的话，我连性命都可以给他。哦，我说不清楚，可是我一想到他，心里就像有一团火在燃烧，有时候，我简直都无法呼吸了。我无法让他看见——对我来说，他就是整个世界。我努力想让他爱上我，可我只令他恨我。我能做什么才能让他看明白呢？啊，只要他知道我对他的爱，我肯定他不会后悔娶我的。我觉得——我觉得我的心中充满爱的音乐，只是有时候被别的东西堵住了，让我一点声音都发不出来。

约翰：他说分居的时候，你觉得他是认真的吗？

詹妮：他一直在思考此事。我太了解他了，我知道他脑子里一直在想着某些事。哦，约翰，没有他，我活不下去。我宁可去死。如果他离开我，我发誓我会自杀的。

约翰（走来走去）：我希望自己能帮你。我看不出来自己能做什么。

詹妮：哦，可以的，你可以帮我的。跟你的大姨子说说。求她可怜可怜我。她或许不知道自己在干什么。告诉她，我爱他……小心点。巴兹尔来了。如果他知道我刚才说过的话，他就永远不会再跟我讲话了。

（巴兹尔进屋，穿着大衣，手里拿着一顶高礼帽。）

巴兹尔：我准备好了。我们马上走吧，时间也只够赶火车了。

约翰：好的。再见，肯特太太。

詹妮（目不转睛地盯着巴兹尔）：再见。

（两个男人离开。詹妮跑到门边，大声嚷道。）

詹妮：巴兹尔，你等一下，我有话跟你说，巴兹尔！

（巴兹尔出现在门口。）

詹妮：你真打算去大法官巷吗？

（巴兹尔做了一个不耐烦的动作，没有回答就扭头离开。）

詹妮（自言自语道）：哦，好吧，我就亲自去瞧瞧。（叫女仆）芳妮！……把我的帽子和外套拿来。快啊！

（她跑到窗边，目送巴兹尔和约翰离开。芳妮拿着服饰进来。詹妮匆忙穿戴好。）

詹妮（芳妮在一旁帮她）：现在几点？

芳妮（抬头看钟）：四点五分。

詹妮：我想自己能赶得上。他说四点一刻的。

芳妮：太太，你会在家喝茶吗？

詹妮：我不知道。（她跑向门边，冲了出去。）

（第二幕完）

第三幕

（同一天下午。）

（伦敦高档住宅区梅菲尔，查尔斯街。穆雷太太的宅邸，一间装饰豪华的客厅。房间里的一切都美轮美奂，不过这只表明业主有好品位，而非具备原创精神。）

（希尔达坐在茶桌近旁，衣着柔婉绮媚，梅宝正陪着她。罗伯特·布拉克利先生刚好坐下。他个头矮墩墩的，圆乎乎的脸庞，胡须刮得很干净，头秃得厉害；四十岁左右；打扮得非常时髦，身着男款长大衣，脚蹬漆皮靴子，戴着单眼镜片。他的语速很快，讲话方式既漫不经心又轻佻无聊，而且永远自说自乐。）

梅宝：布拉克利先生，现在几点?

布拉克利：我不会再告诉你了。

梅宝：你真粗鲁!

布拉克利：你如此狂热地想获取消息，有某种不健康的东西。我已经跟你说过五次了。

希尔达（对梅宝说）：我们一直尽着绵薄之力想让你开心，你居然不领情，老记挂着时间——我们真没面子。

梅宝：我无法想象约翰出什么事情了。他答应来这里接我的。

希尔达：你只要耐心地等待，他肯定会回来的。

梅宝：可是我讨厌“耐心地等待”。

希尔达：你就不应该让他离开你的视线。

梅宝：午餐后，他去帕特尼探望你的朋友——肯特先生。你最近见过他吗?

希尔达：约翰吗?我昨天在马丁家见到他了。

梅宝（狡黠地说）：我的意思是肯特先生。

希尔达（不咸不淡地说）：见过。他前几天来过。（转变话题）布拉克利先生，你真是异乎寻常的沉默啊。

布拉克利（微笑道）：我没什么要说的。

梅宝：通常情况下，都是聪明人的话最多。

希尔达：你如今做过事情吗？

布拉克利：哦，有啊，我正在创作一个无韵诗剧本。

希尔达：你真是有胆量的男人。是关于什么内容的？

布拉克利：克娄巴特拉。[①]

希尔达：我的天啊！莎士比亚写过一个关于克娄巴特拉的戏剧，是不是啊？

布拉克利：我猜是的。我没有读过。我觉得莎士比亚很没意思。他的年代太久远了。

梅宝：现在当然还有人读他的作品啊。

布拉克利：有吗？他们长什么样啊？

希尔达（微笑道）：他们可没有打上明显的"特立独行"标识。

布拉克利：他作品中的英语真够原始的。

梅宝：我想我得去给公寓打个电话。我怀疑他是不是直接回家去了。

布拉克利：去吧。一想到他，我就越来越不自在。

梅宝（笑道）：你个傻头傻脑的家伙。

（梅宝离开。）

希尔达：在我遇见的人当中，数你满嘴跑马的本事最大。

布拉克利：我靠"满嘴跑马"吃饭。如果大家都知道我是一个头脑清

---

① 克娄巴特拉：公元前70或69年—公元前30年，埃及托勒密王朝最后一任女王。传说她用毒蛇自杀，但现在有研究表明她可能是被屋大维谋杀的。她死后，埃及并入罗马帝国版图，直至西罗马帝国分崩离析。在我国，她以"埃及艳后"的称呼广为人知。——译者注

醒、勤勉上进、精打细算的人，那他们还愿意阅读我写的诗歌吗？——你不会有这样的念头的。事实上，那些牧师的女儿过着贞洁端庄的生活，是靠我引导的，不过若是那帮评论家知道我真实的性格，那他们当中就没人会留意到我了。

希尔达：于是那些素来轻信报纸胡诌的小东西们，就……

布拉克利：这证明我对自己的本职工作有着满腔热情——只是另一个证据罢了。大不列颠的民众需要诗人来领导他们的爱情生活。

希尔达：你就没有正经的时刻吗？

布拉克利：我星期四能过来跟你一起用午餐吗？

希尔达（微微吃惊）**：**当然可以。不过为什么要星期四呢？

布拉克利：因为我打算在那天跟你求婚的。

希尔达（微微含笑道）**：**我很抱歉，我刚刚想起来自己那天要外出用午餐的。

布拉克利：你令我心碎。

希尔达：刚好相反，我给了你撰写一首十四行诗的题材。

布拉克利：难道你不想嫁给我吗？

希尔达：不想。

布拉克利：为什么不呢？

希尔达（忍俊不禁道）**：**我一点都不爱你。

布拉克利：人们求婚的时候，真该问问自己，一想到未来的无尽岁月里，每天早餐的时候，就得跟同一个人面对面，自己是否能做到心平气和、镇定自若呢？

希尔达：你可真有情调，太浪漫了。

布拉克利：亲爱的夫人，如果你想要“浪漫”的话，那我就把自己的作品全集——采用上等牛皮纸印制的——送你好了。我绞尽脑汁写出了十部浪漫剧，献给菲丽丝、献给克洛伊，还有天知道献给谁。主拯救我，没有给我安排一个浪漫的妻子。

希尔达：不过我恐怕自己浪漫得无可救药。

布拉克利：好吧，跟一个诗人过上六个月的婚姻生活，肯定会治好你的“浪漫病”。

希尔达：我宁可不要被治好。

布拉克利：星期四，难道你不乐意一起用午餐吗？

希尔达：不乐意。

（管家上场。）

管家：哈利维尔先生、肯特先生到。

（巴兹尔和约翰上场。管家下场。同时，梅宝从打电话的房间出来，正往该屋走来。）

梅宝（对约翰说）**：**讨厌的家伙！我正一直给你打电话来着。

约翰：我让你久等了吗？我和巴兹尔一起去了一趟大法官巷。

（约翰转身跟希尔达、布拉克利握手；与此同时，巴兹尔跟希尔达打过招呼后，就走来跟梅宝说话。接下来，梅宝和巴兹尔压低声音进行了一番对话。）

巴兹尔：你好呀。我耽误约翰这么久，你肯定会责备我的。

梅宝：我真的不想见到你，你知道的。

巴兹尔（朝布拉克利的方向摇摇脑袋）**：**我说，那是谁？

梅宝：罗伯特·布拉克利。难道你不认识他吗？

巴兹尔：那个诗人？

梅宝：当然。他们都说丁尼生去世后，他那时候如果不是一副乱七八糟的德行，现在应该已经是桂冠诗人了。[①]

巴兹尔（抿紧双唇）：他委实是个下贱的恶棍，不是吗？

梅宝：天哪，可怜的人，你跟他有什么问题吗？他是希尔达最新收罗来的名人。他假装钦慕她。

巴兹尔：你不记得他曾经深陷格兰奇案吗？

梅宝（语带惊讶地说）：可是，亲爱的肯特先生，那是两年前的事情呀。

希尔达：肯特先生，我想将你介绍给布拉克利先生。

巴兹尔（起身道）：你好。

（约翰走到自己妻子身边。）

梅宝：可怜的家伙！

约翰：我说，梅宝，巴兹尔经常来这里吗？

梅宝：我不知道。上个星期，我在这里遇见过他。

约翰：真见鬼，他为何来这里呢？他又不是有什么事业要来这里谈。

梅宝：今天，你自己带他来的。

约翰：我没有。他坚持要来的——当我说自己必须来接你的时候。

梅宝：可能，他是来见我的。

约翰：真够胡说八道的！我想你应该跟希尔达谈谈此事了。

梅宝：亲爱的约翰，你疯了吗？她会掐死我的。

约翰：她为什么允许他老围着自己打转呢？她肯定知道自己的脑子不大好使了。

梅宝：我猜她想要跟他证明，一年前，他的眼光着实差劲。当你对某个年轻男子一往情深，结果他转身离去，然后娶了别人，这真的

① 丁尼生：1809年—1892年，英国诗人，作品贴近民众，基调乐观，短篇诗歌尤为出色。1850年成为桂冠诗人。——译者注

令人非常火大。

约翰：嗯，我觉得她并非玩闹，而且我得告诉她这一点。

梅宝：她会狠狠叱骂你的。

约翰：我不在乎……瞧好了，你去转移一下大家的注意力，那我就可以拉着她说话了。

梅宝：怎么转移？

约翰（淡淡地说）：我不知道。发挥你的聪明才智吧。

梅宝（朝其他几个人走去）：希尔达，约翰嚷嚷着要喝茶呢。

希尔达（边走边说）：他究竟凭什么就不能自己倒呢？

约翰：我天生谦让稳重，这种性格阻止我自己倒茶。

希尔达：谦让稳重……你刚刚萌发的新特质吧。

（希尔达坐下，给约翰倒茶。他一言不发地看着她。）

希尔达：你在列治文吃的午饭吗？

约翰：是的……然后，我去了帕特尼。

希尔达：你一天的安排还挺丰富的。

约翰（接过茶杯）：我说，老姐——你没打算拿自己当傻瓜耍，对吗？

希尔达（睁大双眼）：哦，我希望没有。为何这样说呢？

约翰：我觉得你可能忘了……一年前，巴兹尔已经结婚了。

希尔达（冷若冰霜地说）：你到底什么意思？（大声叫道）梅宝。

约翰：等一下……你可以稍稍跟我谈谈，不可以吗？

希尔达：我恐怕你会令我很无聊。

约翰（温文尔雅地说）：我向你保证，我不会的……难道巴兹尔没有经常来这里吗？

希尔达：约翰，我怀疑你还没有学会别多管闲事。

约翰：那位在帕特尼的可怜小女人，难道你不觉得这样做太蛮横了吗？

希尔达（露出某种奇怪的鄙夷之色说）：我屈尊去看过她的。我觉得她既粗俗无礼又装腔作势。我恐怕自己对她一点兴趣都没有。

约翰（温和地说）：她可能粗俗无礼，但她跟我说——她的爱情像音乐一样在心中流淌。她牢牢抓住这念头，难道你觉得她必须因此受罪吗？

希尔达（顿一下，声音和神情倏然改变，说）：约翰，难道你以为我就没有受罪吗？我太痛苦了。

约翰：你真的喜欢他吗？

希尔达（热情如火的口吻，低低的声音嘶哑道）：不，我不喜欢他。我崇拜他走过的每一寸土地。

约翰（极为冷峻地说）：那么你一定会去做自以为最好的……你正在玩这世上最危险的游戏。你正在玩弄人心……再见吧。

希尔达（握住他的手）：再见，约翰。因为我这邪恶的心思，你可不要对我恼火啊……我很高兴你把他妻子的情况告诉我。我现在知道该怎么做了。

约翰：梅宝。

梅宝（走过来）：来了，我们真的必须回家了。我已经有两个小时没有看见我的心肝小宝宝了。

希尔达（握住她的双手说）：再见，你这幸福的孩子。你有了心肝小宝宝，还有心爱的丈夫。你还能要什么呢？

梅宝（不经大脑地随口说道）：我要一辆汽车。

希尔达（吻吻她）：再见，亲爱的。

（梅宝和约翰离开。）

布拉克利：穆雷太太，我喜欢这间屋子。这房间似乎永远不会下逐客令——“你真的该走了”，有些客厅会给人这种感觉的。

希尔达（恢复平静，不紧不慢地说）：我想是因为家具的关系。我正寻思着换家具呢。

布拉克利（微笑道）：我敢保证，这话差不多就是说我逗留得太久了，不受欢迎了。

希尔达（笑逐颜开地说）：除非你自己想走，否则的话，你会心无旁骛地一直待着——如果我不晓得这点的话，那我是不会开口说刚才那些话的。

布拉克利（起身道）：你太懂我了……我就像你的手套一样，被你看得透透的。不过说真的，这场面变得越来越荒诞了。

希尔达：昨晚，跟你一起看戏的那位花枝招展的可人儿是谁？在你告诉我之前，你绝不能走。

布拉克利：啊，那绿眼睛的妖精！

希尔达（大笑道）：别这么滑稽了，不过我觉得你会乐意知道她的金发是染成的。

（巴兹尔一页页地翻着书，多少有些恼火希尔达不搭理自己。）

布拉克利：当然是染的。她的魅力就源自于此。任何女人都能拥有一头天然的金发——这根本不可信，就跟蓝汪汪的头发或者绿油油的头发一样。

希尔达：我一直想把头发弄成紫色呢。

布拉克利：难道你不觉得女人就应该梳妆打扮，进行人工雕饰吗？她们涂脂抹粉，给鼻子打粉——都是职责所在，就像她们得穿着妩媚漂亮的礼服一样。

希尔达：可是我知道不少女人都穿可怕丑陋的连衣裙。

布拉克利：哦，那些都属于“其他女人”。我拿她们当空气。

希尔达：你什么意思呀？

布拉克利：这世上只有两种女人——其中一种是给鼻子扑粉的女人，另外一种就是“其他女人”。

希尔达：如果你乐意说说，那都是些什么人呢？

布拉克利：我对此事并没有深入研究，不过因为职业的关系，我了解到——她们是牧师的女儿。

（他跟她握手。）

希尔达：你能来真的挺好的。

布拉克利（朝巴兹尔点头示意）：再见吧……（对希尔达说）我是不是很快能再来？

希尔达（飞快地看了他一眼说）：你如今是说正经的，还是在拿我取笑呢？

布拉克利：这辈子，我从来没像现在这样严肃过。

希尔达：那么或许星期四，我终究还是会跟你一起用午餐的。

布拉克利：说一千句谢谢。再见。

（他朝巴兹尔点头告别，然后离开。希尔达面带微笑地看着巴兹尔。）

希尔达：那本书很有意思吗？

巴兹尔（放下书）：我还以为那男的永远不会离开呢。

希尔达（笑道）：我怀疑他脑子里对你的看法也一模一样……他同样嘀咕你永远不离开。

巴兹尔（气不打一处来）：他那样的蠢货！你怎么能受得了啊？

希尔达：我挺喜爱他的。他说的每件事，我都没当真。况且，年轻男人就应该傻乎乎的。

巴兹尔：在我看来，他根本不像什么年轻人。

希尔达：他才四十岁，可怜的东西——而且，那些即将飞黄腾达的男人当中，我还从来不曾知道有谁低于这个年龄。

巴兹尔：他是一个脑袋秃得厉害的年轻人。

希尔达（乐不可支地说）：我就奇怪了，你为什么不喜欢他啊！

巴兹尔（满心妒忌地瞄了她一眼，冷冰冰地说）：我觉得正派的家庭不应该让他上门的。

希尔达（睁大眼睛说）：肯特先生，他是自己来这里的。

巴兹尔（再也无法克制，怒不可遏地说）：过去二十年，每一桩丑闻都有他的身影，难道你不知道吗？

希尔达（看出巴兹尔只是妒忌，便柔声柔气地说）：在这世上，肯定需要有人给街坊邻居提供嚼舌根的素材啊。

巴兹尔：这不关我的事。我没有权力这样跟你说话。

希尔达：我不明白你为什么这样做呢？

巴兹尔（恼羞成怒，几乎撒泼地说）：因为我爱你。

（气氛稍稍静默一下。）

希尔达（脸上露出淡淡笑意，语带挖苦地说）：肯特先生，难道你不想再加点茶吗？

巴兹尔（朝她走去，用某种凝重冰冷的口气说）：你不懂我都遭了怎样的罪。你不懂我过着犹如地狱般的日子……我非常努力地想阻止自己来这里。我结婚的时候，我发誓，我跟以前的老朋友全都断绝来往……当我结婚的时候，我发觉自己爱着你。

希尔达：如果你说这样的话，那我无法听下去了。

巴兹尔：你想要我走吗？

（有一小会儿工夫，她没有回答，只是焦躁地走来走去。终于，她停下脚步，面朝他说话。）

希尔达：刚才，你听到我跟布拉克利先生说，要他星期四过来吗？

巴兹尔：是的。

希尔达：他已经开口，要我成为他的妻子。星期四，我将要给他答复。

巴兹尔：希尔达！

希尔达（郑重其事地说）：将我逼迫到这地步的人是你！

巴兹尔：希尔达，你打算怎么跟他说呢？

希尔达：我不知道——或许，同意？

巴兹尔：哦，希尔达，希尔达，你不会喜欢他吧？

希尔达（耸耸肩说）：他令我开心好笑。我觉得我们应该能相处得很好。

巴兹尔（激动地说）：哦，不能。你不明白自己正在做什么。我原以为——我原以为你爱我的。

希尔达：就因为我爱你，所以我得嫁给布拉克利先生。

巴兹尔：哦，荒唐！我不会让你这么做的。你正把我们两个都弄成惨兮兮的可怜虫。我不会让你牺牲我们的幸福。哦，希尔达，我爱你。没有你，我活不下去。起先，我努力抵挡内心的渴望，不想来见你。我过去常常经过你家门口，抬头看着你的窗户；还有，你家的大门似乎正等着我上去敲门。走到街巷的尽头，我经常回头瞧瞧。哦，以前，我多想进来，再看你一眼！我本以为自己只要再见你一面，就能消弭心中的热望。最后，我还是情不自禁。我真是太软弱了。你鄙视我吗？

希尔达（声若蚊蝇地说）：我不知道。

巴兹尔：你如此和善温良，于是我忍不住又来了。我还以为自己不会带来伤害。

希尔达：我就是想要你不幸福。

巴兹尔：我觉得自己确实不幸福。这几个月，我一直害怕回家。一路走着，当我看见自家房子的时候，感觉几乎都要吐了。你不明白，我多希望自己当年死在战场上。我没法继续撑下去了。

希尔达：可是你必须撑下去。这是你的责任。

巴兹尔：哦，我觉得自己受够“责任”和“荣誉”之类的东西了。过去这一年，我所有的原则都被消耗殆尽了。

希尔达：巴兹尔，别说这样的话。

巴兹尔：归根到底，都是我自己的错。是我咎由自取，因此我必须承担其后果……可是我没有这股力量，我不爱她。

希尔达：那么永远不要让她知道。好好待她吧，用温柔和忍耐待她。

巴兹尔：一天又一天，一个星期又一个星期，一个月又一个月，一年又一年，我没法一直保持和善、温柔和忍耐。

希尔达：我觉得你是一个勇敢的男人。如果你是懦夫的话，他们当初就不会给你颁发奖章了。

巴兹尔：哦，我最亲爱的人啊，在战场上拿自己的性命冒险并非很难。我可以做到的——可是这样的婚姻需要更强大的力量，超出我的能力了。我告诉你吧……我无法忍受了。

希尔达（轻言细语地说）**：**可是事情会好转的。你会越来越习惯另一个人，然后就能更好地了解对方。

巴兹尔：我和她的区别太大了。不可能改善了。我们甚至无法像以前那样相处。我有种感觉，快要走到尽头了。

希尔达：但是你要尽力而为——为我尽力吧。

巴兹尔：你不明白那到底是什么。她说的每句话，她做的每件事，都令我胆战心寒，浑身不自在。我努力自我克制。我咬紧牙关，死命忍耐，以免自己朝她大发雷霆。有时候，我实在忍耐不住，于是我说了某些话——说出去的话覆水难收，要是能收回那些话，我愿意付出任何代价。她将我一路往下拽。我渐渐变得跟她一样平庸粗俗了。

希尔达：你怎么能这样说自己妻子呢？

巴兹尔：我在内心终于承认她到底是哪种人之前，难道你以为我就没有饱受煎熬吗？我这辈子都被她绑住了。当我远望未来——我看见她成了一个粗俗邋遢的泼妇，就像她母亲，至于我自己，成了一个可怜虫，浑浑噩噩、神憎鬼厌的样子。这女人永不厌倦找那男人麻烦，最后举手投降的人永远是那男人。一个男人——当他娶一个这样的女人，觉得能将这女人提升到自己的阶层。笨蛋！刚好相反，她会将他往下拽到自己的阶层。

希尔达（心神大乱，起身道）：我本以为你会很幸福的。

巴兹尔（朝她走去）：希尔达！

希尔达：不——别……请不要！

巴兹尔：如果不是为了你，我都没法活了。只有看到你，我才能鼓起勇气继续撑下去。我多来一次，就爱你爱得更疯狂。

希尔达：哦，你为什么来啊？

巴兹尔：我情不自禁。我知道这是毒药，可我爱这副毒药。为了多看一眼你的双眸，我愿意付出整个灵魂。

希尔达：你若真在乎我，就像勇敢有担待的男人那样负起自己的责任——就是让我尊敬你。

巴兹尔：希尔达，说你爱我。

希尔达（茫然无措地说）：你正使我们的友谊无法继续了。你正促使我再也不能让你来这里了——难道你没看出来吗？

巴兹尔：我无法克制。

希尔达：我真不应该重新跟你见面。我原以为你来这里，没什么要紧的，不会造成伤害——在我的生活中，你永远消失了……我真的受不了。

巴兹尔：即使我永远不能再见你一面，现在我也必须告诉你——我爱你。我令你痛苦，我是瞎子。希尔达，可我用整颗心爱着你。白天，我满脑子想着你，夜晚，我梦到你。我渴望拥你入怀中，亲吻你——吻吻你的双唇，吻吻你的秀发，吻吻你的双手。我整个灵魂都是你的，希尔达。

（*他又朝她走去，用双臂抱住她。*）

希尔达：哦，不，走开。看在上帝的分上，现在就走吧。我受不了了。

巴兹尔：希尔达，没有你，我活不下去。

希尔达：可怜可怜我。难道你看不出来我现在有多软弱吗？哦，上帝帮帮我吧！

巴兹尔：你不爱我吗？

希尔达（*声嘶力竭地说*）：你知道我爱你。然而，就因为我爱得深，所以我乞求你履行好自己的责任。

巴兹尔：我的责任是要幸福。让我们去某个我们可以相亲相爱的地方吧——离开英格兰，去某个地方落脚……在那里，爱情不会被视为罪孽，也不会显得丑陋。

希尔达：哦，巴兹尔，让我们努力走正道啊。想想你的妻子，她也爱你——像我一样爱得深沉。对她来说，你就是全世界。你不能如此羞辱她。

（*她用手帕掩住双眼，巴兹尔温柔地挪开她的手。*）

巴兹尔：别哭了，希尔达。我受不了。

希尔达（*泣不成声地说*）：我们若是如此亏待那个可怜虫，那我们这辈子都无法再原谅自己了——难道你不明白吗？她的眼泪，她的哀泣会永远横亘在你我之间。我跟你说，我受不了这个。对我发发善心吧——如果你真的爱我。

巴兹尔（声音发颤地说）：希尔达，这太难了。我无法离开你。

希尔达：你必须离开。我知道更好的对策是我们各自尽本分。最亲爱的人啊，为了我，回到你妻子身边吧，永远不要让她知道你爱我。因为我们比她更有力量，所以我们必须牺牲自己。

（他的双手托着头，深深地叹息。有一会儿，他们就这样保持沉默。最后，他一声长叹，起身。）

巴兹尔：我再也分不清何为对？何为错？所有一切似乎变成一团乱麻，让人糊涂。太难了。

希尔达（嘶哑地说）：巴兹尔，对我来说同样艰难。

巴兹尔（心如刀绞地说）：那么，再见了。我得说，你可能是对的。而且或许，我只弄得你万分伤心。

希尔达：再见，最亲爱的人啊。

（他弯腰，亲吻她的双手。她强忍着不哭泣。他转身，背朝她，朝门边慢慢走去。此时此刻，希尔达再也抑制不住了，发出颤声来。）

希尔达：巴兹尔。不要走。

巴兹尔（满心欢喜地叫道）：啊！希尔达。

（他展开双臂，将她紧紧搂入怀中。）

希尔达：哦，我无法忍受。我不能失去你。巴兹尔，说你爱我。

巴兹尔（欣喜若狂地说）：是的。我用自己整颗心爱着你。

希尔达：如果你过得幸福，我会受不了。

巴兹尔：希尔达，没有什么事情能将我们分开。你永远属于我。

希尔达：上帝帮帮我吧！我都干了什么啊？

巴兹尔：就算我们都失去自己的灵魂，那又如何？我们得到了全世界。

希尔达：哦，巴兹尔，我需要你的爱。我如此渴盼你的爱情。

巴兹尔：希尔达，你愿意跟我走吗？我可以带你去某个地方，那里的土地只说着爱的语言——那里，重要的只有爱情、青春和美丽。

希尔达：让我们一起去吧，在那里，我们可以永远在一起。人生如白驹过隙，生命苦短；让我们尽其所能地抓住所有的幸福时刻。

巴兹尔（又一次亲吻她）：我的心肝。

希尔达：哦，巴兹尔，巴兹尔……（她惊跳地躲开）小心，有人来了！

（管家进屋。）

管家：肯特太太来了。

（管家正通报詹妮的时候，她就冲进来了。管家立刻离开。）

巴兹尔：詹妮！

詹妮：我抓到你了。

巴兹尔（努力表现得彬彬有礼——对希尔达说）：我想你认识我妻子。

詹妮（扯着大嗓门，怒气冲冲地说）：哦，是的，我认识她。你没必要给我介绍。我是为自己丈夫来的。

巴兹尔：詹妮，你在说什么啊？

詹妮：哦，我不需要你们社交圈里那种装模作样。我来这里，就是要大声说出来。

巴兹尔（对希尔达）：你走吧，让我们单独留在这里，你介意吗？

詹妮（同样对希尔达说话，神情愤懑激动）：不，我要跟你说话。你正打算从我这里抢走我丈夫。他是我丈夫。

巴兹尔：安静，詹妮。你疯了吗？穆雷太太，看在上帝份上，你走吧。她会侮辱你的。

詹妮：你为她考虑，你没有考虑我。我有多痛苦，你毫不在意。

巴兹尔（抓住她的胳膊）：詹妮，走吧。

詹妮（甩开他）：我不走。你害怕，不敢让我见到她。

希尔达（脸色苍白，浑身发抖，内疚地说）：让她说吧。

詹妮（朝希尔达走来，咄咄逼人地说）：你从我这里偷走我的丈夫。哦，你这个……（她一时之间找不到足够暴烈的词汇。）

希尔达：肯特太太，我不想令你痛苦。

詹妮：你无法用这些礼貌用词来糊弄我。我受够了。我要有话直说。

巴兹尔（对希尔达说）：请走吧。你什么忙都帮不了。

詹妮（还是变得越来越激动）：你从我这里偷走我丈夫。你个邪恶的女人。

希尔达（声音极低，几乎是嗫嚅）：如果你乐意，我可以承诺你——永远不再跟你丈夫见面了。

詹妮（既恼火又轻蔑地说）：你的承诺对我来说，还真是天大的好消息。你说的话，我一个字都不相信。我知道上流社会的淑女是怎么回事。在这个城市，我们这些人对她们的德行一清二楚。

巴兹尔（对希尔达说）：你必须离开，让我们单独待着。

（他打开房门；她离开的时候没有看他。）

詹妮（野蛮凶狠地说）：她怕我。她不敢面对我。

巴兹尔（对着希尔达离开的背影说）：我很抱歉。

詹妮：你为她抱歉。

巴兹尔（转身看着她说）：是的，我是对她抱歉。你来这里，如此大闹一场，有什么意思呢？

詹妮：我终于抓住你了……你个骗子！你个腌臜的骗子！你跟我说过，你打算去大法官巷的。

巴兹尔：我是去过大法官巷的。

詹妮：哦，我知道你去过——就待了五分钟。那只是借口罢了。你大可以直接来这里。

巴兹尔（火冒三丈地说）：你居然敢跟踪我？

詹妮：我有权利跟踪你。

巴兹尔（忍无可忍，失控道）：你来这里想要得到什么呢？

詹妮：我要你。难道你觉得我猜不出来这里发生的事情吗？我看见你和哈利维尔一起进来。然后，我看见他带着自己妻子离开。再然后，另一个男人离开，于是我就知道你单独留下来陪她了。

巴兹尔（尖声道）：你是怎么知道的？

詹妮：我给了那个管家一个银币，他告诉我的。

巴兹尔（想找到某个词汇，来表达自己的轻蔑之意）：哦，你……你个下流胚！我应该想到的，你只能干出这样的事情。

詹妮：然后，我等着你，可是你没有出来。终于，我无法再等下去了。

巴兹尔：不错，你现在来了结吧。

（詹妮看见桌上立着的一个相框，里面有巴兹尔的照片。）

詹妮（指着照片说）：她把你的照片放这里干什么呢？

巴兹尔：结婚前，我送给穆雷太太的。

詹妮：她没有权力把照片放这里。

（她拿出照片，狠狠地扔在地上。）

巴兹尔：詹妮，你在干什么啊？

（詹妮充满恶意地用脚死命地践踏照片。）

詹妮（从牙缝间嘶嘶声地说）：哦，我恨她。我恨她。

巴兹尔（努力控制着自己）：你把我逼得完全疯狂了。你会让我说出一些令我自己终身后悔的话。看在老天的分上，你走吧。

詹妮：除非你跟我一起走，否则我不会离开的。

巴兹尔（失控道）：我选择留下来。

詹妮：你什么意思？

巴兹尔：听好了，我向上帝发誓，直到今天之前，我从来没有做过或者说过任何有必要隐瞒你的事情。你相信我吗？

詹妮：我不相信——你没有爱着那个女人。

巴兹尔：我没有请你相信这个。

詹妮：什么！

巴兹尔：我刚说过，今天之前，我对你绝对忠贞。老天知道，我努力想担起自己的责任。为了令你幸福，我已经做了一切能做的事情。而且，我拼尽所有的力量，努力地去爱你。

詹妮：如果你有什么想说的，都说出来吧，我不怕听听。

巴兹尔：我没打算骗你。你应该知道发生的事情，这样最好。

詹妮（嗤之以鼻地说）：现在要扯另一个弥天大谎了。

巴兹尔：今天下午，我告诉希尔达——我爱她……而且，她也爱我。

詹妮（气得七窍生烟，大怒地嚷道）：哦！

（她用自己手里的阳伞朝他脸上砸去，可是他躲过，随后从她手里拽过阳伞，扔到一边。）

巴兹尔：你自找的。你弄得我痛苦万分。

（詹妮喘着粗气，一脸迷茫无助地站着，试图控制住自己。）

巴兹尔：现在到尽头了。我们这样的日子无法过下去了。我以前想做一些超出自己能力的事情。我要走了。我无法、我不想再跟你一起生活了。

詹妮（对自己翻腾的内心感到害怕，也惊惧他说的话）：巴兹尔，你不会说真的吧？

巴兹尔：这几个月来，我一直苦苦挣扎，不想走到这一步。现在，我认输了。

詹妮：你是我的依靠。我不会让你走的。

巴兹尔（苦涩地说）：你还想要什么呢？我整个生活都已经被你毁掉了，难道还不够吗？

詹妮（声音又嘶哑又刺耳地说）：你不爱我了吗？

巴兹尔：我从来没有爱过你。

詹妮：那你为什么娶我呢？

巴兹尔：因为你令我不得不娶你。

詹妮（轻声说）：你从来不曾爱过我——甚至一开始就没有爱过吗？

巴兹尔：从来没有。

詹妮：巴兹尔！

巴兹尔：继续虚情假意已经没必要，太迟了。我必须跟你说清楚，然后了结一切。过去几个月，说话的人一直是你——现在轮到我了。

詹妮（朝他走去，想抱住他的脖子）：可是我爱你，巴兹尔。我将会使你爱我的。

巴兹尔（躲开她）：别碰我！

詹妮（做了一个绝望的动作）：我觉得你真的非常讨厌我。

巴兹尔：看在老天的分上，詹妮，让我们结束这一切吧。我非常抱歉。我不想对你凶。可是你肯定已经看出来——我的心里没有你。继续骗来骗去，继续装模作样，把我们自己弄成十足的可怜虫——这有什么好处呢？

詹妮：是的，我原本就看出来了。但我不愿意相信。当我将手按在你肩膀的时候，我看出来你几乎不受控制地发抖。有时候，我吻你的时候，我看得出来你用尽全身的力气——才没有把我推开。

巴兹尔：詹妮，如果我对你没有爱情，我忍不住就会那样。我控制不住——如果我心里爱着别人。

詹妮（既惶惑不安又凶巴巴地说）：你打算怎么做呢？

巴兹尔：我走了。

詹妮：去哪里？

巴兹尔：上帝知道。

（传来敲门声。）

巴兹尔：进来。

（管家拿着一张字条进来，然后递给巴兹尔。）

管家：穆雷太太要我把这字条交给你，先生。

巴兹尔（接过字条）：谢谢。（管家离开，他立刻打开字条来看，然后抬头看着詹妮，后者正焦急地盯着他。）（他念字条的内容）“你可以告诉你妻子，我已经下决心要嫁给布拉克利先生。我以后不会再见你了。”

詹妮：她什么意思？

巴兹尔（怨毒地说）：还不清楚吗？有人向她求婚，她打算接受了。

詹妮：但是你说过她爱你的。

（他耸耸肩，没有作答。詹妮朝他走来，哀求他。）

詹妮：哦，巴兹尔，如果这是真的，那你再给我一次机会呀。她不像我这样爱你。我虽然自私，又热衷吵架，还鸡蛋里挑骨头，但是我一直爱你啊。哦，不要离开我，巴兹尔。让我再试试，看看能否令你回心转意……让你的心里有我啊。

巴兹尔（低下头，嘶哑地说）：我很抱歉。太迟了。

詹妮（万念俱灰地说）：哦，上帝，我该怎么办啊？即使她打算嫁给别人，在这世上，你最爱的人还是她吗？

巴兹尔（低声道）：是的。

詹妮：甚至她嫁给别人，可她心里还爱着你。在你们之间，已经没有我的立足之地了。我可以像一个被遣散的仆人那样离开……哦，上帝！哦，上帝！我到底做什么了，要受这样的罪啊？

巴兹尔（见她如此凄惶痛苦，于心不忍地说）：令你如此伤心，我非常抱歉。

詹妮：哦，别怜悯我。你以为我现在想要你的怜悯吗？

巴兹尔：詹妮，你最好跟我一起走吧。

詹妮：不。你刚刚告诉我，你不再要我了。我应该走自己的路。

巴兹尔（看了她一会儿，心下踌躇，随后耸耸肩说）：那么再见吧。

（他离开，詹妮目送他离开，筋疲力尽地用手扶额。）

詹妮（叹息道）：他如此开心地离开……（她轻轻抽噎一声）他们令我没有立足之地了。

（她从地上捡起刚才被自己踩踏的那张照片，看着它，跌坐在地，双手掩面，号啕大哭，泪如雨下。）

（第三幕完）

第四幕

▼
▼
▼

（第二天早上）

（场景同第二幕，帕特尼，巴兹尔家的客厅。巴兹尔坐在桌边，双手抱头。他看上去身心俱疲、心力交瘁。他的脸色极为惨白，非常明显的黑眼圈。他的头发乱糟糟的。桌上放着一把左轮手枪。）

（传来敲门声。）

巴兹尔（头都没抬地说）：进来。

（芳妮上场。）

芳妮（欲言又止，然后弱弱地说）：先生，我来瞧瞧你是不是需要什么东西。

巴兹尔（慢慢抬头看着她，嘶哑的声音毫无生气）：没有。

芳妮：先生，我能打开窗户吗？今天早上太阳很好。

巴兹尔：不用，我觉得冷。生炉子吧。

芳妮：难道你不想喝杯茶吗？你昨晚整夜都没睡，现在应该吃点东西的。

巴兹尔：我什么东西都不想吃……不用担心，你是好女人。

（芳妮将煤炭放进火炉里，与此同时，巴兹尔有气无力地看着她。）

巴兹尔：你什么时候去发电报的？

芳妮：邮局一开门，我就去发了。

巴兹尔：现在几点？

芳妮：嗯，先生，现在肯定九点半了。

巴兹尔：老天爷，时间过得真慢。我原以为漫漫长夜将没有尽头……哦，上帝啊，我现在该怎么办呢？

芳妮：我给你泡杯浓茶吧。如果你不吃不喝，就没法振作起来——我无法体会你现在的心情。

巴兹尔：好吧，快点弄一杯吧，我很渴……我感觉非常冷。

（传来门铃声。）

巴兹尔（跳起身来）：有人敲门，芳妮。快去开门。

（她出去。他跟着她走到房门边。）

巴兹尔：芳妮，除了哈利维尔，不要让别人进来。就说我现在没法待客。（他等了一小会儿，坐立不安的样子）约翰，是你吗？

约翰（站在门外）：是的。

巴兹尔（自言自语道）：感谢上帝！

（约翰进屋。）

巴兹尔：我还以为你永远不会来了。我乞求你立刻前来啊。

约翰：我一接到你的电报，就立刻赶来了。

巴兹尔：那姑娘去邮局好像是好几个小时前的事情了。

约翰：出什么事了？

巴兹尔（哑着嗓子说）：难道你不知道吗？我还以为自己在电报里已经说清楚了。

约翰：你在电报里只说自己有大麻烦。

巴兹尔：我寻思着，大概我以为你已经在报纸上看到消息了。

约翰：你到底什么意思？我还没看报纸。你妻子呢？

巴兹尔（顿一下，用低不可闻的声音说）：她死了。

约翰（五雷轰顶般惊道）：上帝啊！

巴兹尔（焦躁地说）：别这样看着我。还不够清楚吗？难道你不明白吗？

约翰：可是她昨天还好端端的。

巴兹尔（垂头丧气地说）：是的。她昨天还好端端的。

约翰：看在老天的分上，巴兹尔，告诉我——你这话什么意思。

巴兹尔：她死了……而她昨天还好端端的。

（约翰没听懂。他很是惶恐不安，不知道该说什么了。）

巴兹尔：我杀了她——真的就像我用双手扼死她一样。

约翰：你什么意思啊？她不会真死了吧！

巴兹尔（吞声忍泪地说）：她昨晚投河自尽了。

约翰：太可怕了！

巴兹尔：除了“可怕”，难道你就没有别的话说吗？我觉得自己好像要疯了。

约翰：可是我无法理解！她为何这么做呢？

巴兹尔：哦——昨天我们大吵一架……在你来之前。

约翰：我知道。

巴兹尔：然后她跟踪我去……去了你大姨子家。接着她冲进来，又闹了一场。后来，我丧失理智了。我真是气炸了，我不知道自己都说了些什么。我气疯了。我跟她说，我跟她不再有任何瓜葛了……哦，我受不了，我没法忍受了。

（他痛不欲生，双手掩面，抽噎起来。）

约翰：别这样，约翰——稍微振作一下啊。

巴兹尔（心如死灰地抬起眼睛）：我现在可以听到她的声音。我可以看见她眼中的神情。她求我再给她一次机会，而我拒绝了。她向我苦苦哀求的样子，真的很可怜，真的令人不忍心，然而我那时疯了，我根本没法感觉到。

（芳妮端着一杯茶进来，巴兹尔一声不吭地接过茶来喝。）

芳妮（对约翰说）：先生，他昨晚连眼睛都没合……关于那件事，我没有更多的消息。

（约翰点头，不过没有回答。芳妮用围裙拭拭眼睛，离开屋子。）

巴兹尔：哦，若是能收回我说过的话，我愿意付出任何代价。以前，我总能控制住自己的，可是昨天——我做不到。

约翰：然后呢？

巴兹尔：昨晚将近十点的时候，我回到这里，女仆就跟我说，詹妮刚刚出去。我原以为她回娘家了。

约翰：然后呢？

巴兹尔：稍后，有一个警察上门，要我去河边。他说那里出事了……她死了。有人看见她沿着曳船道走下去，随后就跳河了。

约翰：她如今在哪里？

巴兹尔（指着其中一道门说）：那个房间里。

约翰：你能带我进去吗？

巴兹尔：约翰，你自己一个人进去吧。我不敢，我害怕看见她。我受不了她脸上的表情……我杀了她——真的就像我亲手掐死她的。整个晚上，我一直看着那扇门，而且有一次，我感觉自己听到某个动静。我觉得是她来指责我，说我杀了她。

（约翰走到门边，推开门，此时巴兹尔扭头不看。约翰进了那屋后，随手关上门，这时的巴兹尔盯着门看，眼神充满了惊恐，还有半带疯狂的痛苦。他费劲地自我克制着。过了一会儿，约翰重新回到该屋，神态非常平静。）

巴兹尔（低声低语地说）：她看起来怎么样？

约翰：巴兹尔，没什么好害怕的。她就像睡着了一样。

巴兹尔（双手紧紧握在一起）：可是那像鬼魅般的青白脸色……

约翰（冷峻地说）：她更幸福了……比起她活着的这辈子，最幸福的时刻就是现在。

（巴兹尔深深叹息。）

约翰（看见左轮手枪）：这是要干什么？

巴兹尔（自轻自贱地苦叹道）：我昨晚想自杀。

约翰：啊呀！

（他将子弹拿出来，接着将手枪放进自己的口袋。）

巴兹尔（苦涩地说）：哦，不用担心，我没有这个胆量……我只是害怕继续活下去。我觉得如果我自杀的话，就能对她的死有一个交代。我一路走到河边，沿着曳船道走到同一个位置——可是我做不到。河水看上去一团漆黑，既冰冷漠然又阴森无情。可她做得那么干脆利落。她只是走过去，然后投河自尽。（顿一下）于是我回来了，我觉得自己可以开枪自杀。

约翰：你觉得这样会给谁带来很大的好处吗？

巴兹尔：我鄙视自己。我觉得自己没有权利活下去，而且我觉得比起活下去，扣动扳机要更容易一些……人们都说自戕寻短见是懦夫的行径，他们不懂那需要怎样的勇气。我无法面对那样的痛楚——还有，我不知道冥界那边的情况。说一千道一万，那种说法可能是真的——有一位冷酷的上帝，按各人的行为报应各人，如果我们没有遵守他那些令人费解的规矩，他就会惩罚我们，将我们打入无间地狱。

约翰：我很高兴你找人叫我来。你最好回伦敦，到我家住段时间吧。

巴兹尔：还有，你知道昨晚发生什么了吗？我无法上床睡觉。我本以为自己将永远无法再入眠了——然后，没过多久，我坐在椅子上打起瞌睡，就安稳地睡着了。我睡得可舒服了——好像詹妮冰冷的尸体并没有躺在那里，我有这样的感觉。那个女仆可怜我，因为她觉得我跟她一样度过了一个不眠之夜。

（门外传来吵闹声。芳妮上场。）

芳妮：先生，打扰一下，詹姆斯先生来了。

巴兹尔（火冒三丈地说）：我不想见他。

芳妮：他不肯走，我跟他说了——说你病得很厉害，不能见任何人。

巴兹尔：我不想见他。我就知道他会来的，去他的！

约翰：说到底，我想他还是有某种权利来这里——在目前的情况下。你最好还是瞧瞧他想怎样，不是吗？

巴兹尔：哦，他会大吵大闹的。我会将他揍趴下的。我已经忍了他很久。

约翰：让我跟他见面。聆讯的时候，你也不想他无事生非地闹出状况。

巴兹尔：我已经想到这点了。我知道他和他身边的人将会编派的那些话。所有的报纸都会紧盯不放，然后所有人都会骂我。他们会说都是我的错。

约翰：你介意我跟他谈谈吗？我觉得自己可以使你摆脱那种状况。

巴兹尔（耸耸肩，心烦意乱地说）：你想怎样就怎样吧。

约翰（对芳妮说）：芳妮，带他进来。

芳妮：是的，先生。（她退场。）

巴兹尔：那我得回避了。

（约翰点点头，巴兹尔走到隔壁停放着詹妮的房间。詹姆斯·布什上场。）

约翰（严峻冰冷地说）：布什先生，早上好。

詹姆斯（气势汹汹地说）：那人在哪里？

约翰（抬抬眉毛说）：通常到了别人家，得摘掉帽子的。

詹姆斯：我是一个讲原则的男人——我是的；我不摘帽子就是要表明态度。

约翰：啊，好吧，我们不讨论这个话题了。

詹姆斯：我想见那个人。

约翰：我能问问，你指的是谁呢？这世上有很多人。事实上，人实在太多了。

詹姆斯：我想知道——你是谁？

约翰（彬彬有礼地说）：我叫“哈利维尔”。在布鲁姆斯伯里的时候，我已经有幸在巴兹尔的住所见过你了。

詹姆斯（怒气冲冲地说）：我知道。

约翰：对不起。我还以为你向我询问信息呢。

詹姆斯：我告诉你，我要见我的姐夫。

约翰：我恐怕你不能见他。

詹姆斯：我告诉你，我要见他。他谋杀了我姐姐。他是恶棍兼杀人犯，而且我要当着他的面说这话。

约翰（讥讽地说）：你上点心吧，别嚷嚷，他听不见的。

詹姆斯：我就是要他听见。我不怕他。我倒想看看他如今敢不敢动我。（他阴险地靠近约翰）嗯哼，你本来不想让我进屋的，对吧？你说我没资格进我姐姐的屋子——还让我待在大堂里，就像买卖人那样等着。哦，我会让你为此付出代价的。我要把属于我的一切拿回来。西区的恶棍，臭狗屎，你们都是同样的货色。

约翰：布什先生，当你在这里的时候，如果嘴巴能放干净点，讲话文明点——还有说话低声点，那就是天大的好事了。

詹姆斯（不屑一顾地说）：这话谁说的？

约翰（气定神闲地看着他）：我说的。

詹姆斯（气焰稍稍弱一些）：你别想吓唬我。

约翰（指着一把椅子说）：难道你不想坐下来吗？

詹姆斯：不，我不会坐的。是绅士的话，到这屋子都不会坐的。我要向他讨回公道。我会跟陪审团讲一个好故事。他活该被绞死，真的活该。

约翰：出了这样的事情，我都无法跟你讲自己的内心有多么难过。

詹姆斯：哦，别想着糊弄我。

约翰：说真的，布什先生，你没理由跟我暴跳如雷。

詹姆斯：好吧，不管怎么说，我没有太考虑你。

约翰：我很难过。我们上次见面的时候，我还以为你是一个非常和蔼亲切的人。我们一起走的，还一块儿喝过一杯的——难道你不记得了？

詹姆斯：我没说你不是绅士。

约翰（拿出雪茄盒）**：**难道你不想来根雪茄吗？

詹姆斯（将信将疑地说）**：**瞧好了，你不会打算耍我，对吧？

约翰：当然不会。我从来没想过这类事情。

詹姆斯（拿起一根雪茄）**：**拉朗纳格雪茄。

约翰（尖酸地微笑道）**：**九英镑一百先令一盒。

詹姆斯：一根就要一英镑九先令，不是吗？

约翰：你算得可真快！

詹姆斯：你肯定富得流油，才能买得起这东西。

约翰（不咸不淡地说）**：**“富有”能点燃周围人的敬意，难道不是吗？

詹姆斯：我不懂你这话的意思。不过我得夸夸自己——看到好雪茄，我是能够识货的。

（约翰坐下，詹姆斯不假思索地学他的样子，也坐下。）

约翰：聆讯的时候，你若是闹腾，那你觉得自己会有什么好处呢？当然，法庭肯定会安排一场聆讯的。

詹姆斯：是的，我知道会的。而且我可以告诉你，我正等着呢。

约翰：如果我是你，我就不会说这话。

詹姆斯（他基本没有意识到约翰在煽动情绪，为自己随后的言辞做铺垫——詹姆斯不再关注詹妮的死，而是充满自怨自艾地说）：我一直忍着，我忍了很久。

约翰：真的？

詹姆斯：哦，他待我很差劲！他拿我当尘埃。如果不是顾及詹妮，我一分钟都不会忍受。你要是想知道，我就告诉你，他觉得我不配跟他来往呢。还有，他以前常常当我不存在，那种熟视无睹的态度——哦，我现在要找他算总账了。

约翰：你打算怎么做呢？

詹姆斯：不用你操心。我要他好好受受罪。

约翰：你觉得那会给你带来好处吗？

詹姆斯（弹跳起来）：是的。我的意思是……

约翰（打断道）：现在坐下，乖乖地，让我们稍稍谈谈吧。

詹姆斯（怒火中烧地说）：你想糊弄我。

约翰：真胡说。

詹姆斯：哦，是的，你就是。别想否认。我能看穿你，就像透过玻璃一样，看得清清楚楚。你们这些住在西区的人——你以为自己无所不晓。

约翰：我向你保证……

詹姆斯（打断道）：不过我在城里打过滚，你可以随心所欲耍花招，可是对我毫无用处。

约翰：布什先生，我们都是老于世故的男人。你可以像朋友那样——帮我一个大忙吗？

詹姆斯（将信将疑地说）：那得看什么事情。

约翰：只需要安安静静地听我说两三分钟。

詹姆斯：我对此不介意。

约翰：嗯，事实是——巴兹尔要离开了，家具和房子，他都不想要了。你觉得这些值多少钱——作为拍卖师，你给估个价？

詹姆斯（环顾四周）：一件东西值多少钱，跟它能卖多少钱，区别很大。

约翰：当然，不过像你这样的聪明人……

詹姆斯：现在，不用虚张声势。我跟你讲，这对我没用……你说包括餐具和各种帘帐吗？

约翰：所有一切。

詹姆斯：嗯，如果能卖得好——让一个懂行的人来……

约翰：比如说，要是你来卖呢？

詹姆斯：可能卖到一百英镑——可能卖到一百五十英镑。

约翰：这里的一切在别人看来，都不是很差劲，对吗？

詹姆斯：不差。在这点上，我觉得自己可以赞同你的意见。

约翰：嗯，巴兹尔打算将这房子里的一切都给你母亲和你另一个姐妹。

詹姆斯：跟你说实话吧，他本来就应该这样做。

约翰：当然，条件就是在聆讯的时候，你什么话都别说。

詹姆斯（嗤笑道）：你令我发笑。你给了我母亲一屋子的家具——你以为用这法子就可以让我闭嘴吗？

约翰：布什先生，对于你的大公无私，我根本就没有抱很高的期望值。我现在要说你的事情了。

詹姆斯（猝不及防地说）：你这话什么意思？

约翰：看样子，你欠了巴兹尔一大笔钱。你能偿还吗？

詹姆斯：不能。

约翰：而且你的上一份工作，好像账目上有些麻烦。

詹姆斯：假话，没有的事。

约翰：可能吧。但总的来说，我猜想如果你真闹起来，我们也可以令你非常难受。如果丑闻跟破布似的，得全抖搂出来让天下人知晓——那一般来说，双方就都没有好果子吃的。

詹姆斯：我不在乎。我一定要拿回自己的东西。只要我能捅那人一刀——我愿意承担后果。

约翰：另一方面——如果你不在聆讯的时候闹事，我给你五十英镑。

詹姆斯（愤愤不平地跳脚道）：你打算向我行贿吗？

约翰（气定神闲地说）：是的。

詹姆斯：我会让你知道——我是绅士，而且还有一点，我是英国人。我为此自豪。你应该为自己感到羞愧。以前，从来没有人试过向我行贿。

约翰（不冷不热地说）：毫无疑问，若有人向你行贿，你肯定会接受的。

詹姆斯：我只要稍稍冲动一些，你已经被我揍趴下了。

约翰（带着一丝笑意）：布什先生，得了，得了，别这么上蹿下跳的。你知道的，你最好保持平静，好处大多了。

詹姆斯（不屑一顾地说）：你以为在我眼里，五十英镑算什么啊？

约翰（眼神倏忽一亮）：谁说五十英镑来着？

詹姆斯：你说的。

约翰：你肯定听错了。是一百五十英镑。

詹姆斯：哦！（他先是大吃一惊，随即仔细品味该数字，神情变得犹疑）那情况就大不相同了。

约翰：我没必要跟你说假话。说到底，对你这样一位世事通达的——生意人来说，因为某些流言蜚语给自己惹麻烦，一点都不值得。而且，我们也不想闹出任何丑闻。你觉得那样很讨厌，我们有同样的看法。

詹姆斯（迟疑不决地说）：不可否认，她确实有些歇斯底里。只要他拿我当绅士，我应该不会有什么话要说的。

约翰：怎么讲？

詹姆斯（用刁钻狡猾的眼神紧紧盯着约翰）：拿两百英镑，那我就说算了。

约翰（斩钉截铁地说）：不。你可以弄到一百五十英镑，否则就见鬼去吧。

詹姆斯：哦，好吧，拿来。

约翰（从口袋里拿出支票）：我现在给你五十英镑，等聆讯结束后，再给你余款。

詹姆斯（带着某种敬仰的口气说）：你挺精明的，真厉害。

（约翰写好支票，然后递给布什。）

詹姆斯：我需要给你收据吗？你知道的，我是买卖人，懂规矩。

约翰：是的，我知道。不过没这必要。你会将此事告诉你母亲和姐妹吗？

詹姆斯：你不用担心。我是绅士，而且我从来不指望亲朋好友。

约翰：我想现在，我可以跟你说再见了。你能明白巴兹尔如今不能见任何人。

詹姆斯：我明白。那回见吧。

（他伸出手，约翰态度冷峻地跟他握手道别。）

约翰：再见。

（当詹姆斯·布什从一扇门离开的时候，芳妮从另一扇门进来。）

芳妮：真庆幸能摆脱这人渣。

约翰：啊，芳妮，如果这世上没有恶棍，那么对诚实的人们来说，生活将变得非常艰难，简直举步维艰啊。

（芳妮退场。约翰走到门边，叫道。）

约翰：巴兹尔——他走了……你在哪里？

（巴兹尔从停放詹妮尸体的房间走出来。）

约翰：我不知道你去那房间了。

巴兹尔：我不知道她是否宽恕我了？

约翰：巴兹尔，老兄，如果我是你，我就不会太过于自寻烦恼。

巴兹尔：只要你懂我有多么鄙视自己，你就不会说我自寻烦恼了！

约翰：好了，好了，巴兹尔，你必须努力……

巴兹尔：我还没有告诉你最糟糕的事情。我觉得自己真够龌龊的，十足的无赖。整个晚上，我脑子里一直萦绕着一个念头。而且，我无法赶跑那种想法。那真是世上最差劲的东西。太恬不知耻了。

约翰：你什么意思？

巴兹尔：哦，真是禽兽不如。可对我来说，那念头委实强烈……我忍不住想着自己——自由了。

约翰：自由？

巴兹尔：在她的记忆中，那是背叛。可是你不明白——当监狱大门被打开后，那是怎样的景况。（他越说越激动）我不想死。我想活下去，我想用双手抓住生活，尽情享受。我如此渴望幸福。让我们打开窗户，让阳光照射进来吧。（他走到窗边，推开窗户）只要活着，就是大好事。我现在可以重新出发了——我如何才能压住这念头呢？生活的石板路被擦拭一新，我可以重新开始了。我会幸福的。上帝宽恕我，我没法不这么想。我自由了。我铸下可怕的大错，并为此饱受折磨。天知道我受了多大的罪，以及我有多努力——拼尽全力想做到最好。并非都是我的错。在这世上，我们做事情和看事情的观点是被塑造的——其他人觉得怎样属于“好”，我们就那样做和想了。我们从来没有机会走自己的路。我们都被别人的偏见和道德给绑住了手脚。看在上帝的分上，让我们自由吧。让我们做那些——因为我们想做、因为我们必须做的一切吧，而不是因为别人觉得我们应该做的事情。（站在约翰面前，他戛然而止，然后说）你为什么不说话？你瞪着我的眼神，你似乎觉得我成了满嘴胡咧咧的疯子！

约翰：我不知道该说什么。

巴兹尔：哦，我想你被吓到了，你感到丢人了。我应该继续惺惺作态。我应该体体面面地将这角色扮演到底。一直以来，我做的事情，你都不曾有勇气去干，然而我失败了，因此你觉得在道德上，你高我一等，于是就瞧不起我。

约翰（冷然地说）：我刚刚在想，一个男人想攀爬到天上摘星星，当他摔下来的时候，会摔得多重多远。

巴兹尔：我拿纯金给这世界，可惜他们的流通货币只有贝壳。我支持某种理念，可世人奚落我。在这人间，一个人必须跟其他人沆瀣一气，一样在泥潭里打滚……我瞧明白了，唯一的道德规矩就是——那时候，如果我表现得像一个恶棍——一百个男人中有九十九个会那样干，就是不管詹妮，由她自生自灭，那么我应该还能过着幸福美满、兴旺发达的生活。至于她，我斗胆说一句，应该不会送命的……就因为我想扛起自己的责任，像一个男人——有荣誉感的男人那样有担当，结果所有灾难接踵而至。

约翰（淡然安静地看着他说）：我想我可以换一种方式表述。人若不走寻常路，跟常见的观点唱反调，那么他必须非常强悍，非常自信。如果不是那样，那避免冒险可能是最好的办法——随波逐流，跟着众多庸庸碌碌的人们，沿着老路一路走下去，安安稳稳的。这不是令人振奋的生活，也不勇敢，还非常沉闷。但极为稳妥安全。

（最后几句话，巴兹尔几乎都没听，而是仔细聆听门外其他动静。）

巴兹尔：那是什么？我感觉自己听到马车声了。

约翰（微微惊讶地说）：你在等谁吗？

巴兹尔：给你发电报的同时，我也给希尔达——拍了电报。

约翰：已经发给她了？

巴兹尔（兴奋不已地说）：你觉得她会来吗？

约翰：我不知道。（前门传来门铃声）

巴兹尔（朝窗边奔去）：门口有人来了。

约翰：可能她也想到你现在重获自由身了。

巴兹尔（心潮澎湃地说）：哦，她爱我，而我——我爱慕她。上帝宽恕我吧，我情不自禁。

（芳妮上场。）

芳妮：先生，打扰一下，验尸官来了。

（第四幕完）

（全剧终）